石梁纪

SHILIANGJI

天台山石梁云端秘境

胡明刚 著

中国文史出版社
CHINA CULTURAL AND HISTORICAL PRESS

图书在版编目（ＣＩＰ）数据

石梁纪：天台山石梁云端秘境／胡明刚著．－－北
京：中国文史出版社，2019.12
　ISBN 978-7-5205-1909-0

Ⅰ．①石… Ⅱ．①胡… Ⅲ．①随笔－作品集－中国－
当代 Ⅳ．① I267.1

中国版本图书馆 CIP 数据核字（2019）第 297414 号

责任编辑：全秋生

出版发行：中国文史出版社
地　　址：北京市海淀区西八里庄路 69 号　　邮编：100142
电　　话：010-81136602　81136603　81136606（发行部）
传　　真：010-81136655
印　　装：北京金康利印刷有限公司
经　　销：全国新华书店
开　　本：787×1092　　　1/16
印　　张：22　　字数：350 千字
版　　次：2020 年 5 月北京第 1 版
印　　次：2020 年 5 月第 1 次印刷
定　　价：80.00 元

石梁飞瀑

石梁仙境（王秋月　摄）

银装素裹华顶山（范伟强 摄）

《石梁纪》序

高 汉

　　明刚给我新书稿，让我作序，盛情难却。读罢深感记述石梁，他是命定的最佳人选。

　　他生于华顶山上外湖村，长在石梁镇。北漂多年后又回石梁设工作室，度其写作生涯。喝的是石梁山泉，吸的是华顶清气；满眼是蓝天、白云、奇峰、翠竹，盈耳是松涛、鸟声、虫声、飞瀑声……他何异于华峰之子和石梁的心灵！他不来记述石梁，又更待何人？

　　天台山名闻中外，原为自然所赐：青峰与碧溪相缪，奇花芳草蒙络于林莽间。在历代劳动人民悉心呵护下，这片得天独厚的山水和万物，引得远近文人墨客、大德高僧，裹粮来访，采药、居隐、染翰、咏歌，声出金石。其中最著者，如：高察、刘阮、葛玄、孙绰、智𫖮、李白、寒山、司马承祯……难以尽论，影响所致，天台山成了文脉深迥的仙山佛国。中国佛教天台宗成为印度佛教本土化的滥觞，大盛于隋唐，远振东瀛。隋炀帝下旨修其根本道场于五峰之下，智者大师及唐一行僧都归葬于此。难怪大旅行家徐霞客及大诗人袁枚等，一来再来，仍感兴犹未足。天台山吸引力之强大，诚如《康熙县志》所载："自东汉以来，中州衣冠之族多萃止焉。"

　　为什么传说五百罗汉道场在石梁？在那里依山修了上中下三座方广寺？罗汉原是佛教修行的最高果位，只有石梁那一带地方才适宜供养他们。此说虽然虚无，却反映出石梁居天台北山之要冲，山势嵚奇幽深，草木繁茂，瀑布穿梁喷涌，翠荫遮道，碧水潺湲，恰似人间天上，所以也是古今名人摩崖刻石、题诗图绘最集中的地方。

　　明刚此书把上述这一切，加上养护这一切的山民及其村落、物产、传说等等，都融会其中，又条分缕析，生动描写，其特色是：高旷放达处如登华顶拜经台之巅，东望沧海，看星辰起落、山脉纵横、溪流逶迤；精细入微处，又似深入草莱之中，听百鸟啁啾，辨蝉唱变声，识虫草药物功能。非出身于农家又博通今古而得天趣者，断难有此精到功力。

　　作者说此书是一部散文书、故事书、摄影书、导行书，我看又何尝不是天台北山的博物志、浙东诗路联珠之拾遗。它是石梁一带自然风光和古今文献、民间传说相交错的投影。

　　当此祖国正处于百年未遇的世界大变局中，全面建成社会主义小康社会的步伐正一日千里向前迈进。地当"长三角"中的天台山，自当处于日新月异的蝶变中。《石梁纪》的续篇将责无旁贷地落在明刚身上。我热切期待他再能把现代与未来交错发展中的石梁继续呈现在广大读者面前。到了那时，他必将修成"自觉""觉他"、觉行圆满的石梁"罗汉"。我理当为之礼赞，并寄予厚望。

于京华蓟门烟树品石斋，

时当己亥年小雪，2020 年初。

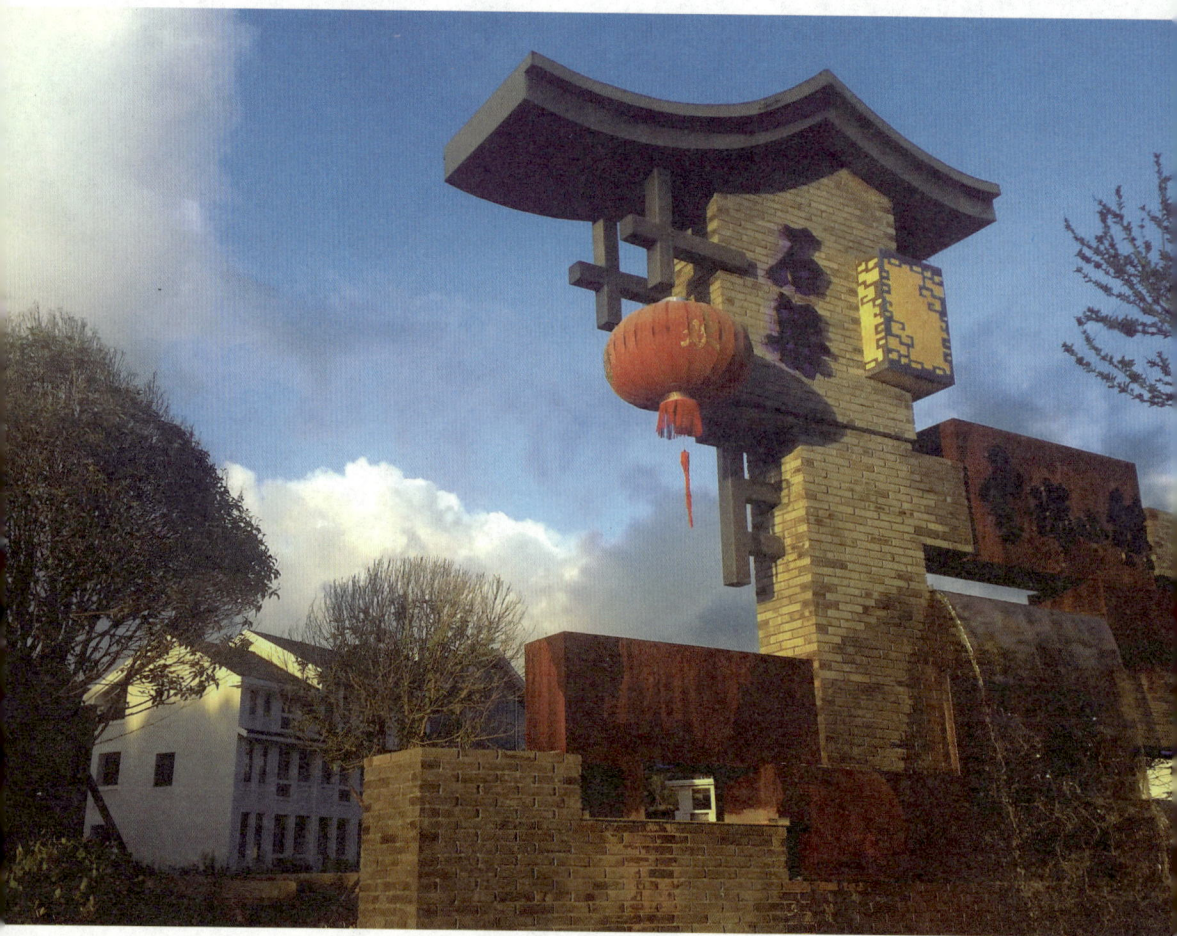

云端小镇

目 录

CONTENTS

引　子

忽然，我觉得，自己的家山就像一本厚重的书，在每个静谧的时分，我细细地把它打开，在文字和图像的深处，寻找出真正属于我的源代码。当读书解决不了问题的时候，我就渴望回到它的怀抱中去，用自己的脚步和汗水，用认真观察、独立思考，一一探究它们深蕴的本质，进行精神文化传承。

我终于回到家山了，就像一头鹿，跑过一片原野，走进了一片蓊郁的森林，走过干涸地带，来到一处飞泉的边上。我发现这树林和飞泉本来就是我的，可惜在过去，我太瞩目、渴望于远方的诱惑，充满着许多憧憬，我就渐渐地远离了这片家山，把它久久地遗忘了。

其实，我是一个恋家怀乡的人。经过多年漂泊和奔波之后，我的思乡情感更为强烈了。我曾如小小的燕子从家山起飞，转了很大的几圈，竟倏忽之间消泯了三十几年的好时光。经历了多年滚爬跌打，我带着满脸沧桑和仆仆风尘回来了。

我走在归乡的路上，回到浙江天台山的腹地，走进我的家山石梁，沿着古道，

群山之上（金灵均　摄）

翻过诸多的山峦和村庄。这里有一个北山的别名,本是绝妙风景最集中的地方,无论是自然的还是人文的,皆能涉目成趣。我开始用我的行走来丈量这片芳香的土地,用充盈身心的情感来破译解读这生命的精神密码。

这是我云端之上的石梁秘境。这是我出生的血地。

我是名副其实的土生土长的石梁人,我每时每刻到天到地说都是石梁的风物。我的身心早已烙上了一个乡土的印记。它与我的生命同在,永远不能抹去。

天台山胜境全图,天台山主要自然和人文景色的精华都集中在石梁镇境内。

在二十多岁的时候,为了生计,我不得不离开山村,到城市里拼搏漂泊,不知不觉地在外地风雨飘摇了三十几年,而今乘着自远方开往春天的高铁,我风驰电掣,从北京到天台石梁,朝发夕至。我终于回到出发的地方。在石梁山间居住,在石梁古道行走,在石梁村落漫步,我看清了我的过去,也看清了我的现在,更看清了我的未来。

失落经年的自我,终于回来了。

我知道以往那些少不更事的日子,对家山历史文化和风物,总是那么了然无知,我那时的逃离,是由于我的见识不多,更有我不堪的清苦寂寞。但所幸的是我在山村务农时,早已爱上文学读书和写作,我明白我的石梁、我所在的村庄、我脚下的路和风景,有非同一般的高度。

石梁华顶是属于我精神文化的高地。我明白国务院确定每年5月19日为"中国旅游日",源自天台山，与我的石梁华顶有关。石梁华顶是众望所归的圣境。只有站在山顶上，我才感觉到它的高度。云端小镇、莲花小镇、唐诗小镇、佛道圣地，古奇清幽，都不能完全概括它的特性。在这里，名胜古迹星罗棋布，古树名木夹道相迎。每走一步，都与最美的神灵约会。每一举手投足，每一声呐喊歌唱，都有它们在峰谷中应和。

天台山自石梁华顶向四面八方延伸。有人总结出十个"地"，即浙东唐诗之路目的地、徐霞客游记的开篇地、佛教天台宗的发祥地、道教南宗的创始地、五百罗汉应化地，等等等等，大部分的"地"就聚集在石梁周边的山地之上。天台腹地者，天台福地也。哪里最美丽？当数石梁。哪里为中心？当数华顶。石梁飞瀑、华顶归云、塔头松风、佛陇经幢、高明梵钟、洞天石扉、通玄觉禅、灵墟幽胜，集中了天台山最美的精华部分，周边围绕着桃源春晓、琼台夜月、螺溪钓艇诸多美景，近在咫尺，密不可分。

天台山风光无限，明代传灯大师描述之天台胜境，大多坐落石梁周边：天台山在下望之不啻千仞，及升其巅，四通八达，间可数十里如在平地，其胜一也。至登华顶峰头，东望大海，南观雁荡，西瞩括苍，北眺钱塘，一览可尽，其胜二也。俯瞰群峰，皆在其下，罗列环绕，或如莲叶，或如华须，恍疑一朵芙蓉浮于海上，其胜三也。僧寺道院，桑麻相接，钟梵鸣于天上，鸡犬吠于云中，其胜四也。虽极其幽邃之地，皆明爽开豁，使人襟抱荡然，其胜五也。山与通衢左近，车马络绎，其下胜概罗列，其巅可望而不可到，其胜六也。山无背向，四面如一，其胜七也。山有八支，八溪为界，以华顶为车轴，山之周遭如八轴轮，亦如八叶覆莲，其胜八也。山产众药，又多肥蕨、黄精，此足供居者糇粮，其胜九也。山林深远，即居民亦有未臻其奥者，可以避隐，其胜十也。此十胜者，而石梁境内荟萃大半；民间又称天台四绝，曰：华顶的松、塔头的风、万年的柱、高明的钟，石梁镇就占其三，塔头、高明占其二。

栖居在石梁云端之上，说天台山的根源。她的得名，充满着神仙韵味。唐代崔尚的《桐柏观序》云：天台也，桐柏也，释谓之天台，真谓之桐柏，此两者同体而异名。桐柏山高万八千丈，周旋八百里，其山八重，四面如一。"是之谓不死之福乡、养真之灵境"。在《红楼梦》《西游记》中，天台实际就是仙山的代名词。南朝陶弘景《真诰》中记载"天台山高一万八千丈，周回八百里，山有八重，四面如一，顶对三辰，当牛女之分，上应台宿，故名天台"，主峰华顶，恰能顶对三辰。三辰者，三台星也，为太微垣中的上台、中台和下台，这六颗星两两相对，形成三组，是北斗之权柄，属于大熊星座，"熊"，古写为"能"，"台"乃"能"的左边变体，是故，"態"简化为"态"。"台"，念 tāi（平声），原本是不能与"臺"混淆的。牛女之分，即牛郎星和织女星在大地上对应的区域，

阳光的呼唤（柯伟胜 摄）

华顶星空。天台四万八千丈，顶对三辰，上应台宿，故此为名。浩瀚星空，呈现一串串天台山密码，让您破译释解。（金灵均 摄）

在江苏、浙江一带。

在中国古代舆图中，浙江天台山被画在地图的最中央，与三台星宿的中央位置恰恰能对上，佛教天台宗九祖湛然大师说天台山，"天者，巅也。元气未分混而为一，两仪既判，清而为天，浊而为地，此本俗名，且依俗释。台者星名，其地分野，应天三台，故以名焉。有云：'本名天梯，谓其山高，可登而升天，后人讹转，故云天臺（台）。'"

天台山，俗写天臺山，也不算错，但天台山之台，本来就不用简化字，写成天臺，多此一举。至于山有八重，是以海平面为台基，第一重即天台县城；第二重即桐柏宫所在的平畴；第三重为方瀛山；第四重即洞天宫所在的小桐柏；第五重在玉霄峰顶；第六重古称歇亭，现龙皇堂东至双溪岢头为止的山阜；第七重为华顶寺之所在；第八重为太白堂到拜经台之山巅。是故，天台山也叫天梯山，石梁镇所在的地域，为天台山的第六级到第八级阶梯，集中了天台山自然和人文风景最美的部分。

我在古道行走，如登天梯，步步生云。

我脚下的古道在很早时候就已经开辟出来了，比谢灵运古道早了许多。因为在汉代时名士高察就隐居龙皇堂村东察岭之下，课徒授业，遗迹尚存，此带为天台山最早的文教基地；汉代高道葛玄在华顶植茶，此为浙江最早的茶园，专家学者表明，杭州龙井茶是谢灵运在这里带去的，华顶茶是龙井茶的前身，后来华顶茶也被带到日韩，为茶道之根源。晋代敦煌高僧昙猷在石梁飞瀑之畔建造精舍；陈隋之际智顗在华顶最高峰拜经台，端坐面向东海求拜《楞严经》降魔，灵墟山之下，留下天封寺智者岭旧迹；智顗在佛陇讲经，创立了中国汉化佛教第一个宗派天台宗，又创天台十二道场，影响传播日、韩、欧美；他的遗体安放佛陇智者肉身塔内，被日本的池田大作尊称为"天台"，亦被中国人尊为"东土迦文（释迦文佛）"，佛陇也成为与印度灵鹫峰齐名的东土灵山；随后，高僧大德纷至沓来，有灌顶、章安、左溪、荆溪、德韶、永明、传灯、融镜、虚云、兴慈、海灯、觉慧等，还有来自日本的最澄、荣西、成寻，以及韩国的般若、缘光等，都在这里潜心修禅，将天台宗传播到海外。

天台山佛寺最称著的都集中在石梁镇。高明寺、真觉寺、修禅寺（大慈寺、禅林寺）、太平寺等，均是天台宗祖庭；通玄禅寺为法眼宗的祖庭；石梁上、中、下方广寺，为五百罗汉道场，罗汉供茶仪式传到日本；其下，有慈圣寺，其上，有华顶寺以及周边七十二茅篷，为高僧隐士居处；华顶南有天封寺，北有大同寺、澄心寺等等，均为遐迩闻名的胜迹。

石梁镇仙道遗迹，除了桐柏山岭上的洞天之外，石梁、华顶、灵墟等均为仙人所居。东晋白云先生许元度紫真先生，隐居灵墟，曾授予书圣王羲之永字八法，王羲之在华顶留下墨池和黄经洞遗迹。司马承祯在灵墟铸造镜剑，制作古琴，将灵墟列为中国道教第十四福地。因为司马承祯的地位与影响，有唐一代，四百五十位诗人经杭州、绍兴分水陆两路访石桥登华顶，修禅学仙。继掷地金声的孙绰写《天台山赋》后，李白、寒山子、元稹、杜荀鹤、孟浩然、刘禹锡、钱起、徐凝、李郢、柳泌、许浑、方干等，都有咏赞石梁华顶诗作流传。是故，石梁华顶也成了浙东唐诗之路的精华地与目的地。

通过石梁华顶的唐诗古道，与霞客古道是重合的。明代大旅行家徐霞客与之结下夙世因缘。霞客，本是学道修仙之人，云游世界，自由散漫，率性天然。徐霞客从宁海而来，过八寮岭，经天封寺，上华顶，走石梁，写成《游天台山日记》，列为《徐霞客游记》之首。这里也成了《徐霞客游记》的开篇地。

在龙皇堂山上，我读到潘耒的浩叹之句："吾足迹半天下，所见名山岳镇多矣，大率山自为格，不能变换。掩众美、罗诸长、出奇无穷、探索不尽者，其惟天台乎！……台山能有诸山之美，诸山不能尽台山之奇，故游台山不游诸山可也，游诸山不游台山不可也。"我忍不住说，游览天台山，不去石梁，不去华顶，还是证明你没有真正到过天台山，没有真正领会到天台的精神。

我徒步在唐诗之路和霞客古道上，一一观察周边的景物，群峰耸立，高冈连绵；雾云升腾，绿树葱葱，飞泉叠叠，瀑水倾泻，

石梁飞瀑

唐诗之路的钢板画

清流淙淙，炊烟袅袅。沿溪踏歌，忽见村落梯田、清凉山居，朴实厚道的山民，渔樵耕读，自给自足。山野之间，有诸多寺观相伴，方外人士修禅学道，隐逸课诵，诗人雅士行旅山间，吟诗作画，心旷神怡。

我想这石梁山地，在亿万年之前本是苍茫大海，因为海平面降落，山体逐渐抬升了起来，形成了云海之上的华顶莲峰，成为人们栖居的胜地。风雷雨水溪流，长年累月，冲蚀雕琢山间景物，在静穆中，演绎沧海桑田与岁月时光转换的传奇。

天台山最美的地方，就是壮观的石梁飞瀑，两股溪水合流，联手而下，穿过一座天生石桥，飞跃高崖，直捣深潭，何等惊心动魄，举世壮观。华顶集云，云霞缭绕，雨水丰润，滋养庄稼，安详平和。山间悠然的农耕景象，却是被徐霞客忽略的细节。

我在北京经常向朋友介绍天台石梁。明末清初，这里属太平乡十一都。民国时期为天台县集云区驻地（区置驻龙皇堂村）。1961年11月，为北山区，分别管辖集云、石桥、太平、华峰、金顺、大同等六个公社。1988年7月，亦为北山区，分别管辖集云、石桥、大同、太平、华峰五个乡七十一个行政村。1992年5月，由原北山区的集云乡、太平乡、华峰乡、石桥乡、大同乡合并成石梁镇。因国家级风景区景点——石梁飞瀑坐落在镇境内，即以景取名。这就是石梁镇的历史沿革。即使我没在石梁，友人也接踵而来，将龙皇堂当作一个特别的中转站，行走古道，仰望云彩，多么惬意自在，他们便逐渐喜欢上这里了。

在北国古都，女儿问我老家在哪里，我说在云端之上的石梁，那个村庄叫作外湖，放眼所及的都是竹林，在老家有四个山头，每根毛竹上都写着我们的名字，还有很多田地。几万棵十几万棵，满山遍野的竹木，在风雨中摇曳，是多么宏大的景象！站在山顶上看毛竹，爽，就像大检阅一样，我俨然是山中的国王。

　　女儿喜欢竹，也喜欢茶，曾经画了许多想象的图景。在一个夏日里，我们把画面变成了美丽的现实。我们一家人上了金地岭，沿着古道进入石梁镇的地界，走得累了，就坐下来吹风，享受一阵阴凉；漫步塔头高明寺和附近诸多的村落，感受农禅并举的妙谛，行走集云村和龙皇堂，看落日镕金，晚霞相映；再沿着古道，走过天封华顶和大同秘境。那年石梁行走给了我女儿最上胜缘，那年高考作文题目就是《青山绿水图》，她不容多想，就把石梁道上的行走原本写了出来，竹林溪流瀑布村落田野聚集在她的笔下，得分甚高。她说我喜欢石梁，在这里诗意地栖居，舒服、安然、闲适，我说，有文化哲学，有诗情画意，有快乐源泉！

　　天台山水最美的地方，是华顶石梁，一个是山和云的精华，一个是水和石的极致，太平有佛宗，洞天是道源，霞客古道与唐诗之路、村庄与寺观、石屋与木楼、毛竹和绿茶、自然与文化，都成了一个个和合对应，而山地的原生环境，保持着最独特的生态。因此，这里成为影视的外景地，曾拍过《少林寺》《少林俗家弟子》《射雕英雄传》《济公》诸多影视剧，名声大着呢。

　　我爱人沱沱写了《大地之上》后，在国内的环境生态界引起了很大的反响，新影佳映《天时》纪录片团队请她推荐拍摄地，我爱人脱口而出，天台山石梁镇最好！这里有最美的风光，最清纯的生态，没有任何不协调的地方，他们立即驱车从北京出发，直奔石梁镇而来。

　　在路上，沱沱对他们说，石梁镇大多村落，因山峦阻隔，峡谷重重，在过去几乎与外界隔绝，保持着原乡的风貌。这里有浙江海拔最高的国家级森林公园、云雾茶产区、浙东最大的笋竹和蔬菜生产基地，山地农民顺应天时辛勤劳作，与大自然和谐共生，体现《天时》的主题。

　　一行人经过洞天村，看远山奇石悬崖在云海中出没，草木村舍梯田在云中浮动，犹如仙界，不由自主地发出由衷惊叹，经双溪岜头，车子在茂密的竹林穿行，宛如拉开绿色的帘幕。在外湖村、烤火塘、说闲话，享受竹笋烧腊肉的味道。从东峰村沿峡谷而下，从上深坑走到田冈岭，宁静安详。此乃真正的世外桃源、人间秘境、香格里拉！在这里拍纪录片，画面一流，值！

　　经过半年多时间考察，摄影团队在石梁镇选定两户农家，拍摄他们日常山居生活。这是一部将农民的日常生活细节故事与天时二十四节气高度融合和谐的影像作品。

　　两年之后，纪录片团队回到北京，而我在龙皇堂找到了一处可以写作的地方，当成我的山上书院。房子是租的，但可以久住。石梁宾馆唐诗营地对面的一座独立小院，两层单体楼石头屋，一个闹中取静的小环境，让我诗意地栖居。山居附近，岔路口上，有一座标志性的建筑，三个旋转的屋顶，象征天台山儒释道文化圆融，对面是石梁云端小镇的标志，几挂瀑布在屋檐一般的崖上流下，象征石梁飞瀑与山居的特色意境。转角处就是体现唐诗之路的钢板画，一座天台山，半部全唐诗，唐代诗人沿着水路陆路一路抵达天台。走在龙皇堂街头，我看见有许多唐代诗人的雕塑，他们或书写，或朗诵，或弹琴，演绎着名家巨擘经典大作。这，就是石梁唐诗小镇睥睨天下的重要元素。

我的前面是一片小竹林，夏日蝉鸟萦耳，冬日满目冰挂。许多朋友都看到这所房子，都喜欢在这里小坐，喝茶、读书、唱歌、吹箫，满是欣悦欢愉。海德格尔说人们可以诗意地栖居这个世界之上的，而石梁山上是最适合诗意栖居的！

每天，我打开窗门，太阳升沉，云彩飘荡于树林山巅和莲台之上，看着村民唱着山歌悠然行来。与白云为伴，与明月为俦，足以快乐自在幸福一生。如果说，以前看石梁的目光是仰视的话，而现在是平视和俯视了。我与时光一起栖居下来，在寻访风景的路上，我追逐着白云与流水，在读书写作的时候，我回到了自己的内心。

在石梁，我全身心潜入这山地秘境之中，一步步地破译家山的密码，兴致盎然地投入属于内心属于家山的创作。

菊花小镇（黄祥森　摄）

第一章　天台高度

经台朝礼

此刻，我仿佛站在中国大龙脉的头上。书载，"中国有三大龙脉，北方龙脉夹在黄河的北面，南方龙脉环抱在长江的南面，而中间龙脉隔在它们中间，北方的龙脉也只是向南延伸的半条支脉进入中原。唯有南方龙脉磅礴在半个中国内，起始于昆仑山，其中向东分开为浙江天台山。"我脚下的龙脉由此出海，我脚下的华顶山就是昂起的龙头。

天台龙脉来源于昆仑山，见之于潘耒的《华峰顶》：

昆仑之脉从天来，散作岳镇千琼瑰。

帝怒东南势倾削，特耸一柱名天台。

天台环周五百里，金翅擘翼龙分胎。

峰峦一一插霄汉，洞瀑处处奔虹雷。

华顶最高透天顶，万八千丈青崔嵬。

乘云御风或可上，我忽到之亦神哉。

游氛豁尽日当午，洞视八表无纤埃。

南溟东海白一杯，括苍雁宕（荡）青数堆。

千峰簇簇莲花开，中峰端严一莲台。

有人说，舟山普陀四明山是龙的鼻子，天台山是龙的额头，天目山、黄山是龙角，回旋的龙身是武夷山到韶关丹霞山，再回旋至井冈山到桂林，再经湖南张家界到贵州黄果树，连到云南丽江玉龙雪山，直至昆仑山脉。我在华顶峰头极目四望，八面威风。

站在华顶拜经台，往东南方向瞭望，我的外湖村地势很低了，似乎被踩在脚下，而天封根本看不到了，能看到的只是白茫茫的云海和翠绿绿的山峦。不过从外湖村到拜经台丝毫不觉得累。在我懂事时，母亲边干农活，边指点村北的拜经

华顶日出（卢益民 摄）

台，看它总是出没在云里，缥缈而神秘。

她告诉我一个很神秘的故事。很久很久以前，有个和尚要建造华顶寺，向住在龙潭里的蚂蟥精借地。蚂蟥精说要与他斗法。和尚把砻糠往潭里一撒，水下一片漆黑，蚂蟥精闷得透不过气，钻上来了，它把自己变得很大很大，一屁股坐在华顶山，把脚伸到东海里。那和尚说，你能缩小吗？蚂蟥精说，那容易，便缩到一般人那么大。和尚说，你还能缩小吗？蚂蟥精缩成筷子那么大。和尚说，你还能缩小吗？蚂蟥精就缩小到针那么大。和尚拿起钵盂，啪地倒扣了下去，上面压上了三本经。蚂蟥被关在里面，问，我什么时候出来？和尚说，你听鼓响出来，蚂蟥精听错了，以为撸响可以出来。当人们在草丛中行走，撸响叶子，它就过来叮人了。

少年时，我经常在拜经台放牛打柴，不知不觉被蚂蟥叮了，血流如注。但我习惯成自然了。不过晴天朗日在大路上行走，蚂蟥是不会上来的。我读了书才知道，这和尚就是著名的智者大师。他的禁蚂蟥精传说，就像《天方夜谭》中的那个《渔夫与魔鬼》，还有《白蛇传》法海禁白蛇的故事一样，所见略同，这毕竟是"天台夜谈"的最好素材。虽然有人说，外湖人把这个故事传得俗不可耐，但我觉得倒有佛禅的精神。

　　拜经台是华顶最高的地方，智者大师这里降魔，我想他也许被蚂蟥叮过。他降的不单单是蚂蟥精，更重要降的是心魔。智者大师，也叫智顗，俗姓陈，字德安，生活在陈隋年间，荆州华容（今湖北公安县）人，祖籍颍川（河南许昌）。他父亲是梁朝的官吏，积德行善，家境比较优裕。他从小就喜欢念佛，七岁时，就喜欢去伽蓝（寺院），诸僧口授《普门品》一遍，他即诵持之。梁元帝萧绎被人杀死，智顗的父亲也丢了官职。智顗觉得人生无常，就萌发了出家的念头。他年十八岁，投果愿寺师父法绪出家。后来跟随慧旷师父学律藏，兼通"方等"诸经，二十岁受具足戒。二十三岁到河南光州大苏山，拜慧思为师，受比丘戒，慧思说："我们素有夙缘，我们在灵鹫听释迦世尊讲《妙法莲华经》时就认识了"，并为他讲述佛法要义。二十一天后智顗就证得诸法圆融，得大智慧。三十岁时到金陵（江苏南京），讲经说法达七年之久，朝廷专门放假，让大臣们都听他讲经。他直奔天台山而来，那时才三十八岁。

　　智顗坐在华峰极顶之上，每天清晨对着东方，求拜楞严经。许多魔怪都来纠缠他，破坏他的修行，或化成凶恶的厉鬼，或化为父母乡亲，或化为美丽温柔的女子，或化成虎狼虫蛇噬啮他的身体，但是他坚如磐石，不动身心，终于降除诸魔，达到了真正高度的妙境。

　　此种降魔的过程，就是修头陀行，头陀行来自印度，即是苦行者，即是心甘情愿自我受苦，修治身心，舍弃贪欲，去除尘垢烦恼。修头陀行者，穿废弃布料做成的褴褛衣，没有多余的衣服，经常行走路上，风雨无阻，每日化缘，不管富贵贫穷，次第托钵。每天中午进食一次，过午不食，远离世俗环境，在郊外旷野树木之下，修行求道，坐在露天空旷之地，端正思维，或住在坟墓中间，见尸体臭烂被鸟兽所食，修证白骨观，或端坐而不卧……

　　智顗选华顶空旷之地、荒野之中，与高山树木为伍，思维宁静。他的徒弟灌顶说，当启明星升起时，智顗的面前出现了一位老僧，说了一些玄妙禅语，智顗听了之后，终有许多感悟。那位老僧授予他一些法门以及修证佛法的智慧。智顗低首合掌。

　　当年释迦牟尼佛在菩提树下修行，在觉悟的那一刻，阳光照耀，梵天雨花，而在拜经台，智顗又迎来了一次辉煌的日出。智顗降魔成功之日，在阳光下，许多僧人打着红灯笼迎接他。

　　因为智顗降魔，华顶拜经台也成为佛教信徒心目中的圣地，其崇高地位无以复加。有人说，智顗就是东土的释迦牟尼佛；华顶拜经台是全球佛教圣地，是除印度菩提伽耶之外的第二个菩提伽耶，其文化稀缺性和罕有性在中国是无与伦比的。

　　因为智顗降魔，才有韩国的高僧波若和缘光，直接跟他学习妙法，波若也

效法智顗，端坐在华顶拜经台上降魔。他
是开皇十六年（596）入天台北山，当面向
智顗求授禅法的。智顗对他说：你对此有
因缘，可以找个适宜的"闲居静处，成备
妙行"，天台山最高峰名为华顶，是我过
去修头陀行的地方。那山是大乘根性，你
可以往那里学道，精进修行必有深益，也
无须考虑什么衣食上的问题。波若立即按
照智顗的嘱咐上山了。他上华顶是在开皇
十八年（598），早晨起来，到夜晚，都在
走路，不敢轻易地躺下去睡觉，在这里修
行了十六年，没有出山过。到了大业九年
（613）的二月，他忽然从山上下来了，来
到佛陇山，人们看见三个白衣和尚担着衣
钵随从着，须臾就不见了。后来他到了国
清寺，住在那里，有一天私下对好友说，
我估算阳寿将尽，所以现在出来与大家告
别。几日后，他无疾端坐圆寂了，活了
五十二岁。僧人将他的遗体装龛送出，一
出山门的时候，看见他忽然回头眼睛睁开，
到了山上眼睛闭上，不论"官私道俗，咸
皆叹仰，俱发道心"。

华顶智者大师

　　波若跟随智顗学习了一年多点时间。
他去世后就葬在华顶，与拜经台朝夕相处。

　　在一百多年前，1895 年 5 月，来自英
国的传教士李提摩太，在牧师厄尼斯特·色
克斯陪同下游览了华顶山，对华顶拜经台
推崇备至，他由衷地感叹道，天台山位于
浙江省，是一个规模巨大的宗教中心，也

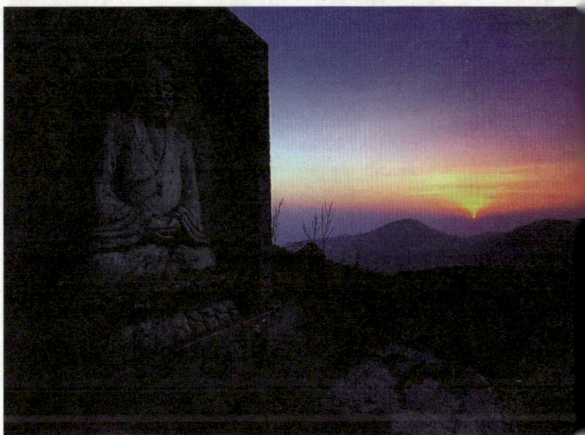

智者大师拜经台（蒋冰之　摄）

许可以跟耶路撒冷、麦加、贝那拉斯、孔子的故乡山东曲阜、道教大教主所在的
江西龙虎山，以及西藏达赖的驻地相提并论。这里是中国最流行的佛教中心，《莲
华经》为其主要经典。也就是从这里，大概来自埃及（原文如此，表述有误，埃
及应为印度）的、信奉阿弥陀佛的净土宗踏上了远东的土地，并迅速普及整个中

国和日本。在天台山，有很多寺庙属于这个净土宗。它在佛教历史上占据一个非常重要的地位……在这本书里，李提摩太把"佛"译成了"god"，与"上帝"相同。天台山是佛教圣山，华顶更显高邈，不知道李提摩太是否看见拜经台辉煌的日出呢？

拜经台是天台极顶，海拔一千一百多米，后来因为建设的需要，被削低了二十米，但这里依然声名在外，是天台山登高望远最理想的地方。拜经台的日出不但体现天台山主峰的地理高度，也体现天台山文化的高度，更体现浙东唐诗之路目的地的高度。

拜经台西边方向不远处，有一个石头作墙、茅草箬竹覆顶的山居建筑，叫作李太白读书堂，说是李白在这里潜心读书，在白云上面，饮酒狂呼。太白堂曾经倾塌过，现在看到的是民国时修建的。老是狂醉的大诗人李白在《梦游天姥吟留别》中说，天台四万八千丈，人们说是诗人的夸张，读了一些当地的文史书，得知天台山高度又说是一万八千丈，都是有来由出处的，这神山的气韵，体现在拜经台翻腾的流动的云海和灿烂辉煌的日出上。

拜经台的日出，在夏天里，被学堂冈所遮挡，日升得迟，还经常被上下翻腾的云遮雾罩，看日出是一种奢望，但是在秋天，秋高气爽，多有云海，安静地躺着，太阳从外湖村水牛背脊一样的山峰升起，没有任何遮挡，据说那边可以看到三门湾的大海。

到拜经台看日出，是需要缘分的。通常，清晨四点钟从华顶寺出发，星斗漫天，天气清冷，寒风吹拂，又是不免打个冷战。星月漫天，但内心充满了阳光的热望，当东方的天边出现一片鱼肚白，下面峰峦的轮廓也出现了，树林也亮起来，寂静的云海也就涌动起来，少顷，在最红亮的地方，太阳慢慢地升上来，犹如熔金，像个蛋黄一般悠然晃荡，扭曲变形，如同葫芦形，如此再三，立即跃出天空，光芒耀眼，不能正视，而身周山林如镀金一般，红艳可爱，云海映衬阳光，翻腾起来，有温度倾洒在身上，非常舒服惬意，在日出的时候，胸襟敞开的时刻，精神是最饱满的。我将迎接一天的生活与工作。看日出是放松，看

云也快活，关键是放松，心如云水，毫无牵挂，多么逍遥啊。

在拜经台，我遇到村里的农民，他们对智顗知道得很少，似乎觉得智顗是客居的外地人，但说到本地人士则充满极大的自豪感，比如齐召南，村里人都尊称他为齐大人。他是清代天台人，为乾隆教过太子书，翰林院庶吉士，曾编写过《大清一统志》和《水道提纲》，著作过《宝纶堂诗文抄》，是远近闻名的文史大家。据说他是个神童，一目十行，过目不忘，眼力特好，站在拜经台上，能把杭州城里街道的店铺招牌和人物看得一清二楚，人们说这是天才，天生异禀。

我在齐召南的《天台山八景卧游图记》中找到一段话，与民间传说印证。

华顶为台山最高处，东望沧海，如山麓一带白云，到天为岸。云中或现青点黛痕，或曰海山，或曰琉球、日本诸国。北望吴越，犹白发一茎，其后一小圆镜，钱塘江与太湖也，西望金华、括苍，历历可数，至邑中诸山，皆伏地不见。山既高而寒为云气，逆旅僧皆缚茅为屋，散处云间，闻清磬木鱼声，可觅径往眺。古迹则白云先生故居、王右军墨池、李太白书堂、智者拜经台故址俱在。昔人多云天台一万八千丈，太白则诗曰四万八千丈。余计

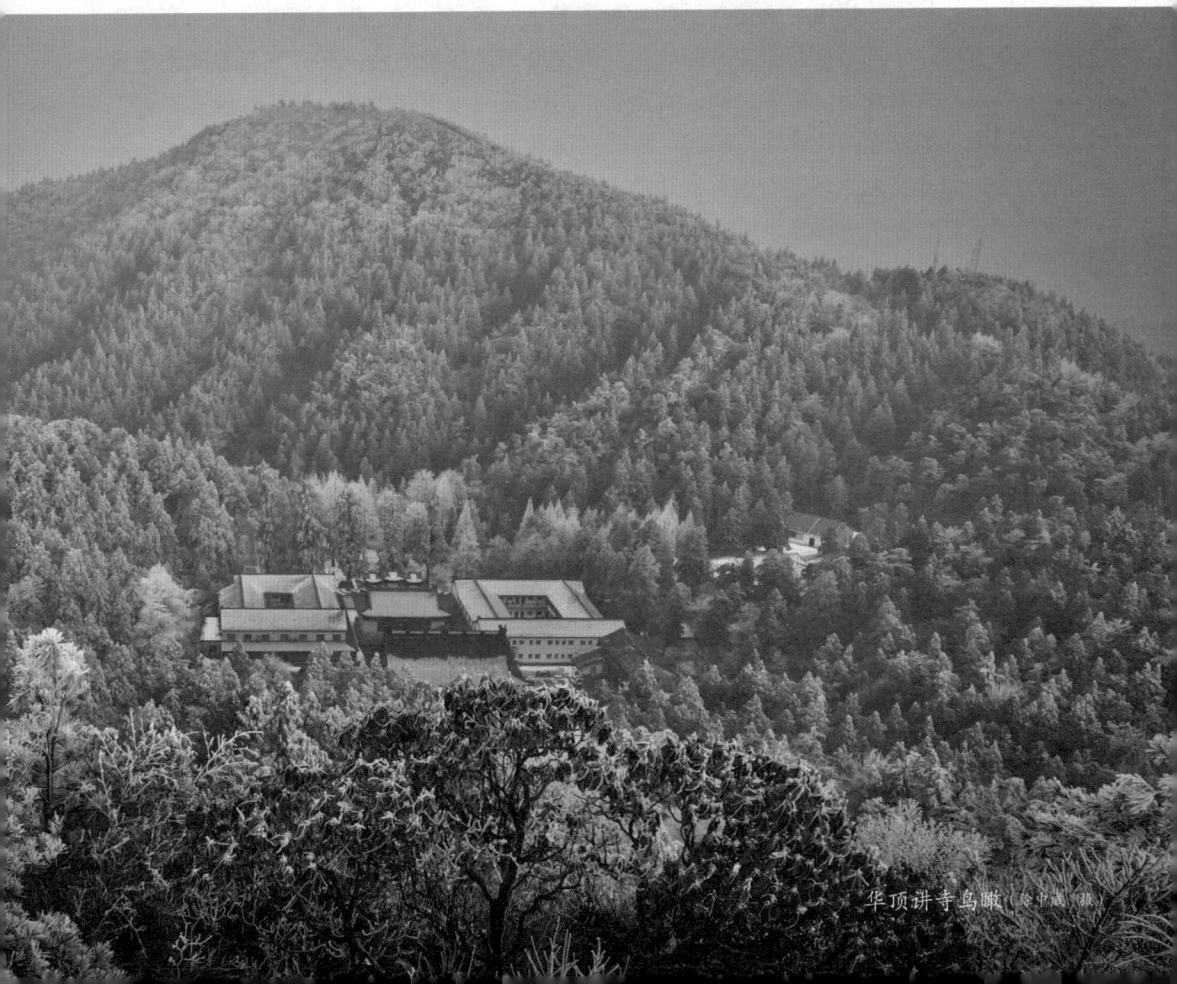

华顶讲寺鸟瞰（俞中威 摄）

自国清登顶，四十里始造其巅，夜见星月皆明大倍常，夏时岭下雷雨，山上不知，秋冬霜雪皑皑，山下亦不知也。太白之说信哉。谢万石（谢铎，浙江台州温岭人，明孝宗时国子监祭酒）说华顶云，则敌峨眉云，则匹巫山雨，唯观日，虽泰山也不能并（并列）。

由此可见，华顶日出比泰山的日出更为壮观。

齐召南是天台山儒学的一个高峰，他的许多故事与拜经台紧密连在一起，他是否像李白、智顗一样，在这里虔诚地念诵过经典呢？

我在老家的时候就知道，拜经台除了日出之外，更多的是高寒的雪景雾凇。小时候，我就听母亲说到一首民谣，华顶山上无六月，一场大风就落雪。一落雪，山上就被封冻了，人们就闭户不出，路绝旅人。还有一个，就是山上风大，我在拜经台看到的是比我还低矮的被风吹弯了的上了年纪的老松树，还有如丝编织一般的山坡草。

明代高僧传灯大师在他所编的《天台山方外志》中说，华顶山"少晴多晦，夏有积雪"。其气候与众不同。华顶山最吸引眼球的，除了春日的杜鹃、夏天的云雨、秋天的日出，就是冬日的雾凇雪凇了。冬季一到，华顶满山树木都变成琼花玉枝，一片洁白晶莹，一阵风来，满枝琳琅，摇曳生姿，其时气温骤降到零度以下，太阳升起，山谷之间云雾蒸腾，与冰挂树木遥相辉映，最适合观光摄影，当山下华顶寺的梵钟悠悠响起，眼前呈现真正净土妙域。

每年雾凇出现的时候，周边的人都驱车上山，在山上放纵潇洒一回，有些女子穿着红衣千娇百媚，有些伟岸男子则光膀子呈现英雄气概。石梁公路车辆拥挤，交通堵塞，交警不得不出来维护秩序。

朋友卢益民说，此时此刻的华顶山一花一木一世界，一笑一颦皆唯美。他喜欢在这华顶拜经台上对着云海和雾凇忘情地吹箫。在我看来，华顶拜经台上的雪凇和雾凇，体现的是高寒之上一尘不染的洁净景象，也呈现着华顶与众不同的高度。

华 顶 法 雨

归云洞在拜经台之西，华顶寺之北，一个小小的岩洞，不深，仅仅坐下一个人，但是华顶云彩沉落的地方，凭虚临空，视野开阔。面南而望，对面可以看到天柱峰、钵盂峰，远处还能看到石梁镇与欢岙交界的廿里岗头、苍山顶。华顶寺红色琉璃瓦的屋顶，隐现于翠绿的树丛之间，反映着明亮的阳光。有时云朵出没，把华顶寺淹没在云海里。

华顶寺依偎在归云洞下，隔着一片杜鹃林和一片茶园。有花有茶作伴，华顶的僧人是有福分的。华顶寺是天台山地势最高的寺院，长年累月浸淫在漫天的云雾和雨水里。

我依稀记得，二十世纪七八十年代，华顶寺还属于林场管辖，我们在这里开过多次文学笔会，住在楼上，踩着楼板咯咯地响，屋顶是铁皮盖的，但是显得苍败荒芜，有些还露出了断墙，山门上的屋顶全倾塌了，我很悲伤。

华顶寺

这几年，华顶寺已经进行了重建，气派更大了，黄色山墙，琉璃瓦顶，气派显然与以前不同，更加辉煌了。华顶寺的匾额还在，原先的平面坡顶，改为飞檐重叠，与千年大柳杉相映成趣。

华顶寺本是智者大师宴坐的地方，其北面是莲花峰和桫椤峰，坐北朝南，一片开阔，气场甚好，柳杉下面，有一个放生池，就是传说智顗禁蚂蟥精的地方，在这里有一条小路通下去，到达天柱峰，也可以到达华顶坑和天封寺。

上午十点的阳光，透过柳杉林，别有一番玄妙。站在寺前，我透过华顶寺的屋顶，看归云亭浮荡在空中，它像华顶寺一样，需要久久地仰望。山门进去，就是天王殿，那是原来罗汉殿的旧址，上面的匾额是兴慈大德题写的，东方持国、南方增长、西方广目、北方多闻，象征风调雨顺。正面大肚弥勒，像观音一样明显地中国浙江民间化了，他的原型是五代奉化的一个名叫契此的胖乎乎的僧人，整天拖着一个布袋乞讨，睡个不歇，他临终的时候说过"弥勒真弥勒，化身数百亿，时时示时人，时人俱不识"的偈语，被人奉在山门殿，笑容可掬，但他的背后，就是板着脸孔的韦陀护法神，据说是举着降魔杵的，寺院里不供应吃住，如果是拄着地上的，可以一宿两餐，如果是双手捧着的，可以常住。

天王殿往北，就是方池，也叫羲之池，我来时，荷花盛开。池上有泰安桥，从桥上走过，就是阶陛，正对着庄严的大雄宝殿。一抬头，就看见"华藏世界"匾额，赵朴初写的；复抬头，上面又是一块匾额，"大雄宝殿"，马一浮所题写的。我感到高山仰止的肃然，也感到了自己的渺小卑微。

华顶寺前，第一眼看到的，就是诸多的罗汉像。大雄宝殿的罗汉像是依据五代贯休的画意阴刻在石板并镶嵌于墙壁上的，而大雄宝殿前和天王殿前诸多制作精良的罗汉石雕像，则坐在露天之中，饱经日晒雨淋霜雪冰冻，显然小小声闻自了汉，也知道修行之辛苦，习以为常了。而大雄宝殿内的释迦佛铜像，连座有三米六高，重十多吨，旁边的阿难迦叶像，是整块楠木雕刻而成的，也是天台山佛教艺术的精品。复一抬头，见顶上悬有一匾，曰，"莲华净域"，为朱关田的手笔。此乃双关语，华顶为莲花山之顶，也是智顗以姚秦三藏鸠摩罗什翻译的《妙法莲华经》为主要依据创立天台宗的道场。净域，即为净地、净土。华顶山上林木茂盛，云水滋润，水石生灵，没有丝毫污染，乃是修心养性顿悟禅智的好佳处，呈现法相的无上庄严。

现在的华顶寺，建筑规模已经超过历史上的任一时期，智顗的遗迹，却是两处泉眼，一处是在华顶寺的智者殿前面，叫智者泉，另一处叫作般若泉，是在大雄宝殿附近，水质特佳，两股清泉淙淙流淌，清澈长流，甘甜干洌，如法乳千秋，绵延不绝。

华顶寺最上面的是智者大师纪念堂，是近年来新建的，供奉的是智顗的法像，也是寺院的最高处。华顶寺与高明寺、国清寺一样，是讲寺，即是讲经说法的寺院，与注重顿悟、不立佛殿、唯建法堂的禅寺不同。大雄宝殿看到两副对联，一副是"智祖开首刹，几经桑田几沧海；名山第一峰，半是青山半白云"。另一副是"华顶讲寺，六度万行，妙道凝玄，妙赞法华秘典；圆觉道场，法流湛寂，恢弘智者法门"，充分体现了高山古刹的特色和精神。

在华顶寺行走，梵音阵阵，我忽然记起 2010 年 11 月在北京国家大剧院的一台演出，那是"天台山佛道文化音乐会"，在下篇《梵音佑民》中，华顶寺僧演唱的梵呗《佛宝赞》，就如山林中的法雨，滋润人们的心田。

天台山诗词学会的老人们告诉我，华顶寺就是智顗在天台山开辟的道场之一。到了后晋天福元年，德韶禅师开始建造真正的华顶寺，最先的名字叫华顶圆觉道场。德韶（891～972）本是唐末高僧，俗姓陈，浙江处州（丽水）龙泉（浙江龙泉）人，又有一说是缙云（浙江缙云）人。据说其母叶氏，曾梦见白光触体受孕。德韶禅师十五岁时，曾有一梵僧来家中化缘，见他气度不凡，便劝他出家。他十八岁受具足戒，后来拜访临川法眼宗祖师文益大师，受其衣钵，为法眼宗第二个祖师。禅宗公案云：

> 德韶问龙牙禅师，"雄雄之尊，为甚么近之不得？"
>
> 龙牙道："如火与火！"

德韶又问："忽遇水来又作么生？"

龙牙道："去！汝不会我语。"

德韶又问："天不盖，地不载。此理如何？"

龙牙道："道者合如是。"

德韶问了十几个问题，龙牙都这么说，但德韶还不能领悟，龙牙就说："道者，汝已后自会去。"

德韶建造华顶寺后，去了通玄峰，一日洗浴完毕，忽然省悟了龙牙的开示。

德韶到华顶之前，曾经参拜了五十四个善知识，终归没有契合法缘，在临川拜见法眼文益。法眼文益一见德韶，就好像遇到知音一般，但德韶一次也没有参问文益。一次，法眼文益上堂，有徒弟问："如何是曹源一滴水？"文益说："就是曹源一滴水。"那个僧人

四十三世天台德韶國師

天台德韶禅师

心存迷茫，而德韶豁然开悟了，将自己的感悟向法眼文益说了，法眼文益听后，就对他说，你以后可以当一个国师。后来德韶得到吴越王钱镠的器重。

德韶居住在天台山，钱镠之孙忠懿王钱俶总是向他问道。他对钱俶说，以后你成了霸主，就不能辜负佛的恩典。忠懿王后来成了吴越国的国王，就迎请德韶为国师，但依然行徒弟之礼。德韶大师建造华顶寺时，钱俶还专门题写"莲华净域"的匾额送到了寺里。

德韶大师到天台，先去佛陇拜谒智顗的圣迹，感到非常熟悉亲切，就像回到自己的家一样，因为他与智顗都俗姓为陈，他觉得自己好像是智顗的后代。

智顗创建的佛教天台宗，在德韶打理华顶寺的时候，就已经沉寂。这是因为经过"安史之乱"和"会昌法难"的打击，一蹶不振，即使在天台宗的发祥地天台山，找不到天台宗经典，有幸留下来的也是支离破碎的。至于高丽国保存比较完善的天台宗经典，是羲寂法师告诉德韶的："新罗国其本甚备，自非和尚慈力，其孰能致之乎？"德韶大师立即向吴越王发起到高丽迎请天台宗经典的建议，请求钱俶立即派遣使者，送信到高丽国，并带去五十种珍宝，要求迎取天台宗典籍。高丽光宗王朝接信后，派遣高僧谛观奉教典来到天台，天台宗因此得到中兴。羲

华顶寺罗汉像

寂大师又叫义寂大师，字常照，俗姓胡，是温州永嘉（今浙江温州）人，十九岁出家。后来在螺溪讲学，被人们尊称为"螺溪大师"；钱俶赐号"净光大师"；著有《止观义例》《法华十妙》等，有僧元悟集其诗文，编成《螺溪振祖集》。

宋代，华顶寺与国清寺一样，成为禅宗的道场。

在华顶寺里，我听人常说到一个禅僧，无见先睹。他的墓塔建在寺院西边的转角处，不注意就会被疏忽掉的。无见先睹也叫无见睹，是仙居人，名字好像是一句法语禅语，没有见到，但可以事先看到。这让我想起一句禅诗，见与不见，我都在这里，都在你的心里。在华顶，我明白此见不仅仅是看见，更有见解、意见、见地之类的深层次的意义。

无见先睹是元代至元年间的华顶寺主持，他这样怀念德韶大师：

心外无法，满目青山。

冬瓜直儱侗（笼统），瓠子曲弯弯。

枯曹源一滴之水，破清凉惟识之关。

随机应用显纲宗，承言滞句管窥斑。

四万八千峰顶上，一轮秋月对慈颜。

无见先睹又有诗赞德韶大师：

心外无法扬家丑，满目青山途路长。

四百余年行道地，绕檐柏子散清香。

无见先睹在华顶寺住持期间，中外禅僧前来问法，络绎不绝，兴极一时。其中，就有日本僧人来求学。他有一首诗，专门赠给日本禅僧：

未跨船舷三十棒，现成句子切须参。

华峰四万八千丈，流水松风为指南。

无见先睹住在华顶四十年，撰过两卷《天台无见睹禅师语录》《妙明真觉无见睹和尚住华顶善兴禅寺语录》，是僧人智度等编的，记录他在华顶善兴禅寺之法语，卷上收示众、小参、法语、颂古、真赞，卷下收偈颂、山居诗、题跋、临终遗诫、辞世偈，收入《续藏经》第一辑第二编第二十七套。这本书的序中说："天台之华顶峰有大比丘居焉，曰无见睹禅师。禅师之道，上承临济之正传者也。"现在尽管是盛夏，但华顶寺一片清凉，蝉声声声入耳，充满禅意，我想在无见先睹的诗里，我就像一只鸣唱的蝉。他的禅诗，皆是性灵之作，意趣丰盈，心性自由。

春深相与登华顶，扣问葛洪旧丹井。

六合茫茫人未知，月泻千峰万峰影。

日上三竿犹未起，人来也弗竖拳头。

衔花百鸟无消息，一曲松风泻碧流。

藕丝窍里乾坤阔，芥纳须弥世界宽。

有指有拳机用别，柴门常掩白云间。

蓦然桶底脱，决定更无疑。

独坐茅檐下，拳头接上机。

一轮常皎洁，冷浸碧波心。

无物能堪比，清光照古今。

无见先睹在山水间了悟自性也通达佛性。而最后一首，则化用寒山诗意"我心似秋月，碧潭清皎洁，万物堪比伦，教我如何说"，气脉相承。无见先睹也有诗歌咏赞寒山：

心似秋月，话作两橛。

石壁题诗，弄巧成拙。

又写拾得诗云：

捱墨作戏，无可不可。

闾丘老人，当面错过。

与寒山拾得一样，华顶山居林间，是无见先睹最喜欢的，他写了山中行止坐卧的诗，称为山中佛门的四威仪。

山中行，红蓟花开锦一棚，幽鸟鸣，试问禅流作么生。

無見覩禪師語錄序

天台之巔頂峰有大比丘居焉曰無見覩禪師禪師
之道上承臨濟之正傳者也蓋自菩提達磨以摩訶
迦葉所得無上正法至于東土直接上根其後支分
爲二而心印獨傳於曹溪派別爲五而宗風大振於
臨濟其得人之衆莫臨濟一宗爲盛焉七傳至於楊
岐白雲五祖圓悟誠所謂不立一法根源直截便人
明心見性以成佛者吴悟之傳有虎丘隆公大慧杲
公皆卓然樹立教道於故宋南渡之初東南禪門之
盛遂冠絕於一時而降之傳爲應菴華公公卽此傑公

本朝一居士埽巷譚貞默槃談撰

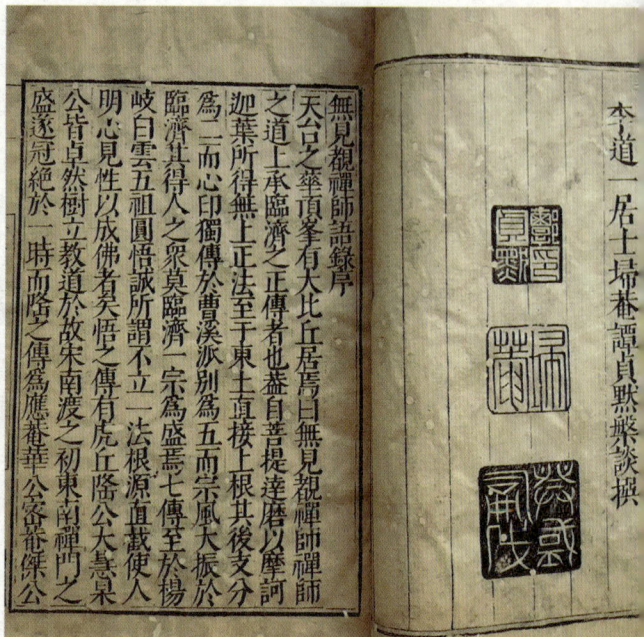

无见先睹墓塔　　　　　　无见先睹语录书影

山中住，独扇柴门亦懒挂，双老鸟，每日飞来又飞去。

山中坐，松根块石莓苔裹，举头看，应笑白云闲似我。

山中卧，薰荐年深都抖破，寒夜长，煨取柴头三两个。

另有山居诗若干，文辞甚美，我非常喜欢，转录如下。

一树青松一抹烟，一轮明月一泓泉。

丹青若写归图画，添个头陀坐石边。

庄生有意能齐物，我也无心与物齐。

独坐蒲团春月暖，一声幽鸟隔窗啼。

山寮也作装寒计，腮纸重糊分外牢。

干燥竹柴成把缚，夜深逐个取来烧。

三间箬屋青松下，四壁重泥好置身。

经又不看禅不坐，瓦炉终日自生尘。

偶桃野菜过坑西，嫩草齐腰路欲迷。

春雨弄晴春日淡，杜鹃啼住竹鸡啼。

山房寂寂坐深夜，一点寒灯半结花。

老鼠成群偷芋栗，床头打倒破砂锅。

白云常锁千峰顶，立处高兮住处孤。

　　掘地倦来眠一觉，锄头当枕胜珊瑚。

　　萝葡收来烂熟蒸，晒干香软胜黄精。

　　二时塞却饥疮了，谁管檐前雪霰声。

　　无见先睹寿七十，僧腊五十。舍利塔于华顶寺之西偏五十步。有诗赞道："华顶之峰，崱绝空碧。下阚沧溟，濆洞潮汐"，"楞伽之指于焉以塞，达摩之传于焉以得。斯华顶于世间，独峥嵘而高出。"

　　日历翻到了宋代治平三年（1066），华顶寺改名为善兴寺，此后被火烧掉了一次，十年后由寺僧宗济进行重修。明代隆庆元年（1567）又进行了一次大修，一直延续到1929年冬天，寺院又遭山匪火焚，僧人四散，1931年静慧法师在上海法藏寺延请兴慈大师进行重修，兴慈大师把寺院建筑成西式的穹楼，有着典型的上海风格。其时，傅增湘游览华顶，有文记之："方丈兴慈正奔走募金，锐志修复，延宝之室，改筑崇楼，列屋百楹，巍然大厦，窗户轩明，帷帐华焕，几榻御服，新异改观，耗金至二十万两，其他佛殿僧庐，亦将次第兴举。末俗浮华，佛地亦为之风靡，恐智师宴坐佛陇时慧眼不及见此也"。"华顶讲寺"匾额是清代书画家王震题写的。旁边的门头小匾额是"容大千界""入不二门"，为兴慈大师的手笔。

　　此后华顶寺一直保持完好，1957年被划归林场管理，僧人被遣散，建筑也疏于管理，呈现一片破败景象，1989年重新有专门僧人管理，寺宇兴盛起来，呈现辉煌。

　　华顶寺后面的大雄宝殿处，原是林场职工住宿的二层木楼。1957年，我的忘年交张谷清，随同第一批林场员工来到寺院，当时，他看见一个名叫坚持的老法师坐在蒲团上，双目微闭，另一个名叫慧云的小沙弥在擦拭着茶碗。林场给了老法师小沙弥一个边角小院。他们两个人与张谷清成为要好的朋友。"文革"来了，他们总是被叫出去勒令交代问题，没开光的佛像也被砸烂了。坚持再也无法坚持，慧云再也无法慧云，他们在1969年一个浓雾的早晨，黯然地离开了，不知所终，至今想起满眼惆怅。

　　除了张谷清，我的许多朋友都曾在这里居住，比如研究方言的老学者陈翘先生，还有一个年轻的名叫纯善的僧人。纯善来自湖北，戴着一副眼镜，文质彬彬，我们几个人一起谈文学，纯善还送给我一本香港版的《沈从文小说选》，这本书直到现在还珍藏着。现在陈翘先生早已作古，纯善也不知云游到哪个角落。

　　有天中午，我与《天时》纪录片摄制组人员沿外湖村柏树岩岢的山路过来，到华顶寺已经是正午，正巧山上下了一场大雨，我们与法师一起品茶，那茶是寺院后面葛玄茶圃中摘下来的，精心制作，配上华顶清泉水，情味隽永，席间谈起

华顶寺大雄宝殿

智者放生池

华顶雨

山中气候，别有一番高邈韵味。

　　雨声哗哗，檐流如注。华顶寺殿宇变得一片朦胧。在华顶佛寺中看雨。我忽然想到一个充满佛性的词语。

　　法雨。

茅篷影踪

　　我们在华顶寺的雨中品茶，自然地说起山林间的茅篷。茅篷，与通常山民搭

宗鏡錄卷第八十五

宋慧日永明寺主智覺禪師延

天稱一心無外境界者云何華嚴經

見百佛乃至地地增廣見於多佛

念生心狹見少佛心廣鑒多形舒卷如

離心之外實無所得大集經云憍陳如

當云何得見諸佛爾時隨其所觀方

觀多見必觀必見已復念諸佛世

無所至我觀三界是心因身

多欲火見火諸佛如來即是心

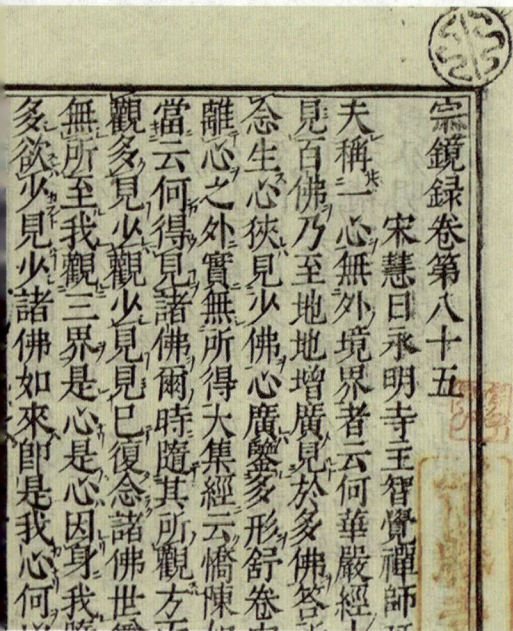

雪中茅篷（徐中威 摄）

建的临时劳作居住的茅棚不同，天台山地方志中，茅篷则专指儒士僧道隐居修行的住所。

华顶修禅之地，为山中高寒中心。这里高僧大德云集，而诸多茅篷则如众星捧月一般，围绕寺院周边，过去说有七十二个。其实，民国时期，山上茅篷有一百二十来所，均以山石垒墙，以板做壁，以木做架，屋顶盖着大箸竹和茅草，冬暖夏凉，是最有特色的雅舍山居。它们掩映在浓密的树荫下，高大树木为其遮蔽，尽管峰顶风急雨骤，但它们安然不动，岿然如石。

行走在华顶，头顶上是古木参天，白云叆叇，身边是花朵鲜艳，清泉长流。这里天高气爽，令人神清，看诸多茅篷坐落树荫间、泉水畔、冈阜上、高崖边，可居高，可望远，可临深，可依偎，可坐卧，可安禅。

华顶山茅篷是儒释道融和汇合的人文胜地。在历史上，茅篷是高人隐居的所在，来此居处的，有高僧，有妙道，也有虔诚做学问的大儒。在这山林营构的环抱里，思想灵性的根苗茁壮成长。我想这茅篷里王羲之住过、智顗住过、德韶住过、李白住过、兴慈也住过，他们在这里生活创作，读书思考、朝拜、静坐，尽得天地机杼，自然造化。

在宋代的时候，华顶茅篷就已经声名远播了。诗人范成大写了《寄题毛君先生莲华峰庵》一诗，道尽茅篷风致：

天台一万八千丈，莲华峰在诸峰上。

峰前结屋屋打头，独有幽人自来往。

湖海云游二十春，归来还作住庵人。

漫山苦荬食不尽，绕屋长松为四邻。

丹诀三千满云笈，往来且喜无交涉。

清晨石上一炉香，此时天地皆訢合。

我衰无力供樵苏，尚能相伴暖团蒲。

但愿瘦筇缘未断，会把莲峰分一半。

　　茅篷之中大师代代辈出。我随行几步，就与诸多大师打了个照面。他们如云飘于茅篷内外，隐逸在云山深处。宋代僧人可湘和尚居在茅篷中，自得其乐，如是自赞：

我本无此相，硬画个模样。譬夫天台华顶峰，阴晴显晦几般状。

顾陆妙丹青，也只写不像。写得像，望他顶头，何啻四万八千丈。

　　而宋代僧人文珦《重游天台华顶峰》也道尽其中情味：

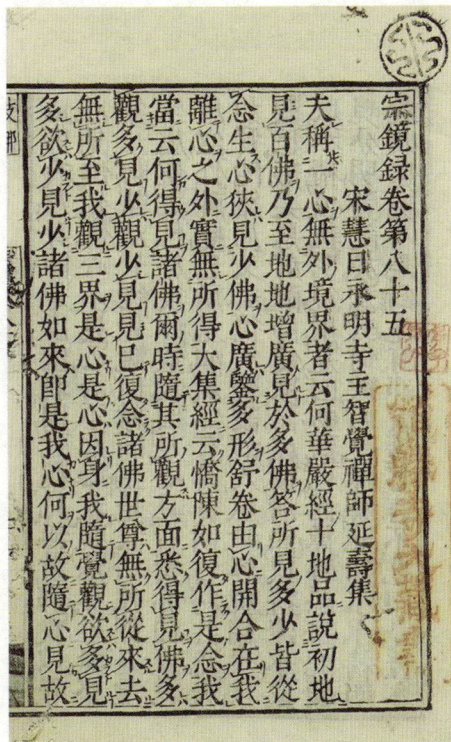

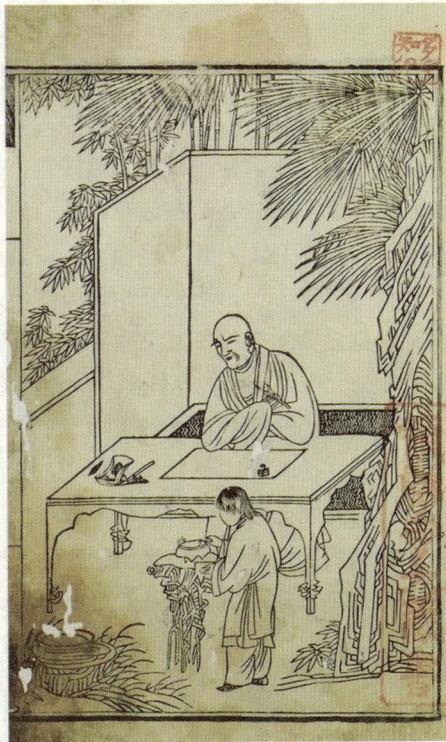

永明延寿禅师与《宗镜录》

梯空上华顶，老脚尚能堪，照胆泉源异，薰人药气酣。

危巅窥巨浸，晴日破重岚。记得前回到，幽人未结庵。

我绕过智者泉，转过永庆寺。它离华顶寺南二里，在天柱峰北，是高僧永明延寿九旬入定的地方，原来就是一个茅篷。德韶大师有徒弟五十多个，永明延寿为最称著者。他是五代时余杭人，俗姓王，曾当过小官，用公款买鱼鳖鸟兽放生，被判处死刑，钱镠知道了，准许他出家为僧。他羡慕德韶学识，到了华顶，住在智者岩，九十天入定，连小鸟住在衣褶里都不知道。九十天，即九旬一夏，为佛家约定俗成的修行日子，即每年的四月十六日至七月十五日结夏安居。在这里，他作偈语云：

渴饮半掬水，饥餐一口松，胸中无一事，长日对华峰。

永明延寿禅师出定之后，就立即参拜德韶大师，成为首座弟子。《宋高僧传》记云："永明（延寿）在德韶会中，普请次闻坠薪有声，豁然契悟，乃云：'扑落非他物，纵横不是尘。山河并大地，全露法王身'"，德韶禅师听到他的话语后，非常器重，当即密授玄旨，付法延寿禅师为法眼宗第三祖，"他日大作佛事（将来一定会大兴佛法）。"

永明延寿先在华顶结坛虔修《法华忏》，又到天柱峰持诵《法华经》三年。

永庆寺原名叫永明禅寺，宋代太平兴国元年（976），赐额为寿宁院，明代洪武三年（1370）改名为延寿禅院，就是纪念永明延寿禅师的。后来永明延寿禅师住在天柱峰庵。他于禅观中见观音菩萨以甘露灌其口，而获大辩才；在一次长夜经行中忽觉普贤菩萨拈莲花在手。他登上智者岩做了两个纸阄，一个写"一心禅观"，一个写"万善庄严净土"，冥想祈祷后，拿起纸阄展开，一连七次都是"万善庄严净土"，于是开始修习净土宗。后来他被延请到奉化雪窦寺当主持，又受钱俶之命到杭州修复灵隐寺，接任钱塘永明院的主持，永明院就是现在的净慈寺。公元970年，他在钱塘江北岸建造了六和塔，钱俶赐他"智觉禅师"名号。北宋开宝七年（974），延寿大师到了华顶山开坛传戒，一万个信徒慕名而来。在龙泉庵里，他著《宗镜录》一百卷，以"举一心为宗，照万法如镜"为要义，全心全意将各宗分歧和合，以达禅教一致。高丽国王非常崇拜，特派遣学僧三十六人，到天台华顶求法。后来他一直住在龙泉庵里，闭门谢客，一心往生净土，次年十二月二十六日，焚香礼佛，端坐圆寂。清代雍正皇帝对其推崇备至，誉为"曹溪后第一人"，称《宗镜录》为"震旦（中国）宗师著述中第一妙典"。

永庆寺住过许多大禅师。明代有真清禅师，居华顶寺为无见先睹禅师守塔，也与荆山大师一起去石梁飞瀑，用《楞严经》互相实证。他又在永庆寺修习了六年，为大众讲经说法，引起人们的关注。朝廷也知道了他的德行，明萧皇太后派遣官员送来金纹紫色袈裟，人文地理学家王士性和各地官员邀请他出去讲经。真清禅师又在天台普光山创建了慈云寺。

明末时，永庆寺毁于火，到了清初，有僧人重兴永庆寺。

潘来有诗写道：

> 天台六十五茅篷，总在悬崖绝壑中。
>
> 落尽山花人不见，白云堆里一声钟。
>
> 深山佳处结茅新，买地无劳问主人。
>
> 耐得封山三丈雪，从君高卧一千春。

这首诗与无见先睹和虚云大师的山居情味是相同的。

在清代，华顶山上的茅篷就很多了，山上气候总是云雨飞雪，一到雨天或冬天，铺天盖地的云团雾凇就来了，茅篷里潮湿不堪，屋顶漏雨，墙壁漏风，难以忍受。大树若被冰雪压住，被风一吹，就被扭断，毛竹弯身到地，风轻易地把它扭裂。茅篷

华顶现存的有修行人居住的茅篷

虽然是石头垒墙，冷风总是循着所有的缝隙往里面钻。茅篷屋顶的雨雪被冻成冰坨，不会被风刮走，但因为湿气弥漫，更是潜心刻骨渗人地透寒。江南多是湿冷，不刮风也冷，刮风了更冷，是故，华顶之苦为四大名山所无。

华顶山上稻田和地垄甚少，加上山高气冷，菜蔬生长不易，餐桌饮食乏善可陈。清代齐周华的《名山藏副本》有一段文字佐证之：

> 诸僧或坐禅，或诵偈，或采黄精、茶叶，或掘蕨粉、毛团，或收罗汉之果，或觅万年之藤，时或钟声传食，或披衲托盂，荷杖破云而赴斋堂，如偃鼠过河，满腹后已。若岁歉客稀，或雪封道断，则各煮瓜煨芋以为粮，豆粥荞糕称为上饭。

乾隆甲戌（1754）年间，来自天津的诗画家金玉冈，对环绕华顶寺的茅篷进行统计，有一百四十三处之多。"望之多不能见，寂寂于万峰之中。真一修行之

地也"。走进一个茅篷里，看到两位老衲垂眉而坐，煮茗正熟，啜其一盂而去，篷中老衲有近百岁者，不用去华顶寺赴斋，寺院送米菜至茅篷之中，他们也无力不能耕种，也不能念经拜忏了，只能靠寺僧和居士们奉送斋饭维持生命。而民国名士傅增湘之茅篷记述，乃一美文也：

> 华顶寒沍（凝结、冻结），居者苦寂，故大寺虽规模壮阔，而缁众（僧人）长住无多，因之左右茅篷，转称极盛，东西两涧七十余所。大者数十楹，小者或三五楹。皆跨涧依崖，编茅代瓦，耕云锄月，枯寂自甘。余尝引杖自寻，所至多就松结舍，累石为垣，苔藓苍寒，殆绝人迹。及入其庐，则经典精严，瓶炉精洁，花香盈室，几案无尘，挥麈清谈，使人穆然意远。其人大抵退居之尊宿，或苦行之头陀，慕岩栖谷饮之风，矢绝世离尘之志，故卜居于此，一瓢一衲，独隐单栖，诵偈坐禅，潜修净业，此真佛窟之家风、灵山之妙境也，尝阅潘次耕（潘耒）记云：岩阿涧曲，间植团蕉，独木为桥，老树缚屋，落花不扫，经声琅琅，为圣为凡，莫得而测。知台山茅篷之风，已数百年与此矣！

另有民国名士胡行之撰文，道尽茅篷精神：

> 所谓茅篷者，多在山坳僻处，建立小屋，上盖以茅。厚至数层，横压以木，复以绳索贯穿，系之以椽，不知为风所吹。大者五楹，小者三间，近亦有髹漆华丽，而以铅板玻璃等为之饰者。……天台高而清寂。禅家修道，确最适宜，而以小茅篷养心念佛，得可参悟。

我以为出家人正当寻此静地，真心修养，否则赶热闹，想繁华。在大都市混迹参禅，参的大多是野狐禅，胡行之在弥陀寺见到一个九十二岁的老者，人皆尊敬，但自食其力，但体格强健，乃清心寡欲所致：

> 白云深处多茅篷，一佛一僧一世界。
>
> 旁人莫笑道者痴，几辈能偿清净债？

太白堂也是一个茅篷

尽管如此，华顶茅篷的山林高风令人敬仰。真清法师在无见先睹墓塔旁结茅而居名列《明高僧传》；清代超恒在天柱峰茅篷刺舌血书写《华严经》一部；释梅谷在青狮堂修行；清乾隆四十九年，原国清寺主持宝琳禅师在华顶妙峰庵退居，被尊为"宝琳珍祖"；民国兴慈法师，在拜经台下坞云居昼夜禅观，著有《金刚易知疏》；当代武术大师海灯，曾在一空置茅篷里精修禅密，高明寺方丈觉慧法师在至堂岸茅篷面壁修持……

永庆寺旁边是雪庵和青狮庵，乾隆年间，袁枚曾经到那里拜访过著名的画家梅谷先生，但是没有遇到，即使是三顾茅庐也无缘见面，只好遗憾地写了一首诗，"为访寺僧去，空山不见踪。茅篷无锁钥，自有白云封"，颇有唐代贾岛"松下问童子，言师采药去，只缘此山中，云深不知处"的味道，遗憾的是，在华顶茅篷他连一个童子也没见到。

英国传教士李提摩太来华顶山的时候，得知山上有二十多个佛寺，有一百八十多个茅篷。那些修行的人把自己锁在茅屋里，墙上开一个十五英寸的圆洞。茅篷里，有个修行的人来自上海，在一个洞里修行四年，断除心中罪恶的念头。李提摩太为他拍了一张照片，他很诚实，头发已经长到十英寸。李提摩太还参观了山上的其他茅篷：第一处门紧锁着没人应答，第二处看到了一个剃了光头的人打坐在垫子上，正在念诵《金刚经》。那人对李提摩太说，念诵《金刚经》有四十五年了，为李提摩太泡上一杯华顶茶，五十米开外，一对六七十岁的夫妇一边工作一边念经，他们是山上的采茶人，每采茶一斤可得八文钱。卖三斤所得到的钱，约等于三个先令。他们的旁边有个门洞，一英尺大，有个僧人在里面打坐，当时有一百多个人住在茅篷里，一般都不出来见客。

清代，有一个名叫辛丝的人到了华顶茅篷，遇到一位名叫静如的女修行者，说自己已经一百二十岁了。辛丝一激动，就写诗记之：

华顶访茅篷，铢衣飏晚风。

烟霞浮磬外，日月贮壶中。

药采村姬碧，花簪酒姥红。

玉颜忘甲子，应是李腾空。

山中无甲子，岁尽不知年，红尘纷纷扰扰，时世翻翻覆覆，那些潜心修行的人，靠一方山林，靠一泓渌水，面对一片云霞，自有一番天真妙趣。

我忽然想起，近代大德虚云与德韶、永明延寿等都居住在华顶茅篷之中，朝夕与云水相依，深得灵机妙杼。虚云大师活了一百三十岁，原籍湖南湘乡，生于福建泉州，俗姓萧（肖），初名古岩，又名演彻，字德清，别号幻游。他十八岁离开家乡，在十九岁那年到了福建鼓山涌泉寺，在涌泉寺当过水头、园头、行堂、典座，四年之后跑到后山岩洞中修头陀苦行。"居则岩穴，食则松果，渴饮涧水，髭发覆肩，衣不蔽体"，如此又过了数年，终是无成。后来到了浙江温州，一位行脚僧让他去天台华顶龙泉庵找融镜老法师。"融镜是天台第一有道德者，必能饶益汝也。"虚云大师到了华顶龙泉庵，看到虚云大师的装束，融镜顾视良久。

虚云大师像

融镜曰："你是僧耶？道耶？俗耶？"

答曰："僧。"

问："受戒否？"

答："已受具（具足戒）。"

问："你这样，试有多久？"予略述经过。

问："谁教你如此做？"

答："因见古人每多苦行成道，故此想学。"

问："你知道古人持身，还知道古人持心否？观你作为，近于外道，皆非正路，枉了十年功夫。岩栖谷饮，寿命万年，亦不过如楞严十种仙之一，去道尚远！即进一步，证到初果，亦不过自了汉耳。若菩萨发心，上求下化，自度度人，出世间不离世间法。你勉强绝粒，连裤子都不穿，未免显奇立异。又何怪功夫不能成片呢？"

予被老人痛处一锥，直透到底，复顶礼求开示。

师曰："我教你。若听，在这里住；不听，任去。"

曰："特来亲近，焉敢不听？"师即赠以衫裤衣履，令剃发沐浴，作务去，并教看"拖死尸是谁"的话。

予从此试粥试饭，及学天台教观，勤劳作务，得师嘉许。

此乃清代同治九年（1870）秋的事情，见之于虚云大师年谱。

融镜法师的望头喝，终于打破了虚云法师的执迷，让他走上正道。不然，虚云真的陷入迷雾之中，连当个自了汉都不可能。融镜也叫云镜，虚云跟随他学了五年，总是深深感怀。后来他在《悼天台华顶龙泉庵融镜老法师》诗中说：

临行悲嘱付衣镯，正是薰风四月时。

门外影存陶令柳，堂高难和远公诗。

雨翻荷叶添新翠，泪滴莲根叹色丝。

惆怅吾师真面目，寒光一片透龙池。

领师棒喝两年余，自审通身痛未除。

倘揭盖缠登宝地，便离烦恼见真如。

频沾慈惠春临半，得奉清光月上初。

昨日传闻师坐脱，令人肠结不能舒。

五十年代，虚云大师生病，在梦中赴兜率宫法会，听佛讲经说法，他看见听众之中就有融镜法师。与无见先睹一样，虚云大师曾有山居诗记叙华顶山茅篷的生活。

> 山居意何远，放旷了无涯。
> 松根聊作枕，睡起自烹茶。
> 山居道者家，淡薄度岁华。
> 灶底烧青菜，铛内煮黄芽。
> 山居无客到，竹径锁烟霞。
> 门前清浅水，风飘几片花。
> 山居饶野兴，柱杖任横斜。
> 闲情消未尽，过岭采藤花。
> 山居春独早，甚处见梅花。
> 暗香侵鼻观，窗外一枝斜。

虚云大师将法眼宗传承世代进行确定：第一世是法眼文益禅师，第二世是天台德韶禅师，第三世是永明延寿禅师，到第八世是虚云古岩禅师，即他自己。

闲云潭影日悠悠，物换星移几度秋。华顶山中景物变迁，诸多茅篷已非旧景。华顶茅篷大多称庵，分东茅篷和西茅篷，西茅篷以莲峰庵弥陀庵最大，东茅篷以药师庵最大。其他著名的碧茗庵、不昧居、慧明庵、天兴庵、法镜院、文殊院、兜率寺、彩云庵、高茅篷、宝云寺、香林庵、觉岸茅篷、极乐庵、宝华庵、菩萨室、花芯居、地藏庵、斗室、碧茗庵、般若庵等，而今龙泉庵与诸多茅篷早已经无迹可寻。

民国名士蒋叔南说，那时华顶茅篷建筑是很讲究的，其费用需要一千元左右。陈友琴在华顶山见茅篷藏在幽林深处，不可胜数，仿佛到了西天佛国一般，到处听见清磬木鱼的声音，还有诵经拜忏的虔诚。当时里面的陈设极为讲究，客堂里的椅桌还有楼室的几窗床榻，都清净无尘。推开门窗四面却是云遮雾罩之景，不辨南北东西。他看见药师庵里有不少游客，有时髦的女子，伴着胡琴的音调唱起京剧，似乎与周围的佛音不谐和，但这是一种自然的感觉，有些真正的禅意，不是枯坐和诵念得来的，它与山中的云彩一样，随处随地而生的。

新建的茅篷

　　蒋叔南来时，药师庵除了卧佛楼，还有琉璃界，庵主也给他看金钵和玉印，玉印碧色三寸有方，上镌双狮钮，有"天台名山药师如来应世宝印"字样，金钵是紫铜制作的，有龙形旋回，外方，极为精致，间有金质，斑驳夺目，口广五寸，称重有三十两，不知道它从哪里得来的，但是，庵主把它们视作镇宅之宝，平时锁在佛橱里，不轻易示人。

　　民国台州临海人项士元在药师庵休息时，老僧给他看金钵和玉印，还有三个椰瓢。金钵光彩焕发，底部有"唐贞观十三年制"的字样，玉印绿色，方二寸许，篆刻不工。椰瓢是椰木做的，上面有"延年益寿""歧胡之寿""使圣人寿"等字，想是吉祥之礼。药师庵供奉着药师佛的卧相，上面盖着绣被，似梦非梦，于是人们到这里祈梦的特多。从项士元的文字中约略知道，药师庵边上出产的茶叶，味道不亚于龙井。项士元说，药师庵是光绪年间的笑禅上人经营的，庵中，有藏经和俞樾所书的"药师静居"的匾额，但这些旧物早已没有了。我曾在网上看到的，却有当年华顶峰朝山进香袋。

　　在现代人的记忆中，药师庵也是一个革命遗址，1930年4月23日，地下党发动桐柏暴动失败，一部分红军战士撤退到这里，却被保安队包围，因为山上云雾浓重，湿气大，枪支火药受潮打不响，结果牺牲了许多战士，有部分战士突围出来，转到外湖村分散，继续地下斗争。

　　20世纪80年代中期，我们文学作者在药师庵举行笔会，那时药师庵保存完好，是石头围墙的小院，墙上有六个圆圈，写着"南无阿弥陀佛"，形制独特。它本来是三个两层的院落相连，庵内有内室上百间，可容纳几百人居住。我们走在楼板上，硿硿地响，摇摇欲坠。没出几年，药师庵就塌了，现在只看到围墙的一角，在雨中我只能无言凭吊。

　　20世纪60年代，华顶茅篷大多成为林场职工宿舍，有些成为制茶场，林校就办在药师庵里，尽管一些老茅篷消失了，又有新的建造起来，西茅篷一带造了许多新茅篷，供人居住。天柱峰庵也修得很好，住了几个修行者，常有当地民众前来供养，维持得很好。如果把药师庵修好，华顶又增色许多。

　　在我的心目中，拜经台北面的黄经洞，实际上也是一个茅篷，太白堂也是。在华顶行走，我想起茅篷中大师云集的时光，庐山牯岭的别墅住着民国达官贵人，而华顶的茅篷却是文人禅师，是天台文化与山水融合的高地。古人在诗歌中如此咏叹：

　　　　嵩阳不得到，华顶可徘徊。
　　　　当知吾性分，自有一天台。

　　　　　　　　　　　　　　　　——［宋］陈恬

天台三万丈，华顶入穹苍。
片石群魔慑，千年古寺荒。
树枯頳菌出，僧老白眉长。
极目沧溟际，烟波更渺茫。

——［宋］释文珦

老宿清无侣，名山住有年。
须留三寸雪，衲挂半窗烟。
破屋眠秋雨，孤铛煮夜泉。
相逢笑相别，红叶满霜天。

——［明］圆复

海色迢迢半紫氛，娑椤开落夏将分。
道人清晓下山去，纸被一床铺白云。

——［明］唵嚽香公

白 云 之 书

华顶寂静的云海又开始升腾翻滚起来了！

漫天都是飞奔的云朵，就像一个小小的精灵，从峰顶旋舞，在山口碰撞，与树木颉颃。我听过民间的一个说法，云路茫茫，自东而西，云到新昌的时候，太阳就出来了，它就蒸腾了，所以新昌茶的味道，就不及华顶。但最多说法是这些云都要沉降在归云洞里。我们追逐着它们，穿过树林，来到崖顶之上，那归云亭是石头垒砌的，很别致。站在亭子上，凭虚凌空。

云朵退去了，远处就是延绵不绝的群山，阳光透过云缝，撒落斑斑点点的光影，使得远山更有层次。几年前，我在归云亭见到了华顶的一场大雷雨。华顶寺上空阳光靓丽，而归云亭北边的狮子岩坑和香宝瓶及石梁飞瀑一带，乌云滚滚，大雨滂沱。山峰隐藏在黝黑雨云中，仿佛进入夜晚，迅雷在空中回响，一道道闪电如鞭子啪啪地抽打在对面的树林和山石上，发出轰隆轰隆的巨响。云中飞出了一匹马，又一匹马，伸长它的脖子，最后成了张牙舞爪的龙。那龙钻进了云层，雷电也没有了，雨声也少了。天也渐渐开朗，霞光漫天，从晴空到下雨再到晴天，时间持续了一个多小时。朋友张峰拍摄成视频，放在网上，点击量已经超过三十万。

在夏天，雷雨说来就来，说去就去，夏雨隔屋背，华顶的山坡是天然的锋面，热云沿着锋面上升，遇到北面的冷空气，就变成豪雨轻洒了下来。到了夏天，台风雨季，一忽儿一朵云过去了下一阵雨，一忽儿天晴了，等会又是一阵雨。晴天

华顶白云之书（裴秀颖 摄）

落白雨，倒成了山中的奇观。

山上有歌谣说，晴天落白雨，和尚背屋柱，意思是晴天下雨，和尚也无法出坡，只能在廊下靠着屋柱休息。有人说是和尚背妇孺，那是恶搞，农民也不知道妇孺是什么，只知道雨中的僧人，不管在路上，还是在寺院里，都在虔诚地念经。

华顶寺被林场主管的时候，我的几个朋友就在这里工作。他们既是场员，也是艺术家。他们写诗，练书法。朋友丁小江笔名潇江，出过两本诗集，许多诗句是在华顶林场写的。他在华顶林场办起一个人的诗社，油印了一本森林诗。诗歌使他潇洒起来，尽管高山之上，但他不寂寞，许多诗友都来找他，朗诵诗歌，看云看雨看森林。我们经常在华顶举行诗会，在华顶寺边的小径行走，我不知哪里来的勇气，唱出一首鼻音很重的《回娘家》。那些女诗人觉得歌声与周围的环境不协调，尤其是梵呗和钟声响起的时候，但我觉得，音乐诗歌无界。流行情歌曲调，照样可以填上佛道的歌词，也能起到弘法作用的。我一本正经的话语和真心所唱的歌，还是引起姑娘们肆无忌惮的笑声，我绝不会责怪她们对我的不尊敬，因为她们还不懂什么是艺术的精髓，就像她们对朋友彭兴荣写的"电线是山林的

白云书诀

"鼻孔"大惑不解一样。丁小江和彭兴荣的诗都是刻骨用心的。人活着很不容易，能自由地写自在地唱就已经很好了。在这世界上，我们还渴求些什么呢？万万没想到我的歌声在彭兴荣的散文里出现了：

> ……明刚的歌声仍然顽强地钻进耳膜里去，我笑了一阵之后，大概情绪得到了释放，能够较为自持，抬头看去，山下市镇上的房屋细小得模糊成一片，人就根本看不见了，不远处华顶寺的伽蓝掩映在葱郁的古木之中显得宁静安逸。站高了才知道人是多么渺小和微不足道，这些都是在我笑声里倏忽而过的景象和思绪！突然，我想到也许我就是另一个唱歌的胡明刚，而我不知道被谁所笑！

丁小江因为写诗有成就，调到文联，走出华顶，但他还是记忆华顶的时光，现在与我谈起，他对华顶的风景更加清晰，约我一起同游。我希望再组织一批人在华顶举行一场诗会。要知道，那是浙东唐诗之路的制高点。

写诗的丁小江离开了，写书法的朋友陈益民来了。

平时他住在华顶，喜欢动笔，他喜欢书法，也喜欢山中的白云，于是他把自己

墨池

国清寺里的独笔鹅，相传王羲之在华顶写了一半，另一半由天台曹抡选所书

的书房称为归云轩。他同许多外地朋友眉飞色舞地说起王羲之跟随白云先生学习书法的故事。他整天看旭日升起，风吹树叶，白云飘过山冈。拜谒王羲之墨池，爬黄经洞，去白云先生的灵墟，自然感触很多，在林场宿舍里，他不论寒暑，整天面对纸墨笔砚。乐趣多多，即使冬天大雪封山，冰挂屋檐，他呵热冻得通红的手指，呵软冻得梆硬的笔头，经年不辍，终于形成自己的书艺风格。我与他走在华顶杜鹃林，看那些老树虬枝，扭曲宛转，犹如书法笔韵，在冰雪时节，黑白分明，能看出许多飞白。

陈益民住的宿舍在林场葛玄茶圃的下面，现在有一个新建的永字碑亭，与归云亭面对，亭前面几棵老树已经干枯，树干上有虫子爬过的痕迹，如镂刻一般，宛如金文汉隶。而华顶寺无见先睹禅师的墓塔对面，有一个小池，池水黝黑，是因为生长着很多藻类的缘故。但当地人说，这是王羲之用来洗笔的墨池，这池水是王羲之的墨染的。

王羲之是东晋时期著名书法家，名逸少，山东琅琊临沂人，后迁会稽山阴，晚年隐居剡县金庭，有"书圣"之称，与其子王献之合称为"二王"。未到天台之前，王羲之写《黄庭经》，空中有话传来："卿书感我，而况人乎？吾是天台丈人也！"王羲之问长者仙号现居何地，"天台丈人"微微一笑，"灵墟山上一朵云"，就如云一般飘走了。于是王羲之沿着石梁道而上，到灵墟山拜其为师。

"天台丈人"即白云先生。姓许，名紫真，也叫玄度（元度），他整天与山中白云为伍，餐霞、服雾、茹芝、炼丹。王羲之谦恭地请白云先生指教，他就提笔在纸上写了个"永"字，还告诉他"永"字点、横、竖、钩、折、撇、挑、捺八法的笔诀，"练好永字八法，书艺必定大有长进。"

王羲之从白云流动中，悟出了永字八法，也把兰亭序中的二十几个"之"字写得各不相同，出神入化，神韵盎然。白云先生养了几只白鹅，让它们游在池中，王羲之从鹅蹼划动中，悟出执笔用笔的奥妙。

墨池的碑文是国家林业局的赵学敏写的，边上有雕塑，表现王羲之学习永字八法的情景，墙壁上镌刻的是王羲之的《白云先生书诀》：

天台紫真谓予曰："子虽至矣，而未善也，书之气，达乎道，同混元之理。

七宝齐贵，万古能名。阳气明则华壁立，阴气太则风神生。把笔抵锋，肇乎本性，力圆则润，势疾则涩；紧则劲，险则峻；内贵盈，外贵虚；起不孤，伏不寡；回仰非近，背接非远；望之惟逸，发之惟静。敬兹法也，书妙尽矣。"言讫，真隐子遂镌石以为陈迹。维永和九年三月六日右将军王羲之记。

这篇书诀见之于王献之的《论书表》。现在被陈益民重新书写了一遍，刻在墨池的边上。

这篇书诀有人说是托名王羲之所作，有人说是王羲之真正的作品，莫衷一是，据《法书要录》记载，王羲之有四百六十五帖，从没有用右军署名的。但是王献之《进书诀疏》中说："臣念父羲之字法为时第一，尝有《白云先生书诀》进于先帝之府"，所以，这篇作品还是不能否定是王羲之创作，可能是王羲之亲笔所写，后面一句是别人加上去的。

此书诀以阴阳论述书法。贯之以气以道，通混元之理，是颇具开创性的，文辞卓然，与兰亭集序不相伯仲，一贯相承。学者周琦曾写出《天台白云先生书诀考》，阐析这篇书诀的源流，考析了白云先生的来历，最后得出结论：书诀即是王羲之于东晋咸康（335～342）年间与妻舅郗愔天台寻仙学书时在华顶开悟的心诀。就浙东而言，绍兴兰亭之墨池影响最早也最大；其次是天台华顶墨池；复次是剡中黄罕岭王羲之终隐地墨池；第四就是温州墨池。周琦考证出北宋台州诗人杨蟠的《墨池怀古》是最早的咏赞华顶墨池的诗：

> 书画尝闻晋右军，当时深遁乐天真。
> 空山寂寞人何在，一水泓澄墨尚新。
> 灵运也思轻印绶，季鹰还解忆鲈莼。
> 高风复古应相照，共是知几此避身。

宋代的胡融就有诗写墨池：

> 吾闻逸少笔，入手铦如戈。
> 结庐在华顶，凿池派天河。
> 书将鬼汗写，墨遣神手磨。
> 揉藻卧白云，秃兔堆成坡。
> 临池日月远，素流变玄波。
> 咨嗟抚遗迹，寒猿啼薜萝。
> 搏壁寻瘗鹤，入洞求换鹅。
> 长松落青荫，石巘空摩挲。

华顶墨池很小，但历史悠久，至少在宋代时就名闻遐迩了，当时墨池边上还建了王右军书堂，胡融有诗为证：

黄经洞远眺

　　右军本清真，名题列仙籍。
　　朝披赤城霞，凭崖望南极。
　　不读人间书，诛茅近东壁。
　　松窗拂清霭，石架横野色。
　　草圣天仙求，竹扇山猿觅。
　　不有铁石心，敢迹虎豹迹。
　　高歌振林木，上与霄汉迫。
　　时有太一星，拥杖照几席。

　　胡融也提到拜经台下北坡的黄经洞："今从招手沿石磴而下，岩岫杳霭处，有黄经洞，先生之隐也。闻逸少尝与先生裂素写《黄庭（经）》于此，故名黄经（洞）。先生羽化，遗书多藏石壁。好奇之士，往往穷搜于崖石藤萝之间，今磴栈蒙翳，洞穴冥绝。闻有二虎乳子其中，寻之者自崖而返。墨池在绝顶右军书堂之侧。书传不载，得之野老云尔。"其诗曰：

　　平生山水癖，遐往心独喜。
　　采秀凌丹丘，忽遇白云子。
　　腰剑苍龙活，野袂青霞起。
　　邀我石洞行，共坐啖石髓。
　　架有黄庭经，犹是东晋纸。
　　粲若锥画沙，其字大如指。
　　口传却老术，长跪与进履。
　　吾心在魏阙，焉得给薪水？

20 世纪 80 年代的时候，我们开笔会经常去黄经洞，从拜经台的北坡下去，是一条悠长的石砌古道，沿着山坡蜿蜒而下，然后横走，才能到达，黄经洞是一个三面凌空的岩峰，旁边有石砌的断墙，曾经有人居住，从下面的洞口进去，崖洞不深，仅容一床一桌而已，爬到里面，踩着岩棱，一个引体向上，便从上面天窗一样的洞口探头上来，站到峰顶上了。山风拂面，上下虚空，自然想起《黄庭经》中的句子：

上有黄庭，下有关元，前有幽阙，后有命门，嘘吸庐外，出入丹田。

书法就是一种养生功，运气、呼吸、阴阳、动静、柔刚、起伏，乃至章法，都如同白云流动，溪流宛转，乃是真正的山水境界。

王羲之诸多的墨池和鹅字碑，都是全民景仰的书法圣迹。国清寺的一个鹅字碑，据说就是从华顶得到的，传说，天台人曹抡选有一夜住宿在华顶寺内，忽然一道红光闪现，循光寻去，见半块鹅字碑，为王羲之的手迹，便立即虔诚地补写了另一半，合为全璧，镶于国清寺的三圣殿东首莲舟室的墙壁上。

让我感到欣喜的，华顶山的王羲之书法圣迹的打造已经开始，将来需要做的还要更多。欣慰之余，借用明代贾诗的一首墨池的诗：

墨池千古覆青冥，内史当年写道经。

换却白鹅今不见，空遗寒碧照山亭。

莲 峰 三 望

站在华顶之上，我四处环顾，群山相缪，起伏回环。我忽然想起江苏散文家黑陶从龙皇堂经察岭登华顶的情景：

蝴蝶就像黑色的鸟飞过头顶，给人的额角带来了一羽突然的微小凉风。"群山万壑赴荆门"，从龙皇堂步行前往天台的最高峰华顶，随便在盘曲的山道上一站，眼前就是此景。不过这里应该用"赴东海"更为贴切。天空下深处的群山万壑，其实就是波涛汹涌的青碧大海——起伏、然而凝固的大海。"天台四万八千丈，对此欲倒东南倾"，人在这凝固的海浪海谷中移

永字碑亭

拜经台为一望，柏树岩尖为二望，左边的绿葱峃岗头为三望。在这里可以看到东海。

动，就像漂浮的草屑和蝼蚁……

华顶乃是一座仙山，宋代天台高道白玉蟾在诗中将桐柏与华顶并题：

> 桐柏山头避俗嚣，篇诗斗酒自逍遥。
>
> 九峰野草迷丹灶，三井飞泉喷石桥。
>
> 万顷白云蒸绿野，一声黄鹤唳青霄。
>
> 人言华顶高高处，东海蓬莱浸海潮。

华顶之华，同花，天台山就像一朵莲花，华顶就在花心之上，这个只能到山冈上才能看得清楚。华顶的花瓣，苍山是一瓣，菩提峰是一瓣，通玄峰是一瓣，石桥山是一瓣，而学堂冈是一瓣，加上其他的小瓣据说也有七十二个。

天台当地人，把华顶峰以及学堂冈的山峰，称为三望，拜经台是三望，正对面学堂冈西端柏树岩尖为二望，东边的绿葱峃前面的山峰为一望，据说这三处均可看到大海。

学堂冈位于拜经台东边的对面，外湖村的北边。每次日出，太阳都要从那里升起来。夏天的时候，有它的遮挡，山高日上迟，但到了秋冬季，太阳就从外湖村那个水牛背脊形状的前山升起。外湖村北是岩头厂村，往里到外湖坦，原来有华顶林场分部，依靠着学堂冈。

李太白读书堂，石梁人简称太白堂，离外湖村八里，离岩头厂五里。柏树岩尖和学堂冈是拜经台对面的山峰，气势磅礴，从柏树岩岢防火线上去，往东沿山脊走，周边景色一览无余，四面都是幽深的大峡谷，与华顶拜经台所见的并无两样。沿山脊行走，心胸广阔，乐趣无穷。学堂冈与拜经台一样，都是佛寺和村庄的天然屏风，它们的北边山坡很少有人居住，满眼所及的却是一片原始森林。

柏树岩岗见不到一棵柏树，却有一片清一色的金松林。正午的阳光射下来，在林下筛落点点光斑。传说有个带着行囊旅行的人，看见这里没有一棵柏树，就说这里名不副实，诓骗人家，话音刚落，一阵大风起来，一阵云上来把他眼睛迷糊了。云渐退去，他的行囊挂在崖顶的树上，他只好磕头如捣蒜，行囊啪地掉下来了。

学堂冈东西方向延伸，从柏树岩岗到外湖坦后山，再到绿葱岗，山顶有四里左右。从华顶寺到绿葱岗林场，有十几里，山顶平直，旧时山上有古道可以通往绿葱岗和五村，如果在公路上绕行，就要转三十几里。

这山地深处，怎么起了"学堂冈"这个颇具文化气味的名字呢？"学堂冈"这名字不是凭空想象得来的。据奚援朝先生引述民间说法：一是智顗曾在拜经台东面朝东的空地上讲经说法；二是李白在这里结个茅篷，研习诗文；三是德韶大师在这里开过道场，办过学堂，讲经说法；四是明代万历年间，华顶寺一度大兴，各地僧侣在这里学习天台宗经典，寺院专门在这里建造学堂，供弟子学佛。

《徐霞客游记》载，徐霞客住在华顶寺，去拜经台看日出，却走错了路，误登东峰望海尖。查天台县志，华顶峰近旁无望海尖东峰的地名。而东峰在学堂冈东南外湖村的边上，望海尖在浙东大峡谷南边，是天台宁海的交界，翻过去就是宁海王爱、双峰管辖的地盘了。峡谷的对面，就是双峰的逐步村。

徐霞客误登东峰望海尖，是在学堂冈下走过的。他登上柏树岩尖，是可以看到日出的，我认为他没登上去，一直朝东峰望海尖方向走，走了一段路就回去了。徐霞客走到柏树岩岗地方，发现路往下走，才返回来，往西才得去华顶的路。"归来已更余矣"。

在明代的时候，学堂冈上的道路是很宽敞的。

走上学堂冈二望山顶，有一片小平地，据说是当年学堂的旧址，现在有一片小沼泽地，常年不涸，里面有一个规模很大石砌的坟墓，据说葬的是华顶寺高僧。我想走进去找个碑刻什么的，没有见到。和尚坟边上长着成片的野覆盆子，酸酸的，用来浸酒是最好不过的。大概受2008年冰雪灾的影响，和尚坟附近的北坡，所见是一片被风雪折断枝干光秃了的松树林。

学堂冈山上草木丰茂，泥土丰厚，地势很高，山巅长满许多黄山松。这些黄山松奇形怪状，树身上全是瘤子，是受风雪压迫折磨的结果。听林场的朋友说，华顶山国家森林公园是全国唯一的黄山松种子基地，学堂冈山顶上的松树才是

华顶米芾山水之意（裴寿领 摄）

最正宗的黄山松,可以与华顶的杜鹃花相媲美。与黄山松相媲美的,是学堂冈下外湖坦林下种的一种药材——白芨。白芨与黄精、柴胡、党参、白术一样,是华顶山间特产。

外湖坦原属华顶林场分部的三四间两层木屋,现在已经垮掉了,只剩下地基,估计不久成为白芨种植基地的总部,形成一个新的观光旅游点。白芨基地是浙江省乡村精准扶贫项目,有为老百姓造福之功。

外湖坦到学堂冈去柏树岩峁的山顶樵道,已经砍出一大半,若与柏树岩峁防火线对接,既是山林防火线,又是很绝妙的徒步线路了。只要将路边遮挡视线的杂柴砍掉一点,视线就放开了,就可以放眼看绝妙的峡谷风景了,再把山顶适当平整一下,让游客搭个帐篷,可以做饭住宿,再建几个长廊和凉亭,可以遮风挡雨,就可以方便游览,投资不多,建设幅度不大,也可以值得考虑的,随便修整下,这里就可以成为一个新景。

从外湖坦到柏树岩峁,可以沿着原来老山路走。这条路如果拓宽能驾车,就可以与外湖坦天培线公路对接,成为一个环线,旅行运输也少弯路可走,沿途山景宛如画图一般,给人绵绵不绝地惬意。

与诸多朋友行走,我忽见华顶三望宛如三个台顶,顶对三辰,所谓的三辰,就是三台星,即是中台、上台和下台,属于大熊星座,是一个美好的对应,朋友拿来航拍的图,竟然发现,这周边的小小山峰,竟然组成了一个北斗七星的形状。

我不禁得暗暗称奇,心里呼喊了一声。

学堂岗眺望浙东大峡谷

第二章 石梁飞瀑

水 木 清 华

天台山是天下名山，诸多风景中，首屈一指的就是石梁。

据《太平寰宇记》引《启蒙注》："天台山去天不远，路经楢溪水，深险清冷。前有石桥，路径不盈尺，长数十丈，下临绝涧，惟忘身然后能济。济者梯岩壁，援葛萝之茎，度得平路，见天台山蔚然绮秀，列双岭于青霄，上有琼楼、玉阙、天堂、碧林、醴泉，仙物毕具也。"

石梁所在的地方，叫作石桥山。

石梁飞瀑

水木石三重奏

小铜壶瀑布

　　无论华顶还是石梁，仙佛兼而有之。从华顶到石梁的古道，是真正的浙东唐诗之路，也是徐霞客古道的精华地段，因为茶，因为诗，因为禅，我沿着挈桶档的山路行走，顺着溪流方向继续下行，走向石梁，石梁之东为金溪，是华顶山北麓下来的剡溪正源，一条幽静的山径在田野树林间穿行，有一段是土路，有一段是石头铺设的大道。因为造公路，它被断了好几截，但是名副其实的唐诗之路和徐霞客古道精华地带，翻过一座小山冈，就能看到华顶了。

　　1916年10月16日，张元济与傅增湘同游天台山，曾写下一首五律《冒雨由华顶至上方广寺，答沅叔见怀，即步原韵》：

　　　山中晴雨事，今夕最关情。

　　　恍入朦胧境，重闻渐沥声。

　　　夜寒乡梦促，地迥楚音清。

　　　便欲冲云去，相将笠屐行。

　　而现在，人们直接驱车经过龙皇堂大兴坑岭，到石梁铗剑泉上方，然后由摆渡车带到下入口，溯溪流而上。游览石梁飞瀑和铗剑泉诸景回到上入口，这样走了一条环线，也避免走回头路，旅游的路线也长了许多。以前人们游览石梁飞瀑，是华顶与中方广寺相接的路口进去，同样可以在水石森丽草木葳蕤中，一路感受石梁溪山的韵味。

　　石梁景区的下入口是在眠犬村下，那里因为岩石如睡着的小狗而得名。石梁景区的入口，对面山脊上有一条防火线通向那里，新入口建成没几年，配套建筑有点日本式，倒与周围的溪山结合得很和谐。

　　刚进去，山溪很平和，在乱石间缓慢地穿行，两旁的树木舒展地生长，还是显得很平和，转了几个弯，路往下走，几十米下去，听见哗哗的瀑布声，往左边望去，一条瀑布，孤零零地在崖上挂着，如丝带一般，细看这崖下，是往内深凹的，就像铜壶的内壁，浑圆，周正。瀑布并不贴壁，就像茶从壶里倾泻出来的，就这么一条，并不细弱，声势很大，它落入深潭之中，激起白白的水花。上午的阳光照在瀑布上，一片透亮，瀑布映在潭面上，如梦幻一般。在潭边的石碇步上行走，对面一块突兀的崖石，发现岩缝之中长了几棵映山红，倔强的花朵依旧鲜艳。

我回转主路，继续前进。依路两旁都是裸露的岩石，那些树木从岩缝中探出身来，有的树根紧紧地抓住岩石，如鹰爪一般有力，紧紧攥着岩石，那是它的命根子。我觉得石梁的土质是瘠薄的，在这么一点点微小的花岗岩崖隙石缝里生长何等艰难，何况是参天的大树！有些树木横在路上，直接从路

法华晨光大印

上生长，有些如体操一般树枝斜着探进溪水，又猛然昂首挺胸。我觉得，山石有灵，这石梁树木也是各有神韵的。

我去石梁不知其数，总是为这里的树木浓阴深深地陶醉着，反复观察，细细品赏，领略他们的种种情调。连绵蓊郁的树木密密层层，累累叠叠，乔木灌木互拥。首先给我的感觉是悠远的。阳光丝丝缕缕，落在树的间隙里，落在溪床的石头上，还有迸涌的溪流上，散发着点点的亮斑。溪中有水雾升起，尤当微妙。

转过一个弯，忽然看见一小瀑布下的一个天然大印章，是用整块山石刻制的，我看出是四个大篆字："法华晨光"，是孙新龙的作品，智顗以《法华经》作为创立天台宗的理论依据，就像漫漫长夜之后，东方欲晓，天边露出一片晨光，心底一派澄明。溪流经过这巨大的石印后，更加宽敞了，穿过一座石拱桥，桥上有四字，双龙交汇，与石梁飞瀑的溪流回合而北流，其下北边山坡上奇石磊磊，有一条大鱼从空中跃下，下面有更多奇形怪状的岩石，如佛如仙。我在散文中写道：

　　　　时届深秋，落叶树的灰枝丫描在常绿树的阴翳里，顿觉醒目，而枫叶的红影现于崖端，更觉粲然。天空是明净的，一派纯净蔚蓝，使得远山的树木更加清晰与苍翠，近处的丛树映着日光，一片亮丽；有几朵无名的小菊花淡淡地开放着，便闪现出繁星一样的光点来。我们溯流面上，身旁清泉潺潺

响翠，翔鱼畅然无虑地游泳，摇荡着岸上的树影，把所有的尘俗一晃而空。我一一细看这独特的树木，有两棵紧缠相偎如热恋情侣在路旁的，也有横路拦截着做绿林好汉的，也有卓然修长如逆旅书生的，也有粗壮伟岸如侠客武夫的。一棵树孑立在道中忸怩伸肢做歌舞少女的，另一棵在崖上直坠深潭中又猛然腾升做健美体操的。树木犹如团体社会，各有异秉，各领风骚，同中求异异中求同，却呈现出大自然的博大精深。这里的树木是宁谧的，遐想是无尽的。

阳光被繁茂的枝柯筛落，映在水石的斑斓间，也在我的脸上描画着七彩的梦幻，一羽黄鹂穿飞在丛林之间，栖息在枝梢上歌唱，而轰然的水声又掩盖了它的歌声。我们就沉吟不已了：沉吟之上是一棵树，沉吟之下是一棵树，沉吟之前是一棵树，沉吟之后是一棵树，沉吟之左是一棵树，沉吟之右是一棵树，沉吟之中包括沉吟者自己也成了一棵树。这就完美了，这也与宇宙同一了……

本来我们可以沿着下游再行走，但栈道已经被雨水冲垮，再加上方向与石梁飞瀑位置相反，所以折了回来，沿着石梁溪上溯，经过一处关口，路两边有石相辏如门，人称是不二门，这是佛门词语，容大千界，入不二门，进去就是罗汉境界了。我看到一处山崖，人家说是坐佛，我细细一看，倒像一尊卧佛，右胁而卧，是为吉祥卧。沿着山溪上行，经过两座吊桥，转过弯，就看到一尊石雕的徐霞客像，在这里，就可以眺望石梁飞瀑的全景：

石梁飞瀑的身影潜藏在丛树的怀抱里，抹着一带缥缈的青色，而方广寺的黄墙碧瓦和昙花亭飞翘的深红檐角，使得石梁丛林更显色调饱满层次分明了。看周边对面的树木，却显得千姿百态，各具千秋，有如朵云者，如蘑菇者，如花卉者，如人物者，不一而足，神采斐然。石梁飞瀑的风景

大佛石

清泉石上流

已掩蔽在遮天的浓阴里。我看见路边鹄立的几棵，光秃秃的，有的欹斜，有的直耸，有的在树干的顶部和中段，仅生长出微小的一枝翠绿，很感沧桑；细察脚下的土地，却贫瘠得很。听水声汇合着鸟鸣，汇合方广寺僧的念诵和风摇树枝的啸响，皆是大智慧音大圆觉音。此刻我沉吟在石梁飞瀑的山林绝响之中，倾听大自然的完美天籁，亦是无上的幸福了。

这样想着，我的情绪也一样清明，融入山林之中了。

我计算一下路程，我从眠犬的入口到看见石梁，走了至少七八里路，是中等速度地行走，已经走了一个小时左右，人们告诉我，现在我们只走了一半的平坦路。接下去就是陡峭的上坡路，我只能细细地攀登、久久地仰望。

俯 仰 之 禅

石梁飞瀑犹在天际。那瀑水一缕一缕地斜挂下来，激起的潮雾一派迷蒙。这是何等壮观的境界啊！我终于明白，人们为什么把僧道居住之地称呼为丛林的来由了。

我久久地站在水边，久久地凝望，我的目光与石梁飞瀑对接，我看石梁瀑布的那个孔罅，犹如微翕的天眼法眼，给我智慧的眸光，我想，那瀑布是不是它倾泻的清泪？它有什么情感要向我倾诉？我说不明也道不白，哪是佛法？哪是禅？

清代的陈溥是天台本地诗人，康熙五十二年（1713）进士。他写石梁飞瀑的诗句，是我最喜欢的，如瀑水一般滔滔不绝地被朗诵出来：

> 石梁天半起，寒涛挟云飞。
>
> 赤电惊霄汉，苍龙鸣玉矶。
>
> 游人风似马，仙客雪为衣。
>
> 纵目登临处，徘徊不忍归。

陈溥也写过天台十景诗，其中的石梁飞瀑云：

> 飞流千尺下层巅，界破金庭半壁天。
>
> 冰素岂烦秋水濯，鲛绡偏借碧潭悬。
>
> 不愁风雨喧机轴，一任烟云作断连。
>
> 桥畔有人吟白雪，笑携双管洒珠泉。

我又想起了宋代赵清源的一首天台石梁诗：

> 何处觅灵踪，天台第一峰。
>
> 云深唯见寺，夜静忽闻钟。
>
> 卓锡随飞鹤，谈玄起蛰龙。

仰观飞瀑

石桥如有约，跨月坐从容。

天台山寺观庙宇常建于林深木茂之处，如国清、华顶、高明、方广和智者塔院等，方广寺更为极致。天下名山僧占半，可见僧人与树木的缘分也不同于一般。学习教义是林中冥想，经行修禅是林中徘徊。禅意获得、艺术创新、人生顿悟，无不在山林中吸取，如梭罗和卢梭漫步，犹如梵刹中的钟鼓，都是典型的山林音乐。

忽然觉得，这石梁飞瀑就像一个舞台，演奏的是恢弘的天地宇宙交响乐，演出冥冥中的一台大戏。那主角不是寺院，不是树木，那是一个和谐的配角而已，而真正的主人翁，就是那喧响不绝呐喊不止的瀑布。我曾把它设想成一对热恋中的男女，大概是为了追求爱情逃脱樊笼束缚吧，或者是为了去一个向往的好地方吧，在私奔过程中遭到了父母兄弟拦截，在这里，面对的又是一个生死关头。他的父母拿来一块巨石挡住了他们的去路，下面就是斧削一般的悬崖，你要么回去，要么没命。被爱鼓动的这对情人，义无反顾，既然出来了就没有回头路可走，于是回旋了几下，联手冲了出去，那巨石被爱的神奇力量冲出一个巨大的孔洞来，他们震耳欲聋地决绝地歌唱着，轰地坠入深潭之中，随风飞扬的水雾，犹如他们的衣袂裙裾，在空中飞舞，他们的绝唱成了一首永恒的歌。

我看到瀑布回旋了几下就猛地联手冲过石梁桥，在西五十米的断崖上翩翩而下，神采斐然，充盈在我心头的是一种彻头彻尾的壮美，一种类似于英雄先烈慷

慨献身的壮美！在三十年前，我曾经听
到天台山上一对爱情受阻的恋人，也曾
经联手在这石梁桥头飞身而下，心里难
免有些感伤，但总是为他们的慷慨赴死
而感到钦佩，他们双双为爱与自由不惜
付出生命，永远被人记起。

　　这石梁桥是影视片演绎爱情传奇的
地方，我羡慕那些戴笠仗剑奔走天涯的
男女，在这里用一个武侠的姿态，把自
己与山水定格在一起，我觉得这石梁飞
瀑也是充满铁骨柔肠的。我清楚地记得，
当年的武侠电影《少林寺》的几个画面。
李连杰扮演的觉远小和尚和丁岚扮演的
白无瑕就在这里含情脉脉，在天然的石
梁桥下，一队武僧们提着水桶轻飘过石
拱桥，牧羊女放犬追逐惊惶的小和尚，
然后挥鞭悠然唱着牧羊曲。《少林寺》
电影一出来，许多人都到河南登封嵩山
找石梁飞瀑，但总是白费力气，当他们
知道石梁飞瀑在几千里外的天台山时，
就不约而同骂张鑫炎导演骗人。后来这
里又拍摄了《少林俗家弟子》《济公》，
还有张纪中版《射雕英雄传》的电视剧，
人物传奇与石梁的胜境高度融合在一起
了。武林高手轻功一点，走石梁如履平
地，在影视片上也可以轻松地在空中飞
翔，潇洒姿态足以让人钦羡不已的。

　　看起来，只有打坐念佛的僧人与这
石梁飞瀑最相般配的，但中方广寺的地
方不够大，来自外地的人总是在飞瀑上
下打坐，得到山水的熏陶。心里的佛也
从山水里现身，端坐在他们的心中。心
中有佛，处处有佛，心中有山，处处青

瀑水无穷动

云中有水接天津

金溪飞瀑

山，千江有水千江月，万里无云万里天。

在那些方外的僧人和真正解脱了思想的文人看来，石梁桥毫无危险可言，僧人们每天都跨过桥去对面铜殿里插香供奉，如履平地。明代来自江苏无锡的邹迪光，游览天台石梁后，在游记中说，人说石梁无人走者，独一老僧，年且七十，善走，呼之走，如履巨阪，往来自若。问之，不见桥耳。唯独无桥，也就没有悬崖飞瀑了。邹迪光说：忘水忘火，可蹈可赴，天下之事尽如此，人在下瀑布在上，从下睁上，始可得其下之势，而穷其奔云拥雪之奇。他似乎猛然感悟到人生的哲理了。

无独有偶，在崇尚自由的文人眼里，石梁的危险也是很平常的，民国蒋维乔观望石梁飞瀑，觉得"飞沫溅人，奔流从足底而过，余于是叹观止矣"！他在华顶的时候，"连日阴雨，人居雾中，举目无所见，令人鬱鬱；今得石梁之瀑，胸襟为之开，虽雨仍不止，登陟过久，袜履尽湿，而意犹然未厌"。他想坐在石梁上面摄影，同游的人都阻止他，等大家走远了，他指挥摄影师，等拍摄石梁全景的时候，他坐在石梁背上，将其纳入风景之内，心乃大快。他说，"心神若能静定，外界固不足乱之，余但觉濠梁之乐，'危险'二字，胸中固遍寻不得也"，他想到徐霞客在梁上行走毛骨悚然的景象，觉得很自豪。

在平头百姓眼里，石梁飞瀑并不浪漫的，那是最危险的地方，谁也不能轻易行走的，尤其是下雨冰雪的时候，这石梁背上脚下一打滑，人就可以随着瀑布飞出去，落在下面的深潭里，然后被水流旋转几圈，漂过下面的石拱桥。那石拱桥是奉化人修的，人称是仙筏桥，据说站在那里可以成仙的。不过天台人说话很真实，有则民谣说，走过石梁不算慧，倒死石梁没人害，石梁桥头一脚脱，奉化桥头捉脚骨。这石梁桥是天生的，人说在上面行走的不是神仙也算是个佛，而仙筏桥是平凡百姓走的，寄托着成仙的欲望。欲望太多就物极必反了。

传说过去天台山上有许多老人总是喜欢到石梁桥头舍身，敲锣打鼓举行隆重仪式，沐浴更衣，瀑布下的龙潭里就会升起一朵莲花来，当舍身的人跳下之后，那朵莲花将他们接走，莲花瓣一合，沉到波浪里去，大家都说，那舍身人已被接引到西方极乐世界里去了。有个老太太舍身的愿望很强烈，但他家里人不相信，就用面粉做了一个老太太的样子，里面放上剧毒的砒霜，同样按照仪式穿上衣衫，在锣鼓声中，将它在石梁桥头上放下去，果然有莲花升上来将它接走，花瓣合拢，沉到波涛里去，不一会潭里波涛汹涌更是猛烈，一条巨大的蛇浮了上来，翻着白白的肚皮。我觉得在佛地石梁飞瀑边上，竟然编排出这个大唱反调的故事，太佩服了，深蕴同样的禅智。

《金刚经》说，心不住相，凡所有相，皆是虚妄，有些人执着于法相，有些人执着于我相，终是不行的。这故事是警励世俗的，禅意恰恰也在石梁飞瀑这独特的场景中得以呈现。

散文家郁达夫的《南行日记》中如是说石梁飞瀑的成因：

> 一道金溪，一道不知名的溪，自北自东地直流下来，到了上方广寺前，中方广寺侧的大磐石上，两溪会合，汇成了一条纵横有数十丈宽广的大河；河向西南流，冲上了一块天然直立在那里有点像闸门似的大石头，不知经过了多少万年，这一块大石壁的门，被下流之水冲成了一个穹形的大窟窿。这石窟窿有四五丈宽，丈把来高，水经此孔，一沿石直捣下去，成了一数十丈高的飞瀑。

我觉得，这石梁有两层组成，下面的是砂砾岩杂带些泥土，比较稀松，被水流挖通了，瀑布从其中泄出，而上层是坚硬的花岗岩，水流还是撼动不了它，于是它被架空了，成为一座天然的虹桥了。郁达夫也与我一样，走到瀑布之下，向上一看，觉得他就像一幅有声有色的小李将军的浓绿山水，有几个细节值得留恋：

> 脚下就是一座清溪：溪上半里路远的地方悬着那一条看上去似乎有万把丈高的飞瀑，离瀑布五六尺高的空中，忽有一很厚实很伟大的天然石梁，架在水上，两头是连接在石岩之上的。这瀑布与石梁的上面，远远还看得见几条溪流，一簇远山，与半角的天光。在瀑布石梁和溪流的两旁，尽是些青青的竹，红色的，以及黄的墙头，可惜在飞瀑上树林里撑出在那里的一只中方广寺昙花亭的飞角，欠玲珑欠缥缈一点；若再把这亭的挑角造一造过，另外加上一些合这景致的朱黄漆，那这一幅，真可以说是天下无双了。

郁达夫说的遗憾，现在依然存在。现在所见到的中方广寺建筑体量似乎太大，与石梁飞瀑的比例不甚协调。而瀑布声中听出钟鼓梵音，却是举世无双的妙境。

我曾经与来自四川的朋友何训华一起，在一个圆月夜里到了下方广寺，在月真方丈的许可下借了一夜宿。我们定好房间，皎洁的月亮就从东山上升起来了。那月亮升起的山冈就是我的老家华峰。微小的山风吹拂着耳际，如母亲的手抚摩着我的肩头，我在文章中这样记述：

> 我们仰望石梁，我觉得它不像苍龙耸脊，而是一个老妇人弯着的身背，

雪后石梁（张洁 摄）

她在一下一下地舀着水，在一下一下地纺着纱，在一下一下地织着布。那个夜晚，我把弯着腰弓着背的石梁桥想象成我的母亲，她一直在不知疲倦地舀水纺纱织布，时刻准备着我们这群游子的衣食之源，我看到的是她安详中蕴有的意志力，一种来自此间农民朴素而顽强的进取心！山间悠远的钟声响起，当远寺的梵唱缥缈的时候，谷底的雾霭也轻轻地凝聚起来，我想，我石梁的母亲也该看到她漂泊而倦归而憔悴的游子吧……

曾经有人给我石梁冰瀑的照片。石梁的风姿与我看到的迥然不同。那是非常寒冷的隆冬，石桥山温度一下降至了冰点，瀑布没有了声音，也没有了水沫横飞的气韵。但它冰清玉洁的精神与神韵还在。石梁飞瀑依着山崖入定，犹如一尊卧佛涅槃。

站在徐霞客观瀑的地方，我看到的是一个林泉高致的全景，有幽远，有深远，也有高远，符合宋代郭熙的三远法。但我与石梁飞瀑还隔着一道石碇步，一座石拱桥，看那些红男绿女和方外人士，都喜欢把这个石梁飞瀑当成最好的外景。他们有的撑着伞旗袍秀，有些在下面表演茶道，有些则在下面石头上放架古琴古筝丁铃当啷地弹奏，有些则喜欢在瀑布下吹箫。有些则在瀑布下打坐念念有词。不过，旗袍秀的身影在秀过后很快地消失了，茶道泡茶毕竟是表演，弹古琴吹箫的声音很微弱，肯定会被瀑布的声音淹没了。

石梁瀑布随时随处都是奇观，每当晴天朗日，瀑水反射着阳光，在天空横飞，如许多灵鸟。

尤其是风吹的时候，风吹瀑布，翻飞飘卷，如云如雾，夏日之瀑，一片幽凉，而冬日之瀑，冰雪封冬，顿有金庸笔下的小龙女寒玉床之想，而雨中瀑布，喷薄而出，气势雄壮，四山动摇，如佛在作狮子吼，天花乱坠。

至于月下之瀑，石梁黝黑，树影摇曳，瀑布和寂，山寺檐角铁马叮当，别有一番境界。

民国文士蒋叔南云，天台各处有其特殊之处，不可一概抹杀，比如华顶观日，

石梁之上

在那边准备粮食干等都看不到。但我想，在石梁斜阳初照的时候，阳光照亮一带山林和寺宇，石梁落在阴影里，这个光线颜色的反差，则是令人遐思万千的。

忽然，我想起袁枚写石梁的句子：

水自华顶来，平叠四层，如万马结队，穿梁狂奔。凡水被石所挠，必怒，怒必叫号，以崩落千尺之势，为群磥砢（众石聚在一块）所攔拟（遮挡），自然拗怒鬱勃，喧声雷震，人相对不闻言语。余坐石梁，恍若身骑瀑布上。走山脚仰观，则飞沫溅顶，目光炫乱，坐立俱不得牢，疑此身与水俱去矣。

我在石梁飞瀑的下面，仰望石梁飞瀑，那种冲击力是难以用语言表述的，天台山上下风云四起，豪雨如注，石梁飞瀑声势更为浩大，瀑布几乎从石梁的上空飞出，四山为之震撼。

我在晴雨之中仰望石梁，感觉不同。还有一次是在晴天正午，站在梁下，仰望飞瀑，被阳光照亮，水花飞动，遍体晶莹透亮，宛如碎玉，它们从天上倾倒下来，令我战栗，带着七彩的光晕，瀑布之下，水雾飞腾，一下子把衣衫濡湿，这石梁架在天空之上，我看见站在上面的人真如神仙一般。石梁下游，沿溪两岸，古木树荫，奇岩怪石，与瀑布飞流营构出法华晨光特有的意蕴。我感知山水不再空寂不再清寥，而充满一种积极健康激烈壮怀的情味。总觉得飞瀑几乎把我们压成齑粉，化为碎末。雨中的石梁让我感受到极大的震撼力，我没有在瀑下

神龙掉尾

仙筏桥

站立多久。在瀑布下，我觉得是不能带伞戴帽的，因为那样把自己与瀑布隔离了，是大不敬的，给水雾濡湿一下也是好的。

我们走进中方广寺，沿着水流边上的台阶下去，两条溪合流前，在方广寺上，各有一条瀑布，合流后，在石梁之上，又形成一挂瀑布。冲过石梁后，就是一道大瀑布。在台阶边上行走，就好像在空中，水流在身边飞溅，不能久视。凝视久了，觉得天旋地转。台阶直接通到石梁桥东首，戛然而止。下面就是壁立的高崖，可以手扶着铁栏杆看飞瀑的横飞。水雾更加明显，因为被阳光照亮，映衬出一道道七彩虹，我似乎看见我的身影映在瀑布上，四周有一圈七彩的光环，就像在峨眉山顶上所见的一样，那是佛光，峨眉山顶有舍身崖，这里也是，但我不会为了一个虚无缥缈的幻觉，让自己从这高崖上坠落。

我在俯瞰石梁飞瀑的时候，我的思绪在飞，就像一只林中的鸟儿。

方 广 罗 汉

仅仅站在方广寺凝望石梁飞瀑，显然是不够尽兴的。我们更要关注桥边的三座佛寺。杭州天竺有三个寺，成一佳境也，天台山不但有石梁飞瀑，更有三个梵宇，三位一体，互致和谐，远远胜过。在石梁飞瀑周边的山顶远望，我们看到万绿丛中黄色的高翘檐角，凭虚凌空，那就是中、下方广寺。"方广"一词的本意，方是正，广为大。经律论三藏之大乘十一分部，号方广，即佛所说方正广大之真理的经文。方广寺不动声色，深藏在林泉深处。

"四山滴翠环初地，一路听泉在上方"。我从石梁东边上方广寺的入口进入景区，上方广寺位于金溪之西，丛篁古木缭绕四周。清《方外志》记载，"上方广寺即古石桥寺，宋建中靖国元年（1101）建，后毁，在绍兴四年（1066）重建。清朝康熙四十年（1701）间，重新得以振兴，乾隆十一年（1746）开始修建，历时二十余载，规模次第，焕然一新。乾隆三十八年（1773）二月十九日，郡王启奏，敕赐内府《龙藏》全部，援建藏经阁，进行供奉。嘉庆三年（1798），僧三旸、定慧建钟楼于寺左，定慧又捐资修建大悲楼及山门斋堂、饭堂等屋。在当时，上方广寺是轩宇恢弘的大建筑，香火炽盛。内有藏经阁，贮雍正敕赐经文七十二函，分装十八橱。有阮元、钱大昕、朱伦瀚、孙衣言、陆润庠、俞樾等真迹题墨，尤其珍贵。"我看到日本人常盘大定拍摄的上方广寺旧照片，知道原来的山门外有类似国清寺国清寒拾亭外的七佛塔，山门为第一进，二进为大殿，中奉释迦佛、后侧奉达摩和关帝伽蓝诸像，上悬"龙藏供方广寺"匾，表明这里珍藏着雍正赐予《龙藏》。三殿为方丈楼，有俞樾（俞曲园）所题的楹联"遥月替灯，临流作镜；垒藓为褥，拓松为屏"。此乃契合山水的生活方式，一种宗教与自然的和谐。方丈楼之东为罗汉堂，西为藏经阁，悬挂着阮元题写的"三台宝典"的匾额。20世纪60年代，上方广寺被林场接管，僧人被迁，取而代之的是林场竹器厂的职工。1977年春节不久，遭遇了一场大雪，职工躲在寺里烧火取暖，引燃大殿，古刹顷刻间化作了尘烟。

上方广寺既遭火焚，遗址地基便成了菜园，有人就在菜园地方开了一个小店，成为餐厅和旅社，名曰"瀑布山庄"，我在其中免费住了几天。曾有人打算重建上方广寺，但因为种种原因，复建没有启动，遗址依然荒芜不堪，满是乱石丛草。

我们从上方广寺瀑布山庄的西边进去，经过一小廊，往西，到石拱桥处右转，沿着大兴坑下行，过瞻风桥，就到中方广寺，这是寺、楼、亭和谐结合的特色建筑。山门进去，迎面而来的就是一个铜亭，此铜亭为明代万历年间由太监徐贵督造，高约四尺，横阔两尺多，重达几千斤，亭内雕有微型五百罗汉像，栩栩如生，本来朝廷命以黄金打造，但黄金延展性太强，

上方广寺七佛塔旧影，日本常盘大定和关野贞摄于1941年，选自日本法藏馆《支那文化史迹》第6集。

不坚固，太监就以风磨铜替代之。其实这种风磨铜，为一种合金，质地坚硬，而且久远，不易损坏。民谣云，天台人不算穷，还有几千斤风磨铜，说的就是它。铜亭原供奉在石梁桥西端蒸饼石上，中方广寺僧人每天朝暮都行过石梁，在对面插香供茶，习以为常，如履平地。

可惜的是1963年，石桥山上农民担纸经过，就起了贪心，在一个静夜里，带上钢锯，想把它锯下来扛走，不料锯断了一脚后，铜亭失去平衡，轰然翻到石梁下面的龙潭里，后被打捞了上来。但还是没有放在蒸饼石上。"文革"时，这铜亭被运到浙江富阳一个冶炼厂，在将它投放熔炉的时候，工人看到上面的小字，觉得是个文物，立即报告给厂长，天台县革命委员会立即派人把它运回来，进行修复。1972年起，它就放在中方广寺里。想来也是一种因缘。

我从中方广寺山门进去。楼上是古茶房，寺内有寂静居，前面是斋堂，中方广寺楼上，其南由东向西为方丈室、僧寮和禅堂，藏有《大正藏》佛经。其北为聆涛居，即取此间聆听石梁瀑声和四山林涛鸟声的无限美意。方广寺曾有一副著名的对联：

> 风声、水声、虫声，鸟声，梵呗声，总合三百六十击钟鼓声，无声不寂；
>
> 月色、山色、草色、树色，云雾色，更兼四万八千丈峰峦色，有色皆空。

但现在也见不到了，假如有人重新书写张挂，或许又是充满怀古幽情的诗意风景。

中方广寺的主体建筑是昙华亭。南宋景定二年（1261），平章（宰相）贾似道为了纪念他的父亲贾涉，捐资五万金，命方广寺僧人妙弘督造，传说此亭造好之日，寺僧即用香茶供奉五百罗汉，其时，杯中现出瑞花朵朵，如昙花一般美丽，并有"大士应供"的字样。故名昙花亭。贾似道名秋壑，是天台平桥王里溪人，其父亲贾涉为大忠臣，不知怎搞的，他本人被列为奸相，想来相当诡异。僧人命名此亭为昙花，暗示他的权势犹如昙花一现而已，其实昙花，梵语称呼为优昙花，意译为灵瑞花、空起花、起空花。它三千年才开花一次，表示难遇和难得的妙境。

如果说贾似道是胸无点墨游手好闲的浪荡公子，我觉得这是误判，只不过他像曹操一样，被戏曲舞台贴脸谱妖魔化了。贾似道的政治军事才能历史上都公认的，如推行公田法等，雷厉风行，很具魄力。我最佩服的是他的书画艺术造诣。许多名书名画，如王羲之的《快雪时晴帖》、展子虔的《游春图》、张择端的《清明上河图》等，都在他的手里辗转过，因为他的珍藏得以传世，同时他又编写了一本《蟋蟀经》，是中国第一本昆虫学的专著。他的文学才华也不同凡响，曾有一首《石梁》诗：

> 古路行终日，僧房出翠微。

石梁五百罗汉铜亭

中方广寺

瀑为煎茗水，云作坐禅衣。

尊者难相遇，游人又独归。

一猿桥外急，便是不忘机。

尽管清代台州知府张联元厌恶他的为人，下令捣毁昙华亭，但所编辑的《天台山全志》收录了这首诗。

站在昙华亭角尺形的廊下，倚栏俯瞰，石梁如苍龙耸脊，瀑布横飞倾泻，声如雷震，非常壮烈，慷慨激昂。在阳光下我看见石梁朝里的一面，刻着"前度又来"，则是另一位台州知府刘璈的大作。他姓刘，借用唐代刘禹锡的"前度刘郎今又来"的诗句，似乎拉大旗作虎皮。但他毕竟不是种桃的道士，他仅仅留下四个字而已，还不如贾似道有口皆碑呢。

在丛树修竹的簇拥下，下方广寺静如处子。

下方广寺是明代万历年间的旧制，虽然小巧精致，但不乏宏大庄严，大殿、两庑、罗汉殿，一应俱全。站在下方广寺仰望中方广寺，中方广寺宛在天上。我来时，正逢夕阳西下，中方广寺与下方广寺一片金黄。

下方广寺是一座比较完整的建筑，坐西朝东。前面照壁，有许多古柳杉，边上都是翠翠的青竹，大殿前很开阔，基本上就是明代的建筑格局。与上方广寺的荒凉、中方广瀑声的喧嚣相比，下方广寺就显宁静安详得多了。

下方广寺的北侧，是方丈楼，南侧是客房，我们走进山门的时候，一个老人在乱石铺就的地面上打扫落叶，我觉得扫落叶也是一种最接地气的修行，求得内心的清洁。

正是风和日丽之时，坐在下方广寺廊下仰望石梁，下方广寺的檐角与中方广寺的檐角相互呼应。

天台山石梁桥是中国五百罗汉道场，在宋代孙何的《题石桥》一诗中得到体现：

六月岩崖似九秋，兴公辞赋好淹留。

杉松迤逦连华顶，钟磬依稀近沃洲。

枕水古碑卿相撰，拂云新刹帝王修。

高僧尽解飞金锡，谁是当年白道猷。

白道猷即昙猷，来自甘肃敦煌，也是来天台山居住最早的僧人，他曾经开创了中方广寺、万年寺，也曾在赤城山开辟道场，开坛讲经，山上的蛇虺虎豹都成了忠实的听众。后来他在赤城山洞坐化，全身发绿，被人称为绿衣尊者。他是晋兴宁间（363～365）在石梁结草为庵的。传说昙猷"夜宿梁东，便闻西寺磬声梵呗，但有石桥跨涧而横石断人，后斋戒累日，度桥见精舍神僧，因共烧香中食，神僧谓昙猷，后十年自当来此"，于是他返回了。这个记载契合于法显《佛国记》和唐玄奘在《大唐西域记》中的记载："佛言震旦（中国）天台山方广圣寺，有五百大罗汉居焉。"罗汉也叫作阿罗汉，与佛、菩萨一样，是印度传来的舶来品。罗汉为梵文 Arhat 的音译，据大乘佛教教义，佛家修行有四个果位，第一个是初果，达到初果，就不堕畜生道；到二果，只能有一次转生机会；三果就能生于天界；四果阿罗汉，能脱离了生死的轮回，避免了转世的麻烦。阿罗汉果乃自修之果，也称为"声闻"，说到底是自了汉而已，尽管罗汉果位比佛和菩萨低，但是他们是最自由的，最接地气的。他们居住的地方不叫殿，叫作堂，千姿百态，情趣十足，很生活化，真实、自然。有些罗汉拉胡琴，有些罗汉读书，有些罗汉玩蛤蟆，有些罗汉穿针引线补袈裟，有些罗汉跳跃舞锡杖，有些罗汉伸手蹬腿打哈欠，觉得他们就像我们身边的邻居，很感亲切。走在罗汉堂中，就像走进艺术雕塑博物馆中。

佛经说五百罗汉起源，莫衷一是。有的说是释迦牟尼第一次和第四次结集三藏的五百位弟子，《法华经》记述了释迦牟尼为五百罗汉授记的故事。但《贤愚经》云，五百罗汉为五百大雁所化，在《大唐西域记》中，则为五百蝙蝠所化。《弥勒下生经》载，释迦牟尼佛在涅槃灭度之时，就委派了四大罗汉——大迦叶、君屠钵叹、宾头卢和罗怙罗四大比丘（和尚），不转生，永留世间。在四大罗汉的基础上，又派生出十六罗汉，受到人们供养，为世人广种福田。在十六罗汉的基础上，又增添了两位成为十八罗汉，据说其中就有乾隆皇帝的形象。宋代天台的济公和尚，出生于天台，也忝列其中，在北京碧云寺里，济公坐在梁上，在苏州西园寺，济公也只好站在过道上了。据说他是降龙罗汉投生的。

昙猷也是万年寺的开山祖师。万年寺在石梁之西，建造于唐太和七年（833），宋雍熙二年（985）改寿昌寺，奉敕造罗汉五百一十六尊罗汉像。万年寺也叫平田禅院，寺前稻田称为罗汉田。传说，寺里做佛事，几个乞丐化缘，僧人们见其邋遢，拒之门外，那几个人便每人扛起一丘田，往山冈上跑，大家赶紧追上去，请他们回来，他们转身把肩上的田放下来。原来他们都是罗汉。

从大兴坑往西边方向走，经过铁船湖，这个十几户人家的村庄，据说就是罗汉泛舟去东洋大海的地方，石梁镇附近有一些吊船岩，上面还有铁打的船环，估计在远古的时候是汪洋大海。铁船湖的形状就像一条长长的船，天封双溪八寮的峡谷，就像连在一起的驳船。

民间传说，万年寺过去住着一个庞居士，他的金子银子多得不得了，他觉得这是祸孽的根源，就打成十八个金人，雨打日头晒，结果十八个金人得了天地灵气，就要坐船出海看风景。船老大向它要船资，它拿了一把斧头，把脚伸出来，砍下多少拿多少。船老大拿起斧子砍下去，只砍下一个脚趾头。金人说，你命里就这些，说完话就一拐一拐地回来了。山上有十八个强盗，来抢十八个金人，一人扛着一个，爬上岭头，爬不动了，金人说，你们命里没有，抢来没有用，还是好好积德行善吧，十八个强盗羞愧极了，在石梁桥跳了下去，结果成了十八个罗汉。

庞居士雇了两个人把金银埋掉，一个挖坑一个送饭。挖坑的见送饭的来了，趁他不注意，一锄头将送饭的敲死了，然后坐下来吃饭，刚扒了几口就栽倒了，没想到送饭的事先下了毒。一群鸟啄食剩下的饭食，也死成一堆。庞居士等他们没回来，到现场一看，叹口气道，人为财死鸟为食亡！最后打了铁船，把金银运往大海里倒掉，金子一下海水，就成了黄鱼，银子变成带鱼。铁船湖就是罗汉泛铁船地方，其西有罗汉岭，有龙皇堂去万年寺的古道。

煮云法师的《南海普陀山传奇异闻录》中说，观音菩萨在普陀佛顶山看见天台山风景很美，还有许多许多的罗汉在玩耍，于是就在那里抬脚一跳就过来了，据说普陀山紫竹林旁还留着"观音跳"景点，观音菩萨足迹印于石上。

天台山上更有一个流传很广的故事，饶有真趣。传说国清寺中的五百罗汉同观音约定，在一个夜里为天台山增景添色，观音到天台北山造桥，五百罗汉到国清寺外造塔，约定鸡鸣时停止。观音菩萨到了瀑布之上看见两块对生的岩石，就运用自己的法力，顺手一拉就接成了横空的石梁桥。而五百罗汉则施展法力，让睡梦中的天台人拆下镬灶和烟囱上的砖，在山脚砌塔，而自己则聚在塔头寺地方雕琢塔头。观音造桥顷刻完工，来到金地岭头，看见忙碌不已的罗汉，就故意作弄他们，学起了鸡鸣。五百罗汉偷偷溜走，塔头留在山上，国清寺塔缺顶，每家灶下少了几块砖，屋顶上的烟囱也被拆了。天台人只得灶前开灶膛，墙上开烟洞，来到睡梦中造塔的地方，看见一座高塔，叠得一点也不整齐。而且还是缺顶的，塔顶还放在金地岭头。

五百罗汉自然不会服输，国清寺举行法会，由观音掌厨，罗汉自然要请观音吃罗汉茶。罗汉们偷偷在锅底敲了一个洞，观音施展法术，令大锅漏沙不漏水。据说漏沙锅在民国的时候还在，后来毁于"文革"。五百罗汉一起闹到了普陀山去，

下方广寺山门，扫地的人犹如罗汉。

蹭吃蹭喝，观音只好关闭山门，罗汉们被拒之门外，气急败坏，不敢罢休，扬言山门一开，五百人一拥而入，非把观音吃穷不可。这不是耍赖吗？观音法道高明，不管罗汉怎么吃，但锅里桶里的米饭越吃越多。结果留下了"罗汉斗观音——兴师动众"这个歇后语。

在天台山石梁方广品茶，听人讲起罗汉斗观音的故事，谐趣中又带着可爱的世俗味道。

石梁飞瀑周边，是五百罗汉的家园。晋代慧皎的《高僧传》中说，天台悬崖上有佳精舍，为得道者所居。后唐年间，浙江永嘉有个全亿长史的人，画半千罗汉，每一迎请，必于石桥宿夜焚香，具锣鼓幢盖，引导入殿。方广寺梵呗人作，先有金色鸟，飞翔于林间石畔。吴越王钱俶下令在天台石桥五百罗汉道场，请永明延寿禅师主持斋会。永明延寿禅师写了《武肃王有旨石桥设斋会进一诗》六首。

其一曰：

南有天台事可尊，孕灵含秀独超群。
重重曲涧侵危石，步步层岩踏碎云。
金雀每从云里现，异香多向夜深闻。
当知此界非凡界，一道幽奇各自分。

其四曰：

凌晨迎请倍精诚，亲散鲜花异处清。
罗汉攀枝呈梵相，岩僧倚树现真形。
神幡双出红霞动，宝塔全开白气生。
都为王心标意切，满空盈月瑞分明。

其五曰：

幡花宝盖满青川，祈祷迎来圣半千。
莫道胜缘无影响，须知嘉会有因缘。
空中长似闻天乐，岩畔常疑有地仙。
何必更寻兜率去，重重灵应事昭然。

第一首写石梁的胜境与昙猷所见罗汉的情景，第四首和第五首写的是石桥罗汉斋会的盛况和过程。明代陈仁锡在《天台忆》一文中，写石梁罗汉卓锡处，"石

在下方广寺看上方广寺，犹如天上

头如蒲包草束，又结成葫芦形，点点如钟磬木鱼状，昙花亭罗汉自持诵，自钟鼓，每夜半时，居上刹疑下方广，居下刹疑上方广，诘朝询之皆无有，环视罗汉，皆无有。"

　　五百罗汉供奉在下方广寺里。寺院外墙上镶嵌着"五百罗汉道场"字样，表明这里也与峨眉的普贤菩萨道场、五台山的文殊菩萨道场、九华山的地藏菩萨道场、普陀山的观音菩萨道场一样，是最深入百姓之中的，堂中罗汉形制小巧，但形神兼备，原是国清寺止观堂的旧物，都是用整块檀香木雕刻而成的。一个个安放在佛橱里，整齐划一。"文革"时，它们被辗转到一家工厂的木模车间里，损毁了二百来尊，剩下的还有三百多尊。人们用檀香木将损毁的罗汉像雕刻补全，运到这里供奉，同时又在国清寺运来了木雕金漆十八罗汉像、青铜

下方广寺五百罗汉堂左侧

观音像和善财童子龙女等像，供奉在下方广寺的大雄宝殿中，据说这是1973年经周总理特批，国清寺在故宫博物院调运过来的。

　　我在下方广寺的罗汉堂里徘徊复徘徊，看见阳光从花窗外一道道射进来，辉煌中满目沧桑，充满世事轮回的味道。

笔墨去来

　　坐在下方广寺的山门外，我微闭着眼睛，在冥想，在凝神，阳光之下，在石梁飞瀑下的路上，一个个老僧的影子倏地在身前飘过去。

　　我猛地看见兴慈（1881～1950）的背影，他是民国时期方广寺和华顶寺的方丈。我曾在华顶拜经台的茅篷里与他打了一个照面，兴慈大师来自新昌桂溪乡（今属镜岭镇）西坑村，那里离石梁飞瀑很近。

　　兴慈俗姓陈，法名悟云，字兴慈，别号观月、瞻风子。他全家世代奉佛，全家八口人都出家了，包括三个叔父、祖父、母亲、姐姐、父亲和他本人。

　　兴慈的父亲在方广寺生活，他就跟着父亲在方广寺剃度出家了。依国清寺从

镜和尚受具足戒，继承法脉，先后在中方广寺、太平庵、苏州隆庆寺等处听《楞严经》《法华经》《弥陀疏钞》等，27岁起登座讲经，先后在高明寺、药师庵及苏州等地开讲《金刚经》《地藏经》《法华经》等，广受欢迎。民国20年（1931），接任天台山华顶寺住持，并于江浙各名刹、莲社讲经。民国29年（1940）春，发起成立上海佛教同仁会，担任会长。

民国4年（1915），中方广寺遭受一场火灾，寺宇焚烧殆尽，他回到石梁，花了十年时间，把中方广寺修复了。同时将下方广寺的建筑修葺一新，得以重光。民国20年（1931），华顶寺被火烧毁后，他又去了华顶寺当方丈，在上海募集经费，但是因为抗日战事，华顶寺没有全部恢复，说起来难免有些遗憾。

20世纪50年代，兴慈大师觉得自己年纪衰老，便在上海静居念佛。1950年春夏之间，他知道自己的世缘已尽，就在六月二日告诉大众，即将圆寂，然后沐浴更衣，西向坐化，世寿七十，僧腊五十六。兴慈善于书画，署名为石梁比丘，我看到高明寺的大佛字之外，还在国清寺出的寒山子诗集上看到他画的寒山子像，神态毕具。

在石梁的林下，在方广寺的长廊里，我随意躺着，抽出一本周琦先生寄送的《天台石桥五百罗汉翰墨传日美》的厚书，看得饶有趣味。这本书告诉我，在南宋的时候，天台石桥五百罗汉画传入日本，2012年12月，上海博物馆编辑出版《翰墨荟萃——细读美国藏中国五代宋元书画珍品》一书，介绍美国大都会艺术博物馆、波士顿美术馆、纳尔逊艺术博物馆和克利夫兰美术馆收藏的珍品，其中就有一幅南宋宁波民间画家周季常和林庭珪绘的《天台石桥五百罗汉图》。周季常和林庭珪生卒年不详，约活动于1178至1188年，南宋颇有盛名的佛画家。他们尽管是民间工笔画师，但声名卓著，画人物栩栩如生。他们应僧人之请特别绘制了《天台石桥五百罗汉图》，各位人物，各有特性，描绘工细，可谓是书画艺术精品。

《天台石桥五百罗汉图》原来有百来幅，均通长110厘米，宽约53厘米，

观　瀑

（周季常　林庭珪　绘　日本京都大德寺藏）

原先用于寺院供养。其中六幅先在日本镰仓寿福寺供养，相继被北条氏、丰臣秀吉家族珍藏，被请到京都大德寺供养，另有12幅传到美国，分藏于华盛顿利弗尔美术馆和波士顿美术馆，成为镇馆之宝。据记载，1902年，前波士顿美术馆的日本部主任费诺罗萨因为经济窘迫，向弗利尔出售了一幅周季常、林庭珪绘的《罗汉洗濯图》轴。

周琦在书中说，他看到白化文的文章，曾托人查找有关周季常和林庭珪的罗汉画的书籍，在东京查访到《圣地宁波》一书，收录了其中的罗汉画：天台石桥应真画的背景中，天台山石梁飞瀑赫然在目。场景完全写实，石桥右侧的横石，左侧高崖完全契合实景。石桥前罗汉驾云而观石桥之上，僧人合掌恭敬。而石桥罗汉供茶一画，则非常细致传神体现供茶场景。在《洞中入定》一图中，五位罗汉象征着天台石桥五百罗汉，边上的小神是这里的山神，石室内跏趺的罗汉，据说就是昙猷尊者，他寂静安定，身边有条大蟒蛇绕着他，昂首吐信，但是昙猷巍然不动，无有恐怖，远离颠倒，究竟涅槃。

在书格网上，我也查到《天台石桥五百罗汉像》一书，藏于日本帝国图书馆，后面有胡观澜的跋文。胡观澜是清代嘉庆二年（1797）的常州知府。

石梁飞瀑是举世闻名的天下奇观，自然有画家诗人云集于此，吟咏诗句，挥毫泼墨，化为丹青。据说画石梁最早的是顾恺之，其作品《瑶岛仙庐图》失传了，但有文字留下来，在《启蒙记》中说，他是从会稽（今浙江绍兴）进入石梁，久久凝望："遥望不盈尺，长数十步，临绝之涧，忘其身者然后能度"。"度者见天台山蔚然凝秀，双岭于青霄之上，有琼楼玉堂，瑶琳醴泉，仙物异种，偶或有见者。"石梁桥的险绝，阻断了继续行走的道路，但自从他来过以后，诗书画留在石梁的人络绎不绝。"用墨独得玄门"的项容、"山水多作寒林"的厉归真、"兼工山水人物"的钟隐、"荣际王朝，名满四海"的赵孟頫，均以浓重笔墨描绘过它，但所留下的作品甚少。

我想起在元代时有王振鹏所作的一幅《江山胜览图》，在这幅描绘江南山水风景和百姓生活的长卷里，开首就有一处山腰连体的石桥，瀑布在桥下飞进，就是石梁飞瀑的风景。明代的石涛和尚也画过石梁飞瀑的风景，他曾经在《桃源图》上题诗：灵山多奥秘，谷口人家藏。渔父偶然到，桃花流水香。迷途难借问，归路已随忘。不比天台上，还堪度石梁。与石涛一样，终生不应科举而专事诗文书

石梁飞瀑（陈范 绘）

石梁瀑布（董邦达 绘）

　　陈范（生卒年不详），字伯畴，福建海澄人。明代书画家。明代书画家。图上款识：
欲上天台访赤城，千寻桐柏有吹笙。缑山鹤去不复返，万古空余流水声。磐石山人，陈范并写。
　　董邦达（1696～1769），清代官员、书画家。字孚闻、非闻，号东山，浙江富阳人。
山水取法元人，善用枯笔。与董源、董其昌并列。

石梁飞瀑（龚贤 绘）　　　　　　　　　　　石梁飞瀑（张大千 绘）

　　龚贤（1618～1689），又名岂贤，字半千，又字野遗、岂贤，号半亩，又号柴丈人，江苏昆山人，流寓金陵清凉山。清代"金陵八家"之一。

　　图上款识：游山回首不知年，确幸身轻竹叶坚。行过石梁风谡谡，神仙阁上看飞泉。半亩龚贤。

　　张大千（1899～1983），原名正权，后改名爰，字季爰，号大千，别号大千居士、下里港人，斋名大风堂。四川内江人。1937 年 3 月，张大千偕黄君璧、方介堪、谢稚柳等画家同游天台山。此幅作品师承石涛画法，在 1994 年中国嘉德国际拍卖有限公司会上以 209 万元的价格成交。

画的沈周（石田）也特意画了巨幅《石梁飞瀑》。山崖嶙峋，层林落落，涧瀑泠泠有声，纸面透出清寒。另外还有陈裸《石梁飞瀑图轴》等行世。《石梁飞瀑图轴》写高峰直插云霄，峰腰飞瀑直下，云霭弥漫，苍松相映，再点缀楼阁飞檐，曲折围栏于其间，境界壮丽。构图画法严谨，笔墨细劲苍秀，具高远之致。

明末清初，著名画家龚贤（1618～1689）也画过石梁飞瀑图，他是金陵八大家之一，在这幅石梁飞瀑的画中，则运用其独有的积墨法，观此画，则林木秀蔚，峰峦幽远，泉水迸流，安详宁和，积墨到处，水韵氤氲，面对此画，则红尘喧嚣顿然消泯。龚贤在画上题句道：特筑山楼看夕阳，满空紫翠映飞舫。当前瀑水三千尺，不必天台看石梁。既然如此，何必在画上题"石梁飞瀑"四字呢？

清代画石梁飞瀑的画家就更多了，比如状元钱维城所画的《台山瑞景》，作者分十段呈现天台名胜，加以文字标识，其中除了石梁飞瀑之外，还有华顶、佛陇诸胜。他在石梁飞瀑一段题词云：

石梁两山对峙，一巨石横架其顶，广不逾咫，或亦谓之"蓝桥"。上游千涧之水汇成巨淙，望梁而坠，一落千仞，注乎渊潭。复盘跃而出，夭矫蜿蜒，挂于林杪，台山中第一巨观也！其右盖竹洞，道家谓之三十六洞天之一。释家谓昔五百应真隐入石中，樵人牧子，时于洞闻钟磬之音云。

乾隆御题诗云：

云标汇众流，望梁千仞悬。

匡庐堪伯仲，其馀皆眇焉。

石桥原可度，清词忆少连。

可见，在那时候，华顶石梁佛陇是人们向往的胜地，乾隆皇帝也是深爱不已的，但没有到过天台山，想来也是实在遗憾的事情。

在清代嘉庆年间，石梁瀑下走来一位画家，他名叫顾鹤庆，游览天台雁荡诸胜，必追幽凿险，尽搜其奇始返。他是江苏丹徒（江苏镇江）人，书画绘画诗歌称为三绝。他为人狂放，喜欢饮酒，潇洒自在，安贫乐道。"宋人千岩万壑，无一笔不简，元人枯竹瘦石，无一笔不繁"，全融他的笔墨之中。在他的眼里，石梁飞瀑峡谷山水，全是画家笔意。他在游记中写道：

余向见夏圭瀑布巨帧，两山夹水直下五六尺，纷披縠洛似马尾倒垂，有披麻皴法差足拟之。

顾鹤庆说石梁飞瀑：看青翠中瀑流了了，上瀑与下瀑接，内瀑与外瀑合。石棱斜出，则素练一幅，析而为三，严势中旋，则冰丝万条，截而为五。拾级而上，见一大石如墨有染无皴，顶上绿苔一片，匀圆劲挺，似范蓬头（范宽）点法。又说，余住天台甫六日，笔墨为之大变。次日，石梁飞瀑大雨，他又登东西两冈，

天台真胜图（谢时臣 绘）　　石梁飞瀑（蒲华 绘）　　石梁（王翚 绘）

　　谢时臣（1487～1567），字思忠，号樗仙，明代苏州人，工山水，师法吴镇，得沈周笔意而稍变。

　　蒲华（1839～1811），又名蒲作英，清代画家，亦作竹英、竹云，浙江嘉兴人。号胥山野史、胥山外史、种竹道人，斋名九琴十砚斋、九琴十研楼、芙蓉庵、夫蓉盦、剑胆琴心室等，与虚谷、吴昌硕、任伯年合称"海派四杰"。

　　图中款识：听泉度石梁。山僧看华顶邻云，听石梁瀑布，倥偬未果，写此聊作卧游。

　　王翚（1632～1717），字石谷，号耕烟散人、剑门樵客、乌目山人、清晖老人等。江南省苏州府常熟（今江苏常熟）人。清代著名画家，被称为"清初画圣"，与王鉴、王时敏、王原祁合称山水画家"四王"。

《台山瑞景》图中石梁飞瀑片段（钱维城 绘）

钱维城（1720～1772），清代画家，初名辛来，字宗磐，一字幼安，号纫庵、茶山，晚号稼轩，江苏武进人。乾隆十年状元。此画在 2018 年 4 月 3 日香港苏富比春季拍卖会上以 1.18 亿元成交。

竹树皆青翠欲滴，远者墨渍之，极幽苍之势。同样，他去断桥铜壶滴漏赏景，觉四山俱圆皴浑劲，一纵一横，皆垒叠而成，大有李晞古（李唐）深山深趣画法。昔见晞古设色，墨渍石之外廓而赭涂其中，今见此一带山石。乃知颠轮尽墨，中间经水洗者皆赭，故石亦圆转浑成。顾鹤庆这次游览石梁飞瀑后，非常欣喜，今余游天台，又得印证古人画瀑之法门。"昔有谓铜壶之瀑奇于石梁者，石梁显而铜壶隐，人知石为梁而水从中出之奇，不知石为井而水从中注之奇，知水从中出，出而直下者之奇，不知水从中注，注而曲转者愈奇也，但石梁竹树葱青，局势宏整。且上方广寺可游可居，自应品题第一"。尽管石梁和铜壶各有特色，各有其奇，但石梁游览方便，有食宿供应。他在石梁兴之所至，为僧人点染雨景数幅，自石梁寒冬雨雪得此奇致。顾鹤庆画了很多天台山水画，但目前尚未见到。

在天台山石梁飞瀑上下行走，就如进入图画中。

我的忘年交画家蒋文兵先生对我说，石梁飞瀑下游的溪谷景色，就像陈子庄的画幅一般。石梁的水路在翠色之中随着山溪蜿蜒，抬头望去，有岩脊如鱼龙坐佛。树枝如舞者，溪流如织女。细看起来，有"犀牛望月""老僧人定""千年睡狮""万年龟象"诸景，皆涉目成趣，生气盎然。可谓诗书画同源，在石梁飞瀑的境地,一叶一花一云一石一水一山一月都是智慧的菩提!

行走在石梁的瀑下,我看这飞腾的不是瀑水,而是翰墨。石梁是有声的画,时时刻刻把人淹没在意境里,湿漉漉的。

在这里,我总是念想到张大千。大千世界,无奇不有,大千世界,藏在胸中,大千世界,如一粒芥子。石梁飞瀑在张大千眼里,是一个完整的世界。1937 年 3 月,在黄君璧、方介堪、谢稚柳等画家的陪同下,张大千来到了石梁飞瀑之下,被这里的山色水声震撼住了,久久挪不开脚步,他不由自主地举起画笔,在画纸上画出第一道墨痕,于是就有了这幅壮观的《石梁飞瀑图》。此画仿石涛的笔法,山石如斧削一般,崖谷深幽,古树参天,梵宇轩昂,给人一种磅礴浩瀚而清雅宁和的意境,他在画面上题款,化用了龚贤的诗:"身到天台似故乡,贪看瀑水溅衣裳。三更月上当素顶,倚仗还来度石梁。"1945 年,他在北京又画下一幅石梁观瀑的巨作,复又题诗道:身到天台似故乡,满空云雾湿衣裳。三更瀑落峰前月,倚杖还来度石梁。

在当代,画石梁的人就更多了,如陈半丁、俞剑华均有名作传世,而张仃则用焦墨画石梁,与龚贤的积墨不一样,显得更加浑厚凝重,王伯敏也画过,而吴冠中则在石梁下细细观察,用独特简约的笔法画下了石梁飞瀑,别有一番风味,他说,诗歌比绘画更有深度,笔墨等于零,但在石梁飞瀑的描画中,笔墨是绘画最有特色的语言,是相当重要的,如果笔墨真的等于零,那就没有画的必要了。

诗书画同源,在石梁飞瀑我感受得非常深切。

有人说郑虔,三绝诗书画,一官归去来。在石梁飞瀑,我们都是官,客官,石梁飞瀑和方广寺都是为我们所备的。在方广寺看诗画之书,这种氛围感觉与众不同。对着实景,翻开画幅,神游卧游与实地行走结合,是颇能愉悦身心的。

在石梁飞瀑诗意的表述中,我们不能忽视王十朋的。他名叫王龟龄,浙江乐清人。未登状元榜时,他到石梁飞瀑,发现眼前风景就像梦中见过的一模一样,数百位神僧一起迎接他,说他就是严首座,曾写石梁碑。王十朋有诗记之:"石桥未到已先知,入眼端如入梦时。僧唤我为严首座,前身会写石桥碑",又有诗:"路隔仙凡意可通,石桥容我踏长虹。桥旁方广人游久,不在登临杖屦中。"他官至龙图阁大学士。齐召南游览中方广寺时说,张联元与其把贾似道建的昙华亭砸了,还不如奉祀王十朋好。朱熹说,王十朋光明磊落,真君子也。

中方广寺前的山岩上"昙华"二字,在提醒这里曾经有过昙华亭,字为篆体,字径 38 厘米,落款为"癸酉年,陈培锟吴山",癸酉年也就是民国 22 年(1933)。昙华亭被张联元毁掉之后,后人建了一座雨来亭,一首诗描述其状,"亭前瀑布悬空泻,屋后昙花带雨飘",为明代僧人云水所作。雨来亭也是求雨的地方,下

石梁飞瀑（沈周 绘）　　　　　天台石梁（顾沄 绘）

　　沈周（1427～1509），明代画家，字启南，号石田、白石翁、玉田生、有竹居主人，长洲（今江苏苏州）人，与文徵明、唐寅、仇英并称"明四家"。

　　图中款识：天台石梁。灵源东接雁池遥，裂石崩崖下九霄。云断青天倚长剑，月明泉室挂生绡。江声雨势三秋急，雪片冰花五月饶。休勒移文北山去，他年来赴石梁招。沈周。

　　顾沄（1835～1896），清代画家，字若波，号云壶、壶隐、壶翁、云壶外史、濬川、颂墨、病鹤，室名自在室、小游仙馆。苏州人。精于山水，清丽疏古。

　　图中款识：天台山中有石梁，横亘如长虹，中落飞瀑若匹练，景最奇绝，孙兴公赋谓：赤城霞起而建标，瀑布飞流以界道，即其处也。

面就是龙潭、惠泽潭，特灵验，就在这里重建亭阁，故此命名。查书，梁章钜
（1775～1849），祖籍福建福州府长乐县人，曾任江苏布政使，与林则徐一起禁烟，
他在《楹联三话》中说：

> ……石梁雨来亭联云："甘雨时零，亭成志喜；嘉禾善养，岁庆占丰。"
> 大楷书，款云："道光戊申仲春芝轩潘世恩。"余加跋云："道光戊戌，石
> 梁昙华亭被毁。适潘功甫舍人过此，始议集资兴修。有纪事一绝句云：'平
> 章事业江河大，有漏涓涓自不知。七十二篷参遍了，昙华亭上雨来时。'盖
> 此亭创于南宋贾似道，僧因请易名曰'雨来亭'。天台山田多旱，名此以志
> 喜也。尊公太傅为书寄雨来亭柱联，余因记始末于旁。时戊申长夏，长乐梁
> 章钜识。"

潘功甫原名潘遵沂，后改名曾沂，字念祖、功甫，号春泉、小浮、小浮山人，
江苏吴县人，医家，林则徐有诗题赠。潘太傅是潘功甫的父亲。雨来亭仅仅留在
清代阮元题的、戴熙的一幅山水画中，这幅画收藏在美国克利夫兰艺术博物馆。

石梁之龙潭奇异，则在元代曹文晦的诗中体现出来：

> 山南山北尽白云，云中有水接天津。
> 两龙争蛰那知夜，一石横空不度人。
> 潭底怒雷生雨雹，松头飞雾湿衣巾。
> 昙华亭上茶初试，一滴曹溪恐未真。

石梁的冰雪雨意，则在魏源的诗中淋漓尽致地表现，一首《天台石梁雨后观
瀑歌》把整个身心都融合进去了。

> 千山万山惟一音，耳畔众响皆休息。
> 静中疑是曲江涛，此则云垂彼海立。
> 我曾观潮更观瀑，浩然胸中两仪塞。
> 不以目视以耳听，斋心三日钧天瑟。
> 造物既我良不悭，所至江山纵奇特。
> 山僧掉头笑：休道雨瀑月瀑，那知冰瀑妙，
> 破玉裂琼凝不流，黑光中线空明窈。
> 层冰积压忽一摧，天崩地坼空晴昊，
> 前冰已裂后冰乘，一日玉山百颓倒。
> 是时樵牧无声游屐绝，老僧扶杖穷幽讨，
> 山中胜不传山外，武陵难向渔郎道！
> 语罢月落山茫茫，但觉石梁之下烟苍苍，雷硠硠，
> 挟以风雨浩浩如河江！

感受石梁飞瀑那雷霆万钧的气势，排山倒海的景象，我们则叹天地之无穷，渺小如沧海之一粟！

在石梁飞瀑上下行走，我看到了一些书法摩崖。顺手翻阅闲云的那本《摩崖无语》，作为我欣赏石梁飞瀑书法的导引。上方广寺隔溪对面路边的崖壁上，僧人远鹤所书的"金溪"二字依然清晰、纯粹，"金溪"与边上"瞻风"是很连贯的，就像富有诗意的画，瞻为仰望，那风，似乎是松风之外，是被风吹动的白云树木，还有瀑布。风可听，可闻，可瞻。活了。郁达夫坐在瞻风亭里，凝望着崖上的"金溪"，诗句的灵感出来了，"每因流水想天台"，满怀敬畏，辄成神来佳句。

我朝拜路边篆书的"阿弥陀佛"，心情庄肃下来，从"神龙掉尾"上面的石拱桥下来，在路边的山崖上，我看到有着米芾书法风格的"第一奇观"四字石刻，细看一下为清代的"怡静宇陶"所书。其旁，是明崇祯十七年（1644）石锡纶题写的"大观"，"大观"之旁为"栖真金界"，栖真即是罗汉应真所居住的地方，金界则是佛界地域，书法功底扎实，落款是"乾隆戊戌二月吉旦，道光十八年十二月破山梅近重修。"闲云说，这方摩崖是1778年镌刻的，整修是在六十年之后的事了。其下款为："永庆华月逵山人题，本山怡静导修书，本邑齐兴若、闻从尉镌。"华月逵为华顶永庆寺的僧人，怡静导修也是石梁方广寺的僧人。齐兴若、闻从尉则是本地的镌刻匠人。"栖真金界"的右边镌刻着一首纪游诗，"拜别仙山五百丘，前因种下此根由，层峦佛境三千界，天缘有分再来游。"落款是丁卯年（1927）仲冬广东香山灵机氏题，灵机氏当然是个化名。一路走过去，看见"喷雪飞云""寿布""流雪县花"等摩崖石刻，所谓的"寿布"，实际是孝幕，天台人取长寿吉祥之意义，千山外，水长流，寿如瀑布水，长流千万年，也是很贴合实景的。

我转到中方广寺对面的溪边，看到1924年初春康南海康有为题写的"石梁飞瀑"，他的字看起来很拙朴，绵软，但是细看，则如藤一般坚韧，方家说他的特点就是重、拙、大，这四个字不限常规，舒展、险峻，自称一格。康有为的书体人称康体，现在电脑字库里使用得很多。康有为题写这四个字的时候，已经六十七岁，他是应临海屈映光与雁荡蒋叔南邀请，游览天

天台石梁纪游（黄宾虹1949年作）

黄宾虹（1865～1955），初名懋质，后改名质，字朴存，号宾虹，别署予向。原籍安徽省徽州歙县，生于浙江省金华市。现代画家。

天台石梁摩崖石刻

台雁荡，其夜，他住在中方广寺里，瀑声在耳，几不能卧，边欣然作诗云，"谁倒银河注赤城，石梁横绝瀑飞惊。明月照空雷不断，翠崖倚树听泉声。"在这里，他领会到大乘佛教的精髓，融汇到他的大同思想里。

"石梁飞瀑"的左边则为"神龙掉尾"摩崖，是对溪对面瀑布的描述。对面的瀑布石拱桥在逆光中闪耀着玄妙之光，"神龙掉尾"之下，则有"真心常住"四个字，乃是佛家修习的法门，大兴坑和金溪在这里汇合之后，穿过石梁，在悬崖上横飞了出去。

我回想刚才走过的地方，有一处"二奇"摩崖，字直列，作者是清代同治十年（1871）的进士，担任翰林院编修的郁昆，这二奇指的是瀑布和石梁，在中方广寺外的台阶上看了石梁桥上刘璈的楷书"前度又来"和曹抡选的篆书"万山关键"之后，我们退回原路，转过溪流，从康有为的题字上方转过去，下坡，在下方广寺转过弯，就看见石梁的全貌。

在瀑布西侧山岩上，我一眼看到显目的隶书"飞梁悬瀑"四字的摩崖，落款处为"庐陵甘雨题，南昌熊枯书，江郜刻。"据闲云考证，熊枯为南昌人，甘雨为明万历年间的进士，庐陵人（江西省吉安）人，此是石梁较早的摩崖之一。其上有"盖竹洞天"四字，是宋代嘉泰年间（1203）天台县知事丁大荣题写的，上面有一个山洞，叫作盖竹洞，为道书所称的第十九洞天，五百罗汉也叫五百仙真，有人说盖竹洞在台州黄岩县西，临海之南。这里两说并存。石梁下面有个仡真亭，也是丁大荣主持建造的，其旁惠泽潭，则是祈雨的去处。

我见石梁诸书法摩崖，有些是因题字者仗权力之大，直接题在石梁之上，如凌空的清代

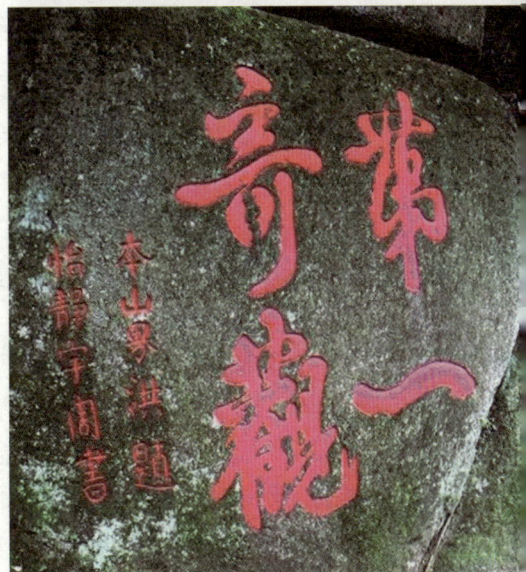

天台石梁摩崖石刻

同治年间台州知府刘璈题写的"前度又来"、宋代天台县令丁大荣之"盖竹洞天"，他们的书法也真的不赖；有些则是尊书家之名望，如清代天台书家曹抡选之"万山关键"、康有为之"石梁飞瀑"，也极为和谐，有些则是弘扬禅道精神，如"常住真心""阿弥陀佛""栖真金界"，有些则是山水赞叹，如"第一奇观""飞梁悬瀑""神龙掉尾"等等，最让人不屑一顾的是那些类似某某某到此一游之类的，现在已经被岁月风雨漫漶了，不值得一记的。民国傅增湘游览石梁，见崖上诸多字迹，慨叹不已：

> 大抵梁腹岩唇，只此片席之地，文字剥泐者，多磨去旧迹，易以新词，及后至者无隙可容，又复深刻大书，以掩盖前题之上，陆离斑驳，层累莫分，山水何辜，横受黥涅。文士好名，妄思藉顽石以留其姓氏，徒为达人所嗤。良足叹也！

他对山石上的题字是持批评态度的。天台山的石梁瀑布和佛寺，确实是人间第一的奇观，行走石梁，在昙花亭上喝罗汉茶，品诗书画，我如同山上的仙官。

铗 剑 铜 壶

石梁的飞瀑是最经典的精华，周边有许多美好的景致，因为被石梁大景所压，外地游客少有人知，但在当地的百姓的心目中，不管景物名气的大小，都是最放松心情得大自在的好地方，比如，石梁飞瀑上面的铗剑泉，走的人照样很多。

从"神龙掉尾"瀑布上方的石拱桥西端上去，依然是宽阔的石阶路，过去许多人走到中方广，就在金溪那边出去了，而现在，铜壶溪那边进来，转过石梁飞瀑和方广寺，还可以继续可以行走。经过石梁飞瀑，许多人都觉得很累，但是，更累的就是去铗剑泉，但这段路必须要走，以前铗剑泉这个天然资源被白白地浪费了，现在与石梁景区一起开发出来了。

在旅游标牌上，往往这样提示：铗剑泉，一道别具形态的瀑水，直泻岩隙中，如太阿倒悬。右侧苍崖斜抱，如破铗露锋。铗剑泉因地近石梁，过去为大景所压，往往被人忽视，游者宜细心赏玩。

铗剑泉位于石梁右上方一公里处，当地人叫瓦窑头。

大兴坑像个害羞温柔的少女，平平缓缓地流淌着，突然遇到了一个断崖，前面还有一块巨大的石头拦住了去路，于是开始愤怒起来，发起脾气，变得异常威猛，不顾一切地跳了下去，尽管前面巨崖拦住去路，但她从巨崖的下面钻了出来，成了石梁飞瀑的前身。大兴坑的水，显然很少，但是汇合成铗剑泉后，就很壮观了。

因为大石所遮挡，很远就听到瀑布的身影，但观赏铗剑泉，必须要绕过溪谷，

铗剑泉深藏不露，需在观瀑亭处才能欣赏

紧贴着崖壁，才能领略其神韵。新近几年，瀑布下建了一个亭子，人们可以依靠亭子栏杆仰望，因为朝北，再加上巨岩遮挡，阳光永远是照射不到瀑布上的。现在，人们在铗剑泉外面添加了一条瀑布，夺去了许多关注的眼球，但我觉得，那不是真正意义的铗剑泉，真正的铗剑泉在巨崖的后面，总是露不出真容来。

铗剑，其实就是长剑，《史记·孟尝君列传》说，冯骥替孟尝君做事，觉得待遇很差，就背靠着柱子，把剑敲得丁零当啷地响，边敲边唱："长铗归来乎！食无鱼！""长铗归来乎！出无车！""长铗归来乎！无以为家！"孟尝君一一满足了他的要求，于是他全心全意为孟尝君服务，孟尝君让他去要债务，他把债本全烧了，为孟尝君收买了民心，后来孟尝君失势了，但有一方百姓拥戴，狡兔三窟，最后当上了相国。

我总是为铗剑泉感到憋屈。我觉得这铗剑泉是怀才不遇的，遭遇了许多的不平不公，于是我就写了充满愤懑的文章《深山剑瀑》：

……仰首观望，那瀑布如一线的天际飞落，直插我的头顶，但假使没有岩石构成的困迫，能有如此佳致么？瀑下是嶙峋的溪石、层簇的丛林，远处是翠绿的山峦，这瀑布是怀才不遇的隐者么？它跃下高崖又被巨石遮挡，却从岩下奔突而出了。我想这小小的岩罅是它撑开的么？它可不安分呢。因为它是在努力开创着属于自己的道路呢。初出山林的泉流是艰难寂寞的，有巨石拦路，有高崖断途，但它没命地跳跶碰撞，去迂回激荡，正因为如此，小溪才汇成江河，江河才流向大海——

铗剑泉下我为自己汗颜不已了，我过去老是哀叹社会的不公环境的恶劣

铁剑泉

命运的不济，独自黯然怆神落泪，而今一想，我微渺得不如剑瀑中的飞沫。其实身外的一切虽然很难改变，但自身毕竟要靠真我来创造。剑瀑给了我这种勇气，我有勇气有魄力敢闯敢拼敢冒险，即使撞得粉身碎骨，精神是不灭的，就像深山的剑瀑一样勇往直前，青山遮不住，毕竟东流去，让那些枯木和顽石在烟雨中老朽孤寂吧！

一个苍老的声音说，"你不是洪水，你就去做人间的小瀑布，你就尽情地歌唱了。"在铗剑泉下，我会永远地歌唱着！

文章写了，我郁闷的心情释放了，每当我懈怠的时候，我就想起铗剑泉，觉得它就是最好的励志典范。

对着铜壶吹箫

从泉的右面上去，陡峭的山路如云梯一般，每个人都走得气喘吁吁大汗淋漓，但不得不走，走了好长的路，再受一次痛苦折磨，颇能砥砺心志，我说，瀑布是向低处飞进的，旅游是往高处攀登的。不走这样的路，你就无法出发，也无法回家。

铗剑泉似乎是石梁飞瀑景区的闲笔，但闲笔不闲，却是传神之处。

从铗剑泉的上入口出来，看见一辆去迹溪的班车。我就搭着一段路，到铜壶滴漏走走。我从金溪附近的方广村下去，从村后上去，翻山越岭走十几里山路，穿过梯田，然后沿着山坡小路斜着走，这里原来是游人必经的古道，自从铜壶滴漏下游的隧洞打通之后，这条路就走得少了，但没有被柴草占据，幸好三里开外有个铜壶村，有几户人家住着，石头屋里正升起袅袅的炊烟。当地的农民姓汪，三十几户人家。田地里庄稼茂盛，草木原始，比较安静。远远地，我看到了路边有两块岩石，如两个人拥抱。有人说是寒山拾得和合二仙，有人说是一男一女卿卿我我，情感和谐，令人羡慕温馨。人说这是和合岩，我觉得名字不错，和合当然也包括男女情爱呢，尤其是在奇美的山水境界里当然是幸福甜蜜无比的。

铜壶村位于铜壶溪之南，走上一段路，我看见路外的岩石反射着阳光，如镜子一般光滑，外面就是铜壶了。铜壶是一个深凹圆形的潭，如果要俯瞰，必须倒伏在崖顶上，双腿让人拉住才行，这是个危险的举动，我不敢贸然造次。水从铜壶里回旋，漩涡叠叠，回旋激荡，空隆作响，澎湃奔突，然后从壶底钻出一道罅

龙游枧与水珠帘

情侣岩

隙，夺路而出，铜壶潭水清碧凝绿，神秘幽深，潭水从铜壶底泻出后，形成三折的瀑布。

铜壶深潭是地层裂陷造成的。这铜壶与滴漏的组合，状如古代的计时器铜壶滴漏，为天台山八大景之一。齐周华有诗云：

古石青铜色，团团似玉壶。

巨灵穿一指，鲛室喷千珠。

漏滴龙楼晓，声喧鲸口呼，

深知造化妙，原不假锤炉。

有人向我讲起一个英雄的故事，1998 年，天台书生陈邦清在此勇救落水的上海女青年付出宝贵的生命，成为山水中的美谈。

铜壶滴漏的北边上，是陡峭的石阶路，往西行下行，就看见了一片竹林。往右转弯，绕过一片竹林，行到一处黄色的陡崖上，化成涓涓细流，蔽崖而下。崖右为一条流水冲出的深深凹槽，如龙蛇蜿蜒，又如山民引水的竹笕，人称龙游笕，右则是水珠帘，以山农目光视之，瀑水如石磨磨豆腐一样，自然成纹，反射着太阳光，姿影万方。瀑水流出屋檐一般的崖碧，则化为剔透的珍珠帘幕，随风翻卷，变化万端，恰如西游记中的"水帘洞洞天"，有人说，这水珠帘里面住着漂亮的龙女。果真有潘耒的诗咏道：

一片银河水，空悬溅宝珠。

轻匀落势缓，娟妙织痕无。

鲛泪倾千束，仙衣拂六铢。

垂帘应有意，深洞锁龙姝。

此诗切情切景，传神精妙。

从水珠帘西行两公里左右，在铜壶溪下游的断桥坑，过去有两块对岸相生的岩石，中间不能连接，只有到大雪冰封的时候，崖石上的毛竹弯下身子，积雪越来越厚，把两块横石连接了起来，因此也就成了奇特的一景。但是，两旁的横石因为冰冻风化，已经坠落，空留一些旧诗句老文章了。陈溥诗云：

　　天半危崖削不成，银虹飞去水云生。

　　吹来石蕊池头雨，幻作铜壶滴漏声。

　　万里寒光冰未卸，一帘晶影雪初盈。

　　霏珠溅玉真殊绝，妒煞昙华擅盛名。

　　其实大自然的造化，也是一种因缘和合的。有奇特的自然风景作伴，是我们的福分，它突然之间消逝了，也是一种宿命，但愿不是人为的原因。它们在的时候，我们要珍惜呵护，不做煞风景的事；它们没了，我们也不要纠结悲伤。一切还是随缘吧。

　　这样想着，风在峡谷中回响，在我的心中，是空空空空，而在宗璞的笔下，就是留留留留。

　　留住好风景，留住我们的脚步，留住我们的眼神。

瀑与潭

第三章　灵山仙界

智 者 佛 陇

在国清寺五峰围绕的古刹转了三圈，然后往东前进，我直上金地岭而去。这里松木参天，阳光斜照，把树木照得金黄。这条路也是智顗走过的。他也像我们一样，步步艰难，大汗淋漓。

智顗曾经在一个深夜里，做了一个奇异的梦，见之于《隋天台智顗别传》，"当拜佛时，举身投地。恍焉如梦。见极高山，临于大海，澄渟蓊郁，更相显映。山顶有僧，招手唤上。须臾伸臂，至于山麓，接引令登入一伽蓝，见所造像在彼殿内，……伸臂僧举手指像，而复语云：'汝当居此，汝当终此。'"他苏醒过来，说起梦中情形，有人告诉他，这就是浙江天台山，有许多大师在那里修行。

因为智顗身处国都建康（今江苏南京），无法安静，读了孙绰的《天台山赋》后，就下决心到这里来，"若息缘于兹岭，啄峰饮涧，展平生之愿"。陈太建七年（575）九月，他率领了二十几人跋山涉水直奔这里，在山顶上果然遇到了一位大师，相貌与梦中一模一样，那大师就是定光，对他说，我们老早就相识了，我曾经在山上对你招手相唤过啊。他指着前面的山冈说，"金地银地，智者宜住"，这就是真正的因缘和合啊。此刻山谷里洪钟回响了起来。

智顗就居住在佛陇修习经典，栽植松栗，引入流泉。再去华顶峰拜经，修头陀行。他采摘山上的橡实，先去壳晒干，去掉苦衣，浸泡在水里，然后磨制凝结成块，清凉明目，他们走过去的时候，山上野蕈也到处滋长，随手可摘，即使是有毒的，他们吃了都安然无恙。尽管贫寒清苦，他们的意志更加坚定，智慧更加精进。

在京城，智顗早已声名显赫。为表彰他的功德，陈宣帝下旨把天台县一半的赋税赐予给他，让他建造修禅寺，并赐予匾额，安排人员供他调遣。有一天定光对智顗说，你以后可以在山脚下造寺庙，寺若成，国即清。等国家安定下来，有大财力的人帮你建造的。不过，佛陇下造大寺的夙望，是智顗圆寂之后达成的。

金地岭十里松风

佛陇冈头

　　智顗最早在佛陇上面搭建的是茅篷草庵，后来才建成伽蓝。他初到天台山，只住了两年不到。至德三年（585）三月，在陈后主的一再恳求下，智顗奔赴京城，为朝臣开讲《妙法莲华经》。陈后主曾效梁武帝舍身入寺，使智顗声名更炽。陈灭亡后，智者隐居庐山。隋文帝开皇十一年（597），在扬州总管、晋王杨广恳请下，智顗在"千僧会"上为杨广授菩萨戒，杨广赐予"智者"称号。过了一年，智顗到荆州当阳（今湖北当阳）建玉泉寺弘法，开皇十五年（595），又被杨广请到扬州。翌年，他回到了暌违多年的天台山。开皇十七年（597），智者又被杨广派来的使者迎请，离开天台山，临走之前，画好国清寺的图样，并在山麓定下木桩确示范围，叮嘱徒弟，以后按此图建寺，然后跟随使者上路，行到新昌石城山大佛寺时，身感不适，就在大佛前端坐，右胁西向吉祥而卧，亲笔修书一封致杨广："山下一处，非常之好，又更仰为立一伽蓝，'不见寺成，瞑目为恨。'"现在山下看到的国清寺，就是隋炀帝杨广根据智顗生前踏勘画好的图纸建造的。

　　我们在金地岭头路廊边上去，看佛陇冈宛如游龙。它是华顶的来龙结穴，走上石头砌成的古道，听老人讲定光的传说：定光成道的时间比师父早，他们都住在山冈上的草庵里，有一次，师父命定光到天台城里担米，定光法师担着米一摇一晃走上金地岭，他歇下来，信口念出一首诗：

　　　　脚踏金地两头摇，身背白米汗淋腰。
　　　　师父不是真佛骨，半粒白米难成烧。

　　定光脱口而出充满禅意的二十八个字，被师父老早写在山门上了，定光一进门，师父训他无礼、犯上、谤佛，一脚踢出山门。定光住在山溪之畔，居住岩洞，煮石为食。师父看他吃着山毛芋，自己拿来塞到嘴里，却是硬邦邦的石头。师父知道，徒弟比他早成正果。于是他真正地觉悟了，寺庙也改名为真觉寺。

　　定光庵在金地岭之上右边的小山呙里，那里原来有定光招手石，修公路的时候毁了。现在有几个人住着，搭了几个简易的棚子。往北的这条，则保护良好，经过一座小庙，然后通往竹林和松林深处，隐约听见真觉寺的梵唱和钟声在回响。

　　佛陇，意思就是佛居住的田埂地垄，三十几年前，冈首原是一片麦地，现在已经是一片杂花生树。佛陇由两条山冈合抱而成，就像一个鸟巢一般，金地岭在佛陇之南，银地岭是在佛陇之北。《大部补注·一》曰：台山西南隅一峰名为佛陇，游其山者多见佛像，是故云也。《释门正统·三》云，智者大师及佛陇一出，则南北风靡。

　　定光曾对智者大师说，这边是金地，泥土是黄色的，我已经居住了。那边泥土是银色的，你就住在那里吧。佛陇是从金地岭头东边的毛头村开始，沿着山冈，延伸到真觉寺，然后往东到修禅寺、太平寺，以及高明寺后，这里坐北朝南，阳

隋代古刹国清寺位于金地岭下，为智者大师遗嘱所建，寺若成，国即清。

定光庵遗址

金地岭头

光充足。修禅寺周边的泥土是银色的，适合做砖瓦，边上有个村叫作瓦厂坦。这里也就是银地的所在了。

真觉灵山

将军庙后面的路分成两支，一条通向真觉寺的南山门，一条则经过天台三大师墓塔，转到塔头寺的东山门。远远地看到一片竹林，路的东侧，大树阴翳，西边则是一道长长的石砌矮墙，到了山门前，则是一片竹篱笆。真觉寺类似一个农家院子，石头建筑朴实浑厚自然、环境幽静高远。

真觉寺是佛陇之上智顗来天台山后的初修地，智顗圆寂前嘱咐弟子："累石周尸，植松覆坎，立二白塔，使见者发菩提心。"寺建成后，最初名叫定慧真身塔院，供奉的是智顗的肉身塔，珍藏着隋炀帝赐给智顗的袈裟。当地百姓则称为塔头寺。

真觉寺是小小的三合院，规模不大，但妙相庄严，倍感亲切，它是讲寺，山门上有对联云：真经宣讲大千界，觉世弘开不二门。这是一副藏头联，构思独特，阐明寺院的地位和宗旨。

真觉寺的山门匾额"真觉讲寺"四字是清代光绪年间浙江巡抚院阮元题写的，寺院由主持敏曦重建的，阮元用他的薪俸捐助修茸肉身塔，敏曦主持建造了僧寮42间，雕刻了72尊香樟木的祖师像。但不幸的是，它们毁于1840年的大火中。

真觉寺山门前有一堵照壁，写着"即是灵山"四字，表明这是中国汉化佛教第一个宗派天台宗真正的发源地，这里是中国佛教的灵鹫山，智顗被人尊为东土的"释迦牟尼佛"。心念不忘，即是灵山，心有真觉，随时随地即是灵山，这也许是真觉寺的真正含义。真觉寺是宋大中祥符元年（1008）改的名字，那时候拥有田五十八亩、山十九亩、地八亩，农禅并举，经济上完全独立。

智顗的思想承袭于南岳慧思，慧思又承袭于北齐慧文，慧文的思想则来自印度龙树所撰《大智度论》《中论》。天台宗就奉龙树为初祖。智顗被称为天台宗四祖。智者大师提出止观双修的理论，所谓止就是止静禅定，是一种实践，而观就是心智观慧，乃是一种理论。止观就像车之两轮，鸟之两翼，不可偏废。天台宗以《法华经》为根本，将"一心三观""三谛圆融"作为其宗要义，天台宗也称"法华宗"，为汉化佛教第一宗。

智顗以"五时八教"来对印度佛教经典进行梳理和归类，是印度佛教思想中国化和谐融合的第一人，在佛陇，他创立自己完整的理论系统。智顗为陈后主讲经说法时，由徒弟灌顶记录整理成《法华文句》，在湖北当阳玉泉寺开讲《法华玄义》和《摩诃止观》，在扬州则讲《净名经疏》，回到天台山后口授《观心论》。据统计，智顗著述共有十九部八十七卷，《法华文句》《法华玄义》和《摩诃止观》，为天台三大部。古今修习天台宗者，则把这几部书当成必读书，中外僧伽，都到佛陇听法，身心领会，并传播到

自己的故土。

真觉寺西边厢房，原有天台山佛学院，来自全国各地的学僧都聚集在这里，学习天台宗教义，平时出坡劳动，并云水行脚。我的朋友朱宏伟曾在寺里教授书法，后来佛学院搬迁到万年禅寺去了。

供奉弥勒韦陀的山门殿挂着一块匾额，题为"释迦再现"，是清代咸丰年间湘军首领、太子太保、两江总督曾国荃题写的，与肉身塔大殿内的"东土迦文"相对应。"迦文"就是释迦文佛。智顗就是东土中国的释迦牟尼佛，佛陇就是东方的灵山。智者肉身塔大殿内还有一块匾额"灵山未散"，原意说是灵山会上

智者大师肉身塔

真觉寺南山门

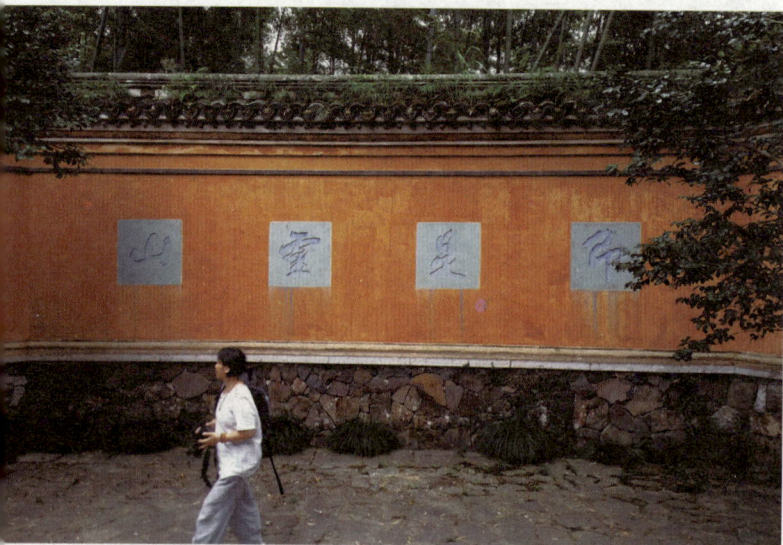
"即是灵山"照壁

的佛菩萨依然在讲经说法，天台宗的法脉依然传承，另有一块写的是"法门锁钥"，意思是指智者大师的学说是佛法的根本法门与关键。智顗肉身塔为石雕制作，高2.1丈，三级16方，中间雕刻佛像121尊，壁上悬挂14位天台宗祖师大德的画像，以独特的方式彰显天台宗的历史。

日本著名学者池田大作在《我的天台观》中，把智顗称为天台：天台立足于中国古代诸多思想和佛教思想的汇合处，使中国佛教形成了一个能动的体系。中国人的思考缜密而深邃，用长远的目光把握事物，不急于求成，大概是受了天台思想的影响。天台建立的教学体系，在近三千年的佛法史中始终保持着最高的水平，如果用中国的山来做比喻，会令人想到人迹罕到的昆仑山，中国佛教作为一种理论，在天台已经达到了高峰。

唐代时日本僧人最澄礼拜真觉寺，请走智顗亲身穿过的百衲衣，供奉在比叡山延历寺，同时带去的是天台的王乔信仰，与日本本土宗教信仰结合，形成山王一实神道。在日本，最澄被称为天台传教大师。另有日本僧人圆珍，又称智证大师，在《行历抄》中写道，"（唐）大中八年（854）二月九日，在国清寺斋后，领徒入山。行十八许里，山路地黄，同一金色"，"更行一里许，有幢，题曰智者大师之坟。珍遥望见，心神惊动，感慕非常，即时脱旧衣，著敕赐紫衣。引徒履阶，上到坟前，三遍唱名，顶礼完毕，更称释迦佛号，三度礼。次称大师号，十度顶礼，三匝坟塔。方开外门，见内无声，转看石柱碑文，与贞元年写来曾不相违。礼拜，起源悉皆毕已"，他看见智顗的肉身塔塔座缺角，就拿出十三两黄金的路费递给真觉寺的主持僧，请其重新修建，隔了一天，他们就去禅林寺西北，"过一峻峰，行一三里，路旁蒿草滋芜，树下有石，名曰西道场。即大师居止之处地"，从此西行，过歇亭，到华顶，礼拜智者降魔道场。"华顶峰最秀出诸峰，殆近于天，旧名天梯山。最有道理也，望见四方，宛如掌中"，时隔两年，在一个冬日里，他又到肉身塔前朝礼，那一天，正是智顗的忌日。

此后，被尊为韩国天台宗的开祖、高丽时期的义天大觉（1055～1101）国师，1086年自杭州过来，到达天台山，登定光庵、佛陇，虔诚祭拜智顗的肉身塔，亲笔书写发愿文，在塔前庄严宣誓："尝闻大师，以五时八教，判释东流。一代圣言，声无不尽。本国古有谛观者，传得教观，今承习久绝。予发愤忘身，寻师问道，今已钱塘慈辩讲下，承禀教观。他日还乡，尽命传扬"。从此，真觉寺一直吸引着许多日韩僧人朝拜。

午后的阳光照耀在真觉寺的庭院里，一片温和。蝉声在耳，微风摇曳着松树，因为这里位于冈首之上，山风特大，幸好有松林遮挡，大家依然安然地坐卧。这里气场很好，可以看见城里的万家灯火。一边是红尘俗世，一边是安禅圣地，别有一种不同的感觉。

从大殿往东，我瞻仰了修禅道场碑，人称唐碑，藏在寺东厢房里。它原来是在倾塌后的修禅寺移过来的，由行满大师在唐元和六年（811）所立，由当时右补阙翰林学士梁肃撰文，朝散大夫台州刺史上柱国高平徐放书写，尽管有所磨损，但字迹依然可辨，文中说"天台山自国清上登十数里曰佛陇，盖智者在现身得道之所，前佛大教重光之地"。

由三圣殿出左厢房山口，见一井名曰"甘泉井"，为清光绪十五年（1889）敏曦法师住持重修。敏曦法师是黄岩人，清同治十年（1871）曾担任华顶寺的主持，光绪初，在嘉兴

山寺正午

智者大师肉身塔大殿

楞严寺、上海龙华寺、杭州天龙寺主讲《法华经》，也曾东渡日本考察佛教，为天台宗第一位访日高僧。

从嵌在墙壁上的碑文中知道，1871 年，有个名叫灵虚的天台僧人面见正在校对天台宗经典的安吉县知县李宗邺，问起智者塔院的情况，深为寺院破败衰落黯然泪下。灵虚促成了敏曦法师与李宗邺相识，清光绪十五年（1880），募银一万七千余圆，重建智颉肉身塔，复建佛陇真觉寺。"从兹智师慈光加护，代有传人，而东土释迦之门庭复炳若日星矣"。曾国荃"释迦再现"的匾额就是那个时候送来的。后来敏曦法师刻印了传灯大师编撰的《天台山方外志》。晚年，他主讲天台华顶寺。真觉寺在"文革"期间被改成乡村初中，开办了活络带厂，直到 20 世纪 80 年代中期才恢复为佛寺。

走出东山门，左边耸立着心经奉纳塔，这是来自日本的 87 名佛教徒建造的，存放着日本信众为庆祝比叡山开创 1200 周年大法会书写的《心经》，记得释怀清诗："遥指东土灵山在，芒鞋起步礼天台。百万写经续慧命，千秋法乳继未来。"后来知道，这个释怀清就是国清寺的方丈可明法师。塔名为中国佛教协会会长赵朴初题写。

绕塔而转，乃真觉寺正东门，"登峰始识天台寺，入室犹寻智者龛"，此对联为阮元所题，体现了这塔院的特色与精神。它面对的小小凉亭，沿着石路行走，我瞻仰了路边的唐荆溪尊者湛然大师、唐章安尊者灌顶大师、明教观幽溪传灯法师三座天台宗祖师墓。

真觉寺，是佛教天台宗发祥地的核心地带，是人们心目中真正的圣境。我觉得它是天台山最朴素最典雅也是最精美的寺院。

说 法 修 禅

我与画家湛然和僧人印缘一起，礼拜了三大师墓后，沿着横路往东，不远处就是正在修造的修禅寺。我读中学时，曾在修禅寺附近农家住宿过，我来的时候，这修禅寺的遗址上住着一户人家，姓陆，真觉寺边上的一户人家，姓杨。现在这几户人家已经迁走。去修禅寺旧址的途中，可俯瞰高明寺。

修禅寺原来就是智者大师的旧居，在修禅寺中，他边劳动，边讲经，声名远扬。

修禅寺的遗址是古道的转弯处，一个山坳里，路边的稻田原来是智者大师的放生池，他把农民要准备吃掉的螺蛳买来，放生在高明寺下面的山溪里，于是那条溪就叫作螺溪。他是提倡放生第一人。

修禅寺建于陈太建七年（575），这一年的九月，智顗率智越、法喜等二十七人来到佛陇。修禅寺又名修禅道场、禅林寺、大慈寺，智顗农禅并举，也没有订立任何寺规，大家都很精进，当时正是陈隋交替的时候，智顗周旋于两个政权之间，巩固立法之根本，形成完整的天台教观体系。在此之后，佛陇之上，天台宗法华盛开，妙果圆满。

隋开皇十五年（595）十月，五十八岁的智顗重返天台山，制定寺规，灌顶、普明、光华、波若、智希、国清寺首任方丈智越、天台宗九祖湛然、十祖道邃、行满等都在这里住过。道邃在修禅寺时，曾去临海龙兴寺讲经说法，回来时带来了两位日本僧人，那就是最澄和翻译僧义真，这是公元894年秋天的事。最澄就住在修禅寺里，两年后功成回国。

但到了唐武宗的会昌法难，修禅寺被毁掉了，唐朝咸通八年（867）重建，因为这里庋藏了虞世南的华严经手迹，南宋权臣秦桧派来兵马到寺里将其掠走，到了宋代的大中祥符元年（1008），修禅寺改名为大慈寺，因为智顗在这里讲述《净名经》，建成了一处净名堂。北宋名臣、翰林学士叶清臣《游大慈寺》写道：

佛陇光沈茂草平，树林犹作诵经声。

修禅寺放生池旧址

一心三观休分别，秋静山高海月明。

南宋名相、金石学家洪适《游大慈寺佛陇》写道：

振策快秋晴，伽蓝倚翠屏。

看云不留瞬，对景已忘形。

银地声千载，虹桥拱百灵。

至今钟磬响，如讲净名经。

明朝洪武十三年（1380），修禅寺被火烧尽，四年之后，僧德兴重建了一次，清代乾隆年间，修禅寺被大火烧得很彻底，干干净净，文字记载寥寥无几。

修禅寺尽管在佛陇之上，但很少有风，坐北朝南，西边为真觉寺山冈所挡，远远望去，那连绵的松树就像一堵城墙，东边也是一条小冈坡，就像一个燕窝一样，我当时来，看到的是低矮的石屋，但修禅寺的地基还在，规模很大。猛一抬头，新修的修禅寺，两个主殿已经矗在山坡上，赫然在目。2012 年 11 月，修禅寺的重建典礼在此隆重举行，这里将再现东土灵山的庄严与辉煌。

从修禅寺遗址顺着一个小山脊往东行走，经过一片番薯洋芋地，走到一块巨石顶上，这巨石上面已经被开采过，显得很平坦开阔，尽管天气晴朗，岩上却水汪汪的一片，周边还放着石条，原是建造房屋用的。可见当年这里千疮百孔，满目疮痍，心里实在不是滋味。一个石筑凉亭建在上面，采石痕迹被周围的柴草掩盖了，不怎么刺眼了。

巨石顶上有圆圆的岩石，此为智者大师说法石，说法石就像一个讲台，上面的文字赫然在目：智者大师说法处，徐生翁题，怀通刻石，丙申九月，海灯捐刻，

修禅寺奠基（罗华鹏　摄）

智者大师说法处

徐生翁（1875～1964），是浙江绍兴人，写这几个字的时候，他已经八十一岁了。

在这里看峡谷对面的金地，犹如一条卧龙。云雾常在脚下升起，树木浮荡云海之上，如在兜率天宫。在《光绪台州府志》的记载中，我们可找到明朝原刻的智者大师说法处的摩崖位置，就在海灯捐刻的"大"字和"师"字之间，隐隐约约。这里乃一处天然的讲堂。山风扑面，白云朵朵，自有一番好佳致。

南宋时候，僧人指堂在附近石崖上题刻"佛陇"两字，表示对天台宗祖庭智顗初修地的永恒纪念，同时也在山石上刻上"天台山"三个字，可惜"天台山"摩崖与他写的"万松径"一样，早被人为毁掉了。但"佛陇"两个字依然存在。到了明代有一个名叫许光宇的天台人，也在指堂"佛陇"两个字旁边刻上"教源"两个字，他刻字的时候，给传灯大师看到了，于是《天台山方外志》记上浓厚的一笔："教源"，右二字，八分，在修禅寺前，明邑贡元许光宇书，虽无题名，余尝见其镌石。

我与瓦厂坦村的老同学陆修台一起寻找"佛陇"和"教源"摩崖石刻，唯见上面长满杂草篁竹，拨弄了好几个钟头，都没有看到字迹。

陆修台带我走过太平寺，那在说法石的东面，隔着一个小峡谷，是山顶的小平地，边上是很空旷的地垄稻田，太平寺已经成了一个农家小院，智顗来的时候，看见这里像个座椅，坐北朝南，气场特好，就建造了茅篷，大师就坐在这块岩石上看经，这里就叫智者宴坐石和看经台。这里原先叫作云峰寺，太平兴国年间，

太平寺遗址

改名为太平寺。当时太平寺来往的人也很多，天台诗人刘知过留下一首诗：

行到烟波缥缈间，未应虚费草鞋钱，

从来道眼看山足，更忆僧房听雨眠。

好鸟茂林皆念佛，黄花翠竹总为禅，

前身似预东林社，过客今朝忆种莲。

传灯大师曾经修复过太平寺，现在看到的是一幢低矮的石头房。旁边是传灯大师的墓塔。

在传灯大师的眼里，这里是白云峰，是高明寺的坐山，左右翼如龙虎，是真正的风水宝地。

幽 溪 高 明

佛陇下面是一个幽深的峡谷，公路建造之前相当清幽，远离尘世。这峡谷从修禅寺延伸下去，在高明寺所在的山坳推出一个小平地，再下去就是高崖，谷底就是螺溪。高明寺就像一把向东安放的禅椅。

传说智顗在说法石讲述《净名经》时，一阵山风吹来，把他面前的经页刮跑了，经页一直飘下峡谷，智顗起身追赶，在经页落下的地方，建造精舍，成了后来的高明寺。

我从说法石东边的山谷下去，就是一条百松岭，这名字是传灯大师起的。传灯法师姓叶，讳传灯，字无尽，衢州太末（龙游）人。从进贤映庵禅师剃度，明代万历十年（1582），传灯受衣钵于百松法师，学习止观之学，对于传灯的修炼，百松法师曾说："汝得吾精髓。"百松又名真觉（1537～1589），俗姓王，苏州昆山（今属江苏）人，至吴兴（今属江苏）依月亭法师修习天台止观。嘉靖四十三年（1564），入天台山，住高明寺二十六年。由此，传灯法师的命运也与高明久久地连在一起。

高明坐北朝南，没有冈首凛冽的北风，有充和的阳光、幽静的空谷。一条清澈的山溪静静地流过，便是人们心目中的幽溪了。天台山民间有句俗语，说高明好高不高，太平好平不平，总以为是佛家隐语反说，在修禅寺看去，高明寺地势很低，但如果在螺溪进来，高明寺就犹如在天上。据传灯的《幽溪别志》所载，高明寺外有深谷，日月二曜常照临其下，聚而不散，绝无阴气，曰高曰明，意义非凡。恰如大雄宝殿对联所言：

牛宿耀峰，风飘经至，百代咸尊智者；

幽溪映月，人悟性空，三乘共证中观。

高明寺远眺

高明寺的山门

高明寺内

《幽溪别志》云：本寺所尊者，智者；本寺所宗者，《法华》。

过去在城里到高明寺，得上金地岭，翻过佛陇冈，然后沿着古道翻到谷底，交通十分不便，现在打通了隧洞，公路修到了幽溪边上，走过小桥，就到了山门。山门上的高明讲寺匾额，是康有为于1924年题的，传说他用扫帚在灰堆上写的，又说是用鹅毛划的，在当地农民眼里，这四字与他写的"石梁飞瀑"一样，很不服眼，像火柴棍搭起来的，因为他是名人，就用故事编排他，不过接待康有为的兴慈大师不在乎这些，率性自然就好。山门隔溪，则有照壁，题写着"正法久住"四个篆体字，而山门西边的墙壁上，则镶嵌着"庄严"两字，为天台民间书法家郑秉昌所写。

高明寺的山门进去，就是天王殿，再上去就是大雄宝殿。里面佛像的供奉，是依照《法华经》的故事设计的，释迦佛在中间，文殊菩萨在左边，弥勒菩萨在右边，弥勒腾疑，文殊诀答。文殊菩萨是释迦的老师，弥勒提出的问题，文殊菩萨来回答，原来这三尊铁像，共重一万七千斤，在杭州铸成

高明寺

后沿海路运到海门，再改乘溪船到天台，它怎么搬过这金地佛陇，怎么运到这幽谷山寺里，倒是无法解答的谜。不幸的是，这三尊铁佛像在"文革"中被毁坏，现在看到的是用檀香木雕成的。大雄宝殿有十八罗汉，有关公和王乔的雕像，体现的是儒释道三教的交融。

大雄宝殿的东边是客堂，是斋堂。斋堂叫大彻堂，乃用餐的地方。高明寺田地不多，僧人生活很艰苦。在文章中，我写道：

> 我曾在高明寺小住，听梆声橐橐地响，我知道开饭的时间到了。高明寺早餐定6点半，中餐定10点半，晚餐定5点半，似乎与众不同，但僧人的生活颇有节律。食堂（客堂）内悬一匾，曰："大彻堂"，拍案叫绝，大彻大悟在于饭食之间，果然不同凡响。走进餐室又见一匾曰："当思来处。"入席甫定，思我来处思他来处还是思食来处思佛来处？可见佛家在饭食之间，深得攻心之法要的。

转过斋堂，是僧寮。上面有小楼，是客房，20世纪80年代，我们这些文学朋友经常在这里举行读书创作会，陈瑜老先生专门写了客楼听竹客楼听蝉的散文。那时觉慧法师笑容可掬，温和慈祥，成了我的忘年交。文友们向他求字，他有求必应。觉慧法师是天台山附近的三门人，豁达随和，和蔼可亲，精于书法诗词，编有《天台清音》和《高明寺志》，是继幽溪大师和传灯大师之后的高僧大德之一。他曾经为我写过"寂寞参禅"四字，成了我的座右铭。

觉慧法师的方丈楼在客楼西边，方丈堂供奉的是传灯大师法相，有对联云："传承智者衣钵兴台教，灯续灵山法焰展宏猷"，这是藏头联，嵌有"传灯"两字。匾额写着"幽溪重光"四字。传灯大师在高明寺听讲法华经，颇有神会。次听楞严，中夜入室问楞严大定之旨；百松瞪目周视，师即契入。百松遂以金玉紫袈裟授之，卓锡天台山幽溪高明寺。

传灯大师所建造的楞严坛，原先是智顗结庐修行的地方，后来规模扩大，被建成净名堂。楞严坛是用来祈福禳灾的祭坛。建成之后，传灯大师举行了九十天法会，并把这里列为禁地，一般人不能擅自进入。楞严坛旧址东西两方向，都有石台阶通到大雄宝殿，大雄宝殿的西边是西方殿，供奉的是阿弥陀佛、观音菩萨和大势至菩萨像，他们总称为西方三圣。在这里，我看到了明代万历年间镌刻的楞严坛碑记，被镶嵌在大殿的墙壁上，为明代菩萨戒弟子虞淳熙撰，眉道人陈继儒撰额，香光居士董其昌所书，陈继儒就是《小窗幽记》的作者。当时全国只有三大楞严坛，高明寺占其一，可见高明寺当年显赫。

传灯在高明讲经说法四十年，除了编著《天台山方外志》《幽溪别志》外，还写了《性善恶论》，他认为，"天台虽言善恶，实是不分而分，分而不分，故得性善性恶其理融通，无法不趣，即现修恶而达性恶，任运摄得佛界性善，可以为如来种。"

行过西方殿之西，进入罗汉堂，看见所供奉的天台山五百罗汉。每个罗汉都雕塑得极为传神，姿态各异，楼上诸多罗汉，身周堆塑天台山华顶石梁赤城诸景，表明"五百罗汉天台来"。而东边的钟楼，供奉的是地藏王菩萨，上面挂着的钟有万斤重，原是明代的旧物，钟楼初建于明代万历年间，因为经费拮据，到明代崇祯年间才建成，后来钟楼坍塌了，钟也不知道到哪里去了。1983年高明重兴，法国钢琴家周勤丽捐助铜钟一口，重两千五百斤，每当早晨，敲击大钟，整个山谷回响，人称百八鲸音，"前敲七，后敲八，中间十八徐徐发，更兼临末敲三声，三通共成百零八，听钟声，拯迷途，破烦恼"。高明钟声也称浙江之最。

钟楼边上是长碑廊，展示名家的书法碑刻。转过去是不瞬堂，为传灯大师所建的，现在是僧寮。传灯大师说：人之六根之主之者心，心之不动则眸不瞬焉。瞬即眨眼也，不瞬，即是止观的要义。不瞬堂之后就是福泉井，是传灯大师所挖掘的。"厥色蓝，厥味醴，兼金山、惠山泉之美，虽冬不冰，久旱不涸"，在传灯大师的眼里，既是美泉，也是高明寺的圣迹。

高明寺的复兴是觉慧法师主持下达成的功德，也是旅居法国钢琴家周勤丽女士的福德因缘。

周勤丽1939年出生于上海，七岁时开始练琴，十岁即登台演出，1950年与丈夫刘玉煌结婚，1957年家人被划成右派，弟弟落榜，婆婆瘫痪，丈夫病入膏肓。她虔诚地登上了天台山，在一个小寺庙里求雨，在她的眼里，天台山的寺庙宽敞古朴无华，没有浮华的装饰，佛像虽然残破，却显得格外崇高。做了一周的仪式，本来一直是晴光亮日的天空，乌云聚集，雷声阵阵，大雨下了整整两天，如她的泪水扑簌簌而下，后来，她根据自己的生活经历写成自传《花轿泪》，后来被改编成电影《闺阁情缘》，这本书里详细地记述了天台山求雨的情景。周勤丽笃信佛教，在天台山遂了心头的那个凤愿。

读齐召南的文章，得知高明寺曾经收藏来自印度的贝叶经，这是写在贝树叶上的梵文。齐召南是在乾隆己酉年（1729）在高明寺见到这种淡黄色的贝叶，肤理细润坚致，长六寸许，皆是番书，其实这是梵文，他不知道，寺僧当然也不知道。当时寺僧给他看的时候，这贝叶经有五十多叶。用绳子捆在一端，是装在檀香木做的匣子里的，用锦囊套在外面，寺僧对他说，这贝叶经来自于天竺印度，是佛陀手写的，是智顗所收藏的，然后流传给后人的。

同行的咫亭对他说，在印度，大多是用贝叶代替楮纸的，汉代时白马驮来、唐僧取来的佛经，大多都是写在贝叶上的这种东西。这贝叶经尽管智顗所藏，但

高明寺钟楼地藏殿

地藏殿与钟楼

智者也不能翻译，鸠摩罗什翻译的，也多从俗字翻译的，此经正以未译，独留佛书之真，此其所以之难得。以前中国的鲁壁书简、漆书古文，无一存也，反而不如这贝叶藏之名山而不朽。

齐召南说，这贝叶树，渤泥国（文莱）将树皮当瓦，一年一换，把贝当食器，一日一换，也不是奇珍之物，佛说，人人都可以成佛，那些徒弟奉其书如律令如蓍龟（蓍草龟甲之卜辞）如金玉至宝。我们的圣人经天纬地的书本，是至宝，是精华，而学习它们的人从不说自己就是至圣至贤，也说自己没有能全部学习到其中的精髓。有些人枕藉书本，颠倒而坐卧，调笑而谈，又是怎么说处？在齐召南的眼里，这种贝叶经也是寻常之物，不足道也。但这贝叶经确是文化珍品。

高明寺所藏的贝叶经，见于《天台山志》"西域贝多叶经一卷"之记载，这就是闻名世界学林的"天台梵本"。据寺中僧人相传，天台梵本迄今已有一千三百年或一千四百年的历史。贝叶经因国清寺曾经发生过火灾，藏到高明寺，后来英国汉学家、传教士艾约瑟请人抄写了一份，寄给英国印度学家、牛津大学梵文教授威尔逊，但因为抄写错误太多，无法释读。最早详细介绍和释读天台梵本之人，是德国印度学家、哥廷根大学梵文教授基尔霍恩，他的学生福兰阁于1893年在天台山发现此梵本，19世纪末，法国人亨利·马伯乐和日本学者大宫孝润曾在天台山高明寺见过一部梵文贝叶经，他们研究介绍，这函贝叶经共有20张贝叶，由两部经典组成，一是《七种灌顶·拾》，一是《真谛修习破六教》，由两种不同梵文字体写成，

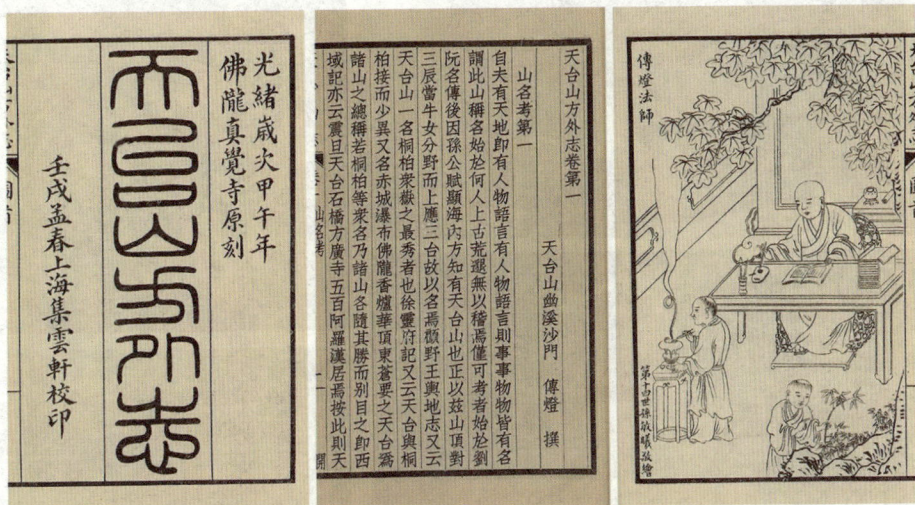

传灯大师著述《天台山方外志》

据此推断此贝叶经大约抄写于12世纪后叶到13世纪左右。1920年8月植物学家、诗人胡先骕（1894～1968）在天台山高明寺见到并拍摄了天台梵本，并有诗记之：

高明古寺有足纪，智者遗钵光晶莹。

楞严残卷几贝叶，梵字连锁龙蛇行。

1932年12月，郑振铎在他的《插图本中国文学史》中阐述，中国"戏文"的体例与组织可能是经由商贾流人或者不甚著名的佛教徒之手从印度输入中国南部的。"前几年胡先骕先生曾在天台山见到了很古老的梵文写本，摄照了一段去问通晓梵文的陈寅恪先生。原来这写本乃是印度著名的戏曲《梭康特拉》的一段。""梭康特拉之上京寻夫而被拒于其夫杜希扬太，原来和《王魁》《赵贞女》乃至《张协》的故事是如此相肖合的。"郑振铎所说的"提卡里台莎"的《梭康特拉》，现译名为迦梨陀娑的《沙恭达罗》，我收藏有季羡林的译本。

但学者高山杉认为，高明寺贝叶经与中国戏文的起源到底关系如何，陈寅恪说天台梵本是迦梨陀娑的《沙恭达罗》的片断的理由根据，郑振铎从什么途径得到陈寅恪这个结果的，还是语焉不详。

不过，天台梵本先从国清寺再转藏到高明寺，最后转藏到国清寺，这个过程是白字黑底的事实。

去年我与朋友葛永文参加台州市作家唐诗之路采风活动，在高明寺拜访一位僧人，他是觉慧法师的高足，向朋友书写了几张"六度万行"条幅之后，说起高明寺在抗战时期曾经建立的慈幼院，那是1938年，抗日战争爆发的第二个年头，两浙盐务总局接纳了许多无家可归的孩子，在这里创办的。两浙盐务局帮办局长

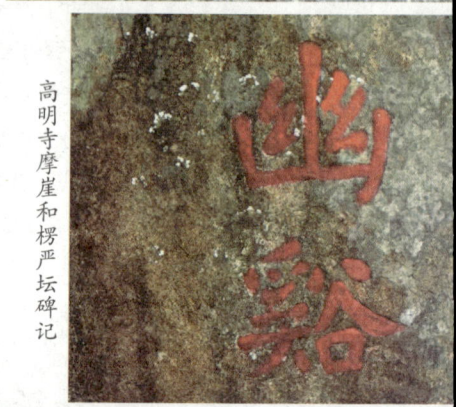

高明寺摩崖和楞严坛碑记

楞严坛仪碑记

楞严海印三昧坛仪碑
首楞严经翰王金縢秘於印土
器帝剞劂膊潜来廣州而梵僧縢
識智者西賭不署经王之尊矢
浮覺岳公是八有懺儀云经来
疏主如慈沈瑃月圆觀允咸
如来金口命口灌頂章句是所謂
灌頂部也此五部者並有儀軌
遗言義頂通踪闡於無盡燈
師而庄極立雪滂行亭無敢
訴謗者懺二璞而条二威徇台
舉凡数十家章尊至二法臣
宗之台銜美顧懺儀難設师温
山孔调鼓音曲諷绕遗箸華竺
浮穢供多遗品自师以飼代乳

朱哲任院长，从盐务税公费中抽出部分资金，来维持其运转。寺院部分建筑成了学童教室。高明寺是天台慈幼院的总部，最多时收留六百多名孩子，直到 1945 年抗战结束，那些孩子先后离开高明寺。他们年纪最小的，也有八十多岁了。

那位僧人把我带到一处藏物间，见到诸多旧物，如黑板、扁担等等，都是学生学习劳动的用品，上面写着"慈幼院"的字样，我建议寺中可建一展览室，陈列出来，展示这段难忘历史，体现出佛法在特定年代的大慈悲。无独有偶，高明寺方丈觉慧法师也曾在三门创办过一个慈幼院，担任过院长。

我转到高明寺外边，看到一处摩崖石刻，是一首联句诗。"丛山莽峙郁葱葱，回顾苍茫感慨中，历劫虫沙千点泪，可怜映照夕阳红。"各句的署名是毛寄渔、杨修能、金光祖和汪庆瑜。他们都是慈幼院的教师。1940 年春天诗人沈慕超来到这里，看见那些学童在这里念诗，感慨万千，就在边上题了一首，"胸藏浩气吞河岳，一啸声回大地春，万叠青山同震撼，他年应许慰斯民。"爱国爱民之心，不在言表。

在这两首诗摩崖的背后，有隶书的"念持"，是民国天台人袁子羽的手迹，他与著述天台县志稿的褚传诰为好友。"念持"的边上是"松风""伏虎"，和佚名的"南无阿弥陀佛"摩崖，隔路往东，就看到兴慈法师在清光绪三十四年（1908）二十七岁时所写的大"佛"字，在慈幼院教师和沈慕超两首诗的下面，是"看云"的摩崖石刻，再转下去是圆通洞。

这圆通洞之名是有讲究的，"心闻洞十方，当然获圆通""性体周遍为圆，妙用无碍为通"是佛家对"圆通"二字的最好诠释。当年，传灯大师把入口用砖头砌住，把自己封在这里读经写作，每天写作《圆通疏》。他把圆通洞列为幽溪十六景之一。他编写的《幽溪别志》中说：圆通洞"空如庵，洞下溪声瑟瑟，洞侧松声幽幽，于是跏趺，耳根圆通，时时现前，因名。"他还写诗道，"一穴才容膝，居然景自幽。溪声长在耳，山色已盈眸。契我林间性，甘兹物外游。倦来枕石卧，身世复何求？"在这里，他身心空寂，清净自在了。

清代康熙三十四年（1695）担任台州知府的迟维培到了这里，随即题下"圆通"两个大字。圆通洞下面的岩石上，有人雕制了三尊大师像，转过去，就到了看云台。"看云"两个字是传灯法师题写的，站在看云台上看云海之外的对山，心胸空旷，自然有神游八极之感，对面的东坑陈和严岭浮在缥缈云空之中，心情一下子飞了出去。从圆通洞转出来，经过看见一尊千手观音像，我们来到一处碧潭边，小瀑布在石缝间流淌。这幽溪因为水石草木，更加清幽了。幽溪流经圆通洞下，化为五瀑。明代陈仁锡曰，"他处之瀑可以入画，入画则板法；而幽溪之瀑卒难入诗，入诗则失真。惟得古人画意，深入山川之幽深"。从潭边左行上坡，就到了"幽溪"

幽溪瀑布

亭，这个亭子是保护智颛的"幽豀"两个字建造的。"幽豀"两个字就镌刻在香谷岩对面的山岩上，亭柱上有一副对联："一亭旧占梅边月，幽径新添竹外风。"再看高明寺东边，已经建造了放生池和廊桥，景色更加宜人。

当我走到高明寺前山公路转弯处，站在一块岩石上眺望。高明寺外的崖石，如坐如立，三五成群，如莲池海会一般，螺溪蜿蜒如一线。那种飞空的感觉就越来越明显了。

通 玄 峰 头

同方广华顶、高明方广塔头不同，通玄寺是近几年重建起来的。

我在龙皇堂读书的时候，去通玄峰参加生产劳动，那里有一片茶园，旁边是一幢石屋，据说是人民公社时期的畜牧场。站在石屋后山冈上，可以看到华顶。伸手可招。

玄是一种境界，如《妙法莲华经》的妙。玄而又玄，众妙之门。"通玄"者，通晓玄妙之理也，有诗句云"性空长入定，心悟自通玄"。通玄，是个很精妙的词。

通玄峰与龙皇堂尽在咫尺，通玄寺在山顶之上，境界开阔，视线无碍，确是高僧安禅之地。

通玄寺原名"净名院"，据《天台山方外志》记载："净名院在县北五十里十一都，旧名通玄定慧寺，周显德四年建，盖僧德韶第一道场，宋大中祥符元年改额，今废。"这里也是观音菩萨、韦陀菩萨的感应道场。通玄寺的出名，不光是寺院，而是那句智慧的禅语：

通玄峰顶，不是人间，心外无法，满目青山。

这是公元936年春天居住在通玄寺的德韶法师的迁想妙得。他说这句话的时候，年四十五岁。因为这句智慧法语，通玄寺声名赫然。据说这句话传到卧病的文益禅师耳中,他在病榻上坐了起来,惊呼道:就是这句偈语,法眼宗肯定大兴。

德韶法师建造通玄寺后,再去建造华顶寺。他在天台建了十三个道场,有天宫寺、护国寺、普光寺、宝相寺、普慈寺、慈云寺、证教寺等。

通玄寺朝南,阳光充足。它北靠通玄峰,前屏香炉峰。附近则有观音洞胜迹。

我和朋友吕正伟在通玄寺僧人的指引下,一一瞻仰诸位禅宗大师的神采。

通玄寺里,供奉德韶大师的法像,是佛教法眼宗二祖,号称"智者再来",法眼宗是禅宗中最富有文学性的。据说在过去通玄寺曾经声名显赫过,拥有上前千亩的山林耕地还有数百亩茶园,殿宇轩昂,白云缭绕,钟灵毓秀,最兴盛的时候,有僧伽五百,证得禅道者不可胜数,天台山中,最有代表性的禅师就是法眼宗德韶禅师、永明延寿禅师,宗耀大宋;密云圆悟禅师、隐元隆琦禅师,名扬大明,他们被称为"四国师"。通玄寺就占了三个。

密云圆悟禅师生活在明代,是江苏宜兴人,俗姓蒋,号密云,祖祖辈辈从事农业劳动。他幼小时就喜欢打坐,八岁时就念佛,十四五岁时上山砍柴、下田耕作,二十六岁时,在路上捡到一本《六祖坛经》,朝夕品读,从六祖慧能"菩提本无树"和"不是风动不是幡动是心动"中触发了灵机。他经过一个柴垛,想起六祖慧能也是捣米砍柴的,顿然觉悟,在二十九岁时到湖北荆溪显亲寺披剃为僧,其师父为正传禅师,起名"圆悟"。他在寺院里像慧能一样,干苦累的体力活。朝廷得知他的德行,请他出山,他坚持不受。他来通玄寺的时间,是在天启三年(1623)。"师五十八岁,住通玄,开堂演法。"密云禅师的语录诸多,称著的有:

> 野衲横身四海中,端然迥出须弥峰。
>
> 举头天外豁惺眼,俯视十方世界风。
>
> 万聚丛中我独尊,独尊那怕聚纷纭。
>
> 头头色色非他物,大地乾坤一口吞。
>
> 十方世界恣横眠,那管东西南北天。
>
> 唯我独尊全体现,人来问着只粗拳。

崇祯十五年(1642),禅师示寂于通玄寺,世寿七十七。密云圆悟禅师剃度弟子有三百余人,嗣法者十二人。

那位僧人给我一个通玄寺的册页。我一一细细阅览,得知在密云禅师之后,通玄寺住过另一位著名禅师,那就是隐元,又名隐元隆琦。

与密云圆悟一样,隐元隆琦是福建省福州府福清县万安乡灵得里东林的农家子弟。他俗名林曾炳,是家中的第三子,五岁时父亲出走,九岁时上学,后家贫辍学。为寻找父亲,他到了浙江普陀山当了茶头,二十九岁在福清黄檗山万福寺出家为僧。三十三岁时在浙江嘉兴府海盐县金粟山广慧寺跟密云圆悟参禅,1621

通玄禅师匾额

到 1624 年，他与密云圆悟禅师在通玄寺居住，潜心修禅之外，还学会用石头铺路、炒青绿茶和做豆腐、蒸馒头的技艺。

后来他搭乘郑成功提供的船队去了日本，在日本承应三年（1654）七月五日的夜晚抵达长崎。同行的有他的弟子良静、良健、独痴、大眉、独言、良演、惟一、无上、南源、独吼等二十人，他不但带去了在通玄寺学习的生活生产技能，还把中国的豆种带到日本，这种豆种，有人说是菜豆，有人说是扁豆，日本人则写作"インゲンマメ"，意思是"隐元豆"。

密云圆悟禅师

1661 年，隐元在日本的寺院建成，将它作为黄檗宗在日本的根本道场，隐元也成了日本黄檗宗的祖师。通玄、龙泉、松隐等成为黄檗道场的专用名号。隐元隆琦禅师著有《拟寒山诗之作》一卷行世。

听僧人说，最近通玄寺正在建造松隐院，是"这将是黄檗文化的又一照慧"。

在明代万历年间编撰的《嘉兴大藏经》中，我们看到通玄寺又一位禅师，就是独朗行日禅师，有《天台山通玄寺独朗行日禅师语录》

行世，他的墓塔就在通玄寺之西，平田万年报恩寺同门行彻无碍为之撰塔铭：禅师名行日，字独朗，安徽宣城建平许氏子。世寿六十六，僧腊四十三。独朗行日禅师在通玄修禅，出言无状，毫无羁绊，写的几乎都是打油诗：

> 未到通玄顶，先意问平田，
> 谁知正法眼，灭却瞎驴边。

平田就是万年寺，诗中的意思是说，你去通玄峰顶，却走到万年寺，不知正法眼，就是与瞎驴一样走偏了路。独朗行日又有偈语云：

> 月照沙滩水不来，明明者个何曾动？
> 纸姑嚎嚎哭穹苍，木马泥牛吽吽吽！

赵州和尚从谂禅师说，狗子有佛性，独朗又作偈语云：

> 赵老没来由，牵牛作马酬。
> 牛追千里马，马犁万里丘，
> 有意气时添意气，无风流处也风流。

又云：

> 金刚赤眼者个贼，象王狮子是同俦。
> 手拈白棒，杀活自由。
> 打失于通玄峰顶，丧命在太白山头。
> 时看云雾暖，闲听水东流。
> 铁脊不妨今坐断，已逢半百茂春秋。

又云：

> 不识老胡旨，直破鼻流血，
> 浸杀大唐人，六月飞霜雪！
> 耳听不如无耳听，眼光何逐水光流。
> 脱即莫如无脱利，大家相聚唤沙鸥。

明代普明禅师作《牧牛图颂》，表现内心的调伏，通过修行，进入禅观修正，以达到心见佛、心性见佛的境界，有十幅图配十首诗，独朗行日禅师则作《梁山牧牛十颂》道：

> 已把芒绳摸鼻穿，山童今喜得安然。
> 祖翁田地荒芜久，犁耙从头又上肩。
> 雨散云收山更青，春光明媚乐闲情。
> 牛儿不犯人苗稼，一任东西两岸行。

隐元禅师

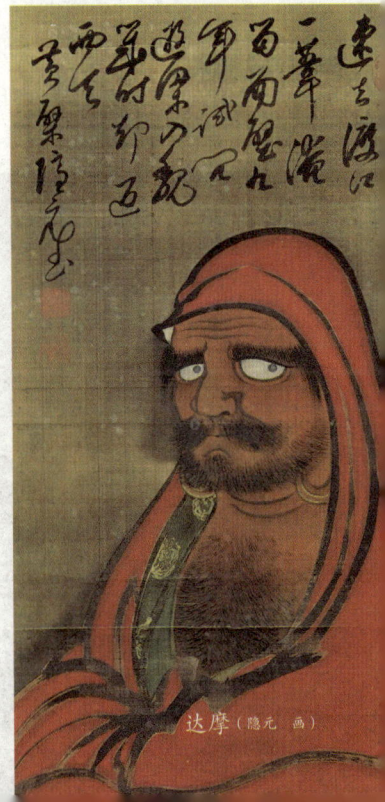

达摩（隐元 画）

春山叠叠暮云笼，铁笛声传出岭东。

脊上横眠忘顾盼，乐然归去自匆匆。

人牛不见杳无踪，彼此浑忘彻底空。

剩有天真常显露，春来花发茂丛丛。

通玄寺出去就是农家，山上也有许多农民自由放养的牛，但牧牛骑牛的人一个也找不到。

炎夏之日，城里阳光炽烈，在通玄寺却有清凉的风。在寺里，我看到一位老僧，他已经八十多岁了，法名叫作寿昌，来自舟山，以前是一个人过日子的，清清冷冷，寂寂寞寞。他化缘修造了大殿等，现在年迈，行动不便，坐在门口上晒着太阳。他的身边蜷伏着几条狗，据说一条大狗叫作金刚。金刚是神圣的名字呢，把狗取名为金刚，是否对佛不尊敬？我问朋友。朋友说，心不住相，"凡所有相，皆是虚妄"；"离一切诸相，即名诸佛"；"实相者即是非相"，你问这个问题，还是执着于相，还是不领会金刚经的含义，我想，是啊，佛本生故事中，鹿可以托生为鹿，为羊，为牛，狗也是有佛性的，甚至石头瓦片也有佛性的。比如，我在寺里遇到一条土狗，见到我非常亲热，就像小孩子一样，拥抱着我。我看见它清澈的眼睛水汪汪的，闪闪发亮。仔细想想，我也如狗子一样，有佛性的。

在通玄寺，我参了一次话头。

听僧人说，现在通玄寺的大雄宝殿、观音殿都建起来了，另外还有仿大宋法式的僧寮、修禅楼等也建起来了，他把周围的环境进行了修整，开辟菜园、茶园、稻田、放生池和泉眼，种上了许多树木，如香樟、松柏、银杏、桂树、红枫、修竹，当然还有红杜鹃，寺下的平地整成了梅园，梅树是从新昌移植过来的，大都是红梅、白梅古树。现在梅树已经蔚然成林了。

通玄禅寮

梅花盛开季节,通玄寺浮荡在花海里,那是春和景明的时节。

夜幕降临,晚霞将通玄寺映得一片通红。

那位僧人与我们一起品茶,茶室就在那大宋风格的僧寮里,他说是个率性自然的人,他说喜欢做事。做有创造性的事,喜欢的事,那是最快活的。

几位城里来的朋友上来了,晚上在这里念经。请我们一起去吃素斋。厨房是老石头房子,古朴,蔬菜是自己种出来的,是真正的高山绿色。允源给了我们一个梅子罐头,说是用国清寺隋梅结出的果子做的。我尝了一个,酸中有甜,回味隽永。

离开通玄寺的时候,月满中天。

洞 天 访 道

王修顶老先生打电话来,请我到洞天村看风景。洞天不远,狮子口下去就是,站在狮子口往南看,洞天村的全景就赫然在目,前面是石门关天,山势形如狮子、白象、麒麟,印证了狮子、白象、麒麟守水口之说;再下去就是悬崖绝壁石门关天。

洞天村就是山间的一个小平地,也像一把太师椅。人说是风水宝地。洞天村后就是玉霄峰,龙皇堂山的南坡,这里就是洞天村的地盘。这山的龙脉是华顶生发出来的,也是天台山的主脉、中心线。中国道教胜地,就是在这里发脉的。

1995年,王修顶带我从龙皇堂前山下去,经过一片茶园。那时洞天村没有通公路,山林一片寂静。现在公路在上面绕过,车声隆隆,非常闹热,情趣又不同。

王修顶是洞天村出生长大的,他自豪地说,他姓王,三横一竖的王,我是王乔的后代!王乔者,周灵王太子姬晋(约公元前567~公元前549)也,幼时天资聪颖,温良博学,不慕富贵,喜爱静坐吹笙,乐声优美如凤凰鸣唱;后来谷、洛二水泛滥,周灵王用堵,他建议用疏,结果被废黜为庶人,他就以吹笙为乐事,结果把自己吹上天去了。

王修顶说,王乔就是这洞天村升天的,王乔号桐柏真人,他生而神异,幼而好道。后修仙升天,为右弼真人,理金庭洞天,成为天台山主神。国清寺把王乔当作伽蓝护法神。王乔听国清寺智者大师讲经,非常佩服智者大师的学识,答应做他的护法,就像玉泉山智者大师收下关羽当他的护法一样。"当然,这也是一个传说,不过王乔崇拜被日僧最澄带到日本演变成日本的"山王一实神道",原来这是最澄从山王受"《法华》一实"("一实",意为真实不虚)之旨,创神佛同体的教义,即"天台神道"。

王修顶说,洞天村的王氏村民奉王乔为先祖,民国时期,村中有迎神习俗,

洞天遥望风水宝地

王乔

每年农历七月初七，村民将王乔的坐像抬出巡游，沿途各村都设案祭拜，祈求风调雨顺，生活安康。"不然我们村里的怎么也姓王？王乔的后代是王羲之，他在华顶灵墟学书法，也是我们的祖上！"我们说着话，走向洞天村南边的一座庙，庙为三开间，门楣上挂"洞天金庭玉霄宫"匾，庙内供奉的就是右弼真人王乔。

现在的洞天村，在唐宋时叫洞天宫，原来是一处道观，后面是玉霄峰，前面是玉梭溪。玉霄峰是桐柏山九峰之一。洞天宫在卧龙、玉女、紫霄、翠微、玉泉、华琳、香琳、莲花、玉霄九峰回环之中间，就是道家所说的"金庭洞天"所在。桐为桐树，代表阳；柏为柏木，代表阴，一阴一阳谓之道。在道教书中，桐柏就是天台的别名。

在唐代的时候，桐柏山就与一位高道发生了亲密关系。那就是司马白云先生，即司马承祯（639～735），河南温县人，字子微，法号道隐，他大约在天授年间（690～692）来到天台山，看见朵朵白云，围绕着这里的山峦，他率先在玉霄峰上结茅修道，称玉霄山居，自号天台白云子。人称司马炼师。

就在这玉霄峰下，司马承祯开创了天台仙派，写了《天隐子》和《坐忘论》，他强调，学道就是修心，"学道之功，要须安坐，收心离境，住无所有。因住无所有，不著一物，自入虚无，心乃合道"。"心有如良田，荆棘未诛，虽不种子，嘉苗不茂。爱见思虑，是心荆棘，若不除剪，定慧不生。"所谓的坐忘，就是静心，收心灭心，心斋坐忘，归于虚寂。他说："内不觉其一身，外不知乎宇宙，与道冥一，万虑皆遗"，方能达到天人合一的境界。

有四川南充女子名谢自然者，想乘船过海，去蓬莱拜师，漂到一个岛上，有个仙师对她说，天台山玉霄峰司马承祯是你真正的好老师，你不妨跟他学习。谢自然辗转来到玉霄峰，拜司马承祯为师，另建山居一所，服侍司马承祯三年，上山采樵，下厨执爨，离开洞天后去了王屋山，在开元十五年（727）羽化，临终时说："吾

司马承祯

自居玉霄峰，东望蓬莱，常有真灵降驾。今为东海青童君、东华君所召，必须去人间。"俄顷气绝，若蝉蜕然解化，弟子其衣冠下葬。

司马承祯之道学先传薛季昌，薛再传田虚应，田虚应传冯惟良，冯惟良传陈寡言、徐灵府、刘元静，再传应夷节、叶藏质。陈寡言再传刘介，徐灵府再传左元泽，应夷节再传杜光庭。徐灵府自号默希子，后号桐柏征君，浙江钱塘天目山（今浙江余杭）人，专长于"辟谷"，元和十年（815），他与陈寡言、冯惟良跟随田虚应到桐柏山修道，徐灵府则伴师以居，冯惟良在华琳峰栖瑶隐居，陈寡言居玉霄峰。

唐咸通五年（864），叶藏质结庵居洞天，号为石门山居。叶藏质，字含象（涵象），处州松阳人，为司马承祯四传弟子，他建造这玉霄山居的目的就是整理一套道藏。咸通十三年（872），他向唐懿宗启奏，取名为玉霄宫，得到皇帝的准许，在宫内建了一座钟楼和一座经楼。有一件如铎一样的禹钟供奉在钟楼里，据说是来自越王勾践宫中的礼器。他整理出来的道藏则放在经楼，有七百多卷。他焚膏继晷，编辑整理，完毕则题上"上清三洞弟子叶藏质，为妣（母）刘氏四娘造，永镇玉霄藏中"。这套道藏叫作"玉霄藏"，有千余卷之多，是当时全国两大道藏。为了防火，他在桐柏宫北面的玉霄峰上，找到一座石窟，再建斋藏经，王修顶说，那个藏经洞就在茶山的边上，他经常去上面行走的。

陈寡言，字大初，越州诸暨（今浙江诸暨）人，隐居于玉霄峰，常以琴酒自娱。与叶藏质不同，玉霄宫住着左元泽，则不研究道经，却注重修炼。他是永嘉（今浙江永嘉）人，赋性耿介，不俯仰于时。他师事徐灵府，在玉霄峰住了三年，

洞天石扉訇然中开

不吃五谷杂粮。整天到山上采摘野果，当然还挖掘黄精，他拿着一个布袋，一出去就十几天不回来，附近村人在砍柴的时候，看见他与三只老虎坐卧在一起，惊奇不已。

唐朝时，洞天宫规模最大，自大殿到山门直径有三百余米；司马承祯奉诏封山四十余里方圆，禁止樵猎，洞天宫也在其中。唐懿宗时玉霄宫改名为玉霄观，到了五代时期，居住在这里的道士朱霄外与吴越王钱俶又是好朋友，钱俶邀请给他去讲经，朱霄外回来后，钱俶建造了一座三清殿，到了宋大中祥符元年（1008），玉霄宫奉旨更名为洞天宫。在唐宋时期，要朝觐洞天宫得先上桐柏岭，至桐柏宫稍作歇息，然后再行六七里陡峭山道，过石门关，至岭头著衣亭，文官下轿武官下马，沐浴更衣，这种仪规非外地宫观所有。

唐代时，建在玉霄峰上的洞天宫，三宫六院，布局雄伟，另有石门山居、香淋山居、法宫、白云庵、仙人坛建筑，金庭宫鼎盛时期，有田九百零八亩，地

四十四亩，山一千一百六十亩。气派很大。宋代大诗人陆游曾在玉霄宫主事过，他在《剑南诗稿》中说，他巡察四川邛州白鹤山天台院，自然回想当年乘着竹轿上洞天宫的情形，不由自主写下《玉霄阁》诗，"竹舆冲雨到天台，绿荫树中小阁开，榜作玉霄君会否，要知散吏案行来"。陆游曾领天台山桐柏观，却隐居洞天一年余，日间背锄上山挖草药替人治病，夜间青灯黄卷读诗文，最终把天台山当作家山。

自明代之后，洞天宫渐渐衰落，一蹶不振，后又遭火焚，至宋时移址到水口岭头里半华里处。直至现在，玉霄宫遗址有许多断碣残碑发现，不少破砖断石还砌在附近的田坎上。

近几年，桐柏山开始复兴，崇楼杰阁，殿宇巍峨，修道者纷至沓来，洞天胜境与周围的道家圣迹，也将再迎来兴盛。洞天名还在，风水宝地还在。留有纯粹的山水，依然让我感知到自然赐予的佳境。

天 封 灵 墟

行走在洞天宫，我忽然想起，司马承祯是洞天福地学说的首创者，他曾经画了《天地宫府图》，第一次明确了中国的道教十大洞天、三十六小洞天、七十二福地之所在位置。司马承祯说，"十大洞天者，处大地名山之间，是上天遣群仙统治之所。"十大洞天，台州占三个，天台赤城山的玉京洞为第六洞天，称"上玉清平之天"；黄岩的委羽山洞号"大有空明之天"，也叫大有虚明之天；仙居的括苍山洞称为"成德隐玄之天"；三十六小洞天，台州则有黄岩的盖竹山洞，名"长耀宝光之天"，一说在天台石梁，有摩崖石刻为证。司马承祯又说"七十二福地，在大地名山之间，上帝命真人治之，其间多得道之所。"台州则占其五：第四福地为黄岩县东仙源；第五福地为黄岩县西仙源，第十四福地灵墟，在台州唐兴县（今浙江天台）北，为司马承祯隐处；第六十，是天台的司马悔山。洞天福地，即《真诰》中说的"成真之灵墟，养神之福境"。

司马承祯在天台山居住，自然把自己的居所定为福地，出于对此带山水的熟知和热爱。后来杜光庭编了一卷《洞天福地岳渎名山记》，就是以司马承祯的《天

地宫府图》为蓝本的。

　　关于灵墟的最详细文字，是徐灵府的《天台山记》，此为徐灵府的代表作。他一生著述众多，除《通玄真经》十二卷、《寒山子诗集序》外，尚有《玄鉴》五篇、《三洞要略》《天台山记》《天台山小录》等。在这些著述中，以《天台山记》影响最大。

　　按照有关文字的记述，我渐渐明确了灵墟山的位置，就在华顶山的南麓，与华顶寺和拜经台不远，从拜经台往南，就到柏树岩岢，这是一个十字路口，东边去外湖大同五村，南边去灵墟天封，西边去拜经台华顶，北边去大同山里。灵墟山在外湖村之西，是拜经台下来的主脉，耸起的一个孤峰，如果不读徐灵府的《天台山记》，我不知道真正的福地仙境灵墟竟在这里。

　　徐灵府说，司马承祯写了《灵墟颂》："堂号黄云，以聚真气。坛名玄神，

日照灵墟

仰窥清景。"他所建造的黄云堂也得之于陶弘景的《真诰》："天台山中有不死之乡，成禅之灵墟，常有黄云覆之。""故建思真之堂，兼号黄云堂。""堂有小涧，南有冈，其势迥合，冈前有平地，立坛一级，用石甃之，名曰玄神。"

司马承祯是在唐长安三年（703）居住在灵墟，时年五十六岁，铸造剑鉴（镜），在唐玄宗第二次征召的时候，就把在灵墟山铸造的含象鉴和剑呈献了上去，并附上《上清含象剑鉴图》和《铸剑镜法并药》，得到唐玄宗褒扬，司马承祯对灵墟山情有独钟，曾这样说，"灵墟信奇，丹水济成神之域。福地旌异，黄云霭不死之乡"。徐灵府说，司马承祯深爱灵墟山，将传授王羲之书诀的白云先生也当成自己的名号。徐灵府是司马承祯四传弟子，他引用《图经》句云："白云先生从灵墟至华顶两处，从来朝谒不绝。"

在《天台山记》中，徐灵府故意抬高司马承祯的地位，将传授王羲之书诀的白云先生故事套到司马承祯的身上，写了洋洋洒洒一大段：

先生初入花顶（华顶）峰，遇王羲之入山学业，先生过笔法付羲之：“子欲学书，好听吾语。夫受笔法，与俗不同，须静其心，后澄其心思，暮在功书，觔骨附近，气力又须均停，握管与握玉无殊，下笔与投峰不别，莫夸端正，但取坚强，觔力若成，自然端正。”……光迴影转，节物频移，日就月将，便经年载。羲之第一年学书，似蛇惊春蛰，鱼跃寒泉，笔下龙飞，行间蝶舞，虽未殊妙，早以惊群。至第二年学书，似鹤度春林，云飞玉间，笔含五彩，墨点如龟，筋骨相连，似垂金鏁（锁）。至第三年学书，将为是妙也，遂书得数纸来。先生再拜展于案上，一见凛然作色，高声谓责羲之曰：“子之书法，全未有功，觔骨俱少，气力全无，作此书格，岂成文字？但且学书，有命即至，仙堂无事，不劳相访。”羲之唱喏，即归书堂。援又得三年功，书成矣。先生乃赞羲之曰：“念汝书迹，异世不同。淡处不淡，浓处不浓。得之者罕有，见之者难逢。进一字千金重赏，献一字万户封侯。”再赞曰：“众木中松，群山中峰，灵鹤中冲，五岳中嵩。吾令归俗，汝向九霄红。汝归于世界，如鹤出笼。别后有心相顾，时时遥望白云中。”

司马承祯故意犯了一个关公战秦琼的历史性错误。但文章还是经典，非但没有失传，反而流转并珍藏于美国、日本。

对灵墟山的位置，徐灵府写得一清二楚：“坛前十步有大溪，发源华顶，东南流宁海界。又堂西十步有泉，其色味甘，可以愈疾”，“自灵墟南出二十里，

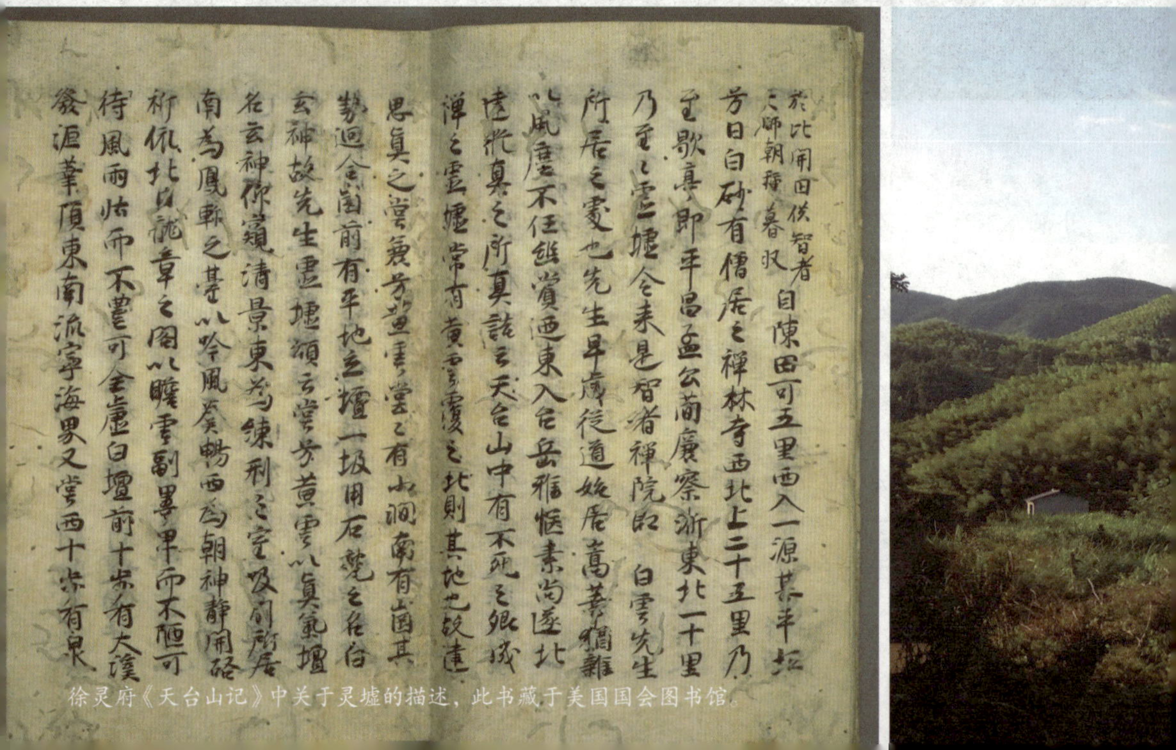

徐灵府《天台山记》中关于灵墟的描述，此书藏于美国国会图书馆

有小庄在欢溪也。"欢溪在欢岙，为高士顾欢的授学之地。徐灵府又说，灵墟华顶，无复堂宇，唯余松竹，天气晴望见海水，与天同光。若清真之俦，则三山十洲，仿佛而睹，云佩风笙，倏忽而闻。灵墟山与桐柏山一样，有一样仙道隐逸精神。

从海拔位置上来看，灵墟山比桐柏山高，地方也较桐柏山偏僻。但不管朝哪个方向来看，灵墟山四面都很开阔。每当云雾起来，这孤零零的山峰就像海上的蓬莱仙岛。

徐灵府大写特写灵墟，不是空穴来风。除了灵墟为白云紫真许玄度先生教王羲之永字八法之地之外，最重要的还有一个，就是智者大师在拜经台降魔之后，驾风而下，走到灵墟山边上，遇到一位老人，老人告诉他，见到盘陀石而止，在竹林深处建造精舍。天封寺为智者大师开辟的第五个道场，也是天台宗的朝圣之地。

此故事如定光招手一般，智者大师先结庐于天封山，自号灵墟，并注《涅槃经》。他去世后，隋炀帝把天封寺封为"灵墟道场"。原来天封寺的"天封"是这么来的。灵墟之上，有智者岩，天封寺之上，有智者岭。灵墟山与其下的天封寺，与修禅寺塔头寺一样，成了东土灵山圣地。

自智顗修建后，到了五代后汉乾祐年中（948～950），灵墟道场改名为智者院，到宋大中祥符元年（1008）改称寿昌寺，宋代治平三年（1066），改称天封寺，延续近千年至今。天封寺又名槛封，因为隋炀帝敕封过的，所以叫作天封。关于天封寺寺名的来历，民间有一个传说倒是十分有趣，据说天封寺的大殿比皇宫高

从另一个角度看灵墟全景

出三砖，皇帝知道后就要毁掉此寺。庙中的僧人说此寺为上天所封，毁之不祥，皇帝方罢休。

宋代慧明和尚主持天封，对该寺进行了一次整修，并作了一首诗：

华顶当空出，云霞宿殿庭。

八荒同纳纳，一气转冥冥。

日驭经担过，天河俯槛听。

长年苔径合，无客到岩扃。

慧明，字无得，号竹院。孝宗淳熙末年住净慈寺，住天台天封寺时是在光宗绍熙初年（1190）。他与陆游关系甚笃，整修寺院的时候，请陆游作了一首碑记，陆游说：淳熙丙午（1186）春，我住在西湖之上，与物外人游。净慈寺的慧明师者，到达各方，如汗血驹一样蹴踏，万马皆空，我知道他在佛界的法名，但不知道他的文学才能。四年后，我住在绍兴的镜湖，慧明师来访我，与我谈论佛法，纵横言谈中，"文辞卓然，傀伟非凡"，我才知道他有文学才能，也有佛法之才，慧明师与我一起数日行走，拄杖戴笠，到了天台山，做了天封寺的主人。天封之山，"岩嶂崇绝，是天台四万八千丈之冠。林麓幽邃，擅智者十二道场之胜"，但是"地偏道远，游者很少，布施的人也稀稀落落，慧明师住在这里好几年，四方问道之士以天封为归宿，"植福乐施者踵门而至，不可推却。""自佛殿、经藏、阿罗汉殿、钟经二楼、云堂库院、莫不毕葺，敞为大门，缭（绕）为高垣（墙），周为四庑，屹为二阁，来者以为天宫化成。非人力所能也。"陆游感叹道，"而其所立，乃超卓绝人，如此岂非一世奇士哉？予尝患今世局，於观人妄谓长于此者必短于彼，工于细者必略于大，自天封观之，其说岂不浅陋可笑也哉！"

可见，陆游对慧明重修天封寺的善举褒扬有加。这碑文写在绍熙三年（1192）三月三日，其时，陆游写诗赠慧明法师：

浪迹天台一梦中，距今四十五秋风。

胜游回首似昨日，衰病侵人成老翁。

圣寺参差石桥外，仙蓬缥缈玉霄东。

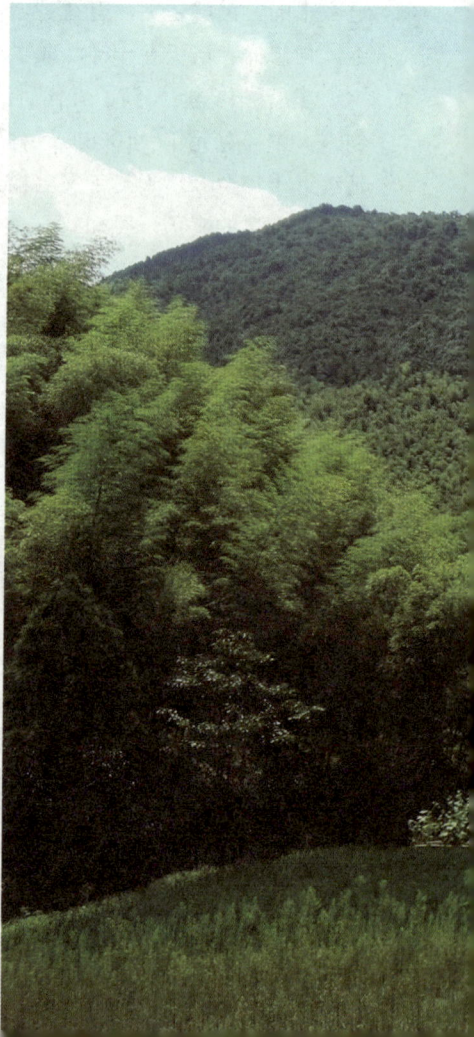

因君又动青鞋兴，目断千峰翠倚空。

宋朝的僧人元肇也有一诗写天封寺：

　　神指灵墟地，峰从华顶分。

　　东封时未至，西域教先闻。

　　丈室高皇字，重修笠泽文。

　　幽寻三十里，穿破石桥云。

在宋代，除了万年寺和国清寺，天封寺拥有的田产是相当多的。宋《嘉定赤城志》记载："天封寺，田一千五百六十二亩，地二百三十六亩，山四千八百五十四亩。"主要来源三个方面：一是皇家钦赐的，二是施主奉献的，三是寺院购买的。这里农禅并举，僧人的生活和寺院的运作基本不是问题。明朝永乐年间是天封寺香火最旺的时期，僧众多达三百多人。

明万历年间，天封寺达到鼎盛，此后被火烧掉了，所幸的是，它被一个女尼重建了起来，她的法名叫性恒。为重建天封寺，她和诸位弟子募化吴越各地，得

到当时大文人钱牧斋（钱谦益）大力称扬。钱谦益在《天台山天封寺修造募缘疏》中说：

> 天封寺万历某年不戒于火，比丘某发大誓愿，励志修复，而乞余言以告四众。嗟乎！寺之火也，火于正教将熸之时；比其修也，修于狂禅渐息之日。天火之以示戒，而人修之以显法。除旧布新，扶衰革弊，其亦有因缘时节示现于其间乎？我知斯寺炽然建立，智者大师现身佛刹，如宝罗网，岂待余言为赞叹哉！

此文收录于《牧斋初学集》卷八十一。性恒俗姓张，来自金陵，以修复天封寺为一生宏愿。钱谦益又有诗颂之：

> 有一比丘尼，张氏名性恒。
> 剃染来金陵，誓愿为兴复。
> 坚修头陀行，一麻复一麦。
> 誓以此身命，回向僧伽蓝。
> 苦行五六载，地行夜叉知。
> 乃至夜摩天，分分相传报。
> 人天感咸悦，钱刀响然臻。
> 梵刹黄金容，僧寮经藏阁。
> 如移四天宫，又如地涌出。

天封寺由此得到兴盛，寺中的罗汉像非常引人注目。

明代陈仁锡游览天封寺，记述："天封寺的十六罗汉，大奇。如强壮汉子，保养累月，神来气来，又如酒酣拔剑，人鬼辟易。手持二藤杖。余怪之。问何处有此古藤？僧曰，罗汉自带来。又问，何处有此塑手，僧曰，罗汉自塑，塑十六尊而去。寺僧留之，笑曰，他是一尊，我是一尊。遂不见。"

清朝光绪年间，天封寺经历最后一次修复。陈注有《重建天封禅寺记》碑记云，"古殿穹窿，佛像精丽，罗汉奇古，须眉皆活。"

清代民国时期，天封寺的田产还有很多，都租给附近村庄的农民耕种，有人说，村中还存有一块道光二十九年（1849）的残碑，碑文中记载了天封寺当时田产的范围，但我没有找到。不过在附近村中行走的时候，我搜集到当时天封寺租田给农民的契约，得知民国时天封寺受华顶寺管辖，我在契约上看到的是兴慈大师的名字。

20世纪40年代末期，天封寺已经败落下去，寺院边已经有村落，寺里仅存两名僧人。数年后，佛像被毁，僧人移居他方，60年代寺院毁于一场大火，大雄宝殿附近成了粮管所，僧寮的所在成了华峰中心校。我的初中就在那里读的。

前几年学校撤并了，学校里住了几个僧人，供奉起佛像，又有些天封寺的样子了。

　　现在，王羲之、白云先生和司马承祯，还有智者岭、天封寺，都掩没在缥缈的烟云之中。但灵墟山依然矗立在那里，不动声色。白云苍狗，斗换星移。白驹过隙，今是昨非。但有灵墟和天封在，至少有人可以凭吊朝拜。假如有心之人，为了方便大众，随便砍斫一下路上的柴草，自然有许多人上来，从天封灵墟走到拜经台。我在行走此路的时候，就看到许多外地驴友吊的路标，尽管上面的路已经被柴草封得严严实实。

　　石笋峰后面路很陡峭，都是石头砌成的，古朴，到石笋峰边，是平的，石笋峰下去，古道穿过竹林，因为村民挖笋，柴草清理得干干净净，除了小段被水冲坏外，其他保持完好，是圆圆的鹅卵石铺设的，估计它们是从天封溪里搬过来的，石阶铺得非常工整精美，竹林走完，卵石路就没了，淹没在草丛里，下面就是稻田，时断时续，有几段被流水冲毁。到原来的华峰中心校屋后，又有一段完好的古道出来了，然后绕过乱石屋，到了天封寺的旧址。

　　书中记载智顗走过的竹林还在，但磐陀石没了，是不是被人打掉做房舍了呢，是不是被砌在那条水渠和地碢上呢，无从得知。

　　但从灵墟山看下去，天封的确　是一派好气象，五马回槽，双涧合流，前面是瑞云峰，眼界开阔，灵性十足。

灵墟山智者岭的古道与路廊

天封所在的地方，过去叫作华峰。

灵墟山、学堂冈，与华顶峰、拜经台一样，只要被人提起，就会被人记住，或因此亲身登临一番，寻寻古，访访旧，吹吹风，听听雨，看看竹木山林，也是很自然快乐的事情。

现在，有关灵墟山和学堂冈相关的文字宣传很少，它们似乎已经被人遗忘，依然没被人唤醒，想来也多少有些可惜。若在灵墟山下做个亭子，立个小碑，介绍这里的典故，或把路廊修整下，让人路上歇脚片刻，感知一二，也是莫大功德。

某天早晨，我登上外湖村的前山，往北而望，阳光把灵墟山顶照得一片金黄，非常圣洁，犹如琼楼玉宇。

在学堂冈看灵墟天封

第四章　故道白云

唐 诗 之 路

　　为了方便我的叙述，我从天封村开始行走唐诗之路。

　　我从拜经台下来，走过柏树岩岢。这是一个十字路口，东边去外湖天封大同五村，南边去灵墟天封，西边去拜经台华顶，北边去大同山里。从这里南下，行走两里路左右，就看见一处崖石，古道从崖上穿过，在崖的北边，有一座石头砌的路廊，它与平常的石头小屋不同，是用山上的石头，随地取材，砌成一个拱券，拱顶上面覆盖泥土，长满了草木，一点也不漏水，我估计，是上古穴居的痕迹，这种建筑像是佛龛，一般里面是供养佛像的。

　　这个路廊，本地人叫做石洞，就是神仙住的，坐北朝南，下面是幽深的山谷，其环境与黄经洞类似，传说白云先生住在这样的建筑里，教王羲之学习书法，有人就直接叫白云洞，也有人叫做智者岩，指的就是这个地方了。

　　其实在拜经台去华顶公路转弯的下面，有一座类似的路廊，上面被公路压得严严实实，不注意是看不到的，从护栏下钻过去，就看到路廊，地面已被泥沙淤积了厚厚一层，里面供奉着一尊佛像，我想，这应该是智顗的形象。白云洞下去，

龙皇堂的诗人雕像——李白

李白的华顶晓望雕像

龙皇堂的孟浩然雕像

道路就陡峭起来了，因为少有人走，石阶被掩没了。智顗就是从这条路下天封去的，在这里下去，走路风一样轻松，因为是华顶南坡，路两边的树木高大，透过树枝的缝隙，我看到了一座孤峰突起，这就是灵墟山，当地人士说是石笋，犹如庐山的仙人洞一般，起云的时候，犹如琼楼玉宇。司马承祯的黄云堂就在峰顶之上，现在肯定是找不到痕迹了。但峰下有一个黄泥塘村，是不是黄云堂的变音呢，这倒是一个绝妙巧合。

说到唐诗之路，是不能忽视玉霄峰和灵墟之上居住的司马承祯，司马承祯曾经是武则天、唐睿宗、唐玄宗三朝帝师，曾经六次应诏赴京回询治国理政之道。可见他在朝廷的地位显赫是众所周知的。司马承祯从天授年间（690～692）隐居天台，到开元十五年（727）离开到王屋山居住，圣历二年（699）他应武则天之诏入京，征召回转天台山的时候，朝廷大臣赋诗属和者竟多达三百余人，由一个名叫徐彦伯的人专门结集为《白云记》，这就是因为司马承祯自号"天台白云子"的缘故。其中，李峤《送司马先生》诗云："蓬阁桃源两处分，人间海上不相闻。一朝琴里悲黄鹤，何日山头望白云。"这是唐代朝廷大臣最早奉敕赠别天台高道司马承祯的诗歌。这诗歌中的白云，自然与灵墟山产生了联系。

司马承祯流传的诗歌并不多，《灵墟颂》是很重要的一首，他咏赞的是仙人居住的洞天福地，也描述了我们眼前实在看见的真实的灵墟境界。他在洞天村后的玉霄峰和灵墟山隐居了四十年，人称司马炼师。山居之中，白云生处，足能洗心：

不践名利道，始觉尘土腥。

不味稻粱食，始觉神骨清。

罗浮奔走外，日月无晦明。

山瘦松亦劲，鹤老飞更轻。

逍遥此中客，翠发皆常青。

草木多古色，鸡犬无新声。

若有出俗志，不贪英雄名。

傲然脱冠绶，改换人间情。

去矣丹霄上，向晓云冥冥。

灵墟山上的白云，也成了他的寄托。

浙东唐诗之路的形成，司马承祯是关键的节点。他与陈子昂、卢藏用、宋之问、王适、毕构、李白、孟浩然、王维、贺知章成为知交，人称"仙宗十友"。开元十三年（725），司马承祯出游南岳衡山路过江陵，恰与李白相遇。李白写《大鹏遇稀有鸟赋》一诗，序云："余昔于江陵，见天台司马子微，谓余有仙风道骨，可与神游八极之表。李白与司马承祯遂成忘年交。因为司马承祯的感召，开元十五年（727）夏李白到天台山，司马承祯是应唐玄宗第四次征召入京的，李白没有见到司马承祯，留下遗憾。但他写下了气势磅礴的《天台晓望》：

天台邻四明，华顶高百越。

门标赤城霞，楼栖沧岛月。

凭高登远览，直下见溟渤。

云垂大鹏翻，波动巨鳌没。

风潮争汹涌，神怪何翕忽。

观奇迹无倪，好道心不歇。

攀条摘朱实，服药炼金骨。

安得生羽毛，千春卧蓬阙？

这是一首名副其实的求仙诗，我想在那个时候，李白也是站在拜经台的朝东观日，至于李白第二次上华顶的时候，完全没有以前渴望出仕的狂热，反而把一切看得那么透彻，他在这里写下《登高丘而远望》："登高丘而望远海，六鳌骨已霜，三山流安在？扶桑半摧折，白日沉光彩。银台金阙如梦中，秦皇汉武空相待……君不见骊山茂陵尽灰灭，牧羊之子来攀登……穷兵黩武今如此，鼎湖飞龙安可乘？"他对好战不休的帝王提出严厉指责，任何帝王的丰功伟绩最后落在一个空字上，如幻如梦，在他的心目中，一切都那么虚无缥缈，过眼云烟。而华顶的高邈境界，给了他一个飞翔的情感，他看到什么样的日出，我不知道，但是，诗中的情境，与我看的倒是一模一样。

天宝三年（744），李白去了王屋山，可惜司马承祯去世两年了，他写下了《上阳台帖》，文曰："山高水长，物象千万，非有老笔，清壮可穷。十八日，上阳台书，太白。"李白落款"十八日"，即当年的三月十八日。该帖为书法珍品，现存北京故宫博物院。

因为李白和司马承祯的影响，"仙宗十友"中的宋之问也来灵墟山，司马承祯即以桐木斫琴，制作琴曲以娱之：

> 时既暮兮节欲春，山林寂兮怀幽人。
>
> 登奇峰兮望白云，怅缅邈兮象欲纷。
>
> 白云悠悠去不返，寒风飕飕吹日晚。
>
> 不见其人谁与言，归坐弹琴思逾远。

宋之问也有琴曲送司马承祯：

> 河有冰兮山有雪，北户墐兮行人绝。
>
> 独坐山中兮对松月，怀美人兮屡盈缺。
>
> 明月的的寒潭中，青松幽幽吟劲风。
>
> 此情不向俗人说，爱而不见恨无穷。

在司马承祯辞京回天台之时，宋之问有诗歌云：

> 羽客笙歌此地违，离筵数处白云飞。
>
> 蓬莱阙下长相忆，桐柏山头去不归。

又有五言诗道：

> 卧来生白发，览镜忽成丝。
>
> 远愧餐霞子，童颜且自持。
>
> 旧游惜疏旷，微尚日磷缁。
>
> 不寄西山药，何由东海期。

在司马承祯的影响下，孟浩然和贺知章曾在越州（绍兴）相会，在开元十八年（730）漫游吴越之地，在天台逗留了三个月。孟浩然在《早发天台》中写道：

> 挂席东南望，青山水国遥。
>
> 舳舻争利涉，来往接风潮。
>
> 问我今何去，天台访石桥。
>
> 坐看霞色晓，疑是赤城标。

孟浩然的晓望是仰视的，而李白晓望则是平视的，甚至是俯瞰的。

在诗歌中，孟浩然把华顶当成不死的福庭，这里也是人间的福地。他写道：

> 鸡鸣见日出，每与仙人会。
>
> 来去赤城中，逍遥白云外。
>
> 莓苔异人间，瀑布当空界。
>
> 福庭长不死，华顶旧称最。

华顶南边的灵墟山，与玉霄峰一样，密不可分。孟浩然写洞天村玉霄峰的诗句：

> 上尽峥嵘万仞巅，四山围绕洞中天。

秋风吹月琼台晓，试问人间过几年。

　　贺知章最后在唐玄宗前面提出要求当道士去，皇帝准许了，据说写了"少小离家老大回"之后，也寻到天台，常在天台山负笈卖药，最后得道成仙。由这些故事，我不由自主地地联系到唐代陈寡言咏洞天宫的诗句：

照水冰如鉴，扫雪玉为尘。

何须问今古，便是上皇人。

醉卧茅堂不闭关，觉来开眼见青山。

松花落处宿猿在，麋鹿群群林际还。

我本无形暂有形，偶来人世逐营营。

轮回债负今还毕，搔首翛然归上清。

　　所以说，灵墟山和洞天是浙东唐诗之路上的重要节点。唐代诗人写玉霄洞天的诗句，更多地带着道家的色彩，皮日休《寄题玉霄叶涵象尊师所居》诗云：

青冥向上玉霄峰，元始先生戴紫蓉。

晓案琼文光洞窒，夜坛香气惹杉松。

闲迎仙客来为鹤，静喋灵符去是龙。

子细扪心无偃骨，欲随师去肯相容。

陆龟蒙有《和袭美寄题玉霄峰叶涵象尊师所居》诗云：

天台一万八千丈，师在浮云端掩扉。

永夜只知星斗大，深秋犹见海山微。

风前几降青毛节，雪后应披白羽衣。

南望烟霞空再拜，欲将飞魄同灵威。

五代宋初著名文学家徐铉《赠奚道士》诗云：

先生曾有洞天期，犹傍天坛摘紫芝。

处世自能心混沌，全真谁见德支离。

玉霄尘闭人长在，金鼎功成俗未知。

他日飚轮谒茅许，愿同鸡犬去相随。

　　玉霄峰下，洞天村口，峡谷幽深，悬崖对立，是为石门关天，洞天石扉共有九道，在溪谷中两两相辏，高可耸天，唐代诗人方干的《石门瀑布》道出了其中的韵味，"奔倾漱石亦喷苔，此是便随元化来。长片挂岩轻似练，远声离洞咽于雷。气含松桂千枝润，势画云霞一道开。直是银河分派落，兼闻碎滴溅天台。"洞天石扉状若琼台百丈，壮雄而瑰伟奇险，李白既游琼台，又临石门关山，慕山水之神秀，在《梦游天姥吟留别》诗中，予以名状："……列缺霹雳，丘峦崩摧，洞天石扉，訇然中开。青冥浩荡不见底，日月照耀金银台。霓为衣兮风为马，云之君兮纷纷而来下。虎鼓瑟兮鸾回车，仙之人兮列如麻。"当亲临实地，吟诵佳句，啸傲于岭端风雨明晦之上，其意趣尽出天然了。

因为司马承祯和智者大师，灵墟华顶是仙家居住的福地，也是佛家修道的佳处。即使唐代一朝，便有许多诗作流传。最称著的有寒山子的诗句，写华顶不亚于写寒岩，境界旷远：

　　自见天台顶，孤高出众群。
　　风摇松竹韵，月现海潮频。
　　下望青山际，谈玄有白云。
　　野情便山水，本志慕道伦。
　　闲游华顶上，日朗昼光辉。
　　四顾晴空里，白云同鹤飞。

灵澈有诗歌写华顶：

　　天台众峰外，华顶当其空，
　　有时半不见，崔嵬在云中。

贾岛诗云：

　　南游衡岳上，东往天台里。
　　足蹑华顶峰，目观沧海水。

皎然的《送重钧上人游天台》中对华顶的远望：

　　渐看华顶出，幽赏意随生。
　　十里行松色，千重过水声。
　　海容云正尽，山色雨初晴。
　　事事将心证，知君道可成。

齐己有《怀天台华顶僧》云：

　　华顶危临海，丹霞里石桥。
　　曾从国清寺，上看月明潮。
　　好鸟亲香火，狂泉喷沕寥。
　　欲归师智者，头白路迢迢。

灵澈、贾岛、皎然和齐己，是唐朝著名诗僧，写华顶，禅意深浓，他们所写的都是酬送之诗，对象都是出家的僧人。另有唐代李郢《送圆鉴上人游天台》诗句云：

洞天岭上

西岭草堂留不住，独携瓶锡向天台。

霜清海寺闻潮至，日宴江船乞食回。

华顶夜寒孤月落，石桥秋尽一僧来。

灵溪道者相逢处，阴洞泠泠竹室开。

在唐代诗人的眼里，华顶与石梁就好像孪生兄弟一样，就像智者大师所说，车之两轮，鸟之双翼，不可偏废，缺一不可。齐己又有诗云：

华顶星边出，真宜上士家。

无人触床榻，满屋贮烟霞。

坐卧临天井，晴明见海涯。

禅馀石桥去，屐齿印松花。

唐代喻凫有诗道：

露白覆棋宵，林青读易朝。

道高天子问，名重四方招。

许鹤归华顶，期僧过石桥。

虽然在京国，心迹自逍遥。

我自然地记起，宋代的严羽《送戴式之归天台歌》与之有着异曲同工之妙：

吾闻天台华顶连石桥，石桥巉绝横烟霄。

下有沧溟万折之波涛，上有赤城千丈之霞标。

峰悬蹬断杳莫测，中有石屏古仙客。

石梁与华顶，都是佛道共栖之所在，诗歌中，体现的是真正的大和合大和谐。项斯的《寄石桥僧》中说：

逢师入山日，道在石桥边。

别后何人见，秋来几处禅。

溪中云隔寺，夜半雪添泉。

生有天台约，知无却出缘。

石梁飞瀑的声名之大，早在唐朝之前就存在了，梁代李巨仁有诗云：

台山称地镇，千仞上凌霄。

云开金阙迥，雾起石梁遥。

翠微横鸟路，珠涧入星桥。

风急清溪晚，霞散赤城朝。

石梁的古道

　　掷地金声的孙绰在《天台山赋》中,也写到这石梁飞瀑的情致。"跨穹窿之悬磴,临万丈之绝冥。"跨过弓背悬空的石梁,身临高逾万丈之深渊。"王乔控鹤以冲天,应真飞锡而蹑虚。"这说的除了洞天仙界外也有石梁的罗汉道场。石桥飞瀑的声名之大,连远在长安的唐玄宗李隆基都听闻到了,估计他是听司马承祯陈述的。李隆基作了一首《石桥铭》:"梁园胜躅,碣馆佳游。苔深石暗,山斜路幽。桥非七夕,节是三秋。爱停弄杼,共此淹留。"此仅仅是一种风景的直观想象罢了。石梁飞瀑总是隐藏在云水缥缈深处。

　　我一路吟诗一路游览石梁,吟唱寒山子咏叹石梁飞瀑的诗歌,显得很有气势:

　　　　迥耸霄汉外,云里路岧峣。

　　　　瀑布千丈深,如铺练一条。

　　　　下有栖心窟,横安定命桥。

　　　　雄雄镇世界,天台名独超。

　　寒山诗写石梁,是唯美的。他又有诗道:

　　　　千年石上古人踪,万丈岩前一点空。

　　　　明月照时常皎洁,不劳寻讨问西东。

　　　　我向前溪照碧流,或向岩边坐磐石。

　　　　心似孤云无所依,悠悠世事何须觅。

　　拾得诗中也把华顶与石梁联系来写:

　　　　迢迢山径峻,万仞险隘危。

　　　　石桥莓苔绿,时见白云飞。

　　　　瀑布悬如练,月影落潭晖。

　　　　更登华顶上,犹待孤鹤期。

　　寒山拾得在国清寺居住,自然也会到这石梁来的,我想寒山走这石梁,如履平地。因为他率性自由,心无牵挂,自然也无怖无畏的。我觉得,寒山拾得是不是罗汉的化身呢?

　　我的眼前出现唐代诗画僧贯休所画的罗汉图。《唐才子传》说贯休"一条直气,海内无双。意度高疏,学问丛脞。天赋敏速之才,笔吐猛锐之气。乐府古律,当时所宗……果僧中之一豪也。后少其比者,前以方支道林不过矣",他所画的罗汉是梦中所得,相貌怪异变形,但有方外灵气,"其画像多作古野之貌,不类世间所传"。唐人欧阳炯《贯休应梦罗汉画歌》诗云:

　　　　时捎大绢泥高壁,闭目焚香坐禅室。

　　　　或然梦里见真仪,脱下袈裟点神笔。

　　　　高握节腕当空掷,窣窣豪端任狂逸。

石梁幽谷飞瀑夜（王秋月 摄）

　　逡巡便是两三躯，不似画工虚费日。

　　怪石安排嵌复枯，真僧列坐连跏趺。

　　形如瘦鹤精神健，骨似犬犀头骨粗。

　　休公逸艺无人加，声誉喧喧遍海涯。

　　贯休所画的罗汉，是无价之宝，也是美术史上的经典名作。

　　恍惚中，我记得画罗汉的贯休也写过许多与天台僧道交往的诗歌，颇有石梁高隐的神韵。他的《天台老僧》云："独住无人处，松龛岳色侵。僧中九十腊，云外一生心。 白发垂不剃，青眸笑转深。犹能指孤月，为我暂开襟。"另有《寄赤松舒道士二首》云："不见高人久，空令鄙吝多。遥思青嶂下，无那白云何。子爱寒山子，歌惟乐道歌。会应陪太守，一日到烟萝。余亦如君也，诗魔不敢魔。一餐兼午睡，万事不如他。雨阵冲溪月，蛛丝冒砌莎。近知山果熟，还拟寄来么？"他也写过《送僧归天台寺》的诗句："天台四绝寺，归去见师真。莫折枸杞叶，令他拾得嗔。天空闻圣磬，瀑细落花巾。必若云中老，他时得有邻。"在他的心目中，不管这老僧也好，老道士也好，不管他是否作伴石梁飞瀑，我想他也好，那些方外人士也好，都是罗汉在天台山的化身。

　　那时我石梁的月下夜行，是坐在这仙筏桥上的，月色如银落在山溪里，泛着点点的光，桥上挂满藤蔓，石梁瀑布隐隐约约，自然让我吟诵起两首唐诗，写的都是独行者的情味，一首是徐凝的《天台独夜》：

　　银地秋月色，石梁夜溪声。

　　谁知屐齿尽，为破烟苔行。

　　另一首是李白的：

> 灵溪咨沿越，华顶殊超忽。
> 石梁横青天，侧足履半月。

我那时看到的是满月，天空清明，星星寥寥可数，听蝉声鸟声水声虫声，响成一片，有无限清寂。但在孟浩然心目中，石梁也是仙道共栖的地方，值得一走，因为在石梁飞瀑之畔，居住着他的道人朋友：

> 吾友太乙子，餐霞卧赤城。
> 欲寻华顶去，不惮恶溪名。
> 歇马凭云宿，扬帆截海行。
> 高高翠微里，遥见石梁横。

在当时，石梁下面的这条溪水势很急，乱石纵横，甚为难行，当地人叫作雄溪也称恶溪。

恍惚之间，蓦然回想，智顗也曾经在当年昙猷大师的原修地石桥庵清修过，可见石梁旁边在唐代前很早就有佛寺的。项斯的《寄石桥僧》中说：

> 逢师入山日，道在石桥边。
> 别后何人见，秋来几处禅。
> 溪中云隔寺，夜半雪添泉。
> 生有天台约，知无却出缘。

在石梁修行，人与自然同步，乃真正的天人合一。

在石梁飞瀑的画面中，我联想到白居易诗句：

> 缭绫缭绫何所似？
> 不似罗绡与纨绮。
> 应似天台山上明月前，
> 四十五尺瀑布泉。
> 中有文章又奇绝，
> 地铺白烟花簇雪。
> 织者何人衣者谁？
> 越溪寒女汉宫姬。

白居易写这缭绫如天台山瀑布泉，说这女工来自越溪，我想就是剡溪，大概石梁边上的寒门农家少女，现在选进宫廷里当织工了，自然想起"越女天下白，鉴湖五月凉"的句子，农历的五月是盛夏，这石梁的山水是一片阴凉，是不是因为这石梁飞瀑织染的缘故吗？忽然，我觉得，这白居易的诗，也

与我把石梁想象成母亲舀水的情景相契合了。

李郢的另一首诗《重游天台》道：

南国天台山水奇，石桥危险古来知。

龙潭直下一百丈，谁见生公独坐时。

生公者竺道生也，他与昙猷一样，昙猷说法猛虎低头，而生公说法顽石点头，旨趣相同，不知道昙猷尊者和竺道生是否罗汉化身。李郢又道：

寒潭盥漱铜瓶洁，野店安禅锡杖斜。

到日初寻石桥路，莫教云雨湿袈裟。

这可谓是千古妙句，非石梁所无。如此景象，即使是道家的吕岩（吕洞宾）也情有独钟，他有《七夕》诗中说：

野人本是天台客，石桥南畔有旧宅。

父子生来有两口，多好歌笙不好拍。

证明这石梁飞瀑在唐诗中不但是佛境，也是仙境。他让我联想到宋代天台高

去往塔头寺的路，也是唐诗之路的精华。

道张伯端，人称紫阳真人，著有《悟真篇》，论述内丹之道。他在《石桥歌》中
则叙述金液还丹的奥妙：

> 吾家本住石桥北，山锁山关森古木。
> 桥下涧水彻昆仑，山下饮泉香馥郁。
> 吾居山内实堪夸，遍地均栽不谢花。
> 山北穴中隐藏虎，出穴哮吼生风霞；
> 山南潭底藏蛟龙，腾云降雨山濛濛。
> 二兽隐伏斗一场，玄珠隐伏是真祥。

所谓的石桥，就是石梁飞瀑，金液还丹，如石梁飞瀑水汽上升，肾中精气蒸
腾，金为水母，肾中有金，最后还是细细咽下，归于丹田，就像石梁飞瀑蔽崖而
下。道是阴阳的和合，也如同丹鼎一样，水火既济，混元一体，僧人喜欢，道士
也喜欢。石梁体现的是佛道与自然高度和合的境界啊。在我的心目中，石梁与华
顶就如寒山与拾得。我中有你，你中有我，密不可分，组成和谐的整体，在唐诗
中如双星闪耀。华顶与石梁成为一个美丽的对偶。

浙东唐诗之路把华顶石梁当成目的地，是有因缘的。当然，在唐代天台宗佛
教也是曾经辉煌的，在诸多唐代诗人写佛陇的作品中，最著名的有颜真卿一首《智
者大师像赞》：天台大师俗姓陈，其名智顗华容人。隋炀皇帝崇明因，号为智者
诚敬申。师初孕育灵异频，彩烟浮空光照邻。尧眉舜目熙若春，禅慧悲智严其身。
长沙佛前发弘誓，定光菩萨示冥契。恍如登山临海际，上指伽蓝毕身世。""遂
入天台华顶中，因见定光符昔梦。降魔制敌为法雄，胡僧开道精感通。又有圣贤
垂秘旨，时平国清即名寺。""石城天台西门枢，正好修观形胜殊。像前羯磨依
昔府，寄帝如意花香炉。第五法师阶位绝，观音下迎彰记蒴。万行千宗最后说，
跏趺不动归寂灭。天云决溙风惨烈，草木低垂水呜咽。十日容颜殊不别，遍身流
汗彰异节。欲归佛陇西南峰，泥泞载涂那可从。门人沥恳祝晬容，应手云开山翠
浓。于嗟此地瘗僧龙，空余白塔间青松。"这首诗，回顾智顗的一生功德，心怀
虔敬，写诗的过程就是一种瞻礼。

智者大师的故居，也是诸多诗人朝圣的地方，刘长卿有《夜宴洛阳程九主簿
宅送杨三山人往天台寻智者禅师隐居》云：

> 遥倚赤城上，曈曈初日圆。
> 昔闻智公隐，此地常安禅。
> 千载已如梦，一灯今尚传。
> 云龛闭遗影，石窟无人烟。
> 古寺暗乔木，春崖鸣细泉。

　　　　流尘既寂寞，缅想增婵娟。

他还作了一首《送惠法师游天台，因怀智大师故居》云：

　　　　翠屏瀑水知何在，鸟道猿啼过几重。

　　　　落日独摇金策去，深山谁向石桥逢。

　　　　定攀岩下丛生桂，欲买云中若个峰。

　　　　忆想东林禅诵处，寂寥惟听旧时钟。

可见在诗人的心目中，佛陇修禅智者大师故居的地位崇高而庄严。

唐诗僧无可也有《禅林寺》诗：

　　　　台山朝佛陇，胜地绝埃氛。

　　　　冷色石桥月，素光华顶云。

　　　　远泉和雪溜，幽磬带松闻。

　　　　终断游方念，炉香继此焚。

整首诗歌透着高逸隐居的情味。

　　在唐代也有诸多写国清寺的，如皮日休的《寄题天台国清寺齐梁体》"十里松门国清路，饭猿石上菩提树。怪来烟雨落晴天，元是海风吹瀑布。"也是佛陇之后的余脉了。不过日僧最澄在修禅寺学习天台宗教义后，准备回国，一步步走下金地岭，行满大师作诗饯行：

　　　　异域乡音别，观心法性同。

　　　　来时求半偈，去罢悟真空。

　　　　贝叶翻经疏，归程大海东。

　　　　何当到本国，继踵大师风。

　　寒山拾得的诗就是佛陇脚下的国清寺生活，以诗歌远近闻名的，他们的诗歌传到日、韩、欧美等国，这也是唐诗之路在海外流播的印迹，这里不仅是唐诗之路的目的地，唐诗也从这里出海过洋，是不应该被人忽视掉的。

　　我与朋友一起从新昌出发。那里就是著名的剡中，为李白诗句"此生不为鲈鱼脍，自爱名山入剡中"之所在，但李白自爱的名山在哪里？我想肯定就是佛道圣地天台。在地图上看，发现剡中周围山脉犹如一个倒置的"爪"字，一撇是括苍山与大盘山，三笔自左到右自西到东则是会稽山、四明山和天台山。朋友们告知，剡溪的源头就发源于天台华顶峰的北坡，是其上游的主流，石梁飞瀑为最华彩之处，与周边的华顶、佛陇、国清、桐柏、天姥、寒岩成了唐代乃至当今诗人们最向往的黄金地带。

　　据新昌竺岳兵先生研究，唐代诗人进浙东的路线，首先是从钱塘江过来，经过浙东运河，走过绍兴、上虞，来到了浙东运河中段的曹娥江，沿着古代的剡溪，

大竹园的竹坊与竹廊

即现在的嵊州地界，一直上溯到新昌江，进入新昌地界。有一条陆路经过斑竹村、横渡桥村、天姥山、关岭，进入天台，天姥山因为山上有岩石如老姥得名。关岭头这个村庄，以路廊为界，一边属于天台，一边属于新昌。那是谢灵运古道经过的地方，谢灵运劈山开路，一直抵达永嘉。还有一条水路，经过沃州湖，转上海村，沿慈圣大坑到大竹园。上岸，转过慈圣村，直抵天台石梁，我的心情随着这剡溪的清流逐步升高。溪流平缓地流淌着，据说此溪千米路程高差仅半米，是完全可以通航的。我们经过拔茅镇，自北向南，经长沼水库，岸边有几个烟村，这片水域已经改名沃州湖了。没修水库之前，这里是一片辽阔的湿地，水草丰茂，土地膏腴，名人雅士多荟集于此，萧然作歌。我曾经的同事安祖潮先生，专门研究唐诗近五年，编辑出了一本《唐诗风雅颂天台》。他剔除写浙江衢州、石梁等有疑问的作品，得出这样的一个统计数字：与天台有关的唐诗总数又增加一千两百余首，诗人增至三百多人。此前各地发现写浙东的唐诗总共有一千五百多首，诗人四百多位。"到过天台的唐代诗人约占全唐诗人的十分之一，反映天台的诗作占到全部唐诗的四十四分之一"，安祖潮说。天台山尤其是石梁溪山以及下游剡溪沿线，构成了唐诗之路最美的自然人文长廊。

霞客古道

我重新回到了天封。

这里的确是一个交通要道。天封的风水特好。前面是双涧回澜，周边是五马回槽。西边上潘村，则有两牛耕地，地势开阔，阳光充和。在村前，就能仰望灵墟和华顶峰。徐霞客古道、唐诗之路、天台宁海的古道，都在这里经过。

天封寺前双溪里岙东流，到上潘村，汇合东岭之水，到笃木潭村，汇合华顶坑之水，至寺东，汇合大棚的南寮溪之水，出毛竹蓬，汇合南流的灵墟之水，到溪下村，汇合北流之西坑八寮之水，然后进入白溪，此段叫天封溪，又名浊水溪。天封溪下游有一个黄龙水库。天封村和周边的村庄是水源保护地。

徐霞客游历天台山，明万历癸丑四十一年（1613）是第一次，他写了《游天台山日记》（前），到了明崇祯壬申五年（1632）三月十五日，他第二次游览，又写了《游天台山日记》（后），在《徐霞客游记》中，天台山日记（前）放在卷首，可见天台山的重要性。

明万历四十一年（1613）阴历四月初一即阳历 5 月 19 日，二十七岁的徐霞客从宁海出发，同行的是江阴迎福寺的住持莲舟上人。他们宁海西门一路行来，徐霞客漫行古道之上，"云散日朗，人意山光，俱有喜态。"顺着溪山行走："雨后新霁，泉声山色，往复创变；路两旁寂无人烟，泉轰风动，路绝旅人"，身心清净快乐非常。他们从名叫"鸡冠尖"的西边小路下山，披荆斩棘，到两县交界的泗州堂（路廊），走向横路庵，沿着横路庵西南小路抵达天台杨家岙村北山坳中的弥陀庵，遇到了国清寺的云峰和尚，让人把行李担到国清寺存放，然后在弥陀庵背后上岭，翻过八百米高的山头，行过一个叫龙头的地方，翻过俗称中的风箱岭，这也是徐霞客"越潦攀岭，溪石渐幽"之岭，这里距天封寺二十里，属于石梁镇管辖的地界。

从东岭遥望八寮岭，徐霞客从那里走来

天封路口，仅仅见到天封寺的石鼓和柏树，徐霞客在这寺里住了一个晚上。

接下来的古道是徐霞客《游天台日记（后）》所记的那段路。其时，徐霞客"下一岭，丛山杳冥中，得村家，瀹茗饮石上"，徐霞客看到了农家，坐在石上喝茶歇息，瀹茗就是煮茶。那个村就是八寮村，寮是山间的建筑，为长排屋，里面隔开小间，小间开窗户。因为"寮"字农民看起来比较难写，周边地名中的"寮"字全改成"辽"，比如，八寮改成八辽，南寮改成南辽。那时八寮村很大，估计有八个长排屋。古道是很开阔的，均是石头铺就，比较完整。再从八寮岭头翻下来，经过桐油树村、楼下王村、毛竹蓬村，从石碇步过溪，再到天封寺。

为了体现徐霞客的情味，我行走了一段，石阶路被柴草覆盖。因为八寮村和西坑村早已移民了，八寮岭无人行走，盛夏里担心蛇虫，只好退回，等待秋末冬季春初的时候，与驴友一起徒步，而现在所见的，电线杆一路竖立，犹如一队坚守岗位的士兵。

徐霞客第一次住宿在天封寺里，在静夜里念想华顶观日的情致，"以朗霁为缘，盖连日晚霁，并无晓晴。及五更梦中，闻明星满天，喜不成寐"，便风风火火登华顶。我沿着徐霞客的道路行走，知道他走的不是灵墟上华顶的路，是从华顶坑进入的。华顶坑有几座排屋，宁静开阔。从村北山呑进去，远远就看到北边的山顶，那是天柱峰。华顶寺是看不到的。

现在华顶坑北边的朝阳山坡，已经种上了桃树，果实累累。石头铺成的小路艰难地往上延伸，不宽，还不如天封去灵墟的那条路宽广而精致。过去这条路走的人也不是很多，但离华顶比较近，还有人迹可循。华顶坑上去，有溪流瀑布。山泉竹林，鸟声入耳，更为清幽。

自华顶坑上岭，五里到华顶寺。徐霞客从华顶寺东边的小路上去，登上太白堂，在他眼里，太白堂也是一般的小茅篷，大概是行旅匆匆的缘故，他说了简单的四个字，"俱无可观"。从北坡沿着石阶路直下，转东横走，就到了孤崖顶上的黄经洞。书圣写经的所在，只有一个老僧居住，还有石头堵住门，阻挡寒风，叹息不已。

徐霞客第二次来，经过天封寺，反复观望，称叹这里为天台幽绝处。但没有住宿，直接"却骑"下马，同僧无馀上华顶寺。在华顶寺住了两宿，"宿净因房，月色明莹"。但是，因为华顶离拜经台还有三里路，他不想打扰人家，就一个人乘月独上，结果走过了路，误登东峰之望海尖。有人说，他走到柏树岩尖学堂冈那边去了；有人说，他往外湖方向走，那边有地方叫作东峰，边上有望海尖，他发现路往下走，越走越不对，南辕北辙，赶忙西转，走回华顶寺，归寺已更馀矣，日出他是看不成了。到了十六日，心里还想去拜经台观日出，他也是月下出去，但是山上露水多，结果衣衫全被润湿了，他冻得直打战，只好回来，"炙衣寺中"，把衣服烤干，日出照样没看成，多少有些遗憾。

徐霞客上华顶所见的，树林竹木依然，可他没写具体细致。我从笃木潭沿着天封溪行走，就经过上潘村，上岭翻过东岭冈，从冈头左侧的小路上去，经过一片茶山，也看见对面的山峰，再横走转弯直上，可以到达天柱峰庵。在柳杉林下左转，就到永庆寺，那里离华顶寺很近了。天柱峰庵和永庆寺、华顶寺面貌已经焕然一新了。

徐霞客两次从华顶下去，去石梁，第一次去华顶庵，"过池边小桥，越三岭。溪回山合，木石森丽，一转一奇，殊慊（满足）所望"，可见当时石梁去华顶的路，非常幽僻，第二次他从华顶寺下去，从寺右逾一岭，南下十里，至分水岭。岭西之水出石梁，岭东之水出天封。

这个分水岭，就是现在的挈桶档，我记得母亲还说过一句话，说，挈桶档，挈桶档，水牛吹去无处望。挈桶档就是现在华顶国家森林公园售票处的附近，是华顶通往石梁飞瀑的必经山口，山风特大。大风雪能把山道行走的人吹到路下雪窿里活活冻死。从这条路下行，就抵达上方广寺。

双溪峃头去华顶的公路上方，有一条与公路平行的古道，我与周泽兰先生一起走了一段路，没有多少坡度，行走很轻松，以前这条路是可以抬着轿子行走的，到挈桶档与华顶的古道相接。挈桶档到华顶有一段路，在公路之上可直接上华顶，现在也荒废了。

华顶去石梁，不但是徐霞客，包括唐朝来的诗人，也是在这里登上华顶的。从挈桶档到仰天湖冈，是最纯粹的山间古道，脚下的溪水流淌着，这叫作金

龙皇堂到石梁的古道与石拱桥

华顶天柱峰庵

溪，发源于华顶山碧潭村的山谷里，与我走的是同一个方向，金溪和大兴坑溪两条溪流在中方广寺的墙下合流，联手冲过石梁桥，形成石桥雪瀑。挈桶档北面那一条路经过香宝瓶村，抵达铜壶滴漏水珠帘的上游，而拜经台狮子岩坑那条路则通到迹溪。不管汇合点如何，它们都是汇合到慈圣大坑里，慈圣大坑在地方志里称为福溪。它们流过新昌沃州湖，成为剡溪的正源，然后流经上虞，称曹娥江。这里是浙东唐诗之路最精美的地段。一条石头铺成的山路，展现最有文化最优美的风景。

几年前，我写《天台行旅》一书，特意从石梁走到华顶，路上早已长满柴草，步步艰难。下午两点半从石梁飞瀑出发，到华顶拜经台，天也就全黑了。幸好还有明亮的月光和音乐，伴随我走到外湖村。

前几天，我与爱人沱沱，还有朋友卢益民一起，又走了这条古道。到高畈村，曾向住户借来一把柴刀，打算一路砍过去，但时间不允许，只好作罢。我们从下走上，到仰天湖冈路况非常好，因为当地人有竹山田地在经营，古道打理得很好，但是上面的古道就没有清理，被柴草封得严严实实，在路外南望，华顶拜经台就在对面，在阳光的照耀下，熠熠发光。树林葱郁，山风阵阵，设若云起，如同仙游。

　　仰天湖村因村外山坳有沼泽地而得名，村里有十几户人家，现在看到的有四个人，其中一对两夫妻，背着喷雾器，去田里打药，一个中年人六十岁左右，坐在路边的柴垛上抽烟，还有一个妇女在自家的水槽前洗衣。仰天湖村的村边地垄种了许多番薯，公路在村前空地经过，因为下了台风，路基塌了，亟待修补，再下去，有一段古道被山上的泥流淹没，没几天下一场大雨，这些会被雨水冲走的。

　　高畈村在公路外，几户人家，古道通过村后。从这段到石梁的路，比较宽阔，很好走。

　　从华顶到石梁，轻松、畅快，徐霞客说，循溪北转，水石渐幽。又十里，到石梁。他是上方广寺进去的，第一次来，先去礼佛昙华亭，但无暇观看石梁，转到中方广寺，再仰视石梁飞瀑，忽在天际。暝色四合，他兴致未尽，继续在石梁桥周边上逡巡，于是妙句出来了。停足仙筏桥，观"石梁卧虹，飞瀑喷雪"，这八个字倒是绝妙的对联。初四日，"天山一碧如黛"，简单六个字，组成又一个妙句。徐霞客道：

　　不暇晨餐，即循仙筏上昙花亭，石梁即在亭外。梁阔尺余，长三丈，架两山坳间。两飞瀑从亭左来，至桥乃合以下坠，雷轰河隤……

　　石梁危险古来知。但徐霞客还是探险，他大着胆子，走上桥头，上下虚空，"余从梁上行，下瞰深潭，毛骨俱悚。梁尽，即为大石所隔，不能达前山，乃还。"

　　他回到昙花亭，去了上方广寺。然后在石梁飞瀑对面的隔山大石上，坐观石梁。他进入了冥想的状态，等寺里的人过来催吃饭才回去。

　　现在，人们在石梁飞瀑对面的西边，树立徐霞客的塑像，他伫立着，凝望石梁全景，依然冥思。流云在天空飞过，溪水在脚下迸流，瀑布在眼前飞泻，梵音在山谷回荡，时光在记

石梁飞瀑前面的徐霞客像

忆里回转。石梁飞瀑依然流韵、依然潇洒。

福溪环游

　　石梁飞瀑也是诸多古道的中转线，往西，经过眠犬村、四姑坪，到万年寺，这也是浙东唐诗之路的古道。石梁飞瀑的扬名比谢灵运早许多了，如果新昌到石梁，水路肯定比陆路要近许多，从大竹园村到新昌，溪流落差低，水势平缓，可以撑排。天台石桥山村民，把树木竹子编成排，载上山里的特产，如草药、薪炭、纸张、笋干等，沿着溪流顺流而下，直到新昌、绍兴、宁波。

　　这里也是中国越剧的发祥地之一，唐诗云：越女天下白，鉴湖五月凉。那些能歌善舞的越女们，在偏僻的山村里走出，从天台山北坡新昌嵊州顺流而下，到了十里洋场的上海，艰苦拼搏，饱受磨难，最后成就了风行中国第二大剧种，一路顺流而下的水声，带着越剧优美醇厚的唱腔，与唐诗之路逆流而上的歌唱成为一个最美好的对应。

　　在溪中行走，举世闻名的是石梁飞瀑和方广圣寺，远处的山峰就是云雾中的华顶，一切都那么隐隐约约，宛然如梦。

　　在这里漫步，随手撩起的溪水，拾起的溪石，摇曳的每棵花木树枝，聆听婉转的每声鸟鸣，都是绝美的歌唱，那是真正的唐代传来的雅音。

　　在大竹园去石梁，沿岸乱石嶙峋，丛树簇拥，溪石水三位一体，水声山风花香鸟鸣，乃是自然和合的境界。一路风景，就像方干所见的一样：

　　　　路入天台气象清，
　　　　垂鞭树石罅中行。
　　　　雾昏不见西陵岸，
　　　　风急先闻瀑布声。

　　站在天台与新昌交界的大竹园村时，我看见一道青山的

大竹园溪边景色

慈圣溪的古道

屏障，一个急遽的溪流大转弯，一个小小关隘一样的别致山口，让我眼前豁然开朗。水石森丽，溪山萦绕，土地平旷，屋舍俨然，一片桃花源境界。在溪边，我看见许多告示牌，知道石梁镇是最早实施河长制度的，实行三级覆盖管理，发现环境卫生问题，进行上报解决，实行五水（治污水、防洪水、排涝水、保供水、抓节水）共治，切实保护百姓水源地的清洁，惠及民生，乃是非常重要的福利工程。

古道在地垄田野蜿蜒上升，右边是激越的溪水，时见稻浪翻滚，时见农人三两担柴牵牛走过，农舍安详，古树两三，远山缥缈。从这里上去，经过慈圣村，这是石桥最大的村庄，因慈圣寺闻名，该寺建于宋治平三年（1066），清顺治年间重建，现在的寺址在学校处，有路去乌溪，原来是古道，这里两条溪合流，西边的是乌溪，南边的是汇合石梁下来的溪水。

乌溪的溪谷很开阔，越往上就越收紧，到了柴岭坑山谷。从柴岭坑谷口看去，石笋戳天，奇岩怪石，四处罗列，抬头仰望，宛如桐柏，岩顶之上，就是白云朵朵，再走过几步，就是一个水电站，这是农业学大寨兴办水利时建造的。我们在水电站后面走上去，那水管从天上直墩下来，高度也有六百多米，六十度左右的坡度，在上面往下走，得把握住重心，以免自己滚下去，从下面上行，则如负重挑担一般，这石阶路少说也有四里，好几千级的石阶，过去村里的人挑着两百斤左右的担子，还是轻松自如上下，但现在石阶路和水电站早已破败不堪，面目全非了。

我大汗淋漓，气喘吁吁，边歇息边行走，石阶道走完，就是傍着水渠的横路，边上的奇岩怪石更多了，有惟妙惟肖的石佛，也有巨大的心字石，往南走则穿过水库大坝，在水库边上的狭窄小路上游移，边上有管理人员居住的小屋，空落落的，再转过几个弯就到了水库的尽头，一个十几户人家的村庄，大多以泥墙修筑而成，人称张板溪。

沿溪流到了一个山口，那里有一座庙宇，前面两棵古树。庙宇建造于清代，好像是省重点文物。在庙下转弯，就到天打岩村，村庄位于在半山腰上，在公路

柴 岭 坑

转弯处看，犹如一幅挂起来的画。村庄前面境界开阔，村舍集聚则更加紧凑，村旁有一片松树林，与村道老屋结合得更为和谐。

再往西边方向转几个弯，就到了乌溪村。慈圣到乌溪是有古道的，但因为修了公路，走的人少了。在乌溪村南走上五里的石阶路，就到四姑坪。转几个弯，就到万年寺，宋代时日本僧人荣西就在万年寺与石梁华顶之间行走，经过这条古道，把茶种带到东瀛，植于日吉茶园。这山道也可以绕到宁海的菩提峰。

从四姑坪沿着南边行走，我经过孙明富的农场。孙明富原来是华顶林场的员工，在石梁和万年交界的地方承包土地种植高山稻，现在已经种了四百多亩，它们在农历五月份种植，十月份收割，生长期需一百五十天以上。山稻无须育秧，只要在干硬的山坡土层上每隔四十厘米挖个小坑，放入七八粒种子就行了。种山稻与种水稻不一样，根本不需要农药，因为没有病虫害，除草都是人工来完成，施下一次底肥后，什么都不用管理，连灌溉也省了。他在种山稻的同时，套种香榧。长势不错。有机高山米，一般批发价三十元一斤，零售价五十元一斤。第一年种成功，全部卖三十元一斤。孙明富喜欢书法，他爱人也喜欢写诗词，是赤城诗社的社长。

乌溪村古道

我们在孙明富家住了一宿，一早起来眺望华顶万年群峰，境界开朗，情致悠远。自东边的山脊行走，看到一座孤峰，沿着左边的山脊，沿着机耕路往南走几里路，顺着峡谷下坡，看见连绵的梯田，前方村落就是太监府村，山村隐约在万绿丛中，我们从右边分路上去，路越来越狭窄，头顶上，就是兀立的高崖，树根和藤蔓纠缠在一起。它们紧抱着崖石密不可分，我们绕过崖石，来到冈顶之上，发现右边有一个圆溜溜的大磐陀石，下立于悬崖之上，用手一推竟然嘎嘎嘎地摇晃。绕过去，到了头髻岩的上面，上下虚空，太监府村依然静穆安详地卧于山谷之中，被西斜的阳光照得金光锃亮。

头髻岩北有一处岩洞，据说，也是神仙住的地方，里面供了几尊叫不出名字的神佛。这个洞也有二三十个平方米左右，只有砍柴的人才会来，边上也有许多独立的岩石，如坐佛一般，下面有一条平横的古道，右边通慈圣村，我们往南边方向，转几个弯下坡，就到了太监府村。再回头刚才走过的头髻岩，奇崖攒聚，如一朵鲜花一样。

太监府村去石梁的老路，现在有公路通了，也没有人走了。石梁到太监府的溪谷幽深，林木茂盛，多石峰，如仙如佛，如各种生灵，一路行走，听见溪流激荡的声音。此路与铜壶滴漏、迹溪石滑头附近的那座石拱桥相接，构成了一条环线。

我第二次走从慈圣溯流去石梁，这路很直，沿溪西岸行，到石滑头村西，石梁溪和迹溪汇合之处，则横亘着一座石拱桥，桥名永福。在石梁当地，这是规模较大的石桥。它是用块石砌成的拱券，券脸石相当规整，桥面极薄，拱脚两旁设有护墩，桥面上铺设石阶。桥南面，古道上坡，公路造通之后，这座古桥就少有人走，成了山水中的空摆设，寂寞、寂寥。桥上长满了柴草，在唐代的时候，这里就人踪不绝了。

《中国古船与吴越古桥》载，永福桥位于慈圣村，是单孔弧圆型石拱桥。清朝始建。跨度仅次于泰顺彭溪桥、新昌吉安桥，在浙江省内古拱桥名列第三。桥面为卵石铺设。拱圈用规则的块石砌造，桥堍用乱石叠置。全桥造型雄伟，拱圈高耸半空，四周青山环抱，桥下绿水潺潺。

石滑头村也是几户人家的小村庄，前面竖着石砌的标志，"森林人家"，浙江省林业局颁发的荣誉，迹溪与铜壶溪在这里汇合。铜壶溪发源于挈桶档，上游是香宝瓶村，其下到铜壶村，很少有人家居住。从森林人家进去，沿着迹溪前进，原先是有古道的，公路是沿着古道做的，横着几里，到迹溪村。村中有两条溪，一条溪流发源于拜经台，北行，名狮子岩坑，古道沿着这条溪上溯，可以直接经过黄经洞。另一条溪发源于菩提峰附近的大水湖冈附近，西流，其间也有古道，

狮子岩坑

太监洞

太监府村后磐陀石

永福桥上游的山岩

永福桥

去大同石门槛，或新昌芹塘。

　　经过狮子岩坑古道的两边，没有人居住，幽静非常，也是华顶石梁周边的一个秘境。我与朋友一起去探个究竟，便从迹溪村南边的山口进去。这一段溪流还是很平稳的，溪床中间和两边的石头被水流冲得支离破碎，有些被掏挖出深深裂纹，如岁月刀剑镌刻的痕迹，我想迹溪之迹说的也是这岁月的痕迹。

　　溪谷中间有一段古道，但被水流冲断了，我们只好在溪石中跳跃，从左岸跳到右岸，从右岸又跳到左岸。一个转弯处有两块岩石，这就是狮子岩，这边的是雄的，溪对面的那块是雌的。过了狮子岩，溪面就猛然收紧，只有古道在倔强地延伸，有些被水流冲破的路段被修补起来了。溪上的石头大如桌面，在上面行走，安稳、踏实，路边有块寿星石，再转几步，又是一块灵龟石，惟妙惟肖。

　　过几个弯，我看见溪边的茶园，零零碎碎的几片，都沿着溪边开垦，这茶园的主人就是齐水芹，娘家是在香宝瓶村，娘家是出产好茶的地方，她从小喜欢茶叶，是个采茶能手。她在这里开辟这片茶园，就是有机种植，不打农药，不用化肥，茶叶都是自然环境下生长的。

　　我看见几个人在手工除草，原来是齐水芹雇的村民。这茶山原先是村里的，他们承包了下来，进行细致打理，所施的肥料从村头三公里外挑进来，茶叶摘下来再运出去，花费的工时成本都很大。但她很乐意，茶园是在乱石山上，陆羽的茶经说，烂石间出产的茶最好，这里茶的产量尽管有限，但来采购的人很多，酒香不怕巷子深。

　　除了茶叶，齐水芹还种了些猕猴桃、中草药和香榧等。这里是天然的中药园，草木都是良药，空气也带着中药的味道，茶叶当然也有中药味。我们沿着古道走到一处石屋，发现她在修整茶园，满头大汗，见我们来，停下工作，端茶烧饭。

　　在屋旁草地上，我们支开茶桌，随意用大海碗喝茶，我品出真正山野茶的味道。四周都是竹林树木，脚下是淙淙的溪水。身后岩石上有几个蜂桶，蜜蜂嗡嗡地飞舞，花朵肆意开放。我什么都不想了，一切都那么随意、自然。喝了茶就吃饭，所采集的就是山野菜，腌肉炖笋干，别有香甜滋味。

　　我们在茶园中峡谷深处行走，山道渐渐地细了，经过一段平路，石阶道陡然上升，我看清了半空中的黄经洞，下面云雾缭绕，回想王羲之住在那里写黄庭经的情景，真的是天人一般。

　　如果把这条山路砍斫一下，与黄经洞联通起来则更好，再将黄经洞与归云洞的路修通，山路也好，游步道也好，许多人都来徒步漫游，这峡谷就活了，何况，峡谷里成片的七子花，如同华顶杜鹃一样，养在深闺人未识。现在许多好资源浪费了，睡觉了，很是可惜。

路修通了，狮子岩坑活了，黄经洞就活了，当然，灵墟山也活了。

台 宁 山 径

过去，天台石梁镇境内是有几条古道通宁海，一是天封到王爱山，一条是天封通双峰逐步村，就是我现在走的古道，一条是柏树岩岭大同下垟经过下庄银板坑村到逐步村，一条是下庄中央董培山经摘星岭转澄深寺和双峰。这四条路我经常行走，非常熟悉。

从拜经台直接往北下坡，有古道向东通往大同，与经过柏树岩岢的灵墟古道相接。大路都是石头铺设，充满高古的味道。路边有三个乱石砌成的拱券洞路廊。因为雨水冲刷，年久失修，再加上少人行走，道路被柴草占据。

尽管这里属于华顶北坡，没有参天大树，但是，树林依旧茂盛，道路已经被遮掩得严严实实，但依然在顽强地延伸，伴随山泉的流淌，幸好这里是驴友经典线路，他们走一次，就用柴刀砍一次，还是可以行走的，一路上看见许多路标。

往下转过几个弯，看见一间小屋，是用石块当墙壁的，屋架用六根木头支撑，再在屋顶盖上青瓦，里面一块石板上雕刻着佛像，这是一个路廊，再下去，就是一间小屋，早已人去楼空，人家说是杨雪坑，此杨为烊，天台方言，雪落在这里，就融化掉了。再下去，就是大同公路。

站在公路上，看见溪谷幽深，景致甚好，南边则是大同岭脚村，建在溪边之北岸，有古道下行，经过同样建在北岸山坡的水上湾村，东行，经过石枧（笕）村、枧七棚村、象下村，就到大同寺。枧七棚的枧七，其实是一种坚韧的灌木，学名叫作檵械，因为山里人不会写，就写枧七，上面有石枧村在呢，先入为主了。

大同寺也是天台山深处的一处老寺

大同溪

院，建造时间仅仅比华顶寺迟二十年，即五代十国的后周显德五年（958），华顶寺到那里距离二十里，大同寺的名字，来源于《礼记·大同》：

> 大道之行也，天下为公。选贤举能，讲信修睦，故人不独亲其亲，不独子其子，使老有所终，壮有所用，幼有所长，矜寡孤独废疾者皆有所养，男有分，女有归。货恶其弃于地也，不必藏于己；力恶其不出于身也，不必为己。是故谋闭而不兴，盗窃乱贼而不作，故外户而不闭，是谓大同。

其实这是一个真实朴素的美好愿望。人人有屋住，人人有饭吃，人人有事干，老有所养，安居乐业，大同世界就是和谐社会。在天台山深处，有这么一个将儒教与佛教和谐结合的寺院，也是稀有珍贵的。大同寺也叫作大同菩提寺，所以，大同这个峡谷就以寺院得名了。传灯大师《天台山方外志·形胜考》，则写大同这条古道：

> 若夫山光明媚，水色澄鲜。真阿练若（即阿兰若，寺院的意思），乐

大同岭

大同寺

分香庙

上庄村

摘星岭远眺

矣三神，则有澄深寺之胜，鸟道通玄，凝其登者，居日月边：则有摘星岭之胜。山藏八景，高僧所安，彼如庵主，其塔犹完，则有大同寺之胜。瑞草藉地，拱木蔽天，禽猿啸聚，杳无人烟。则有石筧道中之胜。

流经大同寺前的溪水，就叫大同溪，也叫清水溪。大同寺前面临溪，背靠大月山，东有龙潭溪，西有小直溪，与天封一样，是古道的结点，从北边沿着小直溪过去，一点也不转弯抹角，经过葛石研村、大道地村，翻过山皇岭就可以到新昌小将镇，距离也有二十余里，与到华顶的距离相等，往东，经过下洋村，翻过一条小冈，就到下庄村，复北行，经中央董村上庄就可以到达培山村。

我去的时候，经过一场台风雨，小直溪到大道地村的路被塌方堵住了，所以择了一个时间，与丁舒鸣等驴友在东边的峡谷上行，沿着公路走上五六里，登上山坡，就远远地看到华顶峰，沿着蒋家坑村东南边冈顶的路上行走，原来这是天台和宁海交界的古道。

这条古道很宽，石头铺设得甚好，我行走的时候，正是清明前后，路上的落叶踩得沙沙地响，经过四五里上坡路后，基本上是横走的，围着蒋家坑转了个半圆，走上摘星岭，看见有一条古道通往宁海的澄深寺，天台方向的古道已经很难找到，但看到绍兴、台州和宁波的界碑。

在路上靠新昌地界的路边，有一块碑四分五裂，依稀看出"第一峰"三个字，是宁海人立的，新昌人不高兴，就把它砸烂了。不过宁海与天台新昌交界的路，修整得很好，宁海人还立了个牌子：宁海国家健身游步道。

摘星岭过来，路走着走着就没了，隐隐约约，甚至迷失了方向，在草丛中转了好几个圈，经湖北庵，再转了几转，看到远处的楼阁式建筑，原来这是新昌的地界，是新开辟的景区，叫作九重天，上面有瑶台南天门等建筑。当时缘分也好，起云海了，天台培山村东边的摘星岭浮荡在空中，名副其实。

回来的时候，同样找不到古道，沿着樵径行走，也迷了几次路，到培山村的时候，天也暗下来，幸好有车来接，回到龙皇堂，将近晚上八点。

大同溪与下庄合流的西岸，经分香庙，一条古道去银板坑，因为银板坑下面的溪流修了水库。古道已经淹没了一大段，原先是在悬崖绝壁上过去的，行走极其不便。

原先，我们从下庄分香庙行走，因为古道中断，不能行走，便从水库大坝东边的公路下去，拍了古道的照片，古道早已被柴草封闭，但路廊的断墙还在，里面一边崖壁，非常平整，当地人告诉我，银板坑村名美化了，原先叫作岩板坑。

银板坑村过去五里，可到宁海逐步村。银板坑村前全是悬崖绝壁，以前仅是一条崎岖小道通分香庙。当年，我二姐嫁在那里，因为难产，道路崎岖，无法运出，眼巴巴地看她大出血去世了。她去世时才二十八岁。公路通了没几年，在这里开车，每个人都提心吊胆的，路外面就是几百米高的绝壁悬崖，峡谷深不见底，以前公路外的树没有长高，看起来更加心惊肉跳。对面山峰出没云雾里，树木欲飞，如墙上垂挂的一幅画。

我是从公路上行走，饱览峡谷风光，比较悠闲，即使站在悬崖之上，我都感到豪放。

我挑选了另一个日子，从原来的古道上来，经过银板坑村，村后有路可以横走，下坡，从竹林里下去，古道的石阶上，落满了竹叶，一踩上就滑溜溜的，到了溪边，就是永迎桥，这是天台与宁海交界的地方，溪流尽管不宽，水流湍急，倘若无桥，山洪暴发时就无法通行。

银板坑峡谷

银板坑下的水库

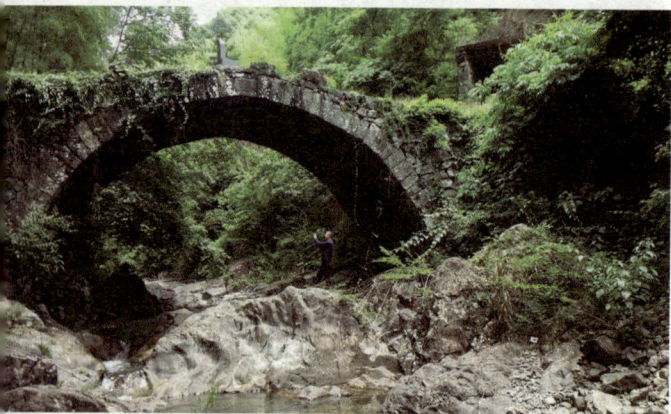
永迎桥

古桥的东端是座小庙。里面有一块民国时的碑，称这桥为庙下桥，庙即桥头小庙。那时候，这里山洪暴发，把过溪的行人冲走，不少行人因此丧命，于是，有宁海人在这里建造石拱桥。这座永迎桥已经有近百年的历史，坚固非常，桥顶上的界碑是2009年立的，一面刻着：宁波—宁海，一面刻着：台州—天台。

从桥端小庙上去，也是石头路，比较难走，那是宁海的地界，走上五里，就到了逐步村。在逐步村口西望，正西是大同五村，北面是银板坑峡谷，崇山峻岭，草木葳蕤，深幽非常，外湖华顶犹如天上云中，杳然不见。

永迎桥的下游是白溪，是浙东大峡谷的腹地。浙东大峡谷是白溪水库几个青年在网上炒红的。从逐步村经过永迎桥附近，往南行走，走过一吊桥，过溪，就到麻珠潭村。下深坑东流，与大同溪汇合于路廊石屋之下，溪水很宽。沙洲乱石，并存一处，两旁悬崖绝壁。从路廊边拾级而上，再横行，沿着溪岸西行，再上坡过桥，见三个龙潭连珠，颇为深窈，四周都是绝壁，上有三个鞍槽，一石侧右，犹如鱼头。三个深潭连缀，如铜壶滴漏一般。麻珠潭村在潭北岸，2000年后村村通工程建成公路后，古道已近荒废。

麻珠潭到下深坑的古道也被公路覆盖，沿路草木秀蔚，高峰插天，溪水奔流，依然宁静。转几个弯，见两三户人家，为溪椤树脚村。连接溪岸的木桥被水冲垮，我从溪石间跳到对岸，见房屋完好，但没人居住。转两个弯，就到下深坑村。村庄坐落在溪边的转角处，石屋非常原始，屋前屋后和路边都开满了黄黄的山花，公路边，屋檐下，空地里，都晒满笋干笋片笋丝。

下深坑村是周边村庄最具有原始风貌的，全是石头墙老瓦屋，各种不规则的形状都有，随意穿插组合，有机搭配，成了一个独特的整体。村庄尽管位于溪水转弯处，但没有受到水流正面冲击，至今保存完好。下午的阳光下，屋顶和石墙一片金黄，它们黝黑的影子落在溪面上。

下深坑对面有古道往上延伸，我想，那是通往大屋背和董家坑方向的，也可以通到分香庙和逐步村。下深坑村庄在山谷之中，进出唯此一条古道。

下深坑到田冈岭下面的古道有三里多，基本上是沿着溪边行走的，两边的山峰高插云霄，竹林蔽天，转了一个弯，则是杂木林，林相甚好，展示着峡谷独有的生物多样性。溪流在石头上奔突，不时有深潭出现。沿着谷底沿溪而行，山随溪转，林木苍翠，宛如九寨。

渐渐地溪流平缓了下来，显得更加开阔，现在可以转上公路，方便多了。现在，这里去田冈岭的公路已经修通了。以前到下深坑要过溪，乱石铺成的碇步被冲走，徒步的人往往蹚水而过，一下暴雨，溪水猛涨，如野兽奔马，就淹没来路。尤其夏天，下深坑岭古道已经被杂草封住，再加上笋道岔路很多，在竹林里乱转，即使GPS定位看起来直线距离较短，但不知相隔重重高山峡谷，至则无可用。迷路的驴友身体淋得透湿，只好打电话求助天台旅游委，旅游委打电话给石梁镇政府，石梁镇政府请外湖、麻珠潭、下深坑村民把他们带出去。如果被溪水堵着无路可走，则有天睿户外的救援队把他们用绳子引出来。沿着公路上，过溪水，转过几个弯，就到田冈岭村。

银板坑村

麻珠潭　　　　　　　　　　　　　　　　田冈岭

　　如驾车从天台城里出发，则沿着天大线而行。到绿葱岙转下东，若那里走古道，则经过林中陡峭的十八曲，转十八个弯可到石笕村，现在这条路早已废弃。从绿葱岙到田冈岭，山风拂面，沿路山林凝绿，竹影摇风，车行林中，阳光照耀，蝉声起伏，错落有致，每一转弯，翠峰如屏。我们经上王马、滴水岩脚，沿小机耕路到大湾村，大湾村民已经外出，老木屋几成空壳。在屋前停车转西，沿竹林"之"字形小径翻上小岭，再沿小岭迤逦而下，才能到田冈岭村。

　　田冈岭前的下深坑岭古道为天台宁海必经之途，下深坑岭高五里，上陡下缓，我少年砍柴挖笋时，得从山谷沿岭负重而上，气喘吁吁，汗流浃背，尤其劳累，但无可回避。许多旅人得沿岭行走，自我家老屋后经过。我家老屋后门就是大路，负重旅行者先到田冈岭村吃一餐饭，再到我家歇息吃一顿饭或住一宿，然后下外湖岭，往山裘岭、欢岙和城里，所以田冈岭与我家一样，成为旅客歇脚的驿站。

　　从田冈岭村后上去，则是笋农开辟的笋道，可以走骡子，横着走，经过后方医院遗址，到上深坑，上深坑公路修通了，但与田冈岭下深坑之间未修，挖笋运

下深坑岭回望，峡谷对面为宁海逐步村。　　　　　　　外湖村

上深坑

木还得肩挑手扛。东峰村到野猪坪的公路修通后，下深坑岭反而没人走了。这条石阶路，已经掩没了多年。从田冈岭下面转弯，过溪，进入北岸，直行一两里路，就是两水夹金（紧），边上有个笋厂。从东峰前发源的下深坑和从外湖坦发源的上深坑在这里汇合。上面有几个龙潭，非常幽深，常有驴友在这里逗留，野餐什么的。自田冈岭到上深坑，在竹林里穿行，横走几里，见到好几个笋厂，都是以竹帘为墙壁，竹子为屋架桁椽，以竹箬叶覆顶，我们行走的时候，看见笋农赶骡而来，准备居住，做产笋的前期工作。

　　下深坑岭这条古道，也是浙江省十大徒步线路之一，来自上海、江苏、绍兴、宁波等地的徒步者纷至沓来，他们沿溪而上，经田冈岭和上深坑东峰外湖，直登华顶。

　　东峰村到外湖村这段古道，也已经被柏油路代替了，外湖村是山上的一个小盆地，前山如水牛耸脊，水口如黄狗盘地。在外湖村可以前望华顶，在华顶拜经台能看到外湖水牛耸背一样的前山，云雾缭绕，从外湖驾车沿着公路蜿曲行进，

毛竹蓬村

绕一个大弯，此弯为大坑斗，其上就是灵墟山和拜经台。此间峡谷竹林，气势宏大，尤为壮观。

从外湖的前山冈头下去，走两三里路，有一个路廊，路廊屋顶塌了几次，因为是石墙，又重修了，新的一样。到了岭脚，经过一座石拱桥和一片稻田，就到毛竹蓬村，再西行，过溪，就是天封村。从天封南边走出去，经过南寮村。从廿里岢头南流的大棚溪和源自猪头岩流经旧树门村的东流溪水于此汇合，流向天封。

古道沿溪往南而行，西边是大棚村、后庵村，东边是洪塘和横畯村，画家周则林就出生在这一带山村里。周则林创作勤奋，名声在外，他是天台县美术家协会的会长，创办艺术学校和艺术馆，培训大批艺术人才。在 2000 年之前，这里没通公路，古道完好，石头屋也原始，在周则林等人的促成下，这里和大同的培山村、太平的塔头坑村等成为中国美术家协会的写生基地。

从大棚和横畯村南边的廿里岢头翻过去，就去欢岙了。欢岙是南朝大儒顾欢教书的地方，顾欢曾写了《夷夏论》等书，但历史比高察要晚了许多年。从廿里岢头往西行，上面有吊船岩，又往西行，就到猪头岩，那里原是华顶林场的一个林区，现在成了一个高山茶叶基地，我的朋友常去那里学习红茶制作工艺。

从猪头岩往北行走，与旧树门的古道相接，再沿着南边山坡行，翻过山冈往北下坡，在双溪南边走上公路。再往西，翻过双溪岢头，在旭日茶庄西边过去，古道比较宽阔，横着行走，没有多大坡度，走得还是很省力的，经过一个转弯，就看见一个路廊，再上坡，翻过山冈，下坡，就看到路边的摩崖石刻，汉高察隐居处，对面龙皇堂山赫然在望。

圣 地 风 行

清代画家顾鹤庆在游记中说：

……始登察岭。往华顶山巅，路转如带，远见斜阳，在系船崖上，及欢山深处。遂过黄坦、双溪两村，皆蔚然深秀，绿篠中数点浮烟，鸡犬亦在云中也。再行，见瀑流自山麓深碧中出，其声淙淙上闻，过此山则山峰处处，环抱圆浑，似米家点染大翠黛，神采欲飞。数折，始见茅篷古杉，团蕉点缀，满山其翠，盖森森桫椤树也。

我从察岭上下来，径直穿过龙皇堂，往东边的寒风阙走去。寒风阙到龙皇堂的古道，已经被公路代替，但寒风阙的南边，有古道依旧，沿着山谷往南延伸。

清代学者潘耒有写寒风阙诗云：

大小寒风阙，高高插紫清。

大棚村前古道越过廿里岢头，经欢吞楢溪，通向天台县城。

　　风来嫌骨重，云至觉身轻。

　　借问趋丹陛，何如访玉京。

　　樵踪欲断处，鹿出万松迎。

大寒风阙，在兴龙湾村后；小寒风阙，我认为应该是大兴坑岭头。

　　民国蒋维乔曾经行走到寒风阙，见四山云合，人行云雾中，对面几不相见。空气高寒，似仲冬景象，但是道旁有杜鹃开花，估计是红杜鹃。

　　现在寒风阙附近，有人开辟了农业基地，来此观光休闲的人也很多。古道沿着小山泉而下，旁边有几棵老松树，颇为入画，这里便是兴龙湾。我在收藏的民国年间浙江教育厅编辑出版的《浙江青年·地理专号》上看到这梯田和附近敕封山的花冈岩地貌旧照片，觉得在当时，山上的植被光秃荒凉，不如现在茂盛，仔细想来，因为现在大家用天然气，很少上山砍柴了，经济发展了，环境也就好转了，山水也和谐了。

　　兴龙湾村位于峡谷古道之西，村庄依山而建，村下这块田地，人说是陈田洋，估计因为智顗姓陈的缘故，他在佛陇修禅时天台山神灵开辟的，供养他的衣食所需，赋予一种神圣的光泽。从田间走过去，到了谷口，是一个小村庄，人称冷水坑，村后是直插的山冈，叫作冷水坑冈，也叫大湾冈。我的书法朋友朱宏伟是在这村庄里出生的，他从小就在这冈上放牛，后来在塔头寺天台山佛学院教书法，他经常与超然法师等一起云水行脚，初夏的时候，山上都是映山红，松树开始嫩绿的枝头像佛殿上的灯山。他说大湾冈有个龙潭，潭不大，但很深。

　　冷水坑边全是竹林，朱宏伟说他家种着许多山茶花，但他不在村里。我只好在田垄转了几周，看见公路上的一家村民在走廊的茶灶上炒茶，傻乎乎地待了半

寒风阙

个钟头，便从下面的竹林传过去。

冷水坑有一条路横着穿过对山，但走了一段，被长茅草掩盖，古道中断，只好返回。山溪流到这里，地势陡降，溪谷中是花冈岩的溪石瀑布，又退回公路上，下行，转弯，见一条路下行，便试探着沿路而下，见一村庄突兀在山头之上，上下虚空，视界开阔，对面空谷之外，就是佛陇，塔头寺的那片丛林。设若云起，此村庄浮荡隐现，神韵盎然。

水磨坑村后下来，发现村舍皆为当地的花冈岩石头砌成，虽然有些屋顶坍塌，但石墙坚固非常，如果要修，只要立上屋架就行。古道在石屋间缭绕，村庄冷寂。但阳光依然充和，这里的石屋高低错落，适合绘画摄影，乃是一个艺术村。

我从村庄横路行走，一直往西。这条路一直通往公界岭，翻过去，就是桐柏山，与冷水坑的溪水又打了个照面。这溪水哈哈笑着，与我一挥手，从一个绝壁上跳下去。我追踪到绝壁之上，已无路可走，但见一条瀑布挂着，许多驴友都是从下游一路上来，带着绳索，在这里溯溪而上，甚至穿过瀑布，很是刺激。据说，人们在这里曾建造水磨坊，用来捣米磨粉，乃是古老的水利工程，现在水磨坊已经没了，但边上的这个村庄，就叫水磨坑了。

水磨坑东边有古道通塔头寺，已经修成公路，两旁的稻田开始金黄。番薯和洋芋匍匐在地上，玉米也迎风招展，如秋天的旗帜。转一个弯从小路上去，就是我同学陆修台的家，喝了几杯茶，就去真觉寺。

真觉寺北有古道通黄坦村，我上次与友人周孝炉徒步过，从太平村后面公路上行走，经过里至湾村，现在这个村已移民，农民住到城里，享受到幸福生活了，我继续行走到贾庵村口，然后往下，到龙头颈，这是黄坦坑的谷口，黄龙水库的一个发电站，螺溪钓艇的上游，那是一个被称为东百丈的峡谷，奇岩怪石，悬崖绝壁，柴草茂密，少有人迹，以前曾有古道，现在也没了。龙头颈以下溪谷西边一半是石梁镇管辖的，东边一半属于赤城街道管辖。峡谷西边是高明寺太平村，东边是东坑陈村。东坑陈村移了一半，还有一半还住着村民。我走过去还可以照样喝茶。

龙头颈沿溪而上就到黄坦坑，那是石梁镇管辖的地界，黄坦坑属于龙皇堂村管辖，西边村落是磨刀湾，那里有古道直接通到这里。黄坦坑这个石头村落，在过去闭塞而贫穷的，周边没有竹木，公路也是 2000 年之后修的，古道往北可到圆山头，再上去就到双溪岕头，分道去石梁飞瀑和华顶。

在黄坦坑对面的隔山南边的小村石屋转过去，有古道东行，经过旧树门，经南寮、天封、毛竹蓬去宁海。这条路在过去走的人是很多的。从佛陇出发，可直接去华顶，可以不经过龙皇堂，能节省了很多路程。

我们从瓦厂坦后面的村落往南走，基本上是在山脊上的，即使下坡，石头的大路很宽敞。

在路边，我看见一个僧人走过去，后面跟着三只猫。这猫也是自由的，僧人们在做课诵的时候，猫在呼噜呼噜地打盹和念经。

我还看见僧人们在地里拔草，把拔出来的嫩草收集一堆，然后捧起来带到真觉寺里，几年前寺院里养了一只兔子，是僧人们在菜场买下来的，它被放生在寺院里。这兔子惹人爱，游客们都给它好吃的，萝卜、青菜，什么都有，它没有忧虑，养得白白胖胖的。这兔子成了明星，在微信朋友圈里经常出现，人们一见到它，就自然激发出慈悲心肠。

我徒步旅行的时候，看见真觉寺里有三条狗，一条前腿好像伤了，跑起来一颠一颠的，好像向人作揖，另两条狗，一条叫叮叮，另一条叫当当。他们很通人性，见着我来，就把尾巴摇得风车似的，仰着头微笑着看我，有一次我进山门，发现它趴在门槛上，表情很萌的，赶紧拍了一张照片。

我不知道拍寺院里的狗是否冲撞佛法，但我产生了许多良善之心。

我走累了，就在真觉寺吃饭，僧人和慈祥和善，食堂的阿姨对我很客气。

水磨坑在佛陇冈西半山腰，境界开远

高明寺外岩石如佛

我吃得很认真，吃饭的时候绝对不会翘二郎腿，也不会胡说话，我很严肃，也很敬畏。为了了解周边古道与村落的典故，我得到寺里的准许，住在厨房后面的小楼里。听课诵，听风摇竹树的声音，同时我读书写作，当然去周边的古道溜达。

我们从寺院的东门出去，绕过天台宗三位祖师的墓塔，走向修禅寺遗址，我看见修禅寺的两层大殿已经矗立起来了，它将与国清寺、真觉寺、智顗的说法处、太平寺、高明寺一起成为佛教天台宗一个完整的圣地与中心。

在智者大师说法台，我经常在石头上打坐，看太阳从对面的山冈上射过来，安详宁和，还有一次竟然遇到山中的暴雨，我看见一个戴着竹笠的盲眼老人，一下一下地把路上的草拔去。我非常钦敬，帮助他一起拔草。有人说他是作秀什么的，他这样做是为了得到佛教信徒的资助，他有子女，怎么不去照料他，非得让他拔草？都表示怀疑。我不会胡乱评述他什么，万事都要往好的方向想。现在那老人不见了，留个好的记忆也是对的。

我从说法石东边的山坳里走过去，经过几块地垄，在松林里穿行。这条岭就是百松岭，满山都是松树。过去高明寺的僧人们就是在这里打柴的。从岭上走路很快，看见了几陇田地，高明寺的院墙通红着，听不到任何响动。

在高明的幽静里，我不发一语。

我这次是纯粹走路，在寺院里没有停留许久，去寺外的圆通洞看云石走了一遭，品读了诸多的摩崖石刻，转到了智顗的幽溪亭，然后沿着昔日的古道前进，因为修公路，古道断成了好几截，有些地方已经无法行走了。但我的脚步能把它连缀了起来。我走到高明寺前山转弯处岩石之上，看远处的螺溪峡谷。对岸山岩如诸多大佛，在云中出没，栩栩如生。云雾起来，淹没对面的村庄。我找不到原来的路口，却见到了觉慧法师的墓。我恭恭敬敬地合掌，念了几声阿弥陀佛，觉慧法师微笑着看着我。

我继续前进，但再也找不到古道的路口。便沿着公路前进穿过隧道，沿着公

在佛陇冈首眺望小城

路往北行走，从一条东向行进的古道前进，到了金地岭头，又一条路沿着山冈行走，是通向老屋前和毛头村的，一条朝南下坡，到金地岭头，如果不提醒，就会与定光庵失之交臂。

定光庵在古道左边的小山坳里，一条不起眼的黄土路通到那里。在树林深处，有几间小屋，好像刚搭起来的，有前后两座，很简陋。像茅篷一样，也很干净。门上题着"定光古寺"四个字。上网查了一下，说是2012年开始重修的，有来自甘肃临夏几个修行人住在这里，据说他们在天台住了十七年，最大的愿望在草庵、金地庵（定光庵）原址上重建定光寺。

从定光庵下来，沿着石阶路，就到了金地岭头，岭头上有几户人家，原来的古路廊是乱石砌成的，一半与人家的墙壁连着的。好像过街楼一样，几年前遭遇台风，即将坍塌，只得拆掉重修。路边大树，浓阴蔽日。

我想到潘耒还专门写了一首《金地岭》的诗，十里松风九里泉，徐徐送客上青天。那是1691年春天，路上的杜鹃花开得红艳艳的，他游过国清寺后，即"循东涧上金地岭，蹬道陡峻，十步一休。水鸣铮琮，与人上下。"现在古道被盘山公路截断好几节，但依然完好，从公路外的石屋边下去，古道上都是宽阔厚实的石阶。秋天来的时候，满目红枫，一片红火。

在金地岭的参天大树之下，身旁就是一个古老的路廊，我估计，定光大师和智者也许在这里歇息过。凉风习习，林泉清越，时有鸟声萦绕，令人喜悦。我猛然记起，金地岭到真

金地岭所见的黄石坑

金地岭所见俯瞰塔头坑

公界岭

觉寺这条路，朝圣的人特别多。他们来自全国各地，有些来自日本、韩国，都是天台宗的忠实信徒，他们一跪一拜，五体投地。一路虔诚，令人动容。

在路上，我曾遇到书法家孙新龙，几年来，每天早上，他徒步攀登到金地岭头，再徒步返程，他见到了日出，也见到云海，他见到了风雨，也见到了冰雪，每次景象都留在他的微信朋友圈里。忽然想起，石梁景区溪边的那个大方石印，"法华晨光"，也是他在这金地岭头见到的佳致、在心中激起的艺术情思与灵感吧。

我走过田埂边上的平坦古道，那小小的溪流一直在左边陪伴我同行。走过一个路廊，我们到了金地岭脚的路口，路下有一所很美的石屋山居，很别致的建筑。抬头往西一看，那个黄石坑石头村在山顶上，居高临下，但跟真觉寺相比，它显得矮多了。

有人在网上推荐一条较为方便的森林和佛教穿越朝圣之路，从国清出发，经东茅篷、大慈岭脚、毛头村、老屋前村、高明寺、太平村、塔头寺和金地岭，最后回到国清，可以走上一天半天的。毛头村是佛陇冈起首，下面是大慈岭，再下去，是大慈岭脚村，往前出去，就是传教寺，一个特大的寺院，是真正的唐式建筑。传教寺的后山，是佛陇的山脉延伸下来的。

我从对面的山坡上去。经过黄石坑，那石头屋依旧是古朴原始的模样。西边上

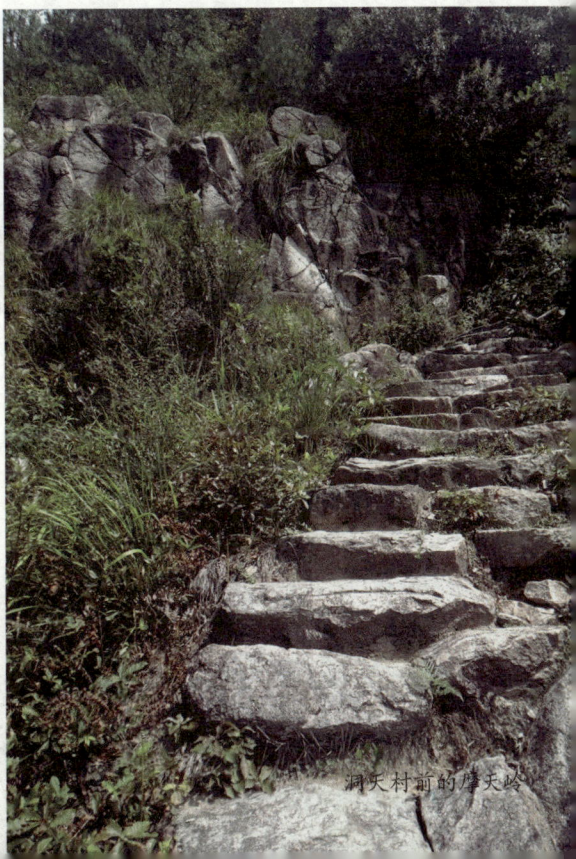

洞天村前的摩天岭

去是黄泥冈，翻过去就是黄毛村。那里有一座茶场，有一片茶山。现在我穿过黄石坑横着走到塔头坑，尽管窝坑到塔头坑通了公路，我偏走古道。古道沿着溪边上去，两山坡是叠加的房舍，总归是谷底，上面是梯田和地垄。古道穿过田野，从一户人家的屋后上坡。那户人家的石屋后面长满许多棕榈树，这条大路，一直往云端延伸，上面是高大的松林。

从塔头坑到公界岭古道没有金地岭那么热闹，但它把佛陇和桐柏连接了起来。它的连接点，就是公界岭。在公界岭，这条路与从水磨坑的横路交接了。

公界岭，也叫过界岭。一边是佛国，另一边是仙都。

我出了公界岭沿着公路迤逦往下，经过桐柏水库的大坝，走到桐柏岭头，俯瞰天台城里，一条石砌的大道穿过路廊，如飘带一样坠下，路廊犹如一个结，同样，那些诗人也是从这里一步步上来的，带着诗，跟着仙，走上云端。

桐柏岭头到洞天村的古道，已经被水库淹没了，我沿着水库的东岸行走，到了里岙石门村。经过柏树庙，一棵老树倾斜着，走进去才知道它也叫响石庙。庙后一块巨石，用石头敲击能发出响声，大殿里有个匾额，曰：靈雨既零，这是诗经中的一句，表示好雨已经降落下来了，旱灾解除了，丰收在望了。在小村里见到诗经的句子，好不凛然。

狮子口

西竹冈

从石门村西的田埂上去，我走上石砌的古道，至今保存完好，路旁就是石门峡谷，从洞天村口下来的女梭溪，跃过十道石门，化身诸多的瀑布，两旁都是悬崖绝壁，我走到第二道石门就上不去了，看见有人在崖上刻了一首诗：两崖青插天，一溪寒漱玉。中有采药翁，采芝引白鹿。我只得折回来，重登古道。

走到半岭上的一处路廊，山岭更陡峭，在一处冈头，我看见左边的悬崖绝壁，布满道道竖直的水纹，还有深深的裂痕，那是雨水的杰作，一条瀑布凌空高挂，这是洞天村外的另一个水口，从崖下的古道攀登，进入一个石门，东面的石门峡谷深不见底。蓦然回头，桐柏水库如砚池一般。

山溪清澈地绕洞天宫址蜿曲而过，到石门水口，飞舞而下，直捣龙潭，飞瀑隐于谷中，声如雷震，幽谷深不见底。两崖近在咫尺，却不可飞渡。

王修顶说洞天岭现在俗称摩天岭，古道在岩崖间盘折而上，到了再陡峭的地方，两石相夹，只容一个人可过，可谓是一夫当关，万夫莫开。骑马坐轿时时当心，一疏忽就会滚下深谷之中，这里有双阙龙潭，右有珠帘折瀑，并有双象、双狮、双麒麟六兽守水口，易守难攻，当年道家把宫观建在这上方，是一个超然智慧的选择。

传说，王乔在天台山高道浮丘公的指引下，来到洞天胜境的，到了庙前，有老人对他说，你吹笙很好，能吹出凤凰鸣声，不错，单是吹笙还是不能成道的。你去把山脚到山顶上的这条道路修好。王乔放下了笙，开始凿岩，但是凿下来的岩石不规整，铺在路上总是高低不平，他就坐在石头上吹笙，吹着吹着就睡着了，醒来之后发现乱七八糟的石头全像刀切过一样方正。道路铺成了，他边吹着笙边行走，最后边走边吹，走到山顶上的白云里去了。

王乔修的那条道，就是洞天村前的摩天岭，修道路，是实实在在地修道啊。

王修顶带我转过一个弯，从一个小山头看洞天村峰峦围绕所在的平畴，好像一个红桃心，村庄正好落在红桃心的凹处，端正得很，他指着四周的山头说，后有屏山（清风山）巍峨，右翼有文笔峰，左有玉霄天柱峰，前有狮象山，南有水口。所以，这是风水宝地，神仙住的地界，难怪司马承祯和诸多高道在这里居住。

我低头一看，脚下有许多碎瓦片，随手拾起一看，这瓦片很厚。王修顶说这里就是着衣亭。因为洞天是司马承祯修炼的所在，皇帝都重视，有很高的地位。文官下轿，武官下马，虔诚不已。石门岭头边上，山体裸露，雨水冲走了一些植被，露出白花花的砂层，这里却成了人们游玩的好去处，称之为高山沙漠。人们先在山上踩出一条横路，臀部垫上儿童滑草用的塑料垫子，从坡上呼呼呼地滑下，觉得特别刺激。十几米的垂直落差可以说非常安全，上下都有人保护着，不会出什么意外的！后来，滑沙的人越来越多，见两条滑道经常要排队才能轮到，就把弯曲的沙沟都改造成滑道。滑道很长，也很 high。

从王修顶的屋后上去，沿着古道可以从敕封山顶到龙皇堂，公路修通之后，就沿着公路行走，到了狮子口驿站，峡谷对面就是莲花峰，莲花峰对面就是贤师冈，那里依然云蒸霞蔚，村居隐现，如同仙家。

王修顶先生与我站在狮子口上，他说，明清之后，天台道家也衰落下来。皇帝的敕令也就失去了作用。二十世纪五六十年代大炼钢铁小高炉的时候，戕害了这里曾经葱郁的树木。当年山头光秃一片，忽想，国清寺、高明寺、塔头寺、石梁、华顶寺周边的树林没有被毁于一旦，倒是一个奇迹。

行 者 前 身

王修顶说，他们的祖上来自临海。我自然想起明代大旅行家王士性，也是临海城关人。王士性（1547～1598），字恒叔，号太初，为王宗沐侄，他"无时不游，无地不游，无官不游"，"穷幽极险，凡一岩一洞，一草一木之微，无不精订"。

徐霞客早生四十年，徐霞客游览天台，除了自称小寒山的陈函辉极力推荐外，王士性的著作《五岳游草》和《广志绎》给他的影响是不可估量的。徐霞客对王士性非常钦佩，甚至崇拜得五体投地，王士性有两次上五岳，徐霞客是读了王士性的《五岳游草》三游天台山的。徐霞客深受王士性的影响，与徐霞客的自然地理行走不同，王士性多从人文地理方面探寻。

与徐霞客的自费旅游和注重自然地理的不同。王士性则利用做官便利，从人文地理的方面关注山川。他对天台山情有独钟，自称为"赤城人""天台桃源人"，甚至直书"天台山元白道人"，并在华顶、桃源结庐居住。

王士性是深深地爱着华顶的。那是在万历十四年（1586）早春，他游览华顶，写了一首《上华顶》的诗：

> 群山培塿列儿孙，万八峰头此独尊；
> 咫尺一嘘通帝座，东西半壁拥天门；
> 仙家鸡犬云间宿，人世烟霞杖底扪；
> 玉室金庭何处是，等闲拔地有昆仑。

华顶的超拔、高邈的神韵在他笔下悠然而生。

在华顶的星夜里，他上了极顶，撰文记之：

> 时方盛暑，露坐，见天星大如拳动，奕奕堪摘，且皆四垂颈胠下。夫兹山虽高，视地高耳。庄生所谓远而无所止极者，其视下苍苍亦若是耶，何得星辰四顾在下，且大于他时倍蓰（五倍）？心诧焉。"

他对拜经台的观日愿望非常强烈,迫不及待。

> 杂天地二籁以号,竟夕不成寐,计漏下五鼓矣。道人报海底日上,急披衣起,视东方紫气笼聚。黯默中,上有金缕万丈,正射余衣上。余大叫:"云海荡吾心胸矣!"道人曰:"未也。"

其实他高兴得太早了,日头还没有出来。

> 已片时,则一赤轮如镕银汁,荡瀁而上,前五色尽灭,始知向所见,影也,是为第二日哉。日轮渐高,溪源草木如画。

王士性登高望远,举手一呼,四山皆应。

> 四方千里,隐隐可瞩。群山伏地,仅如田塍,而此山孑然上出,如悬一朵青莲,花方开而瓣垂垂也。昔人故以华顶名之。始悟夜对星辰,非为群山无碍,若天下垂故耶。
>
> 斯游也,足雄生平矣!

王士性像

其欣喜激动之状,难以言表。

王士性第一次经寒风阙、龙皇堂、察岭、双溪、天柱峰去华顶,但山中有大雾,不辨东西,"……度莲花峰下,为华顶禅林。出其左里,逾岭有王右军墨池焉。上为太白堂,堂废池存。余为建三,貌二公于中,额以'万八千丈峰头'。"在华峰

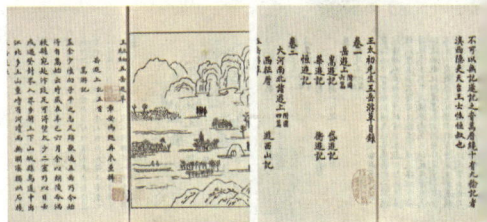

《五岳游草》书影

极顶之上,王士性不但重建"降魔塔",还修葺"太白堂"。房屋三间,供奉王羲之和李白的像,名为"万八峰头馆"。

王士性第二次游览天台,先游览万年寺,然后到慈圣寺。古道十里,"慈圣寺在山西北僻处,经岁无游人,良修真之所栖也。东五里,穿丛樾,路绝,复攀藤而进,乃得断桥,两崖接栋,中不合者,一线飞流注岩下,如帘状,成二池,有龙居也,石壑之最奇也",他走了十里鸟道,到了石梁,看见石梁瀑布"如震霆昼夜鸣,非遗生死,真莫能度。"

王士性第三次游览华顶,是在楢溪欢岙那边过来的。经过天封寺,看到异僧用木废(碎木屑)捆绑而成的梁柱依然存在。东为智者岭,上有卓锡泉,他们从天封登上拜经台。太白堂前有三株桫椤树,前面一杉一桧,已成绿阴。但"山高风寒甚",拜经台其他地方草木不生。"余则咸(都是)烟雾栖扃户,非中秋之

齐召南代表性著作《宝纶堂诗文集》

齐召南像

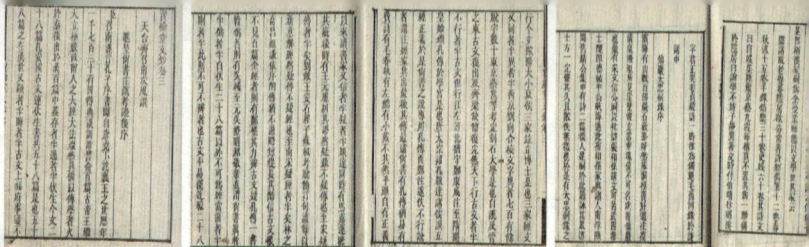

齐周华像

齐周华《名山藏副本》书影

夜无镇日晴。又雪甚早，时方霜降，山顶已三日雪封山矣。"

那次，王士性带了三竹筒酒、蛤蜊数百个，持钲（一种类似于钟的响器）夜火，沿着老虎的足迹到了拜经台之上。"顾池中有巨石，呵冻蘸墨池水，为书'昆仑'二字。昔王右军之来以许元度（玄度），李谪仙之来以司马子微。余何敢望二子，且使后人识昆仑生于石上耳？"

王士性写"昆仑"两个字，一个是天台山是昆仑山的龙脉，还有一个，王承父又名昆仑山人。因为这个原因，他接连在山上住宿了两个夜晚，王承父对他感叹道："余读《天台山志》，盖自古为仙佛窟宅，彼洞天福地之说，儒者谓诞不经。然宇宙大矣，圣人存而不论，然哉！"

他曾在华顶设宴，送别吴江名士昆仑山人王承父，作诗道：

> 只有天台两片云，来往青山作知己。
>
> 故起高斋傍太白，与云分作石上客。

可以说，他是天台山的知音。

他与幽溪传灯大师结友。他在致《幽溪书》中说："大师登坛说法，开悟迷途众生，功德无算。"他游览佛陇，见到指堂大师写的"教源"摩崖，就反复在崖壁上摹写，细心领会笔法精神。他旅游天台风景，是时时用心的，也是很自由自在的，而清代齐周华游览，则带着深深凄苦，一草一木一水一石，都牵扯他内心的痛楚。

齐周华是齐召南的堂兄，后人将其二人称为天台二齐，天台城关龙门坦人，少时就文采横溢，工事花鸟画，因为从小因病跛脚，心性放浪不羁，自号独孤跛仙。浙江吕留良书中有悖逆内容被锉尸，齐周华就撰写《救晚村（吕留良）先生悖逆凶悍疏》，并为此徒步到北京，上送到刑部。为此齐周华被拘至杭州，关押在监狱里。受尽酷刑。乾隆元年（1736）得赦出狱。随后他遍游山水，作《名山藏副本》。

齐周华说自己有幸生在台岭，如在层城。枕不死之福庭，轻秘身之妙诀，与诸山灵（山神）契好有年。他不邀侣伴，不限程期，携筇躞屩。他游览天台，是独游，自在游，不为人左

常盘大定和关野贞拍摄的高明寺

民国徐炜拍摄的水珠帘

法国著名汉学家、印度支那诸语言专家马伯乐于1914年左右拍摄的石梁桥

常盘大定拍摄的中方广寺

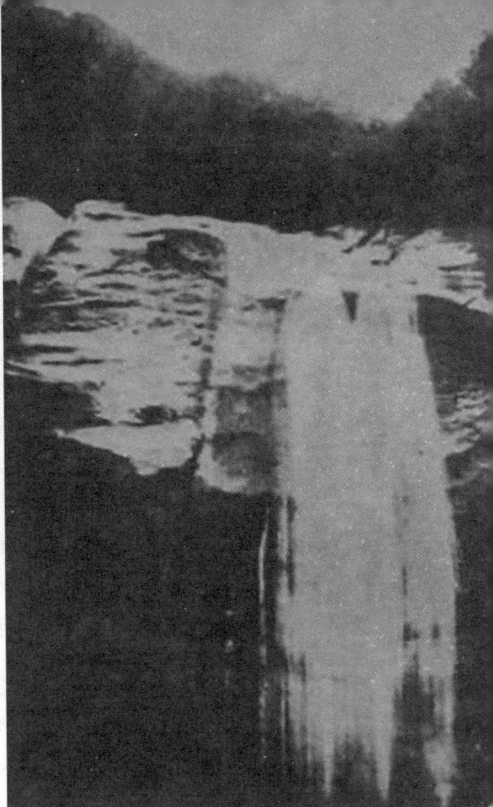
民国徐炜拍摄的石梁飞瀑

右，寄托自由心情，也是最潇洒的。

齐周华游览塔头，稽首拜谒，听钟声隐隐自林间来，询之乃是高明，他渡幽溪，漱福泉，坐般若石头，看贝叶经。他说贝叶经形如古篸，笔笔番字不能辨。他礼拜当时寺中所奉的铁佛，看见柱头上的对联"赤城霞起以建标，瀑布飞流而界道"，是孙绰的文辞，书法精妙，但书写者名不经传，他看了传灯的秃笔冢，念其共成妙谛，给抔土葬之。在圆通洞前，看削壁千仞，锦绣千层，葱葱倩倩，泠泠欲滴，依恋不忘。于是，他作诗道：

> 一石当空两石扛，居然石屋豁天窗。
> 著成止观心无碍，坐到无机虎依降。
> 风透自能消宿障，月明何处着银釭。
> 玲珑悟透山灵窍，洞外青松尽宝幢。

齐周华既饱受磨难，似乎在这里大彻大悟，在这里真正地与山灵对话了，他看见洞后的高崖，崖色犹如观音，树林如经幢，也知晓法相庄严。

齐周华的文字，我是始终欣赏的，他独立特行，爱憎分明，字字句句都是心语，有妙智。我喜欢他写龙皇堂至华顶的文字。这段路是我经常走的，但我没有他写得那么笔墨经济。

> ……又数里为龙皇堂，即唐廉察孟简所建"歇亭"故址也。此正华顶、石梁分途处。右岐二里许，岭上大小石卵错布，俗呼鸡岩，汉高察当居此，故号"察岭"。数里过十字路，东溪，西石梁，直北斜径，蜿蜿蜒蜒，横度华顶。其间无田可耕，无鲜可钓，一片荒土黄茅，冰霜不化，非实赖菩萨化人，结庐杂处，空谷中千载无足音矣。

华顶之苦，为四大名山所无，但居山人士，以苦为乐，修学精进。他有感而发，作诗记之。

> 海东卑湿地弯弯，高独天台不可攀。
> 净域无非离垢地，华峰原是出头山。
> 惟生薇蕨冰霜下，俟变风云指顾间。
> 耐得饥寒方许住，信天翁莫怨缘悭。

华顶之开阔高远，令他豪爽放旷，兴趣所至，非常人所比。

齐周华从华顶下来，就到达石梁，所描述文笔，也非同寻常："苍龙横悬，如渴虹猛饮，直走不测之渊。其声则溃溃、溅溅、汹汹、蠵蠵，若螭龙之斗，日夜不宁，探首桥边，身凛凛乎其欲坠也。"他站在昙华亭上，俯瞰石梁飞瀑，恍千百亿雷绕上下四维间，只首一动，两耳如摇鼗鼓然。复俯槛细观，深喜王季重"吾畏之，终爱之"二语。他作诗歌之：

烦恼无端有，登亭气即清。

深尝世路险，翻觉石梁平。

触景头头悟，看僧个个行。

昙花香入梦，殊愧负前生。

此诗大彻大悟，字字挖心。齐周华随后"出亭左折而上，竹梧杂木，景色照人。坐看梁间，磅礴浑茫，恍从天而下。两崖怪石妖松，尽惕若奴仆而不敢齿"，"修竹茂林，风日不入，有瀑可观，无险可畏，真佳景也"，又有诗道：

石桥处处足徜样，尤妙探奇在下方。

飞瀑寺前晴亦雨，昙花云际远偏香。

一帘诗画悬空碧，万古风雷撼彼苍。

我欲卧游支枕看，第三松畔设藤床。

齐周华看断桥积雪，"见大卵石，擎空相接，中不合者寻尺，以云'断'，则然矣，'桥'则非也。下有大石瓮，纳千尺落泉，口隘腹宽，沉碧杳奥，窥之不觉股栗，因名'铜壶滴漏'。""行里许，取仄径下，得水珠帘一幅，音如鸾凤，文自天成，声容尽善尽美，反觉石梁之雄武，犹嫌杀伐过多"。他到了铁剑泉，"水落百丈，如太阿倒悬，右侧苍崖斜抱，如破铗露锋，奇甚。惜逼处石梁，为大景所压，究之季布之勇，终不为项王所掩也"，其评说也很公允。但齐周华说游览石梁可以不游天台的山景，游天台可以不游览其他的名山，可见他对天台石梁的热爱也非同一般，看起来过于偏激了。

齐周华才华横溢，个性独特，本可以悠游山川，可以养身延命，得其自在，但依然桀骜不驯。乾隆三十二年（1767）十月，浙江巡抚熊学鹏至天台县查仓，齐周华乃当地名流接待之，激动之余呈上《名山藏副本》初集及《为吕留良事独抒意见奏稿》，让熊某心惊肉跳，他立即向上级检举密报，齐周华为此押送到杭州，十二月二十日（1768年1月20日），在杭州被凌迟处死。因此也连累了文史大家齐召南。因为文字狱，齐周华其余作品大都毁失，唯《名山藏副本》初集留了下来。齐周华有天台人的梗直，一根筋，认死理，只进不退，如山中瀑布，粉身碎骨，在所不辞，此是命定，任何人改变不了的。

齐周华之后，我最欣赏的是高鹤年。他是佛教居士，也是著名旅行家，名恒松，江苏兴化人。行迹遍天涯，国内名山大川，无不涉足其间。他的《名山游访记》出版于1935年，为民国游记之翘楚，兴慈和谛闲为之作序。高鹤年说自己"业重障深，幼撄疾，命等蜉蝣。偶游云台山，遇高僧赠予教典。披读之，如贫获宝，似渴得泉"，"始有忏悔访道朝礼名山之志，乃谒普陀天台，参礼敏曦镜融二法师。"在真觉寺，他遇到了方丈，听敏曦老法师言："性原湛寂，则铁面铜头，化为诸佛；

心垢未除，则玉毫金相。亦是群魔。"他曾经听说，佛陇山曾有高丽铜铃杆立着，在明代永乐时尚存，但遗憾的是，禅林寺"今则片瓦无存矣"。

高鹤年到华顶龙泉庵，遇到曾经给虚云大师棒喝的融镜法师。融镜法师开示道："常想病时，则尘心渐灭；常防死日，则道念自生"。随后他到华顶各茅篷参礼，上拜经台参礼智者大师圣迹，回来后再求融镜法师开示。融镜法师对他说："今生根钝，是前世未修。速种莲根，终成胜果"。高鹤年曾经放胆轻松地在石梁桥上走过，当时朝山的有十几人，他在石梁桥上拈香而回，众为色战，但是他自己不觉惧怕。石梁桥回来，照禅上人开示他："云对境安心，清净之体小露；止观成熟，真如之理森然。"

光绪二十四年（1898），高鹤年又上华顶，同行的有曾经题写"华顶讲寺"匾额的画家王震。他们又在龙泉庵遇到了融镜法师。融镜法师留他午餐。

融镜法师说：云境随心变。地假人兴。古今 也。

王震问：心乱难定，奈何？

融镜法师说：日间有事，或处分不定，睡去。四五更坐起，是非可否，忽然自了。古云：静见真如性。又云：性水澄清。智珠自现。

高鹤年与王震一起礼谢过融镜法师，攀上黄经洞，听见两法师谈禅，云："闲中不放过，忙中有受用；静中不落空，动中有受用；暗中不欺隐，明中有受用。此数句现成话，说之最易，行之颇难。"第二天，就去往永庆寺，见到永庆寺"一山抱围，平田数亩，种竹于外，颇幽敞。"到了永明延寿禅师入定处，又与法师谈禅，师云，"妄来如沤生大海，想去如影灭长空"。在拜经台，定华法师与他对谈："真发心学道，必须扫除习气，磨炼身心，日久月深，功夫纯熟，自然一尘不染。"高鹤年说，山中茅篷共约五六十处，日日往访亲近善知识，得益良多。后到石梁，见到云水行脚僧的诗句，与他的心意相同：

> 一条拄杖一腰包，不惮千山万水遥。
>
> 举目未观方广寺，脱鞋先过石梁桥。
>
> 亭前瀑布凭空泻，屋后昙花带雨飘。
>
> 惭愧此生难再到，临行又过两三遭。

高鹤年常带一笠，上写"惭愧"二字。在这里忽看到"惭愧"两字，也算福德因缘。中方广寺被火烧掉了，他们就住在上方广寺里，一起与僧人做晚课，入堂坐禅。方广寺主持文果老和尚开示："佛祖命根，人天眼目。动静闲忙，妙用现前。纵横无碍，出入自由"。高鹤年感叹，方广道风为台山之冠。

民国10年（1921）五月，高鹤年又上了华顶。他去拜经台，定华法师已经出外讲经去了，到龙泉庵，融镜法师已经去世了，住在那里的是华海法师。谈到融镜法师，华海法师敬仰不已，说他是苦海之慈航、化城之导师。后来去黄经洞，遇到一空禅师，得到开示：说不去不来之法，不离不即之道。到了太白堂，遇到惠湛上人，谈及山中寂静，每日摄心念佛，静坐须臾，胜过尘世一年。高鹤年赞叹道，此乃今之僧宝。后来又去了地藏殿，遇到指月和破怀两法师，对他说现在的学佛之人，常在桎梏之中，因泉石成膏肓，解脱之宝，以山林为药石，其故何也？不见道则满目青山，能忘境则触途皆道，境道皆忘，明心见性。高鹤年觉得这才是真见地，尤在华顶林下古道中所得，最为和合。是故，高鹤年说，两位法师教观并行，见地甚高，我想也有《圆觉经》中的空花镜月之妙。

在永庆寺有位学佛之人则心生迷茫，对高鹤年说：近年学者贪图口头三昧，不得真实受用，纸上谈兵，有何利益？"说别人还是说自己呢？而在弥陀庵的静慧法师则解答，"世人只知造孽，不知忏悔，但知受福，不知造福"，如寒山拾得的问答，令人沉思。

高鹤年离开华顶，见上方广寺依然破败。到中方广寺，那是他的旧交兴慈法师主持的。僧人对他说，中方广寺受火灾之后，照禅上人苦心维持，殿宇落成了，佛像没有供奉上去，又遭到火烧，现在兴慈法师重建，佛像还没有供奉。这次来与上次来一个样，高鹤年称奇不已。他在石梁住了一宿，又回到华顶，他去了景星岩，下约三四里，看壁旁有一碟，下视攒峰叠嶂，如列翠屏。景星岩由了开法师主持，高鹤年就在这里借一小楼避暑度夏。

高鹤年有空就出来看华顶周边风景，西谷茂林，一溪清流，人行洞上，林园清幽。别有天地，周边有茅篷二十几处，皆在松竹之间，犹如画图之中，他经常去周边行走，独自沿着华顶坑到了天封寺，可惜天封寺已经破败。到天兴庵看熟悉的妙瑞上人，但已经去世。经小室崖，见一个僧人昼夜读诵金刚经，三十年没间断过，也听见南明庵定昌、契理的开示，"知

高鹤年

《名山游访记》书影

罪肯忏，知过肯改，知福肯作，知心肯修，作佛也不难矣。"这倒符合《法华经》的要旨，人人皆能成佛，佛在内心的一念之间。

高鹤年经常行走在华顶附近的王树林、桃林、灵墟之处，有磐石可坐，精庐可居。另有般若庵、隐修庵、面壁岩等等，竹林里有兰若（寺院）数楹。当时华顶的茅篷有九十多处。"或长者福聚，或为衲子化城，各有竹园茶圃，兼有香火募缘作生活"，虽然清苦一些，足以延续生计。

曩时，山上亢旱，庄稼焦枯，新昌人数百到石梁求雨，听到这个消息，高鹤年也赶去看热闹了，第二天中午，果然大雨需然，下了三天。当时他就见到石梁的雨瀑，蔚然壮观。站在观瀑桥上，看石梁桥口，天河倒泻，喷射出数十丈，轰耳眩目，两岸翠竹翠接长空，下方广寺云崖天乐，不鼓自鸣，石室金容，无形留影。他去了断桥和水珠帘，觉得与石梁比，更是一般了。经龙皇堂，去桐柏桃源，过程很简略，于七月十六日出山。

高鹤年潜心学佛之外，多行慈善之事，可谓是知行合一的典范。

真正的莅山名家，或以文字绘画行世，或以摄影纪程。摄影家郎静山、吴印咸等所摄旧影，能让我看到多年之前的天台山旧观。看到天台山老照片，摄影家其实也是旅行家。看石梁、华顶、佛陇诸胜老照片，勾起我们每个人的怀旧情绪。

郎静山（1892～1995），浙江兰溪人，中国最早的摄影记者。也是中国水墨摄影的先驱，在世界的摄影界享有盛誉。他说，"天台为浙省风景区，方广寺石梁飞瀑可谓全山精华，方广有上中下三院，石梁居中，瀑自上方有两支流，至石梁而汇合，洪流直泻，一落千丈，势极雄伟。"他拍摄的《临流独坐》曾入选1937年比利时布鲁塞尔国际影展、1937年美国芝加哥国际影展，体现的就是石梁飞瀑充满禅意的风景。面对深潭，满目空静，物我两忘，他把这幅摄影给吴湖帆看，吴湖帆以此题材画了一幅作品。

现在能看到的晚清民国时期天台山老照片存世很少，但日本收藏得较多。其中常盘大定和关野贞拍摄的天台山石梁华顶一带的老照片，收录于《中国文化史迹》（原名《支那文化史迹》，国内版本则称《晚清民国时期中国名胜古迹图集》）一书中。

常盘大定（1870～1945），日本宫城县人，著名的佛教学者。曾组织、主持中国佛教古迹考察，一边行走，一边拍摄，结集多种。他来中国有五次，第三次是在大正十一年（1922）九月二十九日始，十二月十九日终。他们在上海登陆，然后去天台山参拜拍摄，行走了国清寺、赤城山、高明寺、真觉寺、华顶寺、石桥方广寺、万年寺等处。

我看到关野贞在拜经台的留影，查有关资料，得知他是日本的建筑史家，

1910 年为东京大学教授。1910 年开始到中国，从事古建筑尤其是佛寺的调查和保护工作。在常盘大定和关野贞的书里，我们清晰看到天台山旧日景象，石梁上方广寺入口的七佛塔和已焚毁的寺院旧貌，以及中方广寺的建筑格局，还有那个时代华顶寺和拜经台降魔塔和智者大师说法处的旧景，真觉寺挂着天台智者大师字样门帘的大殿，以及高明寺的旧观。

　　这些老照片都弥足珍贵，能让人想到岁月的轮转和沧桑，由衷地生发出许多感慨和悠长叹息。

兴慈大师和寒山、拾得、
丰干及闾丘胤手绘像

第五章　峡谷炊烟

石 桥 北 乡

　　我对于村落和田野的关注，也是旅途中必不可少的。因为村庄是风景鲜活的第一要素，设若一个乡土，如果没有周边的村庄，它就没有了精神，一条古道，没有周边的村庄可到达，也就没有存在的必要。村庄没了，乡土也就空了，古道也就完了。绝妙的风景，因为有了村庄，会赢得更多的人瞩目，如果在杳无人烟的地方，不管什么样奇美的风景，也是一个空摆设而已。

　　村庄是风景活力的第一要素，石梁的乡土是得天独厚的。民国时期，蒋维乔游天台山，觉得天台气象雄奇，高山之谷，到处有平原。田土肥沃，农民垦殖其间，自成村落。"以余足迹所及，除衡山七十二峰外，他山殆未可比拟。然衡山之田皆瘠，则又逊天台一等也"。

　　石梁周边的村庄是鲜活的，是原汁原味的。我每次行走，都有不一样的全新感受。一个秋天的早晨，穿过大兴坑岭脚，到了石梁飞瀑的入口附近，看到许多农家乐，那是眠犬村民搬下来的，据说经营得不错。农家乐附近，有诸多奇岩，如金鸡，如仙人，有小瀑布绕过树林，在岩石下面奔突，但是因为石梁大景所压，人们习以为常。我远远地仰望，风姿万千。

　　在奇石的东边，沿着石阶古道一步一步上升，走了两三里左右，看见几棵棕榈，还有几棵柿子树，柿子如灯一样挂着。一个小小的山坳，隐着依山而建的眠犬村，石屋层层叠叠，错落有致，古朴而高远，这是半山中的一个小高地，南坡朝阳，周边都是种满庄稼的地垄，农作还很方便。这村庄附近的山峦，与石梁飞瀑景区茂盛的树林相比，很长时间都是光秃秃的，那是因为砍斫过度，森林遭受破坏，越是这样，人们越是砍伐树木卖钱，结果进入一个恶性循环。但实行农村生产承包责任制后，农民把自家的树木护得严严实实，自然不让砍伐了，于是森林又茂盛起来。

眠犬村

方广村

　　尽管如此，眠犬村周边是没有毛竹的。吃到竹笋是眠犬村村民最大的愿望，幸好这里出产柿子，质量与慈圣村的不差上下。

　　在村口溜达，我们看见一对夫妻在采摘柿子，丈夫爬在树上，用长竹竿夹住柿子，轻轻拧下，往下送，妻子仰着头伸手接取，极为和谐。两个人笑容可掬，一询问，才知道他叫汪传榜，生在眠犬村，担任石梁村的村主任。他告诉我，眠犬村是村前的一座山，如睡着的狗而得名。村西有一条溪流，蜿蜒东流，绕过前面的峡谷，成了小铜壶溪的上游。

　　从石梁景区入口的东面，有一条防火线，可以直接沿着山冈徒步到眠犬村，转个弯过去，就到太监府村，眠犬和太监府、石梁东边的方广村现在合并成了一个石梁行政村。在这三个自然村中，眠犬村是最大的，有四十多户人口。汪传榜带我去看村边的一处龙潭，有一条十几米高的瀑布，当地人说这是小石梁。在龙潭的上面，有石头如鸟一样昂首挺立，从村后的山冈翻过去，就是一个幽深的大峡谷，那是新昌江的源头。

太监府村

眠犬村的石头房子现在大多完整，即使几个透了顶，石墙依然坚守岗位，与古木相依为命。村里的青年人大多在外，我遇到一个小伙子，三十多岁，在城里打工，现在刚好采摘柿子，也就过来帮忙一下，村里的田地似乎不多，但在村南的坡顶平地上，有两个老人抬着一箩谷，正在往簟上摊晒。这是逆光的效果，老人的身上好像镶了金边似的，神采奕奕。

　　在这里前看峡谷全景，后看村庄全景，别有情味。阳光温和，村庄洵美。

　　石梁景区的新入口在眠犬村下，眠犬村的老房子修整一下，像方广村一样搞农家乐民宿，再加上柿子、猕猴桃的种植，是有很大发展前景的。

　　汪传榜喜欢用本地出产的糯米做酒。他说他家里有很多酒缸，今年准备了几百斤的糯米，自己酿造。

第二天，汪传榜他把太监府村的洪昌永带过来了，约我一同去太监府，我们经过方广村。这村庄坐落在石梁飞瀑东边的一个小山谷里，所有的房屋坐落公路之上，清洁、整齐，因为靠近景区，每户人家在做农家乐。方广村是浙江最早做农家乐的村庄。现在每逢夏季节假日，这里人满为患，经常要提前一个星期才能预定到客房。洪昌永告诉我，方广村内有二十几家农家乐，2012年被评为浙江省特色农家乐旅游村。

著名画家吴冠中的《天台行》写到方广村一带的风物：

> 从竹丛中窥探，可见山谷间的小块水田里正有农民用牛耙田，这原始落后的生产方式也正是现代物质文明之根须。陪伴我们的小朱知道我爱寻农舍，便带领我们翻过两个松林之坡，来到一户她相熟的农家。这山坡上独户人家种田、种橘、种菜，门前有棕榈、竹林、春笋林立，高的已及丈余。屋旁有桃、杏、枇杷、樱桃、茭白……还有仅供观赏的月季、绣球、兰花……进屋入座，女主人端上一人一碗糖水煮蛋，小儿子得意地打开黑白电视机，可惜白天无节目，煞他兴致。主人出门挖笋，我跟去看。据说露出地面的毛笋便不宜吃，须观察、寻找被春笋顶裂的土口，细心破土挖下去，那尚未出土的嫩笋才好吃。鬓色已斑的老农选定了土口，挖出了一棵偌大的鲜笋，有好几斤重，他用旧报纸包好，用几根苎麻捆扎，又找来一段丝瓜络，系在手提处，以免麻勒手，然后交给了小朱，为她准备了迎客佳品。

吴冠中说："对目前的生活条件已感满足，因这是自己勤劳的果实。我深深感到他们是真正幸福者，他们身体健康、心境恬静，没有病痛，更没有内疚。人生的幸福不决定于物质生活的奢华程度，而往往系于无罪、纯朴、创造与贡献。宗教为人赎罪，在现代物质生活浸染中褪了色的人们想回归自然。"在这里，吴冠中感受到了山民真正而朴实的幸福。

从方广村去太监府，得沿着慈圣方向的公路行进两公里左右，再沿着岔路朝西，越过石梁瀑布下游的溪流，与发源太监府头髻岩附近的支流汇合，沿着溪流，在转弯处，就看到一座庙宇，洪昌永告诉我，这座庙宇也是供奉龙王的，是保护水口风水的。公路转弯，就看见村庄的石头屋，与眠犬村相比，这里的石头屋体量大，整齐划一，很有规划性，前面一幢年代似乎古老一些，溪流从左边流过，非常清越，村庄依山傍水，公路没修通之前，这里真的是世外桃源。

太监府的得名，来源一个传说：明代万历年间，朝廷命太监徐贵打造金亭，但金子延展性太强，也不坚硬，于是太监用麻风铜合金代替，有人举报他偷工减料，贪污了金子，这是掉脑袋的事，太监落荒而逃，躲在这村边一个幽深的山洞里，这山洞被称作太监洞，村庄被称作太监府。

　　我们从村左边上坡，看到眼下一个三角形的岩洞，原来里面可以坐上七八个人，一片阴凉，洞的前面很开阔，还有一块天然的棋枰石，也可以供七八个人休息安睡，但是，这石头被打掉了，砌在自家的屋墙内，这是20世纪70年代的事。后悔也无用。现在为了搞旅游，村里把洞前的石阶也铺好了，用卵石铺好平台，还建造了一个亭子，请娄依兴先生题了对联："隐居才觉钱无用，听漏方知时不多。"读起来很有智慧禅意的。

　　太监洞前一棵上年纪的柿子树，柿子茂盛，映着蓝天白云，特别有精神，我回头看村庄的后山，群岩攒簇的头髻岩，是村中最大的一个名胜。洪昌永带我绕过村庄，他的老房子在南边山坡最高处，门口是一块大岩石，上面有小石头砌成的袖珍小庙，供奉土地。土地庙最简单，几个石块一叠就是，因为它最接地气，是最底层的。

　　太监府村的石屋都是独立的，没有一个是透顶的，石条石块正叠或斜砌，严丝合缝，有些是水泥嵌缝，有些干脆连嵌缝都没有，平平整整，成为和谐的整体，太监府是石梁镇石屋保护得最好的村庄，石屋或单体，或排屋，或三合院，或四合院，前后均有古树，其中有块岩石立在人家的屋前，藤萝悬挂，边上有几棵老树，别有山居神韵。

　　洪昌永告诉我，太监府共有三十户人家，都姓洪，清朝中期从天台玉湖洪村搬迁到这里。他们来的时候，这里都是荒山，算起来已经繁衍了十世。为了解更多山中故事，他带我去了洪昌乾家。洪昌乾九十二岁高龄，是村里最长寿的，眼不花耳不聋，生活能自理。他说六岁的时候就在东园读私塾，在新昌县小蒋镇茅洋村读小学，在天台城妙山头附近的天台中学读初中。1944年，听说有土匪要绑架他，他跑到宁海县官庄加入俞济民"俞部"鄞奉游击支队。因为有文化，他在游击队里先是当鼓手，然后吹一种名叫"克尔纳达"的乐器，整天1234567，学好了在仪式上演奏。到了1945年，俞济民率队从宁海搬到宁波鼓楼。他征得部队的同意，回到太监府村务农。我查资料，得知俞济民（1902～1957）毕业于北京高等警官学校，1932年任宁波警察局长，1939年兼任鄞县县长。日军在宁波投放了染有鼠疫的跳蚤和老鼠后，他建议将疫区的所有民房焚毁了。洪昌乾投军后，却没有与日本人战斗过。

　　朋友林华强一直慰问天台抗日老兵，寻到了洪昌乾。洪昌乾说，我没有上前线打仗啊。林华强说，你当兵就是抗日了，他很高兴。后来林华强带了一批人专门到太监府看望他，并为他做了一餐长寿面，祝他长寿健康，他更高兴。洪昌乾见到汪传榜，笑着说：你姓汪，汪汪汪，你们祖上就适合在狗地发达的，眠犬村是狗地，正好汪汪汪。汪汪汪就是旺盛发达的旺旺旺啊，我们都笑了。

在回程的时候，已经下午了，洪昌永说，石梁村的农家乐，方广、眠犬做得很好，但太监府离石梁飞瀑远了点，周围的奇岩怪石溪流，还有保护得很完好的石头屋，朴素厚实，纯正而有劲道，这是城市中找不到的。我们房屋外面的就不修饰了，修饰就失去了本色，里面的做得现代，与城里的一样，大家一到这里就感觉到家了。这里空气好、水好、环境好，自然愉快，还有一个优势，这里离铜壶滴漏也很近。村里要成立公司，整合资源，以前旅游带动民宿经济，现在也希望以民宿经济反哺景区旅游。

现在，石梁飞瀑下游的大竹园、慈圣和迹溪村就做得很好。去大竹园、迹溪、泄上，重新依原路回到公路，继续往北。经过石滑头村，这个村因为溪中岩石圆滑滴溜而得名，左边进去就到迹溪村，东西走向，转了大概四五里路左右，就到了迹溪。

据说，汉代高察隐居察岭的时候，也到这里来过，留下足迹，就叫迹溪。这里可谓是真正的林泉高致，山溪之旁，两岸村舍，犹如带形，譬如"长虹卧波"，乃风水绝佳之所在。迹溪也叫直溪，溪流并不转弯抹角，直来直去，村舍沿着两岸建筑，外面的比较新，里面的是旧屋，村落保护得很好。

迹 溪

金从恩的家，是村中保护得最好的三合院建筑，花格子木门的图案雕刻得非常精美，我敲门，正巧他在里面，把我们迎进去一起喝茶。茶叶就是迹溪南边的狮子岩坑出产的。他告诉我，迹溪村民以金、汪两姓为主。我熟悉村里有个汪祖桥的，在石梁镇里工作过，"小时候在迹溪生活，我家里很穷，吃过很多苦，也尝过吃不饱的滋味。"看见街上的贫苦人，汪祖桥会让妻子赶紧找几件自己的衣服，加上一些简单的食物，送给对方。

迹溪金姓的祖上是宋钦宗时迁徙到天台的，始祖是左班直殿侍御史金友言，从杭州迁居天台西关外石栏杆，到第十世有个名叫金一统的，来到迹溪村，可见这村庄有五百多年的历史了。而汪氏的祖上是明朝正德八年（1513）兄弟俩从徽州婺源来到这里，其兄名汪侨，其弟名汪端。宗谱载，汪侨"读书博古，有诗稿传世"，文章诗篇别具识见。

迹溪村草木茂盛，竹林深幽，傍山依溪，村民在山靠山，在水靠水，除了挖笋之外，就做竹纸。村北有做纸的作坊，用手工制作，金从恩的爷爷辈，就是做纸的老板，在宁波开纸行，名叫泰源号，还有一个是之山号，在当时，迹溪的纸张品质最佳。

迹溪的村落民居，基本上是两层的，前面是宽敞的文化礼堂，从展板上看，在过去很长一段时间，迹溪村非常富裕，尽管地处深山腹地，但是村民崇尚文化，渔樵耕读，蔚然成风，我在文化礼堂边上，就看到长长的读书人名单，有不少得到功名。

文化礼堂的大门外，就是古道。入舞台后面是迹溪村的全景图，是站在村南边山上拍摄的，我从这里往上爬坡，上了半山，回头一看，竹林连绵，如云覆盖，溪水伴村舍，山坡之上，曾有竹屋若干，夏天的时候，许多人都在这里观景，看竹影摇风，飒飒作响，身边田地里，有百合花盛开。这是一个别致的观景点。

别看迹溪村在深山区孤零零的，但名气很大，颜值最高，百度百科有专门的条目，说它在 2018 年被列入了中央财政支持的中国传统村落名录。天台城里也有到迹溪的班车，一天两班。

泄上村

我在 20 世纪 80 年代中期参加采录天台民间文学集成，与出生在泄上村的石梁镇文化员石素英等一起搜集民歌和民间故事，在那里住了好几天，记录了许多东西，也遇到了我的老同学石桂英，她们陪我在村里走了几圈，认识了一些唱山歌讲故事的老太太老头子，为我们唱了《十忙忙》《栙棒经》的歌谣。

当时去泄上的公路没修通，要翻上一个岭头才过去，这是一条古道。通公路之后，这古道已少有人走，几近荒废。古道是与新昌芹塘和大同的石门槛相接的。听朋友奚援朝说，泄上村北面的山峰就是菩提峰，是天台新昌的交界，天台一面朝南走，叫作水湖岭，上面水塘，虽坐落天台境内，但属于新昌人管辖。朝北是芹塘冈，可以走到有四百烟灶的新昌芹塘村，天台去泄上村的公路，叫作大泄线（大兴坑岭头至泄上村），泄上村东通往新昌芹塘一带的公路，叫作尼大线（尼姑岭到大兴坑村），泄上村到这里得经过下银坑村、上银坑村，再上大水湖冈。

奚援朝说："在下银坑村能见到数处瀑布，有的高十数米，有的高数十米，瀑下有深潭、崖有深洞、山有深涧、路有深阶。沿坑路上有段长百余米的峡谷，两边悬岩峭壁，上面青天一线，石阶忽左忽右伴随潺潺水流而出。又跨过一座小桥，路边的田地明显增多，前方的溪流养眼，左边有一座大桥历历在目。"这座桥叫作里泄桥，是清代的古建，到民国时期重修了一下，桥下的溪就是泄上溪，村庄也就叫作里泄，老房子居多。天台地名志上把泄上溪和大泄线西北的村庄叫泄上村，老百姓却叫"外泄"。外泄就在公路之上，基本上都是新房子，里泄桥上行数百米，路边金坑上有一座无名石拱桥被藤萝缠绕，对面是银坑，又上行两百余米，又见一座石拱桥，因为无人行走，早已废弃，也不知其名。村头有一座明代时建筑的古桥，叫永安桥。

在方言里，泄，是瀑布的意思，泄上，也就是瀑布上面的村庄。泄上管辖上官田、小乌坑两个自然村，泄上村有许多老房子依然宁静安详，村里的文化礼堂是最醒目的建筑。在村口我遇到了石再旺，交谈起来，原来他是石桂英的弟弟。他说，文化礼堂已经做好，县内外的艺术家都来这里采风创作，自然而然地，这里的文化也就带动起来了，可不，去年组织了一批文艺家，走浙东唐诗之路到了这里，然后去慈圣村和大竹园村采风。

我们在泄上行走时，正遇到卢小国开车送报纸过来。我们直插慈圣村。慈圣村原来是石桥乡政府的办公地，20世纪80年代还有中学和小学，但后来乡成了片，学校也被撤了，片里的干部在学校里办公。我在采录民间文学的时候，住在村里的卫生院里，那时这里住了一个名叫丁正栋的医生，他是浙江中医学院1976年毕业生，主动要求分配到这里，担任石桥医院的院长，他善于用天台山的中草药治病，疗效显著，名气很大，多次评为省劳动模范，被授予"白求恩式医务工作者"荣誉称号。据说他还健在，年龄八十多了。

大竹园村

慈圣村

　　慈圣小学原来是慈圣寺的遗迹，旧名迹圣寺，宋治平三年（1066）改慈圣寺，清顺治年间重建，现在慈圣寺没了影，慈圣村和慈圣大坑还在，在地方志里，这慈圣大坑也叫福溪。慈圣村是当地规模较大的村庄，因为地处溪谷之中，田地较多，地垄和房舍之间，到处可见板栗树和柿子树，映衬着碧绿的溪水和金黄的田野，还有乌黑的屋顶，在秋天的阳光里，别有一番丰收景象，赏心悦目。

　　慈圣村出产的柿子很出名，尤其是老树上生长的柿子，更加好吃。皮薄、味甜、水头足，营养更加丰富，品种红朱柿为多，种植有近千年的历史了。在慈圣村文化礼堂，我听到一个故事：这里是去新昌杭州的古道，许多书生上京赶考都要经过这里。有一个书生发高烧，一个老太太给他吃了几个柿子，恢复了健康，老人给他一些柿饼让他当干粮，后来这书生考中功名，奏请皇上，得到皇帝口谕，称村中老人为"慈祥之圣"，前来报恩。

　　大概得益于柿子板栗的营养，这里有许多长寿的老人，报载村中有个 102 岁的陈建银，为当地农产品的代言人，他说，"我长年生活在石梁，我要为石梁全域旅游代言。欢迎大家来石梁呼吸新鲜空气，喝甘甜的山水，品尝千年圣果红株柿。"除了种柿子，慈圣村民还种美国山核桃，经济效益大大增加。

　　从慈圣下去转几个弯，就是大竹园，村在溪的西边，沿着山坡自南向北一路排开，多石屋泥墙屋，一片古老风味。大竹园村是浙东唐诗之路天台山的第一村，也是唐诗之路水路的最后村。附近就是与之接壤的新昌上海村，上海就是上岸的谐音，大竹园谷口，一道天然的岩石屏障，就像城墙一样，而对面的山口环抱过来，呵护着这一带风水。大溪转了一个大 S 形，然后又是一个大 Ω 形，再往北流去，这里也是剡溪的上游，李白也是坐着船过来，他们经过新昌的上海村，他们把船翻过来，修补油漆，于是村边有了"仆船"的名字，传说李白就在船底上写诗，可是，他的诗最后还是被溪水冲走了。

唐代诗人上岸后，沿着溪流越过石梁飞瀑，登上华顶山，朝拜佛陇国清；而华顶北坡的林木产品，如竹笋、木炭、药材等，则在这里装船，沿溪运到下游平原。大竹园村当年的码头是最大的竹子集散地。大竹园村的书记陈式军说，早年村民们卖了竹木产品之后，在新昌买回食盐衣物等，肩挑手扛，沿着溪边的古道回到家乡，那些商贾们财大气粗，则雇钱让人拉着船只上来。那古道也就是纤道。

天打岩村

听说村里原来有一个放竹木排的老把式，他一生都在水上打交道，哪里有漩涡，哪里有礁石，哪里水急，哪里水深，都了如指掌，他们眼疾手快，反应灵敏，如果一有闪失，竹木排就会撞在崖壁之上，四分五裂，自己也会有性命之忧。现在竹排与码头成了一个点缀。

大竹园与新昌的公路，也是近年来修通的，村口有一个大竹牌楼，上有对联：村名大竹有琅玕万条；桥谓石梁乃宇内奇观。唐诗之路主题赫然在目。道路从岩梁上延伸，经过两个竹廊，沿着石阶下去，就到溪边了。转过去就是一个全新的境界，这是一片风水福地，境界大开大合，经过上

天打岩村

方的石板桥，也可以从下面的石碇步到对岸。

大竹园村的溪面一片开阔，竹排上撑篙的人，穿着蓑衣，而红衣少女举着红伞，边上坐着一条狗，随波漂漾。云彩山色落于水面上，竹筏仿佛行走在空中。大竹园溪边的东岸，有一个隧洞，是当年农业学大寨时凿通的，从这里进洞那边走出来，就到了溪水的上游，每当夏天暴雨台风季节，村里总是要遭受洪水的冲击，这个洞打通后，就可以泄洪，准备在上游开大寨田。但不久实行承包制，村民们把造田的事搁置了，现在计划要在那边开辟一个果园。

大竹园村舍坐落在溪的西岸，沿着山坡一字排开，石头屋和泥墙屋居多，但很有山居的风貌。现在村里居住着五十多个老人。大竹园村沿溪的游步道和石坝，也是这几年做起来的。孟浩然诗云，问我今何适，天台访石桥。他们就在天台访石桥上做文章，定位在"天台浙东唐诗之路第一村"上，让村落山水和诗歌一起联动。

现在村里的文化礼堂，是最热闹的地方。村里九十多岁的老人唱竹园调，也领着村里人打着快板诵唱唐诗，一些工匠用竹子做快板、竹碗、饭箪子、羹架（蒸饭菜的箅子）、箸笼、小蒸笼等，既是很好的纪念工艺品，也是很好的家用工具。每次游客和艺术家到来的时候，文化礼堂高朋满座，村民热情待客，捣麻糍，做糯米酒，客人一边品尝山间珍馐，一边感受诗歌氛围，乐趣无穷。

现在大竹园和慈圣村合并了，诸多艺术文化活动都在村里开展了，如台州市文艺界"体验民营经济新辉煌·重走唐诗之路和合行"、台州市作家重走唐诗之路、2019年浙江省青年诗人重走唐诗之路培训班等活动，都在大竹园举行，给山村带来了更多的文化艺术气息。

我们在大竹园得意忘情的时候，卢小国笑容满面神采奕奕地来了，把我带到乌溪村去。现在乌溪与天打岩合并了，叫作溪岩，他是溪村书记，从慈圣西边的溪谷进去，这盘山公路沿着峡谷上升，我犹如腾云驾雾一般。

溪岩这个名字很好，山溪在岩上流过，如古诗中的清泉石上流，很典雅，有隐者高风。卢小国说我的几个同村老同学都在，王岂不、朱荣金、赖万良、赖万兴、赖玉娥等，他们有的成了教师，有的当了机关干部，有的搞实业做生意，平时也不在村中住，现在与我一样，都成了村中的客人。而小国是我爱人闺蜜的先生，获得台州市最可爱的劳动者称号，他名头响亮着呢，让他请客是最好不过的。

乌溪村位于深山边远地界，宁静平安，山林田地可樵采可耕种，足以自给。村庄形成的年代可以上溯到清初，村子很小，姓氏很杂。村里上百户人家，有十一个姓聚居，除了最早的徐姓，还有王、赖、卢、刘、朱、石、陈、沈、俞、张等。诸多家族建造房屋，繁衍后人，和睦相处，开辟了一片好宅基。王岂不说，村后的山是纱帽山，帽翅东西向展开，村里没出过大官，但能出文人贤人高人。宗谱上说，赖姓的祖上就在村对面的溪边开了一个造纸坊，现在，我们还能找到当年作坊的遗址。

乌溪西东流向，溪流不大，仅是涓细小流，足以滋润两岸的层层梯田绵绵群山。山上生长密密森林，田里种植青青稻禾，地上栽培嫩绿瓜菜，无任何污染，空气清新，宁静得很。依山而建的房舍，有过街楼，也有骑马楼，层层抬升，错落有致，砌墙所用的皆是溪边出产的小块乱石，以黄泥嵌缝，倒很结实，石头铺成的村道，或横亘延绵，或拾级而上，颇能入画。路上面是人家的檐阶，路下面是人家的瓦脊，透过它可以看到对面连绵的竹林。

乌溪村里田地平缓，出产栗子、白术、芍药、竹笋、茶叶等，山里特产，品质甚优。村中常见诸多古树名木。村口高坎上，有几棵参天大树，一棵枫树，村后还有一棵菩提树。村口一棵鸟脚树，学名叫作金钩梨，植物书上说它枳椇属，像鸡爪一样的果实，倒是村里小孩喜欢吃的东西，也可用来醒酒的。每当午后傍晚，树下成为村民聚集讲故事唱山歌的地儿。他们唱山歌小曲就是为了解闷儿。这次我带了摄像机，正巧把他们唱的山歌都录了下来，有《望郎》《别兵》《长工叹》《劝哥》，还有《莲子行》等。现在留下的，不但有声音，而且还有曲谱影像呢。

而今，大家则坐到树东边的文化礼堂去了。那是一个大集体屋，过去破旧不堪，现在修整一新，光修整就花费了二十万块钱。村后还有两棵大树，但因其下早已缠满藤蔓，柴草密布，已经无法靠近，这两棵树和村外的水口庙和老虎石一样，都主宰着村庄命运的风水，村民敬畏不已。乌溪村的保境庙在村口半山腰上，叫作大王庙，是二十世纪七八十

乌溪村

年代的建筑，比这座庙更远的就是真君庙，在天打岩村外的山口上，大门朝西，是康熙年间的建筑，庙前有一棵老树，现在是浙江省级文物保护单位了。

乌溪村外，田地沿溪分布，水源充足，加上诸山林木茂盛，没有干旱之虞。天打岩村，在半山腰上，在公路转弯处看，犹如一幅挂起来的画。村庄前面境界开阔，村舍集聚则更加紧凑，村旁有一片松树林，与村道老屋结合得更为和谐。天打岩村民也有姓卢的，我与卢益民一起来过，但找不到姓卢的人。我记得村里有我的朋友卢文士和卢文顺，一问，说他们老早不在村里了。

赖玉娥的弟弟赖万耀，承包了乌溪村对面山上的一块茶园。他住的是单门独院两层带天井的楼房，是村中较高的农舍，视野很开阔。坐在这里，我品尝着她年逾八十的老母亲亲手烹调的饭菜，享受鲜美的滋味，我打心底里羡慕他们的幸福安详。我要回龙皇堂，赖万耀开车送我，我站在车斗上，尽管我不敢张开双手，但多少有些飞翔的感觉。在溪岩村，我真正地做了一回天上的人。

回到北京后我应邀为村里作了一首歌，曲调上采用了石梁山歌的元素。词曰：

> 石梁东来万年西，山谷之中出乌溪。
> 乌溪绕过天打岩，溪水两岸好宅基。
> 树木毛竹绿叶披，山中出产好东西。
> 林间古道通天下，上山回看白云低。
> 山里农民勤劳动，田地好像青云梯。
> 筑石种田住石屋，丰收欢乐世所稀。
> 石梁东来万年西，山谷之间出乌溪。
> 唱起山歌真幸福，欢迎大家都来嬉。

这首歌，唱出了石梁山村农民的精神风貌，很自豪，很爽快，很潇洒的。

曾 经 华 峰

华顶峰南麓诸多的村庄，在过去，称为华峰，原来是华峰乡，后来叫华峰片，这个名字民国的时候就有了。

双溪岗头和掣桶档一样，皆是分水岭，原来有个路廊，现在改建成农家乐了，人们从华顶下来，都在那里歇息，品尝山居特色饮食，开农家乐的是双溪人，他给我一瓶自己手工制作的辣酱，真正的本地乡土味儿。这里每天都有人来，主人忙得不可开交。从双溪岗开始，路在竹林里穿行，20世纪80年代，这里一段最陡的公路，被拖拉机挖得一个大坑连着小坑，车子跳舞一样，经常有拖拉机开翻了的，20世纪90年代铺上了条石，现在成了宽阔的柏油路，每天有班车五六次经过，上市下县方便多了。

　　双溪村是最靠近华顶的一个村庄，有八百年历史，一半村民姓吴，其祖上曾担任浙江青田县的教谕，见此地适合隐居，就迁徙过来了。双溪村一百五十余户人家，除了吴姓之外，还有袁姓、丁姓和范姓等。双溪村之双溪，一为里岙溪，发源于华顶山挈桶档附近，一为西头溪，发源于马啸坪冈，在村前交汇，村庄坐落在一个小盆地上。

　　大学士齐召南，对双溪村情有独钟，有诗见于《宝纶堂诗钞》，意境甚妙，诗曰：

前溪后溪流向东，前山后山矗碧空。

山环水汇得平地，双溪山房当其中。

吾友新迁非旧卜，古书应向名山读。

径来相别去匆匆，呼我作歌拟盘谷。

双溪记得昔游曾，历历山水犹在目。

东北华顶西石梁，顶看海日梁飞瀑。

两地经过暂息肩，溪水清香手频掬。

小潭见底跃鲦鱼，深林隔雾行麋鹿。

村落寒多雪未消，几树桃花夹茅屋。

居民采药兼采茶，沿山万顷森修竹。

家家灯火照黄昏，织筐编箔排苍玉。

今居此，远尘俗，钓水樵山清与足。

欢岭察岭望非遥，千秋风霜犹堪续。

若问扣萝造访期，期在明年春笋熟。

　　双溪村出产的云雾茶与华顶的品质相近，天台人齐中嶡在《峭茜试茶录》中说，"双溪鳃甲"（又称"双溪鳞甲"）产于华顶峰下双溪村一带，茶色深绿，茶味浓厚，品质上追茅篷之茶，但是因茅篷之茶很难易得，便以高价收购此处茶叶。而今茶园有所荒废。村民自己制作少量，或自用，或待客。双溪村也产毛竹，尽管竹林不及大同五村外胡上潘那么茂盛，但因为地处高寒，竹笋亦为上品。清代潘耒说："走溪涧中，疏林曲水，时见民居，煮笋摘茶，人皆有自得之色。"

　　因为双溪村靠近华顶，交通方便，林农特产远近闻名，这里海拔较高，高山蔬菜和中草药种植也成为山村重要的经济来源。双溪村几乎家家户户都采茶。2016 年底，浙江省教育厅将双溪村作为结亲帮扶单位，在资金上给予重点支持，中国美术学院和中国计量大学派出师生，来此修订了村庄规划，进行村庄标志、村口景观设计与建设，同时完成双溪茶包装设计，为茶叶产业落实品牌注册、品

双溪旮头

双溪村

种认定，该校校长亲自调研指导扶贫并参加师生的暑期实践宣传采风活动。得知该大学有计量博物馆，双溪村将代表农家特色的杆秤、米斗交到校长手中。在省教育厅和县镇政府的支持下，双溪村争取到美丽乡村建设项目资金，打造石梁山地的 3A 景区。

双溪村的房屋比较集中，坐落在山谷平地之上，古时有东隐寺、西隐寺，村后有华严寺，早为废墟，时有破砖断瓦被村民挖出，离村一里许有个很小的峡谷，有一个禅院，经常有人在此修行。双溪村东有小圆山，是茶山，山脚有座兴隆庙，始建于元末明初，村里就准备了三牲福礼祷告上天，梦见九位将军驾云而下，从此村庄茶叶翠绿，竹林茂盛，人丁兴旺，粮食丰盈，于是村民建造庙宇，塑像绘画，虔诚供奉。我所见的庙宇为 2014 年重建的，每月初一、十五，村人都来念经拜忏，祈求平安，每月七月初八，庙里举行法会，设流水席结缘大众。

现在双溪村与天封村、上潘村、大棚村和华顶坑村已经合并成一个行政村，从双溪村往东经过东岭，北上华顶，往东下坡就到上潘村，这溪谷很狭窄，村落沿着北岸建筑，古道就在石头屋下穿过。上下都是高岭，村民劳动都要负重前行，练成了一个好脚马。

天封村的路口有一株老柏树，长相奇特，一棵树上竟然长有六种不同品种叶子，被村民称为"六尾柏"，年份已经很久了，估计也是个瑞物。边上就是原来寺院的石阶和石鼓，大雄宝殿的台基，成了华峰乡开村民大会的主席台。而今这一切都与毁掉的寺院一样，成了遥远的过去。

天封村口有一棵榔树，算起来有五百多年，据说是天台山上本地最大、品种最好的一棵，它亭亭如盖，浓阴把古桥遮蔽了，这古桥有人说是宋代建造的，民国时候重修，是楢溪（欢岙）到华顶必经的要道，名叫月弓桥。桥南端建造了一个石头凉亭。石拱桥前的大片田地，全种上了樱桃，每年樱桃成熟的时候，吸引许多人前来采摘，热闹非常。

　　据说，天封寺的僧人是在土改时散去的，有些被迫搬到了高明寺，罗汉像和铜钟等等，早已毁了，一个不剩。从孙明辉书中得知，1953 年时寺院里还住着两个和尚，一个叫维亚，一个叫介通。冬季农闲，大殿里办起了冬学，我的母亲也在那里读过。不久介通去了澄深寺，吃食堂的时候，维亚成了社员，在食堂里帮厨，不久，他也寂然地离开了这里，不知去向。

　　我所就读的华峰中心校，两进的木石小院，石头砌的围墙。教我语文的周紫松老师，他书法绘画音乐全能，经常在课堂上唱独角戏一样讲述名著故事，一边讲一边把古代的各种服饰和十八般武器以及建筑式样逐一画出来。他原是大学教授，后来划成了右派下放到这里，最后在天台山定居，可惜现在已经作古。他大大地影响到我的文学爱好，改变了我的人生道路。中心校老房子还在，80 年代重建的，现在有几个僧人居住着。

　　80 年代中期我在天封村搜集山歌，请村里的齐玉森老先生演唱，我们借了录音机，将他全套的《高郎织绸》用磁带录了下来。村里人对我说，村里有一座五房公全山，传说是五房和尚共用一座山得名。天封寺还在的时候，就有村民已迁移过来。新中国成立前，村里有六户人家，现在的村大都是新中国成立初土改的时候迁来的，有吴姓、王姓、齐姓、陈姓、徐姓、袁姓等，他们见证了1966年天封寺的火灾。寺院被烧掉了，但农舍留了下来。

　　十几年前，我的朋友丁必裕采访村里的徐世地老人，那时他七十四岁了，生动地讲述天封寺失火记忆。1966 年农历十一月廿六，华峰公社通知村民们到城里南门溪滩开群众大会，刚要出发的时候，就听到有人高喊，"寺院起火了！"火势越来越猛，红焰烛天。很快火势吞没了天封寺的大殿。忽然"轰"的一声巨响，烟尘腾空，大殿倾塌。次日人们发现大殿里两个人合抱的柱子成了黑炭。那黑烟缭绕着两天，才慢慢散去。

　　智顗说，"此寺毁之不祥。"接下来的，就是不堪回首的十年浩劫。

　　齐周华来天封，看到前面溪里负沙烹铁的人特别多，整条溪水弄得像黄河一样。据说这溪里原来是出产金沙的，只怪唐代的那个流浪诗人罗隐，到了廿里岗头分水岭打了一脚绊，他嘟哝了一句：廿里岗头一脚跌，黄金变成铁。一句顺口溜把溪沙的化学元素改变了。

　　天封寺毁了以后，一些石头的建筑构件，就被砌在天封到毛竹蓬的那条水渠

天封村

天封村前的古桥

上潘村

上。我每天从外湖到天封打来回，看到路边有一块刻着凤凰图案的残件，都要停下来抚摸细观，当时我不知道拓印收藏。最近有人看见渠道边有一块刻着"西隐之地"字样的碑，是天封寺四祖禅师墓上来的，字迹依然清晰的。天封寺周边，雕刻精美的石头构件，不知道铺在哪里的大路和猪栏牛栏民居之上。

天封溪去毛竹蓬溪流的北岸，有座小庙，公路上面是山田村，村庄依山而建，居高临下，阳光充和，境界开远。山田村后黄泥塘村，仅几户人家，姓徐，出了好几个大学生，"吃上了国家米饭"，成了当地的乡贤。村庄后面就是灵墟山的主峰，站在这里可以看见八寮岭的古道。但外湖村和八寮西坑姜桶山和毛竹蓬村，这里是看不到的，现在这几个峡谷村落，合并为金竹湖村，金竹湖，就是金顺、毛竹蓬和外湖村各取一字而命名的。

徐霞客古道从毛竹蓬村前经过，沿着溪流北岸的田埂到天封村。毛竹蓬村成村的时间不长。我在外湖村胡姓宗谱上看到，毛竹蓬村的胡姓是从外湖迁移下来的，村中还有徐姓、吴姓等居住，毛竹蓬的村舍在溪流的南岸，一溜儿排开，村前是一条引水渠，是从天封溪引水推动水电站的水轮机碾米发电的，现在水电站与那个年代一起倒塌了，留下一角断墙废墟。

毛竹蓬村石拱桥

水电站北面是外湖村的稻田，现在还种着许多水稻。几年前，一个毛竹蓬村民建造了矿泉水厂，生产"华顶牌"矿泉水，曾在杭州到天台的快客班车上免费发放，影响很大，现在也停产了。

毛竹蓬村里出了许多人才，其中有两个朋友，都是搞摄影的，一个是徐中威，他拍了一个时长四十分钟的纪录片《笋农》，还有一个是吴骠骑，他在旅游部门工作，拍摄了一张国清寺夜景照片，获了一个大奖。徐中威向我推荐

外山头村

过一个拍摄照片的好地方，那是毛竹蓬村后的外山头村，村民也姓胡，是外湖村迁过去的。村庄位于北坡，但阳光充足，远景开阔。石头屋依山而建，形制特别，原档风貌，就像一个艺术品，现在没有任何破坏，石头墙牢固得很呢。

在外山头村，可以看华顶山全景，灵墟山黄泥塘正对着外山头。我发觉这灵墟的确是风水宝地，前面的案山是外山头所在的山冈，左手是外湖坦至外湖村东峰弄沙田湾的山脊，右手是天柱峰华顶坑上潘的山冈，前面是天封溪，四面虚空，中间突兀，别有福地的气势。

外山头下是楼下王村。几户人家，现在还在，再往东，就是胡石口、溪下、八寮、西坑、田坪、三条、牛梗、姜桶山，在过去统称为金顺片，后改为金顺村，以前农家孩子可以从小学读到初二年级，现在学校撤并了。村民基本迁移到城里，一大批田地开辟起来，集约经营。西坑村曾经出过一个体育健将，她叫范心怡，在2010年和2014年的浙江省运会上，分别拿到了亚军和冠军，2016年底被选入了国家队，在2018年菲律宾举行的亚洲青年蹦床锦标赛中获得冠军，为中国蹦床队争取到一个在阿根廷举办青奥会的名额。石梁镇乡贤会的秘书长周宝富也在这

里出生的。

金顺村的得名，是因为纪念北山区（石梁镇的前身）1949年光荣牺牲的区长张金顺命名的。这个金字不是金黄色的金，是带着血迹的一抹红。张金顺是天台城里鱼巷口人，1913年出生，本是宁波的一名鞋匠，绰号"皮鞋钻"。1941年日本兵打到了绍兴，他说国家就要亡了，我还钻什么皮鞋呢，便投奔俞济民的部队，他没有与日本兵作战，却奉命征剿江苏的新四军，结果被新四军收编，他作战勇敢，身负重伤，幸得战友输血挽救了生命，到了天台后，他找到了组织，在解放天台城战斗中，提供了可靠情报，也暴露了身份。后来他被任命为北山区（包括今白鹤区松关、左溪、白鹤、天宫、义宅各乡和城郊的桐柏地区）副区长。在剿匪过程中，张金顺不慎引发腿部旧伤，藏在胡石口村的乱草里，但还是被土匪搜到，一个土匪举起铡刀劈下去，他英勇地牺牲了。

溪下和八寮村的所在，就是黄龙水库的库区，胡石口村也杳无踪迹，西坑村和姜桶山也在2019年全村搬迁。在此前夕，我同学曹美翠和许尚相去了那里一趟，从西坑前面过去，有分路，右去田坪、三条，左到姜桶山村。姜桶山村原来的村民是姓姜姓董的，后来姓曹的从天台城里迁来的。曹美翠陪着我在村里转了几周，眺望华顶和黄龙水库全景，然后再去宁海的路上走了一个来回。俯瞰脚下深谷溪流激越，原来是浊水溪。

西坑村

我在村里吃了最后一餐中饭。以前人们可以到这里喝茶，现在喝茶的地方也没了。西坑村村民姓范的居多，我在即将拆除的老房子里，随意翻捡，搜到了一些民国的老课本，还有清代的一些分书契约，以及手抄的佛经、木板印刷的旧书。

从西坑八寮去外湖，走溪下村过，经胡石口村，20世纪70年代，溪下村是最早

三条村

有小水电站的，外湖村的照明电是那里接的，一晚上亮上一个半至两个半小时的电灯，在关电的时候，通常通断三次，叫作"三眯眼"，溪下人慢慢把水轮机关掉，电灯慢慢地暗下去，灯丝红红的，好像一个人西去的灵魂，但在第二个夜晚复苏更生了。

当年，八寮村放映好电影后，乡广播站通知外湖村派四个四类分子，到那里扛一个体积很大很笨重的"磨电机"，其中一个就有我的父亲，当他们将沿着陡峭泥泞的小路把"磨电机"抬到外湖村时，身体几乎虚脱。

1975年，外湖村挖了小水库，修了小水电，也不向溪下村接电了。但用了两三年，遭到雷击，小水电损坏了，水电站废弃了，有线广播也中断了。我读初中、高中毕业的那几年在家务农，村里没有灯，也没有广播，几乎与世隔绝。后来桐柏电站修隧洞，土石方压了外湖村在楼下王的几丘稻田，外湖村民要求桐柏电站免费把电送上来，结果成了。

毛竹蓬去外湖的那座石拱桥，是清代时建造的，桥的南端已经被公路覆盖了，但桥拱依旧完好，藤萝将它缠绕得密不透风。桥的北端有个凉亭。往东走一里，又有一座石拱桥，跨在灵墟山谷溪流之上，这里的田大都是外湖村的，外湖人每到这里干活，都需要累上一天，在桥下舀着溪水用石头架起铜罐烧饭。桥往东上去，走三里山路，经过一个路廊，再上两里，就到外湖冈头，翻过去就是外湖村。这条岭叫作外湖岭，也叫东峰弄岭，在山谷中行走，就像进入一个长长的弄堂。这是我80年代初期每天来回行走的求学之路。

从天封坐车至外胡，也必须转过一个大弯，脚下是个大峡谷，像个畚箕，又名大坑斗。附近有个村叫花肠坑，三十多年前就已经成了废村。天封村毛竹蓬和西坑都在谷底，外胡村在山顶，一个小小的盆地。树木葱茏，阳光充和，空气清新。前山过

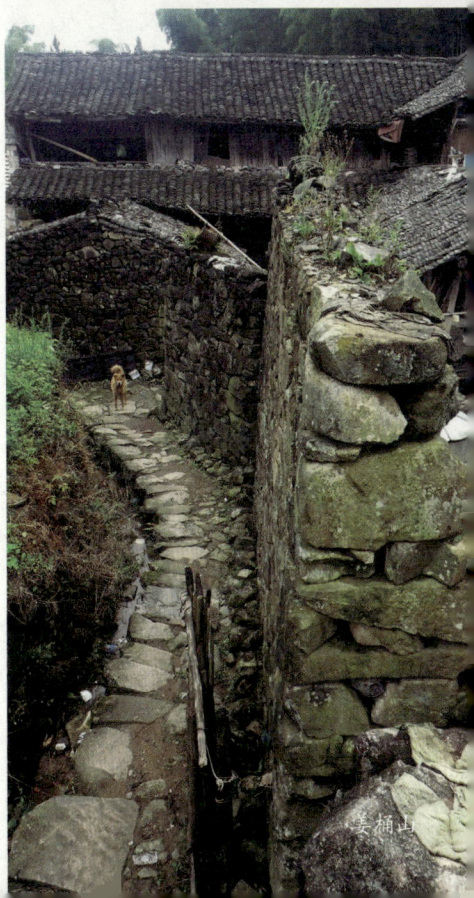

姜桶山

于高昂，如水牛耸脊，谷口有小土丘，若黄狗盘地。小溪绕村前而东流，对山是一座笔架山，风水还是不错的。

在大峡谷诸多村庄中，外湖村算是最大的一个。四周群山围起，同是山顶小盆地，村里人口最多时曾有四五百人，全村除了一户姓周外，其余皆清一色姓胡，祖上是从峡谷东边的宁海迁徙过来。村中的竹林比天封村更加茂密，气场更大，氛围更好。村庄海拔高度与双溪不相上下，但较双溪偏僻，所产竹笋的品质乃石梁山中最优者。清明前后，村民都倾家而出，上山挖笋。

因为这里山高气寒，蔬菜稻谷只能种一季，夏季才能吃些新鲜的，冬天就吃菜干和笋干，当然还有腊肉。这里夏天避暑，穿行竹林，俯瞰峡谷，仰望华顶，蝉鸣蛙声伴奏，尤其惬意。到了冬天，则可以围炉闲话，竹林赏雪。村里人在房间地中央挖出一个坑，周围用砖石砌好，是谓火塘，可叠柴架火取暖烹茶，围坐闲话。外湖村的雾凇雪林风景特好，眺望华顶，尤其圣洁超然，明净纯粹。许多毛竹都结了冰，弯着腰，宛如作揖鞠躬。但是一起风，毛竹一扭身，竹节就爆裂了，农户的损失也大了，唯一的办法就得用钩刀将竹梢钩掉。

外湖村的得名，说是村前面原来是滥水湖、沼泽地，现在已经改为良田了。胡姓宗谱上说，外湖村民祖上是乾隆年间从宁海双峰榧坑迁过来的，他与华顶永庆寺的一个方丈是好友，他们经常一起下棋作诗。他说，天台华顶好，我真的想住过来，方丈就指着华顶对面水牛耸背一样的山脊说，那里有个小盆地，气候温和，适合居住，早年有一座寺院，不过被火烧掉了，住人正好。于是胡姓就这里居住了下来。鉴于宁海有上胡中胡下胡，这里的胡姓孤零零地居住在天台，叫作外胡，后来写成了外湖。在村中，我查到《台宁胡姓宗谱》五卷，胡晓东主修，胡朝祥编纂，1935年木活字本。一查谱，原来胡朝祥是我的祖上，顿时激发出自豪感。外湖村虽在高寒之地，却有众山环护，得其福庇，甚为难得。虽在偏僻一隅，却少天灾人祸，平安清闲，不妨逸乐。

据村里人说，这里在乾隆年间出了个六县巡查，名叫胡某梁的，在饭桌上喝醉了酒，与上司王文柱开玩笑，我的梁比你的柱高，我的梁会挂到你的柱上。王文柱表面上嘻嘻哈哈，内心里暗地算计他，后来找了一个机会举报他，最后胡某梁被杀了头，一言成谶，梁真的挂在柱上。万事不能得意，要谦虚，要慎行，话多必失，尤其在餐桌上更注意。村里人说来有趣，但我很不乐意。

外湖村原来有小店，店主来自城里，名叫王发成。他是个标准的文化人，写得一手好毛笔字，我小时候，总是看见他写字看书，弹凤凰琴。他老伴小巧玲珑，心直口快，对我们讲了很多关于济公的故事。我与他儿子王华生是同学，他给我看许多连环画，以及《地理知识》《科学实验》等刊物，还有民国版章衣萍等人的小说，这些书是民国时期文明巷的一个书屋流出来的。老王去世后，王华生和他母亲一起把这个小店守到 1988 年左右，然后回城里。王华生曾给我一本《文溪唱和集》，是民国时期平桥张高崒等诗人的酬唱结集，是石印的，但我离开老家多年，书也被弄丢了。

王华生他们住在村集体屋里，墙壁是竹条编的，早先集体屋是一溜双层楼房，"文革"时，楼上住着的朱封鳌老师和他的爱人毛老师，我六岁的时候，抓住窗格看他教学生画桐坑溪水库和韶山，村里墙上不少的标语都是他的手迹：一不怕苦，二不怕死；加强工农联盟……。然后是欢岙来的王敬林老师。村里给学校分了一些土地，每周六组织劳动。村里一有红白喜事，都邀请他们参加。新媳妇出嫁之后，也给他们分送糖果红鸡蛋伴手羹。朱封鳌在二十岁出头时就是一个作家，因为吴晗所约，与黄振玉、徐曾渭等写了一本《明清故事选》，1958 年由上海文化出版社出版，因为这个原因，他下放到外湖村接受再教育。朱老师离开外湖村后，调到八寮村和龙皇堂教书，不久即调台州地区文联，编辑《括苍》（该杂志后来改为我参编的《台州文学》），后来

外湖村

岩头厂村

担任天台县志的总纂，撰写许多天台山佛学和其他文史著作。他说外湖村是他人生的转折点，在那个时候，他开始研究佛学。

20世纪70年代外湖村扩建了学校，增加两旁的厢房和前面的礼堂，组成一个四合院。不久，外湖村搞华峰社办林场，建杉木林基地，成了全县的先进，每个村都派代表学习，整整热闹了一个月，每天晚上放电影，高音喇叭整天唱样板戏。80年代初，村里组织了一个剧团，演出剧目有《双金花》《血战北狼关》《三看御妹》和《金玉奴》等，自娱自乐，不幸的是到了20世纪90年代末，学校被火烧了。是因为老师插上电炒锅想烧菜，但突然断电了，他忘了拔插头就出去串门了，结果电来了着火，连打119都来不及，学校和那些戏装行头如青烟一般飞到天上去。小学校烧掉后，许多单位都来捐款，造了所新集体屋。但学校还是被撤掉了。外湖村的孩子转到外地去读，结果，孩子也很努力，有许多考上大学，找到了很好的工作。外湖村是附近大学生考得最多的村，不少人走出去，都有大小不一的建树。

外胡村村周原来有许多新开辟的稻田和菜地，给种了许多树。满山遍野都是连绵不断的篱笆墙，问及邻舍，说一来这里野猪多，今天种下去，晚上就给翻了个底朝天。二来，这里的猎枪全被收缴了，据说主要是为了保护野生动物。村里养了许多骡子，用来驮运，每头骡子价格不菲。

前几年，我们引进了《天时》纪录片项目，让拍摄团队住在我二哥的家里。

外湖的前山下面是沙田湾村，几年前整村移民了，现在有公路修过去，在打造药材基地。它原先属于毛竹蓬管的，以前村民的孩子都在外湖读书的，包括岩头厂村。岩头厂村在外湖村北，有十几户人家，都姓卢。村庄建在溪边的岩石上，以前都是茅篷建筑，故名。现在看到的石头房子，基本上是 20 世纪 50 年代到 80 年代的建筑。岩头厂的外面，是崖壁瀑布，下去就是外湖村的田地。

从岩头厂的东边山路走过去，翻下坡，就到了东峰村。外湖村有公路修到那里。

东峰村也是山顶上的小盆地，东边也叫寒风阙，东风特大，所以也叫东风，出去就是下深坑岭，面对浙东大峡谷。过去因为与宁海毫无遮拦，收到的手机信号是宁海的，电视节目也是宁波的。打手机要漫游，只好跑过靠近外湖村的山冈打。东峰村十几户人家，经济条件很不错，房屋建筑在周边是最好的。下深坑岭头，可以将对岸宁海逐步村的门窗都看得一清二楚。但要从走到谷底，从对面翻上来，起码要走上一天，一眼望去，都是连绵的毛竹林。

在这里分道，南边可以去野猪坪和华峰林场到王爱山，北边经过横路村可以去上深坑。这里是浙东大峡谷的腹地，山高皇帝远，人为干扰少，自 1928 年起，共产党把这里当作首选的革命根据地。在外胡村后的天灯盏塘，召开了天台第一个党组北区党组的成立大会。当时参加的就有外胡的胡乌皮、胡选形和周小花等人，桐柏暴动伊始，一支人马从这里出发，经华顶，与蓝田村的另一支汇合，起义失败后，不料让当地地主告密，被国民党军队包围在华顶药师庵中，部分突围人员在外湖村解散，转向地下。

为了筹集起义资金，红军采取"请财神"的方式，勒令逐步村地主交出浮财，遭到拒绝，决定火烧地主庄园。红军战士每天晚上派人马举着火把，在东峰至望海尖的路上呐喊招摇。峡谷毫无遮拦，地主家看得一清二楚，他们睁着眼守了好

东峰村

几个晚上，见没有人过来，以为是吓唬吓唬的，就放松了警惕，没想到红军战士从下深坑的谷底包抄过去，出其不意攻其不备，地主家措手不及被烧了个稀巴烂。后来地主带着"国军"反扑过来，包围了外湖村，一阵乱砍，现在外湖村的那老屋的柱子上，还见到当年大刀砍过的痕迹。

大 同 秘 境

天台大同的公路经过外湖村前山，沿着公路走，岩头厂村过去，十几里不见村庄，经绿葱岂华顶林场分部，只能到大同岭脚才见到村庄。若从东峰村北行下岭就到上深坑，需走过一座上了年份的石拱桥，到溪对岸，几间石屋，风貌非常古朴原始，但已经没人居住了，上面还有一个笋厂。笋厂上面就是外湖坦。上深坑有四户人家，两户在对面的半山腰冈上，另有一户在下面溪边。以前这里没有通公路，到外湖村得上岭，肩挑手扛，十分不便，新近实现村村通工程，才有机耕路电力线直接进入。到了出笋的季节，或驴友徒步经过的时候，才热闹一阵子。

自东峰山缺沿岭而下，则为下深坑岭，到谷底，过溪，沿溪北岸行转一个山弯，就到田冈岭村。下深坑岭高五里，上陡下缓，我少年砍柴挖笋时，得从山谷沿岭负重而上，气喘吁吁，汗流浃背，尤其劳累，但无可回避。但因为古道经过田冈岭村，这里也成为行旅歇脚的驿站。满谷翠绿的竹林，一条清澈的山溪，几片垒砌的田地，一座端坐竹林中的石屋山居。炊烟在三合院石头瓦屋上云朵一样升起，村庄宁静安详犹如世外桃源，和美极了。

我在网上发布田冈岭小小的村景照片，引起了大家的兴趣，都想到田冈岭村走走，品尝山间的美味，欣赏山村的风景。田冈岭村的凹字形瓦屋如同元宝，坐北朝南，虽在深谷，阳光充和。其前竹林之上山峰，为望海尖，天台宁海的交界。西边是野猪坪，则是一个管山的窝棚。竹林如舞，一片清幽，山溪淙淙，有竹笕引泉水至厨房，甚为清冽甘甜。同行叹道：此山村原汁原味，名副其实也。

田冈岭村农舍，大石砌墙，上下两层，保存完好，并无破败。廊下锄头铁耙风车扁担，蓑衣箬帽蓬篮畚箕，一概齐全。主人截来一段竹梢，留枝杈稍许，系在檐下即成倒钩，挂些咸肉玉米丝瓜葫芦之类，或取竹竿制作三脚架，一头插在石墙孔中，即可晾衣晒菜，或烘焙笋干。屋后有竹棚一二，存有煮笋锅灶"淘蒸"，皆就地取材。老屋廊下放着几个蜂桶，居然有蜜蜂嗡嗡绕着8字，在四周密林里采蜜而来。厨房大老虎灶里正在烧土菜。主人早已经烧好山泉，随手在屋后采几把"六月雪"，往水里一泡，颇为清凉解渴。然后，诸友就着咸菜、咸笋、干腊肉喝粥聊天，尽情轻松，兴致盎然，大家坐在天井前，说起山间风物，兴致盎然。

1948 年 12 月，中共浙东临委成立浙东游击队后方医院，先是设立在下深坑，因为这里是天封通逐步村古道经过的地方，容易走漏消息，后方医院就搬到田冈岭后面的竹林里。

当地村民在搭建窝棚时，把周围毛竹梢拉在一块，扎缚成屋架，上面再加上草帘，隐蔽性特强。窝棚一共搭建了三所，一楼位置最高，用作烧开水做饭菜的厨房；二楼居中，是重伤员与护理人员居住；三楼位置最低，是药房及其他工作人员宿舍。

后方医院所用器具都是山中毛竹所做的。为保证后方医院安全，武工队在长坑口、田冈岭、横路冈头、下深坑岂头等处放上游动哨；又从后勤处拿来了十八支步枪，在外湖组建民兵队伍。同时，在田冈岭村开设兵工厂，制造弹药修火枪，田岗岭周边的村民也协助做饭，抬送伤员。后方医院的院长名叫吴经，出生于河北，毕业于上海医学院，后改名吴秀珍、吴合，年轻漂亮。她照顾伤病员，没有止痛片，就给伤员按摩穴位止痛。当时药品器材非常缺乏，吴合他们自己上山采药，用竹片做镊子，放在饭锅蒸煮消毒，还用泥钵头煨到炉膛炭火中，用以保温，用竹筒做卧便器。在山溪中，清洗血衣绑带和纱布，有时，吴合让学生童曼林在自己身上练习

上深坑村

田冈岭

大同秘境

下深坑村

换药，义务为山民看病，把所采中草药送给田冈岭和附近村民使用，看到村姑不胜寒冷，将毛衣送给她们穿。在这后方医院里，他与同事、身强力壮的随军医生朱一民产生了爱情，两个人结为伉俪。1949年5月天台城解放，后方医院搬往临海城关，田冈岭村民掏了粉甑底糊起饺饼筒为吴合他们饯行。

吴合离开后方医院之后，1954年转至陕西省友谊医院，1979年光荣离休，后又返聘，继续工作了三十多年，2019年7月26日去世，享年95岁。她的愿望，就是到下深坑田冈岭和后方医院看看曾经工作过的地方，去年冬天吴合的孩子朱建军和妻子一起来到这里，我与镇里的一些工作人员，以及新四军研究会的奚援朝等人陪同，拍摄了很多照片。

去年，我在田冈岭村感受到山谷中的大雨。山云骤然聚集，逐渐浓厚，少顷，雷声轰隆，雨大如豆，一阵宣泄，噼噼啪啪，如万马奔驰敲打瓦脊。雨水沿屋檐飞泻，如同瀑布，四山灰蒙蒙一片，朦胧中竹子狂舞，慷慨激昂。大雨下了半个小时，天渐渐清明，对面山峰如洗，更见苍翠欲滴。渐渐地，山谷中起了丝丝缕缕的云，成群成队，遇山脊悬崖，轰然腾起。此时此刻，张家大哥为我唱乱弹戏，打太极拳。主人挽留我们一家三口住宿，坐在竹椅之上，看对山一明一暗，一黄一绿。太阳下山，望海尖上空一尘不染，渐渐明亮。不一会月亮升了上来，团圞如镜，尤其明亮。就着月光喝酒，品味山中美食，张家三哥把刚才的事情写成了诗，尤其贴景合情。

山里小屋真清闲，绿色秀丽四面环。
谷中灵气飘如纱，令人流连忘往返。
哗哗雨声惊梦醒，呼呼狂风飘帘襟。

夏凉浑身淹睡意，何处传来吟诗音。

张家有六个兄弟，都在外边生活，各有自己的事业。家里就大姐住着，但每当出笋季节清明之时，他们都要回来挖笋，笋山是祖上的基业，还有一个，就是对故去亲人的怀念。他们说，老了，还是要回田冈岭村来的。

田冈岭村为浙东大峡谷最深腹地，许多驴友徒步而来，幸好此处可以歇脚。他们带来帐篷，或住在家。要是能修一条路就好了，这条路大概八里长，能接通上深坑和后方医院遗址，经田冈岭至下深坑，可形成浙东大峡谷山村风情旅游环线，大大开发山地自然文化乡土旅游资源，并将红色革命传统教育融合在一起，将田冈岭与周边景点有机联结，连缀峡谷独特的自然人文自然景观。原始自然、质朴纯粹的深山风貌，加上周边村落、后方医院遗址等等，成为浙东大峡谷的精华所在，同时也能大大繁荣林农经济。此路沿线有两万多亩的竹木山林，大同五村的林农产品如木材竹笋的运输，不再绕道绿葱岙，能大幅度节省生产运输费用和成本，变得更为便捷，希望引起有关部门重视，将此路立项修通，田冈岭村再也不是养在深闺人未识的"秘境"了。

现在下深坑到田冈岭的公路修通了，尽管公路仅仅是个路坯，尚未硬化，但人们可以开车到田岗岭了。如果把这条路与上深坑修通，运输旅游行走更加方便了。

我到下深坑村，看到四五个人，石屋非常原始，房屋很旧但很有特色。村里人问我，要不要把房子翻倒重建成水泥结构的房子，我说不必，只要把烂了的桁梁和椽换一下，盖上洋瓦就行了，因为洋瓦比土瓦经久耐用，一盖上至少就不会漏雨了，在路上行走看不出来，何况，土瓦现在也很少烧制了，很难找到。至于砖墙倾斜了，可重新垒砌，石头砌的只要不歪就行，把漏风的缝封上，破损的板壁换上好木板的，加固一下就可以了。修旧如旧，以后来的人多了，可以让画家作画，甚至拍摄影视片，何况这里是革命老区，石头房子也让人们感受更为真切自然。

艳阳高照，下深坑的村落在逆光里愈加凝重。现在这里与东峰、上深坑、田冈岭村一样，已经列为红色革命老区，村中建立了一座后方医院的纪念馆，陈列了当年的红军制服、土枪，以及药罐等物件，还有一些当年后方医院的老照片。村口建了专题文化墙，树立了雕塑，人们听了后方医院的细致讲解，深深感动。

下深坑与溪椤树脚村一样，没多少田地。麻珠潭村也是。

麻珠潭峡谷很深，地势最低，现在已经是一个旅游热点。本村人俞秀永，创办"天睿户外"，经常举办徒步活动，在村里开张民宿，天睿驿站所在，就是他祖上留下的两层凹字形木屋，经过修整可以居住，也可以吃饭，这里也成

麻珠潭村

上王马村

了很好的夏日野外露营活动基地。村边的空地上，可以扎十五个帐篷，人们直接把帐篷扎到溪边晒笋干的竹架子上，下面就是潺潺的流水，通风而凉快。游客众多，甚至外国人也过来了。白天的时候，游客也可以到溪中戏水，当然潭里是不能去的，安全第一。戏水游玩的人到处都是，非常热闹。

我们徒步的时候，道路上居然堵车，帐篷搭得到处都是。没想到几十年前，这里与外界完全断绝，真的是世外桃源！正是三十年河东，三十年河西，时代一翻转，山村的前途就不一样，现在村里每户人家开起了农家乐。

在麻珠潭到逐步的公路正在修造中，对面来自逐步村的公路已经修到不远的地方，只要架上一座桥，两边道路就接通了。

我们曾从上王马村下来，直接到麻珠潭去，上王马村的邱康钱是五村的书记。他说，这五村的范围涵盖了整个峡谷，大大小小有十八个村，四十里的方圆，走遍村庄要好几天，上王马、王木坑、筲箕湾、大屋背、董家坑，每个村一两户三四户七八户不等，很分散，它们坐落山腰，眼界很开阔。

一路兴奋不已，忙于讲话错过了路口，于是就将错就错，直接开了过去，我们经过竹园坪村，石屋在公路山坡下，山坡上很开阔，但没有人，继续前进到箸箕弯村，房屋在公路上，沿着石阶路走上去，家家铁将军把门。村东边小院子里，有人声响动，推门而入，原来有人在做蜂桶，他们还养蜂，峡谷里蜜源丰富，随便拿个蜂桶往山冈上一放，只要管理得法，就有收入，这是竹笋之外的又一得益。

我们看见上面有一所大房子，原来是集体屋，上面写着的农业学大寨标语依旧新鲜，但走上去空空如也，最上面的那户人家，屋前堆着木柴，用绳子拦着，也没有人居住，门上的锁几乎生锈了，但瓦檐下，搁着一长溜的篮子，肯定是挖笋用的。估计笋出的时候，主人会在这里待一阵子的。站在这里往南看，对面连绵的竹山，是野猪坪，往东走是打杀人湾、冻杀人、猢狲岩横、蛤蟆湾，一连串吓人的地名，再往东看，就是望海尖。

我们箸箕湾上去，穿过一个山口，路分两支，一支朝上，就是大屋背，村里有人在破竹，我想到大屋背冈头去看看。大屋背冈头没几户人家，所居徐氏据说是从天台城里坡塘迁入的，大屋背冈头的就是他的后裔。当时我想看看峡谷的全景，没看到，只好与卢益民在山坡上吹了一通箫，唱了一首《北国之春》。大屋背村边前面就是陡坡，境界开阔，与对面的银板坑两两相望。因为是上午，银板坑村在逆光中依然黝黑。我拍了几张村庄照片，在岔路上往下，就到了董家坑。

董家坑在一个小山峁里，幽深，寂静。我的同学周先岳来自这个村。周先岳是大峡谷最早考上大学的，当过教师，现在在天台乌药集团公司当老总，我到村口的时候，看见一位老人在地里种菜。他说，周先岳的老母亲就在山泉对面的排屋子里，在山上挖笋，等会就过来的。不一会她回来了。八十岁了，依旧强健清朗。我们就在她家做饭。问起这个村的来历，说也有几百年了。谱载周姓祖上应笃公（1742～1816）娶天台翟氏为妻，居此已经八世。

从周先岳老屋东边走出去，就是一座土老庙，供奉的是不知姓名的相公。庙前有一棵老香榧树，树枝被修了，没有结果。村庄保护得很完整，没有透顶的房屋。周先岳

董家坑（周先岳 摄）

家上面的老屋住着一个老太太，是周先岳的婶婶，精神特好，她的孩子都在杭州，曾把她带到杭州生活，她住了一段时间又回来了，屋前的高坎上她用竹木搭了晒笋干的架子，一些野外驴友过来，就在这上面搭帐篷，她邀请大家住在房屋里面。被那些驴友婉言谢绝了，她很过意不去。

董家坑的房屋在溪坑的两岸。水源丰富，整洁干净，尤其静美。

这次我与山西大同的朋友老尚夫妇，另有徐淑娇、范卫红等一起来。老尚他说他们那里没有树，全是岩石，看到这里的峡谷村庄也叫大同，觉得好像回老家一样，我说这里不出煤，出竹木，他说，这个美丽啊，是神仙住的地方。峡谷里的人都认识我，客气地邀我吃饭，他很羡慕。他看见墙上农业学大寨的标语，很骄傲地说，你们浙江在向我们山西学习呢，我说，我们现在不学了，村里人都开店办厂当老板了，山西人向浙江人学习。大家都笑了。

董家坑村有小路通逐步村。逐步村是几百户大村，但孤零零地坐落半山腰上，离谷底很远，也是宁海县边界了。逐步村距银板坑村五里，银板坑是天台最边远的村庄，村前全是悬崖绝壁，以前仅是一条崎岖小道相通，公路也通了没几年，可以开到逐步村去。

在逐步村到银板坑的路上，遇到两辆车在装载毛竹。走进一看，发现装载毛竹的人，名叫余方林。他、余方炉和我姐夫余方水住在银板坑东边的一溜长排屋里。现在这条新公路也是 2000 年后建造的，当时的县委书记娄依兴沿着原来的古道徒步到银板坑村，当场从自己的腰包里拿出两万元钱，让银板坑人先修路，然后又从各单位筹集资金，让银板坑村民修路有了保障。这是最险的绝壁公路，经过各方努力，与逐步村接通了。

余方林说，县委书记娄依兴批准修这条公路起，村里首先承包给人家修，用挖路机开挖，因为是花岗岩，打不进去，与田冈岭的那条路一样，难度很大，结果承包人觉得赚不了钱，就丢下半拉子工程走了。余方林与一位大屋背村民一起报名学习爆破技术，组织村民，硬是在花冈岩峭壁上挖出一条路来。这条路修了整整七年，其中辛苦可想而知。

银板坑村口有一棵高大的榧树，村庄有几棵大松树，也颇有一些年头。诸多石头屋也分布在溪坑的两岸，有点像董家坑，但比董家坑更加陡峭。石头房子犹如楼梯一样一层一层地抬升，后面家的地板与前面家的屋顶相平，站在村后观看，那层层铺陈的屋顶，升起袅袅的炊烟，与峡谷中的云海相接，也是富有诗画意境的。来画画的人不多，驴友络绎不绝。这是浙江十大经典徒步线路中必经的村庄。

在石阶道上往上行走，我遇到了姐夫余方水的母亲，九十多岁了，不在宁海城里生活，喜欢这里的清新环境，生活能自理。她的邻居，是一位九十岁左右视力不佳的老太太，是同学余方炉的母亲，她摸索着自己做饭，两个老太太相互帮衬。有空就坐在檐下晒太阳聊天。他们听说我来了，热情地招呼我，说她们手脚不灵，眼睛不好，你们自己烧饭。我说，时间不早，我还得去龙皇堂去。

银板坑村原是新昌县飞地。飞地也叫插花地，主要是买卖、赠与、陪嫁、械斗赔偿等造成的。银板坑在天台的管辖地带，所有权却属于新昌的，为了方便管理，于1949年8月划归天台县。听村民说，银板坑村民的祖上来自安徽潜山县，却是南京逃难过来的，立村两百年左右，现在子孙延续到了第十代，民间传说，银板坑村民是太平天国将士的后代，太平军南京兵败，也曾经到天台来过，最后星散，躲进深山冷岙求生，情理上也是说得通的，过去村里人说的是南京话，对天台人说的是天台话，对宁海人说的是宁海话，对新昌人说的是新昌话，一个小山村有四种方言，倒是很特别。

现在银板坑和下庄、中央董组合成中三村。我与朋友许尚相一起，从银板坑过来，

银板坑村

往北边而行，银板坑峡谷之中，溪流被截断，建造了一座水库，用来发电，叫作老鹰岩水库，在公路上看下去，竹林绝壁，青山绿水，宁静安详，在上游两溪水交汇之处，就是分香庙，供奉的是乡主大帝。乡主大帝是太平乡的保护神，这庙宇也是保境庙，是从欢岙的乡主殿分过来的。庙里的碑文说它在宋代就有了，比大同寺晚一些时间，这是一座四合院式的古庙，前面是戏台，后面是主殿，清末时大修过，在新中国成立前也是地方官府在大同的派驻点。

我与《天时》纪录片拍摄团队一起，在庙里拍摄了一次法事，我不把它当作宗教或者迷信，而是把它当成一种民俗文化来研究的。出资做法事的和法师是在宁海来的。他们举着大毛竹来，竹枝条上缠着许多糖果糕点，还有许多糯米粉做的佛手。做法事拜的是我熟悉《天机焰口》和《瑜伽焰口》《玉皇忏》《北斗忏》。他们在念道经的时候穿着道袍，念佛经的时候换上袈裟，戴上毗卢帽，很快完成角色的转换。焰口的文辞甚为精美，丰子恺就专门写文章欣赏过，在焰口的腔调和词语中，我听到了一个词，沙里瓦。沙里瓦，在许镜清所作《西游记》插曲《天竺少女》中听到过。另外还听到了一个熟悉的曲调，像是《无锡景》，很神秘。法事做了整整一天，我们也跟着拍摄了整整一天，完毕，法师们开车回宁海城里，出资做法事的，也举着缠满糖果糕点佛手的毛竹，走过庙前的那座石拱桥。

分香庙的北边就是下庄村，下午三四点钟的时候，阳光把村庄照得通亮，而溪水淹没在阴影里，溪流是在村西自北向南流淌的，绕过一座双孔的石桥，村口有棵大苦槠树，记得路外有几棵老香榧树，也找到了，却被竹林围绕着。这村庄石头屋，是溪中的乱石砌成的，非常耐看，但适合做文化礼堂的人物和传说素材不多，我们直奔中央董而去。

下庄村

中央董位于下庄的对面，也就是溪水的溪边，这条溪现在看起来很温和，也很宽阔，台风雨来的时候，就像脱缰的野马似的，把两旁的田地和房屋淹没卷走，同时山体上也会大面积滑坡，这近百户人口的村庄，在洪水和滑坡的夹缝中生存了近千年。

目光所及，村后一棵大树。据说最早的房舍是姓董

的人居住的，村庄夹在下庄上
庄之间，故名中央董。中央董
前面的溪坑叫龙潭坑，后面叫
大月山，西边的叫西月坑，通
往新昌，也是交通要道。西月
坑穿过中央董的中央，经过两
座石拱桥，在第二座石桥的北
边，原来是陈氏宗祠，现在成
了文化礼堂。戏台是民国时修
过的，桥两边的民居整齐，南
边较新，北边显老，有许多是
民国的建筑。在一座四合院，
看见两个老太太站在门前，一
位老太太把另一位老太太手指
中的刺挑出来，两个人都龇牙
咧嘴的，很和谐，很温暖。

中央董

　　小溪流的汇合处，有一
块大田，原来是造纸厂的旧址，
中央董的村民把纸张挑出去之
后，又在那边把生石灰岩挑回
来，生石灰岩是沤竹子的材料，
用稻草等捆紧，它们最怕淋雨，
尤其是夏天，一忽儿雷阵雨，
则是一种折磨。万一石灰和纸
张被淋了就化了，他们情愿赤

上庄村

膊也要把它护住，造纸厂在一直做到80年代，后来被溪水冲走了，再也没有恢
复过来。许尚相的母亲在这里干过，她说她把纸烘干五百张为一令，包装好堆叠
起来，等待挑夫挑出去。

　　中央董的公路边外边，有一间两层的木结构石墙屋，原来是供销社，现在空
在那里。附近有一棵大树，在夕阳下，影影绰绰。在溪对面拍摄照片，光线韵味
特别，境界很开远。

　　在公路上再过去，就是上庄。村庄的门窗上面是拱形的，有点民国上海情味，
从上庄往北行走，跨过溪流，就到溪东的培山村。这是山中最干净的村庄，在村

里行走，石子路上和门窗透光明亮，天井房间地面都清扫得不着一丝尘痕，即使是檐下的柴垛，也叠得整齐，与花格门窗，与青山绿水，与幽静的阳光形成一个美丽的对应。

培山村文化礼堂的门楣，写着"大同世界"这四个字，眼睛一亮。大同寺虽然破败不堪，但大同境界实实在在地明亮着。门楼上有福禄寿三星形象，也看到一副对联：诗花种竹绕笙趣；鼓腹歌豳乐太平。自然充满着幸福快乐的典雅情调。种着诗歌的花竹，将其制作笙箫；鼓腹，拍着肚皮当鼓，打着节奏。歌豳即歌唱山间小调，乐享太平。在这个偏僻山村，看到出典于诗经的豳风，猛打一个激灵，豳风是诗经十五国风之一，共有诗七篇，多描写农家生活与辛勤力作的情景，是我国最早的田园诗。在这里，我把豳风当成了山歌。

培山村现在改名叫培新村了，与新昌近在咫尺，翻过一条岭就是平路，它的地势与天台县城几乎持平。在过去，是富庶的村落，它是20世纪70年代通的车。村里人自己买了车自己经营，现在下午城里班车进去，在培山住上一宿，次日早上出来。我读高中时，北山其他村落连手扶拖拉机还是奢望的时候，培山村就有许多解放牌汽车运竹木了，村民赚得盆溢钵满。这里成为名闻遐迩的小上海，经济相当繁荣。

在文化礼堂中，我遇到了当了十多年村书记的胡辅强。他带我看农耕陈列室里，见到许多日常用品和农具，提篮、箱子、酒壶、烘篮、箩筐、畚箕等，都是毛竹制作的。他泡了山间特产黄精茶给我，所泡茶的是黄精的花朵。他说，村里住着胡、丁、孙、徐、任五姓，胡姓祖上明末辛酉年间徙居于此，清代时，有个胡登锴的，得中秀才，在当年建造了二十四间走马楼，成为上道地（也称蠡第，有旗杆的大院子，亦即四合院），还有一个叫胡本初的人，建造了培山到上庄村的石拱桥一座，民国21年（1932），村民胡才根担任大同乡乡长，村中丁氏始祖是清代顺治年间来此居

培山村

培山村

住。任孙两姓也是清初来此居住的，分香庙是清代本村孙姓祖上建造的。现在五姓相处和谐，同奔小康，大力打造农家乐园。

从培山到下洋村，要走一段回头路。下洋村所居的地域，是大同溪水冲积而成的垟畈，村民祖上六百年前从在天台城关水碓头迁此。村庄在溪北面，以大同至分香庙的东西走向古道为界，下面是已经规划好的房屋，整齐罗列，路上是原本错落依山而建的石屋，古朴典雅。网名叫"韵雅"的朋友把古道之上的石头屋改建成一家民宿，站在门口，看村庄全景，开阔、舒畅，草木纷披，自有畅快情调。

我的同学裘尚宝家在古道下的石屋，边上有一个方形的水池，夏日炎热，这水池依然清凉。水渠在老屋下面流淌，经过每户人家的门前，人们一跨出门口，就可以洗衣洗菜，濯足清流。这种村落的设计，我在下庄、上庄和培山就见到许多。

因为大同村庄比较富庶，天台新昌城里，还有欢忝华峰的，外地甚至上海、杭州大城市的女子，都乐意下嫁这里。她们说，大同有竹笋吃，有竹木卖，有草药采，有毛芋、番薯、青菜、萝卜，有稻米，这里没有战争饥荒，日子过得很平安。因为有诸多城市女子融入，自然带来了文明的思维，比如，清洁、典雅、卫生。

大同村里的许多村落都很干净。尽管大同山里地处深山偏僻之地，与华峰石桥诸多的峡谷村庄一样，但学习读书蔚然成风，许多农家子弟，读书努力刻苦，

下洋村

上大学，改变命运，有些是清华北大高才生，进入北上广，在国家级单位和大企业工作，成为新时代城市建设的中坚力量。

大同溪自西向东流，又名清水溪。下洋村西有大同片的旧址，现在好像沉寂下来了，这里有双溪合流，沿着支流北行，就是小直溪。村庄居住的是柯姓，清雍正九年（1731），由仙居迁天台青山龟山，转徙大同，分布于枧七棚、小直溪、石门槛等村。小直溪村外山段有面积三千多亩的竹林和生态林，七十亩田地，每年竹木砍伐量达一百万公斤，却受到大同溪的阻隔，大家上山下田都要涉水，非常不便，后来村民建造一座民生桥，现在桥也通了。先过小直溪，再到葛石研，继续上行至大道地村，这条路是非常很难走的。我准备去大道地村，但路被洪水冲毁，只好作罢。

大同寺的西边是象下村。象下村村庄有上百户烟灶，村后山形似白象，村居下方，故名。大同溪在中间穿过，村中有一座永福桥，形制为他方所无，桥拱是马蹄形的，建造于晚清年间，这里毛竹多，也以造纸维持生计，当年这座桥是一座木桥，有一天天晚了，新昌的一个纸老板让人挑着纸担，自己提着风灯过桥，到了桥中间，一阵山风过来，把灯吹灭了，他们差点掉到桥下，只得摸黑过桥。于是他发心建造一座石拱桥，光绪廿三年（1897），这座桥动工，廿四年（1898）秋天建成。这座双孔马蹄形的拱桥，现在当了公路桥，依然牢固。在桥梁专家夏祖照的眼里，它非常珍贵，填补了天台古桥史的空白。

象下村的文化礼堂文案和展板，是许

尚相设计制作的，他的家在大同溪另一条支流的边上，从背面沿着溪水走进去，转几个弯，就到公路下面的四日坑村。两三户人家，前面栽满了桃树，桃花盛开，村中有个老太太看着我们拍照，感到好奇，说，这破屋没什么好拍的，但我觉得，在明媚的阳光下，这里就像桃花源。

从四日坑过去就是石门卡村，因溪谷之旁有两块石头相夹如关卡，就叫石门卡，又说石头横在路上如门槛，也叫石门槛。许尚相的房子在溪对面的一长溜房子里，他和他的几个弟弟一直在城里打拼，家里只留下一个八十多岁的老母亲自理生活。

我们去的时候，老母亲还在山里挖笋，不一会看见她在山道上下来，蹭蹭蹭的步履结实，许尚相与老母亲做饭，我在村里乱转。他的邻居，一对老夫妇，在屋前整理刚摘下来的野生覆盆子，这种覆盆子到处都是。村里也有不少人在种植。村庄建在溪的两岸，西斜的阳光把村庄的每间房子照得金光透亮。

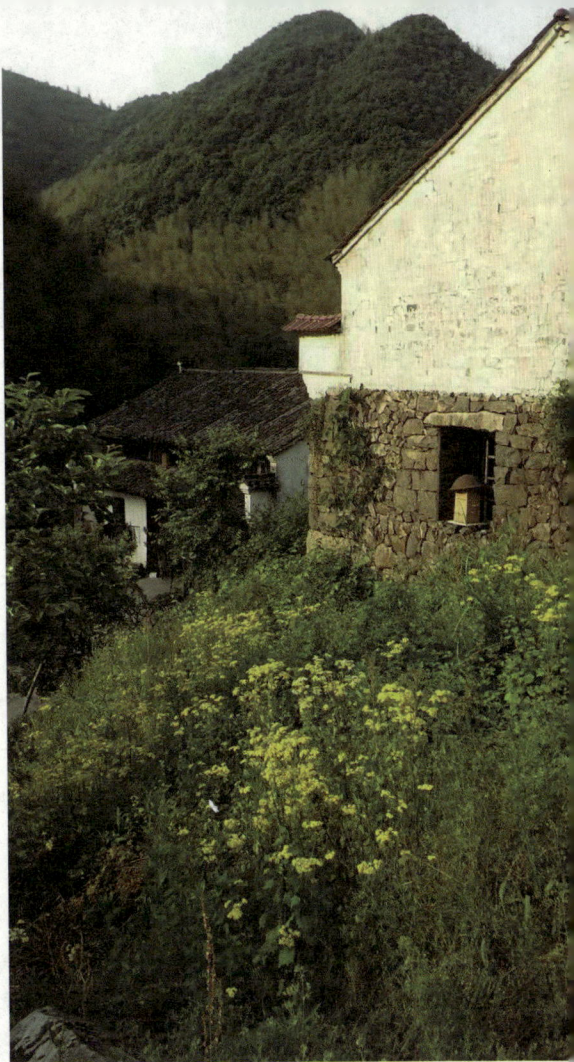

石门卡

老母亲思维清晰。一坐下来就拉呱开了。她说，除了上山外，还念经。她一边念经，一边剪纸，图案是自己想的，龙、荷花、凤凰、菊花，还有福字寿字、吉祥结，她把这些纸花贴在念好的经包上，非常虔诚。在午后的阳光下，她剪了好多给我，说这个吉利。"剪这个，就是祝福你们。在生的，在世的，我祝福，去世了的，到阴间的，我也祝福。我剪的这种纸花，大家都喜欢，贴在经包上，不一样。"我觉得这经包好像关文，纸花好像通行证。

老母亲每天都念经，每年去几次华顶山，先是搭车到大同岭脚，然后上柏树岩岢，到天柱峰庵。那些周围念经朝圣的人，都不约而同地过来。她勤快地下厨，大家叫她好好歇息，她说，我这么高的大同岭都爬过来，帮厨完全可以。许多老人到华顶已经找不到去天柱峰的路，她要求许尚相做几个指路牌插在路口，那么，人家就不迷路走冤枉路了。

我说老母亲年轻的时候很漂亮的，是个满轿媳妇，她说，是的，当时到山里来，就是山里出产多，不会饿肚子。村里有人曾经拜上潘村的乡长为老继爷（继父），老继爷给乡长一件棉褂子，她们给老继爷送去一担山毛芋，因为乡长喜欢吃山毛芋炒猪油饭。为什么要拜老继爷呢，因为大同山村也有一些坏透了的人，强的欺压弱的，大的欺压小的，这样一拜，就给自己壮胆了。

她小的时候，大同的幽深森林里也有山寇出没，到秋天收成的时候，就来抢掠。原来，葡萄湾村上面有一户人家，养了一头品质很好的猪，等过年要杀的时候，那些山寇就来了，把猪杀了，吃了个一干二净，临走的时候，把那家刚生了孩子坐月子躺在床上的媳妇戳死了。那户人家没法，就搬下来了。说到山寇，许多人都胆战心惊。当时官府鼓励山寇下来投诚。果然有个山寇经不起诱惑，下来了，官府请他大鱼大肉，好吃好睡，并且给他钱财奖励，那个人感激涕零。那个人上山后，说服其他的山寇下来投诚。那些山寇信以为真，果然自动投案，但被关起来严刑拷打，官府逼迫他们交代出别的同犯。山匪们受痛不过，只好一一交代，最后还是没有给自己带来好运。他们全部被捆绑起来，押送到分香庙外面的溪滩上，一个个啪啪啪啪地毙了。鲜血一下子染红了溪水。杀鸡儆猴，立竿见影，山寇销声匿迹。

老母亲的精神特好，耳聪目明，能聊出很多的故事，我以后要住在那里，多聊几天。

告别老母亲，我往大水湖方向行走，古道被盘山公路代替，村边，有几个人在砍毛竹，把它们从公路上面溜下来。一问，是四川来的，因为大同村里的毛竹很茂盛，村里没了劳力，只好雇请外地的人来做。几天前，许尚相的老母亲就催

看牛岩

他雇佣了这四个四川人，每天给一千块钱，估计要好几天才能下来，现在竹山雇人砍的价钱等于卖竹的价钱，但不砍不行，不砍掉一些，竹山就要坏掉。这竹山是命根子，必须得保住。

石门卡的峡谷上面，农业学大寨的时候想修一座水库，结果没有修成。转上去，公路外面就是深谷，可以看到逐步村。公路走到山顶上，是一个林场的场部，边上种了许多苦丁茶，管茶山的老先生与许尚

相熟悉，一起喝茶。再上去，就是几口山塘，那是大水湖，上了山冈，就看到新昌的芹塘村，左边过去，与泄上的公路对接了。公路外面插了很多红旗，估计是通车典礼时留下的。

我们原路返回，转到象下村，在溪谷上看是枧七棚村。我在 80 年代，与来自看牛岩的大同文化员胡美凤一起，提着录音机到这个村庄，找到山歌手汪顶妹，她又名山顶妹，在当地很有名气，

石枧村

嗓音很好，她为我唱了许多山歌，其中有《十八撩姐》和《苏妹》这两首爱情叙事歌，我记得《十八撩姐》的第一句是，第一撩姐竹叶青，眉毛弯弯赛观音。这两首歌被编到中国民间文学集成浙江省天台县卷中。

在枧七棚的溪桥上看出去，后山的平岩下村就在层层梯田之上，一片瓦屋之后，是连绵竹林，犹如空中楼阁，很有层次感。在枧七棚村转过一个弯就是葡萄湾，有一户人家，好像做过民宿，但现在空着。再转上去就是看牛岩。天台人说看牛，是牧牛的意思，与牵牛不一样。因为村后边有一块岩石突兀，牧童可以坐在岩石上，能方便地看住牛。岩石后面有一座庙宇，奉的是胡公大帝。胡公叫胡则，字子正，永康芝英一带的人士，他是北宋的一个官员，上奏朝廷，免除了浙江一省的人丁税。因此深得浙江百姓尊敬与崇拜，在永康方岩、仙居的方山和天台街头镇的方山顶上，都有庙宇供奉之。无独有偶，看牛岩的村民姓胡。在深山区姓胡的村庄里，看到一个奉祀胡公大帝的土老庙，我想这是一个特别的因缘。

看牛岩的胡姓与我的胡姓不通谱。我的大姐就出嫁在这个村，我从小就在这里玩，喜欢这里的地垄，不肯回家。几年前，我介绍了新影佳映的纪录片团队在这里拍摄自然人文纪录片《天时》，他们每天起早摸黑跟随看牛岩村的胡紫燕家进行拍摄。胡紫燕的父亲比我少几岁，曾经在外地打工，学过油漆，他的妻子是贵州凯里人。他有两个孩子，在龙皇堂读书，姐姐读高小，弟弟读初中。他自己就在村里种蔬菜瓜果挖笋。纪录片团队觉得他的故事很独特，村庄的石头屋和地垄画面感强，情感也很丰满。

　　导演吴琦说，"他们的山居生活充满令人向往的气息——胡家有着大片的竹林和田地，依靠天时与地理物候便能实现自给自足，悠然自得。"在看牛岩，日子过得平淡无奇，宠辱不惊，但充满诗意，胡紫燕和他的弟弟每星期只能乘坐中巴，或徒步四小时，穿行沿途美景去龙皇堂上学。而他爸爸则挖笋和种菜获取生活的必需。当年他为了寻出路，往往去大城市打工，干油漆匠，并走遍了大江南北，但后来感到生意少了，加之自己年纪大了，还是返回了生他养他的天台山里生活。"娶了一个贵州女子为妻的胡爸爸，最终还是认为天台山的生活最舒服。"吴琦在拍摄间隙到山上挖笋。"半天工夫，挖到的笋，如果贩到城里，价值好几百块钱。我觉得不比在城里打工赚得少嘛！"吴琦说。

　　当我这本书完稿的时候，胡紫燕考上了省重点中学。这本书出版的时候，《天时》纪录片也该剪辑完成播出了。

　　看牛岩的高度与石枧村最高的房子相平，但石枧村的农舍基本上是沿着大同溪两岸建造的。石枧村位于大弯山谷底，距大同寺西南三十公里，村上方的山坑，有段长三十米的河床，光滑顺直，俗称石枧（又称石笕），看牛岩、水上弯属于该行政村。二十世纪七八十年代，这石枧村是有小学的，看牛岩的孩子经常穿过田垄到石枧村读书，回来后在溪水里用竹筒做个漏斗形的小器具，往溪流水口一放，每天都有鱼儿螃蟹进来，它们只能进不能出，束手就擒。我觉得，胡紫燕伯伯叔叔的童年是很愉快的。

　　在过去，大同山里被当成偏僻拗角边远不开化的代名词。其实在大同山里，在过去是富裕的，我们连手拉车都没有的时候，他们有货车客车了，我们连球鞋舍不得穿的时候，他们竟然有皮鞋了。在我读书的时候，我们是番薯加咸菜算计着吃的时候，他们都有零花钱买瓜子火烧饼了。因为经济条件好，许多同学读书不用心，高中没读完就辍学了。当年我很羡慕他们，现在他们却羡慕我。

　　大同一些小村庄，不用政府号召，就自动移民了，比如，岭脚上方的杨雪坑，一个村民都没有，仅仅留着空房子。唯一能让大同鲜活起来的，是旅游，这里山清水秀，没有污染，有苍翠的竹木，有清灵的溪水，有原生态的风情，又给了他们新的机遇，焕发新的生机。

与 仙 为 邻

　　我从大同岭返回，翻过华顶、双溪，就到察岭了。察岭脚的山后，是岭后村，是石梁镇的一个行政村，因地处石梁镇察岭北麓而得名，据村民介绍，岭后村原有平地、香宝瓶（香保坪）、田茶（蛇）湾、碧潭、粉堆等十三个自然村组成，是一个有着长达八百余年悠久历史的古村落，四周群山叠翠，阳光充和，我与周泽兰先生沿着古道走到双溪岙头，再往西，就是粉堆村了。这村庄就在公路的下面，下面都是梯田与地垄。

粉堆这个村名有点怪异，但有个故事很有智慧禅意的。

这里出产乌糯粉，所谓的乌糯，就是挖大叶狼萁（大蕨）的根，洗净加水捣糊沉淀而得，如番薯粉。传说村里有两个人一起上看采挖蕨根，一个人总是挖得很多，另一个人总是坐着敲打着锄头唱山歌，挖得很少，但他无所谓，只是图个高兴。有一天，他只挖了一根，而同伴挖了满满的一担，但连一根也舍不得给他。没想到爱唱山歌的人把这一根蕨根捣烂，沉淀的蕨粉越来越多，堆得到处都是，而挖了满满一担的一点粉也没有。当天夜里，唱山歌的做了一个梦。山神对他说，这次山神庆祝生日，许多神仙都来了，就缺一个唱歌的，恰恰你为我们唱了一天山歌，我们很高兴，就把山上所有的乌糯粉都给你了，当奖励。此后，唱山歌的只要挖一点点，就捣出许多许多的乌糯粉，乌糯粉堆得到处都是，这个村就叫作粉堆了。

这村庄出乌糯外，还产茶叶，品质也相当优秀的。

粉堆村有公路下去，就是长坑，岭后村位于察岭之后而得名，文化礼堂就设在那里，再往北，沿公路行进，溪对面就是田茶湾，也是出茶叶的，那就在山顶上，有公路从平地村往北沿着山脊前进，其下面有岩石甚为奇特。据《天台县志》记载，石梁山溪发源于青柴山南麓。青柴山也叫青蛇山、田茶湾，也被人写成田

粉堆村

平地村

蛇湾，天台方言，茶、柴、蛇音不分彼此。干湾山冈为石梁溪源头，旁有碧潭村，村前山峰似笔倒竖，峰下有一深潭。

平地村居山上比较平坦，三面环山，同样出产茶叶，我的朋友许绪茂是平地村人，曾经创制了一个茶叶品牌，罗汉云蘽，利用石梁瀑布源头的优势，完成相关商标的注册，记得几年前，著名作家邵燕祥到天台，感其地主之诚，为他写一句话，"天台山是文化山，你生在石梁，愿你做天台文化传人"，担任过浙江省长的王家扬为他题字，影响很是不错。

附近的高畈和香宝瓶一带，翠绿的茶山比比皆是。

平地村过去就是大兴坑岭头，大兴坑岭头和脚下的大兴坑均为集云村所辖。这个村庄以前住户不多，旅游业的发展，让周边的人都集中在这里，因为是岔路口，这里农家乐和民宿一个挨着一个，明月农家、山里山外、茶香旅馆、农家风味等等，有很多固定的客源。汤智秋的醉山农家后面有一个规模较大的"遥见"农家乐正在装修之中，"遥见"主人说，打算弄些乡土特色出来。大兴坑岭头公路两边都是农家乐，比肩接踵，游客多了，旅游车也多了，加油站也来了，这里相当热闹，尤其"体彩杯"第五届浙江天台山全国山地自行车爬坡赛和最美厨娘选拔赛及牡丹节的举办，声名鹊起。

从古道下去，沿溪而上，我到了大兴坑村。在诸多的石头屋之中，"映山红"农家乐显得非常醒目。门前的长廊可以喝茶阅读，溪流淙淙，山风拂面，阳光充足。大兴坑村地处火石冈山岙中，清道光年间，章姓祖上从天台城北迁此，期待家业子孙兴旺，故将村边水坑取名大兴坑。这名字是吉祥的。大兴坑往西就上铁船湖，如果从铁船湖北边转下去，就是青顶峰，青顶峰也叫青鼎峰，以前有座青鼎峰庵。这个村庄的历史不长，但是出产的茶叶很有名。

高桥在大兴坑岭头的南边，据说高察教书的时候，许多学生都要经过这条白沙溪，溪面不宽，但溪水很深、很急。每到夏天，山上都要下大雷雨，溪水猛涨，淹没了道路。高察和周围的村民一起，建造了一座小石桥，大家上学走路安全了。尽管这座桥很小很短，也不高，但是这里的高通要道，因为是高察带领大家建造的，所被命名为高桥。现在这高桥被修成公路了，但名字还在，边上的村落与高丘察岭一样，也叫作高桥。高桥村的农家乐也很多，左邻右舍、高桥人家、乡里乡亲、琼祥私房菜等等，也应接不暇，客人络绎不绝，主人热情，客人愉快，尽享山间风味。

高桥就建在白沙溪上，下游就是浪水溪，再出去就是琼台百丈坑。高桥村过去是安基村，现在几乎与高桥村连在一起了。安基原先有个庵堂，庵堂倒塌之后，来自天台县内何方赵的赵姓在基址上建造房屋。安基村的后山像头狮子，狮头扭向北，狮子屁股朝向东。庵堂旧址就在狮子后腿上。白沙溪水往西边流淌，水口边有个庙宇，建在狮子山的前腿上。

据说，村里的一个孩子，往西竹冈方向走，"白日撞""鬼打墙"，迷路了。在路上大哭，哭啊哭啊就睡着了。迷迷糊糊地，觉得有一双大手把他拎起来，放到这水口庙里。第二天一早，村里人发现了，把他接回家里。大家都说，庙里大神显灵了。庙里奉的是白鹤大帝。他名叫赵炳，字公阿，是东汉的著名道士和医学家，东阳（今金华）人，以精湛的医术治病，以神奇的禁术服魔，行济世救人之道，最早被奉为沿海百姓的保护神。

高桥村安基村的前面，就是绿城莲花小镇，正在大兴土木，很快热闹起来，而高桥和安基村后的狮子山，依然不动声色地蜷伏着。

高桥的东边是察岭脚村，村中有几个人很熟悉。他们都是村里种菜的大户。夏天里，每天来出售他们的劳动成果。他们来自龙皇堂周边的村落，比如范文岙，原来是姓范的居住，后来范姓衰败了下去，只留下一座坟。周忠仙老先生是范文岙人，年近九十，他说，范文岙的周氏是西马周氏，是清乾隆五年（1740）从仙居西马迁

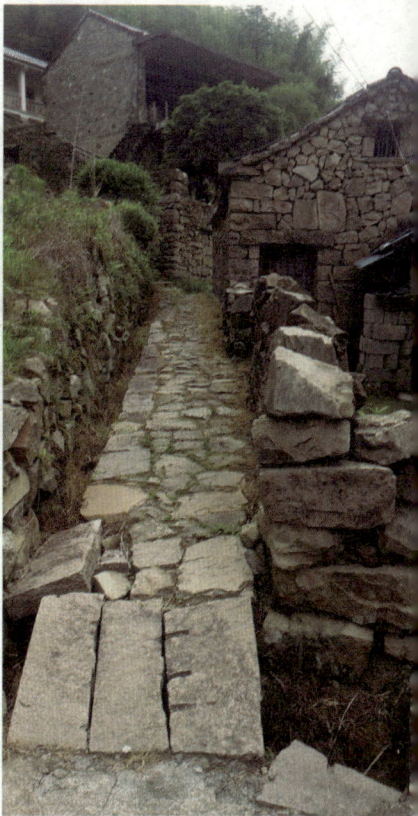

大岃玩村

铁船湖村

过来的。周姓祖上为高明寺管山，因为踏实忠诚，高明寺给了他一片山，让他安居乐业。周姓祖上有位老太，孀居在家，尽管不识字，但与人家打官司，在法庭上为自己辩护，条理清晰，逻辑分明，有理有据，赢了诉讼。

龙皇堂周姓的与范文岙姓周姓祖上是兄弟，有着密切的血缘关系。

范文岙的石头屋很多，与龙皇堂、察岭脚、磨刀湾、西竹一样，显得非常古朴，这里诸多的石头屋，就地取材花岗岩，深有天台山地农家民居特色精神。或石条垒砌，或乱石穿插，久经风雨，皆坚固非常，在竹木田野之间，云彩飞霞之上，给人安宁祥和之境。村前村后都种满蔬菜，洋溢着翠绿的光影。

吴冠中先生游天台山时，对龙皇堂村舍情有独钟，龙皇堂村北边茶山中有一石砌的小屋，被吴先生发现，收入其作品集中，渐被人知。但高桥和东湾等村，石头屋就很难找到了。

从高桥北面的山谷进去，经过浪水溪水库，有一个浪水溪民宿，是来自上海的王琪先生三年多精心设计建造竣工的，他把村里的几所老房子和周边的田地流转过来，改建成一家高端民宿。民宿后面是一片竹山，一条小溪从民宿的东边流淌下来，绕过屋前。民宿的前面是一片稻田，被王琪他们租下来，种上了金黄的稻子，也即将收获。

王琪原来在上海做旅游媒体工作，他希望把民宿打造成为最有情趣雅致的文化胜地，古朴的篱笆石墙，与屋前的池塘相映成趣，室内陈设典雅富有艺术性，是朋友戴君斌设计的。坐在竹椅上，透过木窗格，眺望远村炊烟升起，就着木桌品茶读书，弹奏古琴，休闲时候可听竹风鸟鸣，吟唱诗歌，感受自然山居的温煦和清凉。在夕照和月出的时分，在温馨的灯下静坐禅修，自有一种自由畅快宁和的感觉。最近这里举办了菖蒲文化展，许多诗人画家进行了专题创作。

民宿之前，有溪流，西行几百步，见一座兀立的山岩，溪流在岩石的下面化成许多小瀑布，下游就是幽深的溪谷，这里就是百丈坑的上游，峡谷七八里内外没有人家，只有岩头墩和岩头肚村隔溪相望。通玄寺有两个隐泉，经年不涸，保证了浪水溪长年不断地流淌。

从浪水溪民宿上去，看见村边一对老年夫妇在收割蔬菜，他说，送你几棵带回去吃，我说我还得行走，谢绝了他的美意。公路里边立着一道碑，说这里原来是德韶大师最早建造道场的地方，叫下通玄，所在的位置叫香炉峰，没有当年遗存的建筑了，后来通玄寺移到现址。附近农舍和田磡上的石墙，都是圆溜溜的岩石砌成的，岩石奇大，不知是怎样垒上去的，它们与田中立着的稻草捆和树上的稻草垛和谐地映衬。在山冈上，路分两支，一支往北而上，通到通玄寺；一支往西，通到岩头墩村。

岩头墩村位于通玄峰的南坡，居高临下，面对峡谷的风口，非常高寒。

我向村民询问，岩头墩有没有如墩的岩头，他们说原来是有的，这岩头墩下面可以让众人座谈聚会。岩头墩村是通往桐坑溪古道的必经之路，村民陈姓和张姓，据说陈姓的祖上是在白鹤皇都村那边迁居过来的，最先住在岩头墩巨大的岩石旁边，而张姓的祖上原来是樵夫，在山上砍柴总是遇到风雨，就在岩石下搭建茅屋暂住，后来以巨石为中心，形成了一个村落。

后来岩头墩没了，估计被打掉砌成屋舍了，反正村庄空有其名了。

岩头墩村边有一座土老庙，墙壁是岩石砌成的，名叫兴福庙，是在明末清初建造的。岩头墩与岩头肚大悲山一带的地方，植被不多，山上尽管多奇石，但总是祖露着白沙的质地，水源短缺，水土流失严重，庄稼长势不好，一遇到干旱，几乎绝收，有一年，村里老人向通玄寺求法师禳灾，当夜梦中看到田野庄稼嫩绿，取得了大丰收，大家备了三牲福礼祭祀，把原来的路廊改建成庙宇。据说老人在梦中见到的是天德星君，五间庙宇是1998年重建的，除供奉天德大神、天德娘娘之外，还供奉龙王、财神、土地、判官等。天德星君的寿诞是每年农历三月十七日，周围的农民都过来举行法事，远近闻名，据说与六月初三通玄寺的韦陀菩萨寿诞一样隆重。

岩头墩往西，就是观音洞村，有姓包的村民居住，传说有一贫困人家的小女儿为了照顾病中的双亲，没有出嫁，自己上山采药，学习医术，救治不堪疾病痛苦的百姓，大慈大悲，善名广播，人说是观音再世，后来建造庙宇供奉之。

观音洞是山中的一

高桥村

大兴坑岭头

浪水溪民宿（王琪 供）

个岩洞，能容纳几十人进出。

浪水溪民宿的对山就是奶蒲塘的山冈，绕过村庄，往西边行走，有一条山道直接通到岩头肚村。岩头肚也是山顶的风口之上，峡谷的风云鼓荡而上，村庄首当其冲。据说它的得名，是人家农舍后面的一块岩头，凸出如鼓起的肚皮。不过岩头肚房屋大都建在偏南的山坳上，层层叠加，村东有一道溪流。小学坐落在村庄最下面的水口上。岩头肚的田地不多，现在看起来，整个村很空寂。

我和沱沱从岩头肚前山的小路插过去，沿着山顶漫步，脚下就是浪水溪的深谷，人在空中行走。南转就是一片茶山，在阳光下翠绿可人。贤师冈村伸手可招，但我眼前南坡的田地上，已经长满了一个人高的荒草，道路没了，但看见一位老人在烧灰翻地。我在田埂上翻过去，走到古道之上，往上行走，看见一口水库，水波荡漾，倒映着正午的阳光，波影叠叠，显得深广。有人在悠闲地垂钓。

沿着水库岸边行走，我发现路边蜿蜒着一条完好的水渠。循着水渠往前行走，看见一村民爬在树上摘果子。我问他，这水渠是什么时候建造的。那个村民立即在树上下来，我们就坐着聊开了。他说这水库水渠是 20 世纪 70 年代造的，当时农业学大寨，这里的田地是很多，总是缺水，水利局的一个老师过来踏勘，看见这山坡上面的小平地，就说，这里可以挖个水库出来，把几条小坑的水蓄着，可以灌溉田地。村里按照他的指点，花了一年时间挖出这个水库，还修了水渠。这样原来干旱的朝天田，有水的滋润，种下稻子全成熟了，丰收了，本来这村庄总是缺粮的，现在年年有余了。

这位老师成了村里的救命恩人，每次他到村里来，大家都敬他为上宾。知识毕竟有用啊。

我告别了那位老人，站在水渠上，沱沱沿着田埂行走，山风吹动她的衣衫，飘飘然，如仙女下凡腾云驾雾一般，脚下就是莲花峰和琼台。

贤师冈石头屋依然是古朴的，许多老太太端着饭碗谈笑风生，她们看见我拿着相机，问我哪里来的，我说我是龙皇堂过来的。她们说邀请我们进去吃饭。我谢绝了她们的好意。在村庄各石头房子转了一圈，觉得这村庄很美，真的是云端仙境，每当云起围绕着山冈上的田地村舍，旷人心目。

岩头肚村

因方言谐音，有人把贤师冈写成延思冈，或者延师冈，终究与大师相连的。我站立的村庄是神仙居住的地方，也是大师居住的所在。为什么起个贤师冈的名字呢，我询问村民，他们说，祖上是在安徽迁过来的，当年山冈上有明朝建造的永贤寺（现称安寺基），寺里的和尚很有学问，后人为了纪念他，将建寺的山冈取名贤师冈。大师造福百姓，老百姓要延续他们的智慧思想，大师要云游他乡，村里的人要延请留贤，也是理所当然的。

贤师冈果然出贤师。我认识贤师冈村民汪传魁，当时他

范文吞

在城里创办职业介绍所。2001 年 5 月，他看到一个同村的孩子，初中没读完就辍学了，整日游游荡荡的，也很难学习手艺，最后因盗窃被拘留。他很痛心，走访农民百姓，知道农村许多孩子初中没毕业就出去务工，最后还是技术不过硬，很难发展，更不能安身立业了。作为山地农民，他痛在心里，急在心头。考虑再三，决定搞技术职业培训。他把自己准备买房子的六万元积蓄拿出来，再借贷四万元，租用厂房，创办了天成职业技能培训中心。他通过自学考取在职研究生，获得工商管理硕士学位。后来天成职业技能培训中心发展为天成职业技术学校，他担任董事长兼校长。在他的努力下，天成职业技术学校在学历教育、技术培训和职业介绍、人才引进方面成绩显著。他获得了县、市、省、全国各级荣誉多项，多次受到党和国家领导人的亲切接见。说起来，汪传魁名头响亮，成了名副其实的贤师冈贤师了。

贤师冈

忽然我想起太平村的那个叫作青思岙的村庄，村名比较费解，我想原先也许叫作亲师岙或者请师岙，也会说得通的。因为那里是佛家圣地，这边是道家圣地，自然有大师居住，多多益善。不管他是儒释道，只要对人有益，德高望重，人们永远钦敬他们的。

我们从村庄下面下去，走上一条石阶古道，大概走上半小时，就到那座叫作盼琼的古桥。这桥有两个桥孔，桥面上铺着卵石，在这山溪峡谷中，尤当古老，从这古桥过去，上坡，就去大悲山，山上有大悲寺，是德韶法师建造的道场，附近有猴丁寺，周边许多岩石，像猴子像羔羊。贤师冈峡谷对面就是莲花峰，峰下就是岩下奚村。附近峡谷有刀削斧劈一样的崖壁。据说，莲花峰和贤师冈一带村民娶亲时，花轿抬到盼琼桥，新娘下轿由新郎抱着过桥上岭。这里就是神仙境界，抱着新娘的幸福感，就像步步登仙一样。

我们在古道折返，沿着田埂前进，我的饥肠辘辘地响了，我出来匆忙，没带干粮。我后悔没在村里吃饭，随便给她们几个小钱，也就解决了问题。现在看到田埂上稻草人如列兵一般，坚守岗位，帮不上我半点忙。在村庄东边的山坡下去，看到几个屋顶，心想在那里找点吃的。转过去，是一座小庙。我们推门进去，原来在做佛事，是几个城里人做，他们问我，你们吃了饭没有？我说，还没有吃呢。他们说，那就一起吃，饭自己盛，菜也自己盛，我说付您钱，他说，不用，我们做佛事，你来就是一个善缘。于是我就放开肚皮吃，他们都慈爱地看着我们。我们有了家的感觉。

站在小庙后的山冈上，桐柏水库和琼台莲花峰以及岩头墩通玄峰清风山诸景环视无余。前几年与徐永恩一起，在这里拍摄了比较满意的照片，当时，云海在山谷间蒸腾，水田灌满了水，刚耙过，还没有插秧，犹如明镜一般，倒影着山光云影，更觉此地就像仙界。要是下雪，贤师冈到洞天村一带雪景特别适合拍照的，不过与龙皇堂相比，雪就薄了许多。

八丘村

后英村

冈上有一座独立的别墅，站在这里眼界开阔，这是周边最显目的房屋。从别墅东边走过去，就是八丘村。村民姓陆，是在清朝时祖上由天台城关桥上迁到这里的，当年在屋边开垦了八丘田，村由此得名。这个村的房屋是全新的，是2009年下半年开始新农村建设的试点立项。现在的村舍敞亮高大，不愧是造福山村百姓的民生安居工程。

八丘村前有一座石拱桥，是通往后英方向的。我们从公路上行走，转过几个弯后，远远地，我看见山谷中的后英村，就从古道往下行走，八丘村尽管在山坳之中，地势开远，村庄后面全是梯田。古道比较宽，行走方便，芦苇花摇曳，村庄更加深远。沱沱摘了许多山花，更显得清纯，一路行进，一个真正的石头村就呈现在眼前，石砌的古道，在人家的屋前穿过，这石头屋比较矮，应该是民国之前的建筑。有两个老太太在洗着衣服，看见我们来了，就赶紧倒茶，旁边新房子也应该是 20 世纪 80 年代的建筑。但现在没人住，透顶了。

前几年我与村里的陈仁炎老师一起来到这个村庄，他说后英村因为村庄的后山如鹰展翅，原名后鹰，后改今名。这个村庄没通公路之前，也是能自给自足的，因为这里有许多梯田，水源比贤师冈好多了。尽管种的是单季稻，但足够解决吃食问题。山上的树木还是很茂盛的，在这里扛着树挑着柴沿着桐柏山道一路下去，还是省力气的。尽管村庄在桐柏山后面，但经济不错，许多人也称这里是小上海，天台城里桥上东门和玉湖村的姑娘都喜欢嫁到这里，村里的粮食富足有余。抗战的时候，乡政府捐粮赈灾，很有成绩，得到当时官府的题匾嘉奖，"桐柏增辉"。最近几年村民陆续下山，留下一些空置的石头屋。

后英村的石头屋是入诗入画的，曾经有一个叫作郎水龙的中国美院教授到这里考察后，打算建造一个艺术家村，整个村庄房屋进行流转，正准备整修，美化修饰。但村庄比较孤零，位置有些偏，要是在北京郊区就好了，可能成为举人村和爨底下了。我说关键的是，要通过艺术家绘画和文学宣传出去。陈仁炎连连颔首，是的是的。

陈仁炎大学中文系毕业，曾与周先岳一起，在北山中学担任过校长，尽管现在城里买了房子，但对老家旧屋心存牵挂，他用以前的积蓄买了城里的房子，看见后英的老屋早已透顶，屋架歪斜，他想把它修回来，但是至今没动工。我知道，"荒田没人耕，耕耕有人争"，农村的田地破屋，情愿荒着歪着，啥都不管，但只要你动用着，漫天要价的有，故意卡着的有，最后把事情弄黄了。结果什么都办不成。房子歪着就歪着，田地荒着就荒着。想来也是无奈。

陈仁炎老屋的旁边，据说是一家大地主的房子，大地主的孩子在这里出生的，后来发迹了，但他从没有来过。我与陈仁炎一起站在村后，看鳞次栉比的瓦楞升起了炊烟，与山谷蒸腾的云纠结在一起。陈仁炎说，我的房子破了，没法烧饭，一起去大兴坑吃农家乐吧，我说随意。反正都在山村里吃饭，感觉是一样的。

与仙居朋友徐颖敏一起开车，专门到后英村看落日，下午五点左右的阳光把山谷照得犹如幻城。后英的房屋被照得通红，有袅袅炊烟升起，丝丝缕缕，远处的山脊涂上了金边。我看见贤师冈的房屋，一溜儿匍匐在山冈上，被阳光镀了金，如一群放牧的牛羊，对面就是莲花峰。岩下奚的房子淹没在蒸腾的云气和阳光里，我发现云也与山一样镶嵌了金边。琼台和桐柏落在云的阴影里，身边对山，有两块岩石，如入定的禅道。

最近陈仁炎打电话说，他住在村里，我估计借用邻居家的，但愿他的房子早日修好，与几个朋友一起纳凉喝茶，后英村云雾缭绕，估计是山鹰的翅膀扇出来的，带着清爽的风。

椒江作家钱天柱带着他的女儿，与我一起在后英村后的山冈往东，下行，看到朝东的几户人家，石头屋保护得特别完整。石阶路在人家的院子前面下去，走过一个田埂，有一位村妇牵着牛过来，这牛也通情达理，自己避让到田里。村妇拉着牛绳，将其引上石阶道，估计这妇女和牛住在村里最高的房子里。这牵牛的村妇就像一个得道的高人，她向我们回头笑了一下，继续往上行走，进入玄幻。

走过田埂，我看到了真正美妙的山居。整座房墙和屋顶被藤萝绷得严严实实。有个妇女推开藤萝围着的木门，提着水桶出来洗菜，鸡在咯咯地叫唤着，我尤其喜欢夕照下那藤萝缠绕的石墙。那瓦楞和屋脊，是在北京找不到的。几个村民扛着锄头回来了，他们站着说话，见我来了，递我香烟。我不抽烟，但我喜欢摄影。他说，地里庄稼长势良好，他经常在龙皇堂出卖蔬菜。有个女子笑容可掬地说，她就在石梁宾馆工作，我不知道她是否来自这个村庄。

这个村庄叫作西坑，几所房子，与金顺的那个西坑同名。那边的西坑翻过山冈，就到苍山顶欢岙，这里的西坑往下走，就是羊毛坑和三桶潭。从西坑村下去走十几分钟就到。

八丘村来的朋友陆益，考虑到夏天时山路不好走，就开车接我，从桐柏水库过去，经桐柏宫大塔后面的山口转进去。陆益介绍，他的朋友庞华在这里租了一所房子，平时都住在那里，读书品茶，生活过得很安然，庞华说这羊毛坑的小村，石头屋特别好，以前有人曾经花钱盘了一处石头屋，但由于没有管，石头屋透顶了，庞华租了很不错的独立小院，前面有一棵大板栗树。走过当年凌空架设的渡槽，看见上面有几户人家，伴随着淙淙的流泉瀑布。村庄前后，有许多怪石，各个独立，如老道入定，站在她的屋前看前山，山头上有块孤石，如青蛙一样地蹲着。再转几步，就如一个道士，每当云霞升起，就宛如王乔跨鹤升天似的。

这羊毛坑靠近桐柏山，但还是石梁镇的地界，属贤师冈村管辖。庞华请我们喝茶，坐对山色，石屋宁静，空气清新，喝了几杯茶，庞华说，有上海的一批人打算做民宿，如果整村能做民宿，就更好。如果把游步道修上去，把那几块岩石和下面的溪谷连贯起来。这需要很大

西坑村

的决心和毅力，需要花更大的心思。

我与陆益和他的孩子去了羊毛坑下面的溪谷，这是浪水溪山谷中的亮点。溪石被经年的流水冲击，滴溜滚圆，分布在河床之中，溪口有一块犹如桃心的爱情石，这是多么浪漫的地方啊。我们青蛙一样一路蹦跳，一个圆圆的潭，瀑布在被雨和阳光淋晒得发白的花岗岩崖石上挂下来。周边全是花白嶙峋的崖石，被流水冲出道道深浅不一的痕迹，水石刚柔相济、顺性天然，我们攀缘着石隙，每步坚实稳定，一不小心，就会掉到崖下三角形和角尺形的深潭里。越往里，景色越奇，进去就是斧削一样的绝壁，还有幽邃的深潭，再也无路可攀了。

我们走过桐柏宫，从石门村走上洞天岭。王修顶老先生说，洞天岭现俗称摩天岭，有二千二百二十二级台阶，不知道他是怎么计算出来的。王修顶告诉我，洞天道宫衰废于元（朝）末，乡村民居繁衍于明（朝）初。他的祖上是来自临海的王士本，在这里筑石居住，原来是临海的望族，居住巾山脚下水门街，为了生计在这里伐薪烧炭，然后挑到城里出售。他们劳作之余就在洞天宫聆听道经。

我的波兰朋友柳寿晨（雅雷克），在网上看到王修顶关于王乔的介绍后，就专门来访，也去了洞天村，拍了相关的照片。王修顶与桐柏宫的道士关系很密切很友好，吃住经常在一起，也了解到许多关于洞天村和周边的掌故。他带我去了传说是王乔升天的地方，也去了原来的玉霄宫，说起洞天村很骄傲，脸上神采斐然。

王修顶的老屋就在村文化礼堂上面，边上有游客中心，他说这是石梁镇第一村，中国道教圣地，总不能成为空摆设。他给我看他与柳寿晨的合影，因山上水汽重过于潮湿，照片漫漶不清。他还给我看了一百零六岁的桐柏老道士叶宗滨毛笔书写的关于洞天宫的手稿。洞天村里也出了许多人才。有些是天台有关政府部门的领导，有些是很有名气的网络作家，有些是实力雄厚的企业家。听说新近在公界岭至石门关天一线开始建造旅游设施，与高山沙漠、洞天村加上狮子口观景台、后英、羊毛坑等一起联动打造，也是很有前途的。

现在后英村和洞天村已经并村了。王修顶有个哥哥叫王修标，以前曾经编过一本洞天村的村志，没有出版。在王修顶家，我见到天台第一任县长邹逸给他题的一幅字，"一枝毛竹通上天"，表彰他的耿直，王修顶被当地人尊称为铁人。他收藏了许多老物件，票证、相机、老磁带，因潮湿许多都生锈发霉了。他给一部分给县里保管，还有一部分交我朋友代管。

王修顶说洞天村原来是属于桐柏乡，后来划归石梁镇。他是经过全乡人民选举，担任乡供销社的干部，获得当时省委书记江华、省长周建人亲手颁发的奖品奖章。王修顶年近九十，硬直爽气，走路如风，喉咙响亮，豁达乐观，业余也编一些山歌演唱，经常组织乡村文艺演出，他们自编自演，唱到中央电视台。一枝毛竹顶天，原来就是修顶、秀顶，名副其实。

王修顶带着我在洞天村疯转，他说周边的地名，有许多都与仙道有关。本村每年都会举行迎神会，桐柏真人王乔坐像被抬出巡游，沿途各村都设案祭拜，祈求平安。

王修顶虽耄耋之年，耳聪目明，服务于乡邮代办所，在网上为周边村民提供购电等服务。这几天他来找我，说电脑坏了，我检查了下电脑没问题，是网线被台风打断了。我急着回龙皇堂，他给了我一辆好久不用的自行车，让我骑着上山，在洞天村公路下入口，镌刻了龙飞凤舞的一首诗，上面的路口修了一个别致的小亭子，在亭子的框景下，洞天村静美绝伦。

我骑着车绕过狮子口，夕阳下山了，到龙皇堂村时，所有的灯都亮起来了。

太 平 侧 畔

我从龙皇堂沿着石梁去国清寺的公路行走。与桐柏山来的新路不同，这老路走的车很少，因为山路狭窄，转弯急，坡度大，公路外面都是深谷，除了当地村民的电动车和一天几班的公交车外，大路显得很空寂。

翻过寒风阙，就是兴龙湾。兴龙湾的村庄基本上是在路的西边山坡上，在上午的时候，阳光照得金亮亮的，但到下午就落在山的阴影里。有一个村庄在西边的山坡上，依山而建，一览无余，低头一看，房屋倒映在池塘之中，颇能入画，村庄边就是梯田地垄，庄稼茂盛，一派田园风光。公路外，农妇用长箔摊晒着稻谷，屋顶鳞次栉比，境界开阔。我经常乘车在村庄边经过。这村庄最美的时候，是在金秋，村前的稻田上一片金黄，对面是一座庙宇。我以为是龙王庙，走近了仔细一看，恰恰不是，奉的是历史上的一个将军。

它名叫千福庙，坐东朝西。查阅相关资料，得知南宋朝廷灭亡之际，有个名叫赵旦的将军奉命率禁兵驰援临安，但因临安失守，无力回天，只能边战边撤退，到兴龙湾地方，屯扎于兴龙湾村和太平一带，但深受百姓敬重，后来人们在太平佛陇和这里建造两处将军庙，朝夕祭祀。庙宇建成距今已有八百多年。原先仅仅十来个平方米，现在所见到的是 2010 年由许式荣等人捐助建造起来的，原先的千福庙建在兴龙湾保角庵的旧址上，断墙残垣早已破旧不堪，现在已经脱胎换骨，焕然一新了。

在公路上看，有好几所房子盖得很好，别墅一样，我以为是民宿，但当地人说，这是民居。这里离龙皇堂很近，石头房屋也很纯粹，也是可以做民宿的好所在，看前山竹木纷披，云彩升袅，也是赏心悦目的。

兴龙湾村

从兴龙湾的溪谷中穿过去，一边是村庄，一边是古庙，溪流古道在身前身后延伸，别有一番情味。过去，兴龙湾到冷水坑一带的田地是很平坦的，人们称为陈田垟，据说智顗在佛陇讲经说法的时候，神明开田供养他们，也叫神田垟，下面就是冷水坑。郁达夫《南游日记》则把冷水坑写成了落水坑。

……看到了这高山上的大平原，以及东西南三面的平谷与远景，已经有点恋恋不忍舍去了；及到了更上一层的俗称"水磨坑""落水坑"上的高原地，更不觉绝叫了起来。山上复有山，上一层是一番新景象，一个和平的大村落，有流水，有人家，有稻田与菜圃；小孩们在看割稻，黄白犬在对我们投疑视的眼光，桃花源上更有桃源，行行渐上，迭上三四条岭，仍不觉得是在山巅，这一点我觉得是天台山中最奇特的地方；将来若要辟天台为避暑区域，则地点在水磨坑落水坑（陈田洋、寒风阙的外台）一带，随处都是很适宜的。

现在冷水坑与兴龙湾合并成一个大村，叫兴水村。冷水坑在小山坳之中，周围绿竹扶疏，田地均在村后，房屋在公路之上，有很高的石砌台地，新屋建造了一些，旧屋也剩下零星的几户，看着一个老太太担着柴在村道走过，公路上面的一家村民在走廊的茶灶上炒茶，我向他们询问做茶的细节，然后就沿着公路下行。

在公路外竹枝的间隙，看到云上水磨坑的屋脊，意境甚好。从远处看，水磨坑风光最好的是日出和日落的时候，山谷已经在一片幽暗里，但这村庄被阳光照得透红，就像金殿一般，很有一种圣洁感觉。

水磨坑依然乡风淳朴，仿佛是未开垦的处女地。我总是把天台石梁南边的村庄与北京爨底下村相比，它们都是坐北朝南的，坐落在山坡之上，但爨底下村美则美矣，但前山过分高昂，气局不大，水磨坑也好，塔头坑也好，贤师冈也好，境界开阔，灵气充足，与塔头寺一样，气场特好。何况靠着佛陇桐柏，是仙山佛地的氛围，是爨底下村所没有的。在这里，佛教天台宗和农禅并举的精神被体现得淋漓尽致。

水磨坑村地处山岙，两条山坑汇流村边，距瓦厂坦西五百米，原住姓沈，称沈婆坑，后在坑西建造磨坊，改称水磨坑。它直对国清幽谷，尽管处于半山腰，但境界开阔，居高望远，两腋生风。极目而立，萧然一呼，四山回应，声传峡谷之中，十里之内无不衰减，远山近水一览无余，每当云起，山在云中，村在云上，如仙佛境界。山中石屋，皆依山而建，错落有致，设计布局别有匠心，却尽出天然，层层梯田，袅袅炊烟，畅神悦目。在村中石头屋下穿行，驻足流连，感觉到贫寒之中亦安谧，对于饱经漂泊在都市中的红尘之人来说，这里又是亲近自然的美丽安居。

自村后的林中小路迤逦而下，行走村中，空寥寂寞。村中无人，门户大多紧锁，空空落落。遇到三四个村民，其中一个赶牛上山耕地，一个在门口择菜，一个在吃中饭。还有一个老人在破旧的瓦檐和花格木门下，对我的到来无动于衷，他全神贯注着他的饭碗，怡然自得。他将伴随着石头墙和花格门窗度过余年。另有一位老者，笑容可掬，见我独自一人乱蹿很奇怪，与我聊了半个小时。他告诉我自己89岁了，年纪虽大，但耳聪目明，在村中健步如飞，颇有仙风道骨。他说，他是村中长大的，

冷水坑

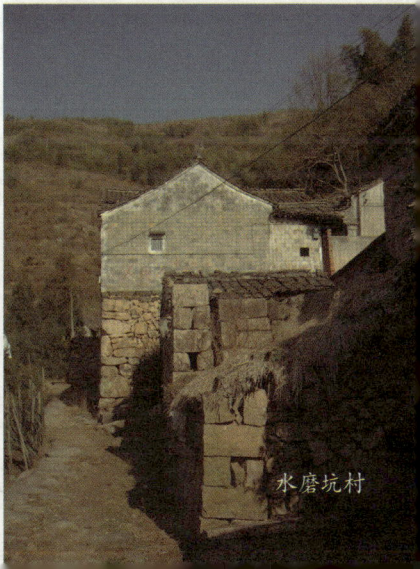
水磨坑村

太平村

从没有去过外地。

这个村庄的石屋，大都建造于清朝时期，村民皆姓陆。我有几个同学来自那里，为修字辈、考字辈，天台的陆姓为宋代大诗人陆游之兄陆淞的后代，同宗的有散文家陆蠡。陆蠡的父亲是宗字辈，他本人是考字辈。老人告诉我，目前村中人都外出打工了，古老村庄已成空壳，虽然破败，但名声赫然在外。朋友范旭初和戴君斌拍摄了许多村庄的照片，云气阳光缭绕，性灵十足。

许多画家摄影家都来这里写生采风。他们有我一样零星而来的，也有几十个人成群结队赶来的。因为村庄少有常住民，故而饮食起居非常不便，村里找不到一个卖杂货的小店，也找不到时髦的"农家乐"。

瓦厂坦之西是水磨坑，之东是青思岙太平村，几个村庄并列，与高明寺塔头寺为邻，瓦厂坦旧时附近有瓦厂，地势比较平坦。附近土质并不怎么好，这次台风来了，公路上面滑坡，一所房子倒塌了一半，把公路堵死了，如果不赶紧砌回去，再下一场大雨，崩塌的场景就像多米诺骨牌一样了。

不过从瓦厂坦过去，到太平村，还是稍许平和一些，不像瓦厂坦和塔头坑一样直上直下。

太平村有太平、青思岙、水磨坑、毛头、李至湾五个自然村组成，在过去石梁镇辖区都叫太平乡，太平村的得名，就是因为村庄有太平寺的遗址。我们在智者大师说法石旁，能看到太平村的全景，村庄虽然在山坡上，但草木茂盛，有许多大树簇拥。

我们走进村庄，全是清一色的石屋。在村道中行走，一片空寂。与水磨坑不一样，水磨坑在山嘴上，它却在山坳里，后山成了很好的屏风，一点也不受冷风刺激，自成小气候。我终于体会以前诸多寺院选址在这附近的好处。

放眼所及，太平村修竹芊芊，古木浓翳。村庄静寂，石墙凝重，当我走到村后，站在公路上，回首一看，稻田上一片翠绿。地垄上一片葱茏。我以为农耕会随着城市化的建设而消失，但是这里依然保持一片优美的田园风光。站在村庄边上，吃着农家饭，听着山谷传来的经声，我感到一阵畅快。

为了找寻太平寺，我与印缘、湛然一起在地垄林间行走。看见有一间农舍里有女孩念诵唐诗的清脆声音。我们敲了敲门，出来一个十几岁的孩子，很清秀，也很文静，她为我指点方向。她说她是村里人。在宁海那边读小学，在这里度暑假。刚才是她教表弟念唐诗的。我觉得她念诵的声音很纯净，就像天籁一般。

在太平村行走，我很放松，感受到从高明寺幽谷里送来的暖风。我们想去李至弯，但这个村庄已经整体搬迁了，也似乎没有去的必要。李至弯原来叫里至弯，原系高明寺与周围村庄分界线，里首为高明寺，故名里至湾，村以山弯得名，后误里为李，沿用至今。里至弯的里面是贾庵村，我也去过多次，没几户人家，要走很大的岔路，一时也走不了。

从太平村横着出来，一路走到高明寺的岔路口，我想俯瞰谷底塔头坑，但看不到，对面的黄石坑也看不到。塔头坑谷与瓦厂坦，高差约数百米，却是两重天地。山顶种植单季稻，山脚则可种双季。此间水田极少，惟有零星坡地，土质略呈砂性，肥力极差，树木亦稀疏寥落，每逢滂沱大雨，浊流依坡而下，

塔头坑村

故水土流失极为严重。无论种田种菜施肥收获，都要靠双肩沿坡上下，坡地极陡，坡度约四五十度，有的地方竟达六十度，连肥桶也放不牢。挑担走路上岭下坡，举步维艰。倘若下坡，一不小心，便会连人带担滚下山去，城里人来即使空手而行，双脚也如弹琵琶一样了。

我们看到公路外面有古道通到塔头坑村，就沿着古道飞奔而下，如坐飞机一般，转了几个弯，就看见塔头坑村舍依山而建，但终在谷底，四面逼仄，形似铁镬，不及水磨坑和黄石坑开阔与深远。相比水磨坑，塔头坑的农舍似乎好了许多，因为有一条公路已经在金地岭脚窝坑那里通进去了，有些房屋已经修整一新，盖了洋瓦，至少不会透顶了。

塔头坑的农舍也是随坡而建，各抱地势，每个瓦檐每堵山墙，却各有情性，与山区诸多沿坡而建的村庄一样，都是木石结构，下层关牲畜，上层住人。有些房子，在三楼或二楼的后面开出后门与大路相连接，仰望塔头坑的石墙面积更大更高，视觉效果更强，它大多从溪谷里取材的，有些石头如玉一样晶莹剔透，屋后空地上种着四季豆、茄子和西红柿，抑或棕榈、桃李之类，也是充满家园温馨的。当公路没修通之前，这峡谷底下的村庄无人问津，唯有一条古道与外界出入。现在则有许多人来此休闲、拍照、写生、戏水、吃农家饭。

塔头坑的田地散布于村周，亦沿坡上下，坡度虽比水磨坑平缓一些，但有些地方但绝不少于四十五度，我们曾经遇到一村民挑担步步攀登而上，气喘吁吁，问他辛苦不，他说还可以，已经习惯了。我停下来仔细想，他们的老祖宗在这里开荒辟地盖房时，人也没有现在这么多，科学技术也没有现在这么先进，但他们垒砌梯田坡地，一直从山脚延伸到冈顶，足令我惊叹了，那位村民说，同老祖宗那时相比，我们是够幸福的了。老祖宗留下的产业，怎舍得丢下呢，这是真正的家啊。

周泽兰与许式荣讲述佛院故事

当我为村里的石屋和梯田出神的时候，看见一个老者在屋顶上捉漏，捉漏就是把破碎的瓦片换成新的。他与我聊上了：你说这个村好看，拍个没完，而我为孩子的亲事担忧呢，我给他介绍城里的对象，女方也同意了，他却不肯来，真正急死我了。大概可能他不自信，觉得自己家在山上，或者自己相貌不好，或者没钱什么的，但新时代青年对这个其实不在乎，估计他已经有对象了。

塔头坑已经成功创建了省级的森林村庄，2009 年浙江省教育厅投入六十万元，实施了多个项目的生态村建设工程。村民将七十来亩闲散田统一流转起来，再种上了六十亩樱桃树，四十亩猕猴桃、杨梅、文旦、水蜜桃、枇杷等果树，实行统一承包制。农户每年都有租金收入。果园飘香，鲜花夹道。村庄异常清洁，看几处石屋，犹如古堡。每个层级之间都有石头路纵横相通，抵达每户人家的门口，现在它成了台州市的生态示范村，是中国美术家协会的写生基地。

水磨坑越过深谷中的石崖，跌落到这里就成了塔头坑，绕过村庄经过一处庙宇，下去就是国清溪了。水口的庙宇是龙王殿。那位老人告诉我，祖上是守护塔头寺到这里的，他们奉祀龙王，祈祷天降灵雨，滋润一方，风调雨顺，五谷丰登。每当初一、十五的时候，村里都到这里虔诚祈祷。对着这座庙宇，我又想起桐柏岭脚响石庙里的那块牌匾，灵雨既零。

我与沱沱、女儿从塔头坑上行到金地岭头，遇到一位七十多岁的老人，他在清理公路上被水冲下来的泥土乱石倒木。他是山顶上的老伍前村人，其实这个村叫作老屋前。走过一片空地，沿着古道走到山冈上，道路分岔，一边去塔头寺，一边去高明寺。山冈上有座罗汉殿，是许式荣捐资建造的。下面的几间小屋，就是前庄村。

时近中午，老人说到老屋前村他家去吃中饭吧，我们也不推辞，就跟他进了公路外面的那幢房子。房屋前面视野非常开阔。天台城和国清后面的八桂峰赫然在目，看我们走得大汗淋漓，他们递上薯干粥，炒了笋干、南瓜和花生米，我们吃得一干二净。

老人与我说起这周边的事情，尤其是海灯法师的事情，当时他很年轻，经常与海灯法师打照面。海灯法师（1903～1989）为武术大家，四川江油人，俗名范靖鹤、范无病。1946 年到天台山，在真觉寺住了很长的时间。他敬仰智者大师，在佛陇修习止观，乐趣无穷。他作诗道：

穷经问道入天台，丹桂故园几度开。

忘却人间风景好，他生有愿愿重来。

百城烟水入天台，曾见梅花几度开。

为究止观冥万感，依稀智祖梦中来。

海灯法师经常到周边的村庄行走，与当地农民关系很好。村民白天很少见到他练武。他练武时候，一般是在凌晨两时，每次练一小时左右。有一次，两个习武的人到了真觉寺，看见海灯法师身材小，似乎很瘦弱，就过来打他，他坐在蒲团上纹丝不动，随手一拉，两个人就倒了，大家才知道他武功高强。1951年土改的时候，海灯法师被划为贫农成分，政府给他一亩六分田地，他感到快乐幸福，一边耕作，一边禅修，一边练武，一边作诗，怡然自得。

一亩山田险径横，老农指点趁春耕。

读书学剑成何事，今宵始见月色明。

蓬蒿为侣远诸恼，水月村心到处闲。

最是一蓑耕绿野，几忘深在阎浮间。

海灯法师不但武功深厚，诗歌创作很有境界，他后来迁居到了幽溪佛学院，担任副主讲，讲授智𫖮的《摩诃止观》，每个月讲两个晚上，同时向学僧讲授古典文学，欣赏唐宋诗词，大家听得津津有味。我在北京潘家园旧书摊中，无意搜到1982年巴蜀书社出版的《少林云水诗集》，里面有许多诗作写佛陇周边的生活。

佛灯暗淡雨声凄，扣罢蒲牢有鸟啼，

清夜妙观谁领略，古琴意趣奏幽溪。

年来寻胜觅幽溪，行到幽溪兴不低，

听罢止观月下坐，任他枝上杜鹃啼。

海灯法师喜欢煨芋作食，他烧芋头豆腐等，味道特好，也给人家品尝。当地村民都给他芋头，他都烹调好与大众共享。

修罢止观还读书，犁松芋土更担柴。

山居莫道多清苦，妙乐无边自偶偕。

初夏日中成小眠，却忘芋火助炊烟，

禅经醒后从头读，读到竹窗月影穿。

太平周边的村民对海灯法师往事的记忆非常清晰，说他住在真觉寺，带领村民练武，村民许多都是他的徒弟。他在天台山住了七年，先后驻锡于华顶、上方广、天封、高明、国清、万年、真觉诸寺。隆冬严寒季节，山上气温下降到零下十余度。他还在穿着短衣服，在外面穿上一件过膝的千针衣。他的房间里没有床，也没有被子，就睡在凳子上。一天吃两餐，有时喝稀粥过日："稀粥底下有一我，鼻风吹起浪翻波。波起我变非是我，形影相对笑呵呵。"喝粥也喝出真佛境界。尽管如此，他走路风快，同行者只好跑步才能跟上，他看见后面农民担柴，替人家换上一肩。1952年华顶寺五十多位僧人缺粮断炊了，他把自己家的衣被都变卖掉，换成粮食，每人送四斗，度过饥饿，看到天封寺附近陈姓人家断炊多日，就送给他们十多斤米，自己吃番薯汤。他性格随和，人家叫他表演，他就倒立在屋檐上，一只手在瓦楞上跳跃前进，另一只手把瓦片抽出来，插回去，一个来回，瓦片丝毫不碎裂，人家称奇。

1953年，海灯离开真觉寺，去了上海，次年写诗纪念之：

> 七年踪迹在台山，
> 喜有华严消我闲。
> 若问石梁罗汉事，
> 于今罗汉到人间。

现在能看到海灯的遗迹，就是他捐刻的智者大师说法处摩崖了。

我和周泽兰先生同行，在金地岭往东，与许式荣相遇了，三人一同走向毛头村。翠绿的丛林，托起石垒的村庄，犹如空中。地方志载毛

毛头村

头村居于山头，山形似猫头，故名。后"猫"改写为"毛"。老屋前村位于最早的一所老屋之前，故名。遇到几位村里人，都热情地与他打招呼，笑容可掬。许式荣是我熟悉的乡贤，他是磨难出来的，经历丰富。我们坐在石头上，聊起了家常。

许式荣1971年出生在毛头村，九岁时母亲亡故，仅仅上了半个学期的初中，就辍学了，十四岁那年，去宁波做小工，一年后学包沙发，又学了一年的油漆，两年后入伍，复员后参加工作，成为某股份有限公司的股东。金地岭头去毛头村这条路是他出资修的，村民进出方便得多了。站在毛头村后，可以眺望螺溪幽谷和太平的诸多村庄，远处华顶峰清晰可见，云雾乍起，境界逍遥。

许式荣说，他与定光大师都姓许，定光大师字静照，山东青州人氏。南梁时住天台赤城山飞霞寺，大同初（535～545）到金地岭头结庵安居。定光大师招手引智顗修禅，同样也为许式荣指明一条人生道路。他信奉生财有道，多做善德

之事，向善、向真、向美，真诚自然。在定光佛的感召下，他要实现人生美好的目标。

我们伫立在村前，看峡谷幽深，林木叠叠，许式荣告诉我，石梁镇林木资源丰富，需要用心把它们利用起来。追溯 20 世纪 90 年代，他最先成立了浙江吉发包装有限公司，利用废弃边角木料，制作包装箱销路特好，继而引进先进生产工艺，生产胶合木制品，随后成立浙江吉发新材料科技有限公司，与浙江省林学院合作，研制新材料多层胶合板，此项目被列为"浙江省千人计划"和"台州市五百精英计划"，得到政策上的扶持。

山风拂面，吹动他的衣襟，他充满激情地说，将建立一个属于自己的产品研发基地，把就业岗位增加到四百个，让山上的木材资源充分利用起来，让再生资源为民众创造更大更新的价值，为百姓致富提供更宽阔的通道。听着他的话语，我看到了崇山峻岭中百姓的新希望。

许式荣的话语是朴素真挚的，我一路上看到他一步步践行承诺：佛陇修禅寺重建时，他协助镇里说服当地村民，得到村民的大力支持。这里是天台宗的祖庭，是宗教哲学精神文化的高地，他的村庄就是佛陇冈的延伸。他时时刻刻感受到乡土人文的熏陶，把这种善美的愿望化成脚踏实地的行动。他和朋友们发起成立浙江省慈善基金会为台州慈善功德会捐款一百万元，他任慈善基金会副会长；捐资五十万元给石梁镇首届慈善分会，出资四十万元建造石梁镇兴水村老人活动中心和将军庙，独资修缮了台州市和合文化场所示范点太平村罗汉殿。在这条古道中行走，我听到许式荣的许多故事。村庄的患病老人他都去一一看望过，十几年下来，也给了三十多万元。他自掏腰包安葬村中孤寡老人，也多处奔走，为一位十二岁的小学生安排落户，在百步洋村设立了每年五万元的"吉励基金"。一提到许式荣，村民们都说他豪爽、心善，有一副菩萨心肠。

许式荣说他要在附近打造一个农耕旅游文化中心，里面有展厅，有书屋，可以观光，可休闲，可食宿。通过这个设施，将周边的旅游经济文化带动起来，把山居原住民生活体验呈现出来。目前地基已经平整好了，垒砌了很坚实的地碼，外面就是一个极好的观光平台。

走在村庄里，与许式荣交谈，感受到他身上蕴有的山村农家朴素醇厚的质地，表里如一，踏实和豪爽。我想，我们做的一切都是善事，有一颗真挚的心，我搞文学写作，你搞经济慈善，都是殊途同归啊。

两个人会心地一笑。我又想起一句话，赠人玫瑰，手留余香。

在他的身后，我看到山上有玫瑰，林中有马兰。

第六章 云端漫步

吉 祥 云 集

王修顶老先生经常到我的工作室闲聊，我单刀直入，问龙皇堂名字的来历。龙皇堂的龙到底是怎么一回事。这是我一直感到好奇的问题。但一直没人给我解答。

王老师告诉我，龙皇堂村名源自村中的一座庙，是清代康熙年间建造的，这座庙也叫柘树庙，庙内供奉龙王，庙的位置就在村中间，去华顶的古道在前经过，庙宇坐北朝南，为单间建筑，前面还有一口池塘，称"三角塘"。这里就叫龙王堂，因天台话"王""皇"同音，是故龙王堂通常写成了龙皇堂。我觉得，龙王堂在明代就有了，徐霞客游记中就提到过，几度兴衰后，现已无存。

龙皇堂的前山叫清风山，也叫敕封山，山顶上有水一泓，乃是著名的敕封潭。传说这里住着的是一条断尾巴龙，原来的身份是水蛇精，修炼了五千年道行，到玉皇大帝那里奏请，要准许化龙。玉帝问分管仙乡的大臣王象棋："天台山上是否有清风潭？"王象棋答道："臣未听说过。" 玉帝听后大怒，叫左右龙头铡刀伺候，水蛇精赶紧就溜，但不够快捷，被铡去一段尾巴，没命地跑到清风山上来。玉帝见水蛇精业已成龙，连降旨，敕封它一个名号，回清风山龙潭镇守，敕封潭由此而得名。

石梁农民幽默地说，龙要布雨，需要考专业技能的。好像开车要驾驶证一样，考过去之后，还需要面试，敕封后才能履行公务。但这龙尾巴断了一截，只能布云，不能下雨。

龙皇堂因为龙王得名，所以自然成了周边祈雨的圣地，清风山敕封潭，是人们必须去的地方，过去石梁镇境内多山，土壤瘠薄，水土保持不好，一场大雨，就把泥土冲走，一段时间不下雨，地上就开裂，于是，龙王就成了他们的救星。天长日久，当地村民就形成了一套比较完美的祈雨仪式，一直延续到现在。

根据曹志天和许尚枢先生的文字，结合王修顶的讲述，我综合起来，龙皇堂

石梁门户

山上求雨整个仪式分取水、接水和送水三个过程。取水，也叫"请水"。因为久旱无雨，担心庄稼绝收，村里人火急火燎的，周边村庄德高望重的"头脑人"，组织筹备，落实人员资金，所有参加者先三天沐浴斋戒，三天禁屠。万事准备完毕，参加求雨的人都赶到龙王堂，在龙王像前虔诚地燃香跪拜，然后将龙王的神位迎接出来，安置到堂前面预先放置好的看桌上，请先生拣好日子，写好请帖，分给参与取水村庄的负责人。

黄道吉日来了，取水人员分成两拨，一拨守在村口，迎接龙王，还有一拨人到敕封潭请水。

一路虔诚保持安静，绝对不能高声喧哗，带着香烛、水旗、铜锣、水瓶等器具，到了敕封潭前，虔诚烧香跪拜，请红莲白莲先生告知龙王，久旱无雨，恳求神龙开恩，行云布雨，润泽生灵，然后念经咒："禾苗枯黄，子民焦心；求龙王，降雨救民。太上老君急急如律令。"经咒念完，大家在敕封潭边寻找所有的水族，蛤蟆也好，鱼虾也好，泥鳅也好，都抓来放到水瓶中，说它们都是龙王的化身。将装水族的水瓶放进杨柳和毛竹枝扎成假龙肚子里，然后扛抬着回程。取水回来，浩浩荡荡，大张旗鼓，前面举着开山旗，后面是水旗、铜锣、木牌、小旗、大旗，然后是抬着的"龙王"，接着是香亭、殿神神位。水旗是黑布做的，黑为玄武，代表北方壬癸水，放潭水里浸湿，用茅草一道一道扎在旗杆上。取水的队伍每经过一个村庄，就把旗上的茅草解下一道，表示龙王开恩，甘霖均露。

请水的队伍经过每个村庄，接水的人都要事先摆好香案和祭品，打着彩旗，兴高采烈地迎接龙王，大家将各自抓来的"龙"，就是那些水族接进神殿，把水瓶高高挂在殿前，将水旗插进殿神神位前面的水缸中。人们天天前来向龙王跪拜，直至天下大雨。

尽管敕封潭的龙断了尾巴，但至少还得下一些雨，否则，农民也会惩罚龙王，让它挨日头晒，尝尝干旱的滋味。这是挺难受的。下雨之后，大家就去送水，参与求雨的村庄都需派人参加，按照次序，择日送回"龙王"。送水的时候，更是大张旗鼓，以"开路神"开道，接着是响叉、开山旗、三十六行、龙轿、乡主神，再是牌、锣、大旗竹等殿后，尤为轰轰烈烈。

因为清风山上有龙王居住着，所以天上的云都聚集在这里，五彩缤纷，成为绝妙的风景。

有民谣曰："有囡勿嫁龙皇堂，雾露潲水满眠床。"山高气寒，颇多雨雪，春夏多雾雨，冬天多雨雪，境内有大兴坑岭头、西竹岭头等，为云雾必经之处，云雾飘到这里之后，受龙皇堂山和寒风阙、察岭、磨刀坑诸山口所对冲，云雾就停留在这里聚集，久散不去。村庄之中云雾弥漫。故名集云。但滋润的云雾造就了龙皇堂的美丽风景和丰富的山间特产。

龙皇堂在民国的时候，属于集云乡管辖的地带。我的朋友说，石梁镇除了石梁瀑布之外，最好看的是云了，石梁流云、高明看云、华顶归云、龙皇堂集云，是云端小镇的风景标识。

每个旅人在云上走过，就是遛云。客如云，留客即是留云。王士性就写了这两个字。

> 风和日暖，柳丝垂垂，荫人谷中。石气清无，留云障雾，枕流漱石，良不恶也。余为天台桃源主人，每出必假道，于是，盖天台西行过天姥，则入南明，余居天台，尝中秋嚼华顶雪，结庐就之。东上华顶经过察岭，乱石飞蠹，在所成趣，石有趣也，为书留云。

我每天坐在院子里，打开窗门，观看对山的景致，早上的时候，阳光照亮山顶，竹木摇曳，色彩斑斓，自成雅趣，清风徐来，把朵朵白云或团团雾沿着山坡送上去，或让它们幕布一样挂下来，有时，雨声淅沥，抬头望着山峰，我觉得山上住着的都是小小的可爱精灵。

天街小雨润如酥，草色遥看近时无，而今，草色遥看，被云雾遮挡住了。

我在山上读书写作，不时有云自天边飘来，潜入我的门窗，丝丝缕缕。在我的脸庞久久地抚摸，不曾散去。顷刻间，我的山居和龙皇堂村庄的农舍，以及树木、对面的清风山，都沉没在浓浓的云雾之中。山上的雾甚至是朦朦胧胧，然后是不辨上下左右南北东西。

我出门，看整条街都成了梦境似的，缥缈起来，我看见朦胧中有人穿着红衣，倒是很显眼，原来是很浪漫的一对人儿。在龙皇堂的雾中，这鲜红淡绿的意蕴更明亮，照样是显眼艳丽。

晚霞之上

霞飞双影

　　等太阳出来的时候，龙皇堂的雾渐渐地发亮。太阳的光线穿透竹林树枝，挂下道道光柱，因为受光的强度不一样，有些甚至彩色的，很玄妙。我背对着阳光，从雾中看到自己的身影，套着七彩的光环。这是摄身光，佛光，我看到自己的禅趣，在虚空中游荡着，惬意而安闲。龙皇堂的雾与峨眉山金顶上没有什么不同！

　　我走在一个高冈上，清风徐来，身边的雾渐渐散开，下面还是雾，天空上却成了云，而农舍树木就在雾云的间隙里，飘忽，如海市蜃楼，如仙山琼阁。阳光从云缝中倾泻下来，脚下的雾开始翻腾，上下飞旋，如白鹤一般，翔舞九霄。山头的雾也升腾起来，如同炊烟一般。晨雾之中的龙皇堂向我表明，这是吉祥的一天。该劳动劳动，该休息休息，该歌唱歌唱，该娱乐娱乐。

　　龙皇堂在山顶，空气清新，因为云雾早已把所有的尘埃擦去，同样，把尘埃消除的是山中的夏雨。许多云都集中在这里，没有风，但也不炎热，很快的云越积越厚，清风山顶和察岭一片黝黑，但阳光还是把农舍树木照亮，这种视觉反差是最适宜摄影的。不一会儿，云把山巅捂得严严实实。忽然起风了，云层不动声色，渐渐地，一道闪电打在山顶上，雨点就啪啪地摔下来了。随后哗啦啦，如瀑布一般。云渐开一线，山顶放亮，那一道道雨帘，在飘忽，在飞扬，在旋转。屋顶上的雨水如瀑布一样，这是酣畅淋漓地表达。这样一阵雨过去，云升高了，天地开阔了。光线更柔和，景物更清晰。

　　六月天，孩儿面，说变就变，下雨隔屋栋，东边日头西边雨，道是无情却有情。这种晴天落白雨的景象，尤其是在台风雨大浪天的时候，更是风情万千。正是台风雨季节，山上常见的是火烧云或彩霞。当然，我看到鱼鳞云的时候，就更喜欢了，我会看到飞翔的孔雀凤凰。当我看到丝丝缕缕的高天流云时，我看见一个少女在歌唱。她的声音在时空中久久地萦回，伴随山上的清风。在清风山下的

莲台晚照

农舍里，我遇到一位朋友，大学新闻系毕业，曾在一家媒体工作，她爱着这里的风景，也爱住在这里的先生，宁静安详的生活，就辞去了工作，定居在这里，对着云雾品茶、绘画、练书法。她与昌老师为邻，昌老师是天台山上很有传奇色彩的民间书法家。

一个白云飘荡的早晨，我等待公交车，迎面走来一个白衣白发的瘦长个，他笑容可掬，面目清癯，脚步轻盈，就像一朵云，与我打招呼，他就是昌老师，与我同行。车在云雾中启动。我爱人好奇地问他：写字有什么诀窍，需要怎样练？昌老师笑笑说，写字是不用练的，静心修行就好，修行到什么级，你的字就写到什么级，等修行上级别了，不写也就是写，比如我，时刻在修行，表面上似乎不写了，但内心依旧在写。你若不修行，等于能挑五百斤担子却去挑六百斤，每走一步就吃力，最后如石头一般，挪不动了。倘若五百斤挑四百斤，一切就闲云野鹤一般，轻松如意了，就像在云中走路。我问他为什么喜欢住在这里，他说我喜欢看这里的云，感受这里的风，它们都是轻松的自由的，都是自在的精灵。

昌老师总是说王羲之的字不是书法，只是在写字的层面上，而不是真正的书法。真正的书法是率性而为，潇洒飘逸的，放纵的，灵动的。真正的书法，是心中太极一样运转的阴阳之气，是发自内心的性灵之韵，是精神畅达的天籁之音。就像云雨一样，可以潇洒、散漫、自由升降、腾跃、飘动，就像云鹤翔天、龙游沧海。你看云，没有任何束缚，也不会为别人几句廉价的夸耀和赞美词洋洋自喜。它可以上接宇宙星河，下贴大地山川。它可以变幻成任何形态。云腾致雨雪，书艺滋润心灵，真正的书法家，是神与物游，物我两化的，是人与自然融合的境界。我想昌老师说的也是真心实话，能真正理解他内心的似乎不是很多。

对于昌老师，人们总是觉得他神神道道的，多少有些误解。不过，他的字在民间留存很多的，不乏见之于风景名胜。据说他写字的时候，手腕下面吊着铁块，最后运笔自如，如行云流水，现在则用筷子夹着棉花团，难度更大，如一抖动就夹不住，棉花团乱跑，但他把握得轻松自如，他用筷子夹棉花团写的"观音菩萨妙难酬，清净庄严累劫修。三十二应遍尘刹，百千万劫化阎浮，瓶中甘露常时洒，手内杨柳不计秋，千处祈求千处现，苦海常作度人舟"八句观音赞，挂在国清寺观音殿，也镌刻高明寺看云石边的崖石上。高明寺山门左边镶嵌的"庄严"两字也是他的手笔，他用圆珠笔写的"大台山"，直接刻在天台山的山门上，另外还有"兴教寺""石墙桥"等，也经常出现在人家手机的镜头里。

昌老师境界极高，他说一切都如过眼云烟，能得自在就好了。能在集云龙皇堂这个风云交会的地方居住，对于昌老师，对于我，对于每个爱艺术的人，是最为合适的。

山 上 清 风

在车上，昌老师经常与人说起，范仲淹的《严先生祠堂记》是纪念严子陵的，原稿是：云山苍苍，江水泱泱，先生之德，山高水长，后来觉得这个"德"字，把文章写死了，改成"风"，文字一下就活了，有精神了。"德"字多单一，太没有表现力，而"风"与云山江水对应起来，还有许多解释，风采、风度、高风、风骨、风华等，与云雨一起潇洒。

在龙皇堂说龙的故事，很有意思，敕封则表明地位尊贵，清风则境界悠远。清风与云雨成为一个有趣的组合，清风为妙。清风山朦朦胧胧在雨帘里，若隐若现，我就会想起，山上的那敕封潭，那条断尾巴龙，又开始行使它的神圣职责，每当冬日到来的时候，山上的林子全成了玉树琼枝，我想，这龙是否睡着，呼呼酣睡，吐气氤氲。

王修顶老师告诉我，这山顶的敕封潭，是天台山三十六名潭之一，与它齐名的是苍山九龙潭，还有我徒步寒山时所见的龙溪河胤潭。民间传说九龙造天台，莲花心就在华顶，这断尾巴龙潭是不是这九龙中的一条？石梁那争壑的两龙与它是否是兄弟？又名清风潭的敕封潭，在玉梭溪源头，清风顶上，终年不涸，冬暖夏凉，水质清净。它是圣洁的，容不得半点玷污。

清风山顶我登了两次。一次是跟随王修顶先生去的，他说清风山是洞天村的后山，南坡的山是洞天村的。沿着公路走过西竹冈，转两个弯，发现有人开着车在公路里边用大桶接引泉水，把它带到城里去，用以泡茶。据说这泉水质地特好，据说经检测各个指标列入全国五百强。它是神龙居住的地方，从岩壁沁出来。果不然，我看到了几间小屋。我们先在这里品茶。茶叶是就近摘取制作的，泡上这里的泉水，味道确实不同。

小屋的管理员是洞天村来的，在他的陪同下，我和王修顶跟着一起上山。他带了柴刀，一路沿着隐约的路影砍斫。山上起了一阵雾，路走不上去，只好退下来，转到水厂对面。突然眼前出现了一条很宽阔的路，在柳杉林里往上延伸，右侧是连绵的石墙。这里是70年代洞天村民开辟的茶场，这石墙就是防止耕牛进来偷食茶叶的。砌这茶园石墙时，洞天村民起早摸黑，按照当时的工分折算，才八分钱一天。不过，修好以后，这里也成了全省的先进典范，名声赫然。但没过几年，生产承包到户，村民各管各的，集体的茶园缺少管理，荒了。

我记得1995年，我与王修顶在这里行走，茶园还是经营得很好，眼界很开阔，

茶园南边有双乳峰突起，就是玉霄峰。沿着古道，往北翻过去就到龙皇堂，如果顺着公路横着走，就多了三分之二的路程。古道随便砍一下还是很宽阔的。

这条石墙绕着茶园大半圈，有六七里，可以到仙人座、仙人脚印，还有仙女照镜各处。仙女照镜在公路上能看到，是一块圆圆如镜的岩石。但柳杉林尽头，路在柴草杂树上潜行，即使用刀砍，也看不清方向，果然我们走得南辕北辙，又回到原路，换了好几个方向，才找到仙人座，天色却渐渐地暗下来。

仙人座早已被柴草封得严严实实，一个悬崖下面往里凹进的小窝窝，刚好能坐进一个人，前面崖壁上一个小坑，就像仙人足迹，既然来了就得坐一下，但下了雨，仙人座老是打滑，我们每个人坐了个遍，王修顶说，这山上还有一个仙人桥墩，整个岩石就像豆腐一样被切得方方正正，累叠起来，对面就是莲花峰岩下奚附近的仙人桥墩。他说上面还有一个仙人座，几块岩石组合，像个大沙发，不过现在树长高了，看不出来了，当然还有一个藏经洞，就是叶藏质藏《道藏》的地方，现在《道藏》没了，却有人偷了牛，放在这里杀了，把肉藏起来，说起不觉莞尔。同样一个地方，仙气和俗气携手，高尚和卑鄙并存，乃是真实存在，无可避忌。

过了几个月，我第二次去清风山，是与周泽兰先生一起，带着柴刀，在一个夏日的早晨出发。天气凉爽得很，我们在山谷的茶园上行走，发现草木把原来的路掩盖更是严丝合缝。我们在齐腰深的茅草中东奔西突，转了二十来分钟，找到老路，靠着石墙，依旧在柳杉林上坡，路竟然没了，我们在树林间打转，走错了方向，走到南边山头上，下坡，路断了，一片齐腰深的茅草，便赶紧返回来，重新上坡，往西边行走，竟然找到山头最高的地方。那里有个测量标志三角铁架。路也被砍出一段。这里看起来开阔得很，但周围的树长得很高。我像猴子一样，爬上一棵孤零零的松树，举目一望，恰对东方，华顶山的全景及宁海和苍山一带的诸多山峰映入眼帘。林木苍翠，白云翻滚，顿然觉得自己如同天人。

周泽兰先生举着柴刀，笑容可掬，告诉我，这清风山顶是天台山最好的观景地，以前树木没这么高。坐在任何一块岩石上，就可以俯瞰四周的景色：东边看华顶东海日出，南边看临海群山和天台城的全景，西边可以看始丰溪两岸美丽风光，北边则可以看白鹤新昌菩提诸峰，云山环绕，云海升沉，耳目顿然清爽，胸襟更加广阔。

周泽兰先生是龙皇堂土著乡贤，他从小就在这山上砍柴割草放牧观景，后来考上大学，在外地工作，但每次回来后总是喜欢爬山，感受凉爽清风，俯瞰群山景观。他说，这清风山能早日开发更好，只要把古道稍微修整一下，把串联各个奇岩怪石的路修通，在顶上建观景台，让人能爬上去登高望远，能摄影，能观景，就很好，自然会有人在网络微信报刊媒体传播出去。条件成熟了，建设集云公园，建造唐诗阁、观天台，辟出一块空地，可以搭帐篷，练太极，这清风山就可以成为天台山最佳观景点，名山又添胜迹。

可惜的是，清风山虽然在龙皇堂前面，交通便利，但依然沉寂。唤醒它，需要有识之士和政府的共同携手达成。我们这样边说着话，边寻找敕封潭，从山顶下来，向东行走，路又没了。我们在山顶上打转，忽然一阵云过来，迷住眼前的景象，我们又是一番奔突。没想到随着迷雾而来的，竟然是一阵骤雨，我们躲在树下，很快淋湿了衣衫，与其消极被动，还不如冒雨前进，我们又是一阵披荆斩棘。

渐渐云雾退去，我们发现，错走到南边的另一个山头上，赶紧折北而行，才发现山道十字路口，一边向东通往兴龙湾村，一边朝北通向敕封潭。但路已经被柴草封杀，我们朝西找到回来的路，跑到公路上，回到住所，换下衣服，时间已经午后一点半了。

清风山上雾凇

清风山东面的老鹰岩

我在20世纪90年代与王修顶见到过敕封潭，很大，长满了水草，旁边有"敕封"字样的摩崖石刻，平时人们也很少去那儿。这断尾巴龙喜欢安静的，不喜欢热闹和打扰，不过，周泽兰先生说，这敕封潭历史悠久，地理位置独特，完全可以做足龙文化文章，比如山顶造个龙王庙，名副其实，再加上镇龙岩、兴龙湾什么的地理实体，倒是独一无二的。

从敕封潭往北下来，就是雨伞岩，岩下可以躲雨，当然也可以爬到岩顶上，俯瞰龙皇堂，瞭望华顶峰，日出云海，情致不错。

我曾经在某个冬日的下午，从西竹冈的小路上往上行走，看见清风山南边对面的山上，有石如仙，非常清秀，沿着路转弯，走到北坡，半山腰上有一片沼泽地，中间一块岩石，像躺椅，像床。我想这是龙王的卧室，流云似乎在这里出来的。因为在我的窗口望去，山云往往是那里过来的。我的朋友许昌渠在清风山上也遇到一场骤雨。他躲在雨伞岩下，细察风雨中的清风山景色。山冈上风过处，青草随风起伏。随着云层加厚，刚才绿色的山顶，变成青灰色，人难伫立，无怪乎这一带不长树木。华顶峰慢慢地向远处隐去。

敕封潭消失了，松林不见了。山色之变幻，令人叹为观止。于是，雨成了清风山的主角，那气势磅礴的神韵，自由舒展的彩云，随着风过，穿林打叶，便听见串珠般地落下，风雨交加，林梢起伏，峡谷上升起一层浓雾。

我想起，在山顶上与周泽兰先生说的一句话，当感到实在没路的话，重走一下回头路也是好的、幸运的，走回头路也是一种反思，知道我们走的路到底对不对。如果一直瞎走下去，前面没路可走，甚至连回头路都没有的话，那就是进退维谷，撞得头破血流了。其实放下面子，身心就没有束缚，反而像云一样自由轻松了。

当我们放下的时候，我们就像云一样升到一定高度了。

前方的路千万条，回家的路是第一条。

歇亭书堂

在清风山回来，我与周泽兰先生一起品茶闲谈。每年的夏季，他都到龙皇堂避暑。

天台行旅，无论古今，龙皇堂是中转站。这里可以住宿打尖，可以歇息饮食。

龙皇堂的位置确非常折中。这里离县城北十六公里，是一个交通要道，天台县城通石桥、华顶、大同旅游线的重要枢纽，这里离石梁、万年、华顶、佛陇各十五里，人们常在这里打尖歇息。

周泽兰先生说，这个地方地理位置绝对好，我们认为这几年石梁镇发展很快、

现在莲台下面的候车亭成为新的歇亭

变化很大，相继建起了莲花小镇、莲台公园、农旅服务中心等，若是没有游客集散中心很不方便。天台山西北片著名的景点，如万年、桐柏、桃源，都比较分散，尤其是石梁镇境内的华顶、石梁、佛陇，都有一定的距离，如果在龙皇堂建造游客集散中心，让外地旅游大客车集中在这里，再把各个游客摆渡到相关景点，可以调剂平衡流量，同时也带动了一方经济文化的发展。实行食宿健学游娱一站式服务，一票通行，吃住行服务配套，将华顶石梁和桐柏佛陇与周边的景点连贯联动起来，再加上清风山的观光健身徒步、周边的乡村民情体验，及唐诗之路游学培训等项目，相互配套，自然丰富，线路就不单调了，能留住更多的游客。还有龙皇堂建设游客集散中心后，更唤醒了沉睡的学堂冈周边双溪－天封－金顺－外湖－大同五村－大同岭脚至培山一线的浙东大峡谷山居旅游，周边美丽乡村一下子鲜活起来。

龙皇堂周边确实需要统筹规划，形成整体的思路，这也是周泽兰先生和许多有识之士心头多年酝酿的美好愿景。

民国时期龙皇堂山谷就有许多村落，村边都围绕着竹林，与雁荡不一样，这里有肥沃的厚土，水源不甚充足，许多都是靠天田，按照当时的价格，每亩田好的值六七十元，一般的值三四十元，亢旱之时则颗粒无收，龙皇堂奉祀龙王祈雨，非常必要。

龙皇堂本来是个小村庄，但这里早有集市。镇中人烟，也渐繁杂。民国期间，文人何清隐来此，正好有一队来自雁荡的旅游团在此歇脚。另有民国文人胡行之到此，说：龙皇堂居户不多，以其通路要道，故形成一小镇。上山者都在此休憩，随便进餐。他们来时已中午，饥肠辘辘，乃在一所小饭店据案而坐，先进番薯角黍（粽子），后喝黄酒，再啖炒面，方才把饿腹装饱。他们在这里吃饭将近一小时，权当作山行的补给。胡行之是坐着轿子来的，可见在当时龙皇堂上下华顶石梁飞瀑的山道宽阔得很。

清代状元画家钱维城《台山瑞景》图拍卖上亿元的消息传来，许多人都想到画中的实景看看，有人还就钱维城是否到天台山发生争论。杨国强撰文说，钱维城是到过天台的，乾隆在《御制诗四集》中写道："钱维城视学浙江时经游天台，因画其景以进。"如果钱维城没到过天台，也不会说自己经游天台的，否则就犯欺君之罪了。

钱维城是学徐霞客独登天台山的。他想去看石梁和华顶，但天上飘着冬雨，路途冰冻险阻，没能去成，就住在龙皇堂的旅舍里。他写诗云：

> 山意厌游客，零雨飘深冬。
> 不成石梁行，来宿精庐中。
> 主人具袍笏，九十颜青童。
> 款语及家室，孙曾各扶筇。
> 自非道气深，曷睹淳古风。
> 因知不死药，尽在华顶峰。
> 怅望隔云雾，徒渐采芝翁。

龙皇堂虽是交通要地，但历代行旅文字仅点到为止，没有展开细致描述，有关记述寥寥。文史大家齐召南是这里的常客。他在《过寒风阙小憩龙皇堂》诗中说：

> 已历千万转，飞飞凌太清。
> 却顾所来径，花飞出谷莺。
> 双峰自相对，凛然寒风生。
> 三百六十日，日夕连秋声。
> 东上蓬山路，回首故人情。
> 岸叠春山色，茫茫与天平。
> 杂花间平陆，一鸟花间鸣。

清代天台本土书法家梅人鉴，自称"古有草圣草贤，吾书在不圣不贤之间"，有诗写龙皇堂道：

> 峰头坦若堂，崎岖忽平地。
> 益信学道者，先难而后易。

民国有个范铸的人，一生羡慕徐霞客，周游山水。在民国4年（1915），游访天台山，在他所写的《天台山行记》中，写到龙皇堂村边景色：

> 承许君导观村外，见四面山坪大开，

汉高察隐居处摩崖石刻

水田漠漠，宛如郊墅光景，几忘其在万山顶上也。

范铸打了两个比喻，说龙皇堂像车轴和扇根。在他眼中，龙皇堂乃"山中总汇缩毂（系住车轴辘，即停车之意），村当三岔路口，南向者为国清道也，北向（亦有歧路）方广及罗汉岭道（踰即向万年寺），东向者华顶道，即余今日所来者"。"盖此地形，如北向而展折扇，龙皇堂为扇根，善兴（即华顶寺）、方广、万年乃扇之面也，而国清道则又如折扇施柄耳"。

他来时，龙皇堂有村店八九家，便向许姓酒家沽饮。此前，清代画家顾鹤庆也在龙皇堂沽酒，那种酒是红色，甚清冽可饮，即天台土酒也，山中别无卖浆家，他晤一老僧，茶话半晷（背对着）许久。

读地方志，得知龙皇堂在唐代时曾建有歇亭一座。所谓歇亭，就是供人歇息的亭子，现在这亭子早就消失了。歇亭是唐代贞元九年（793）担任浙东观察使的孟简所建造的。孟简，字几道，河南临汝人，他写了一本中国最早的食疗书《食疗本草》。他深知华顶峰游访不易，便捐俸在龙皇堂建了一座亭，即"孟简歇亭"，为行人提供歇息之地。他精通佛学，与华顶的澄观法师关系密切，并向法师请教佛学。他们经常坐在歇亭中，谈笑风生。

龙皇堂往日的歇亭，在唐台州刺史陆淳撰的《天台山三亭记》中看到相关记述，所谓的三亭，即华顶峰上的倒景（影）亭、华顶去石梁古道中的步云亭，还有一个就是扪萝亭，这是歇亭的别名，声名不亚于石梁的昙花亭。所谓的扪萝，就是攀缘葛藤登山，体现山中行走的意趣，唐代宋之问的诗里说："扪萝登塔远，刳木取泉遥。待入天台路，看余度石桥。"在灵隐扪萝登佛塔，在龙皇堂扪萝看石梁，也体现了浙东唐诗之路的大致走向。"扪萝"这个词，也出现在孟浩然的

察岭，下面的建筑为石梁中学。

石梁小学远眺

《宿天台桐柏观》里："扪萝亦践苔，辍棹恣探讨。息阴憩桐柏，采秀弄芝草。"孟浩然诗中的扪萝，富有道家的情味。但老百姓不常用"扪萝"这个太高雅的词，觉得歇亭最直截了当、干脆利落。

歇亭建成后，往来旅人络绎不绝。徐灵府《天台山记》中说，"自歇亭西行，注涧一十五里，至石桥头"，"禅林寺西北上二十五里，乃至歇亭"，"自歇亭北上二十里，上华顶峰，此天台山极高处也。"日本僧人圆珍在唐宣宗大中七年（853）入唐，在《行历抄》中写道："从此西行十里，到前越州孟中丞亭子。只有旧基，曾无屋舍，于此吃斋。"他来的时候，亭子已经没了，他的路线是先上佛陇修禅寺，再去华顶拜经台。在圆珍的记述中，得知《越州孟中承（丞）修理天台石象道场碑文》一本，表明孟简在建造歇亭的同时，重修了天台山的石象道场，据学者周琦考证，石象道场是修禅寺的法华忏院，智者大师修忏法时，墙上呈现普贤菩萨乘坐的白象之形。现在石象道场已经不存，估计也该修复回来的。宋熙宁五年（1702），日本僧人成寻也在这歇亭里留下足迹，在《参天台五台山记》中，他写到了这个歇亭："大慈寺北行廿五里，山路有亭子，曰扪萝亭，浙东观察使御史中丞孟简而建，仍字之曰孟中丞亭子"，又说，佛陇上来的古道要经过这歇亭，它的位置距龙皇堂不远。

歇亭的对山，是察岭。高察生活于东汉三国年间，曾任吴国太常（卿），在此隐居，搭了一个茅篷，读书耕作砍柴，自得其乐。周围的百姓看到了他，都知道他的学问好，人品高尚，不但自己跟着他识字读书，也把孩子带到他面前，请他授课。龙皇堂因为高察的启蒙，民风甚好。

察岭并不高，在龙皇堂村的东边，一个小小的山丘，他在当时的察岭也就是石梁中学的后面建造读书堂，与丛林翠竹泉崖为伴，书声鸟声水声风雨声不绝，极为和谐，清代时有文士在遗址旁的山岩上镌刻了"汉高察隐居处"六字，字体端庄稳健，也是龙皇堂充满人文气息的遗存。人们行走其间，对高察执教山乡、开天台山文教之风的德行，久久瞻仰，深表崇敬。察岭附近多奇石嶙峋，悬崖壁立，可惜在"文革"后开采过甚，美景渐阙。

察岭的书堂，乃是诸多文人仰慕的地方，但天长日久，这书堂的遗存早已销声匿迹了，清代天台人张利璜，字渭夫，号熊卜，官为文林郎，有诗集行世，他在《度察岭》诗中写道：

孤标已逐海桑更，岭上犹留高士名。
寂寂空山寒日影，高高老树撼风声。

清代的台州知府张联元，曾经来到察岭寻访高察读书堂。但书堂早已不在，他心怀怏怏，作诗记之：

书堂不可寻，岭云如相迓。
空山寂无人，鸟向寒林下。

民国的范铸在游记中也写到高察书堂，还有龙皇堂的小学校："忽闻书声琅

唐诗营地

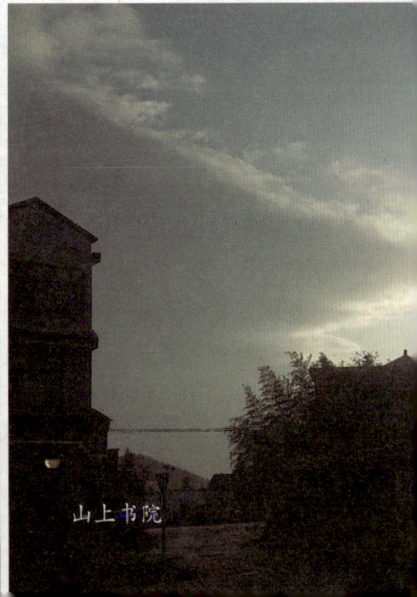
山上书院

琅，疑为高察书堂，询之乃知又有小学堂，入而观之，晤校长陈君子安暨教习某君，礼貌甚至殷勤。询陈君知，校名习云（云此地有习云洞），时教习方对诸生说唐太宗皇帝故事。二者皆深山异事。因"习"与"集"在天台方言中同声，误记为习云。习云学堂应为集云初等小学堂，创办于民国元年（1911），当时有学生四十人，皆为附近山村的学童。

集云初等小学堂，民国25年（1936）重建，在徐士瀛和陈荩民主持下，这所学校开始动工。据说，那时宋美龄游华顶后住龙皇堂旅舍，听到修造学校的消息，捐出二百银洋，校名改为"中正小学"。学校坐北朝南，大门开在西侧。民国28年（1939）2月开学。20世纪50年代，改为北山区校。现在北山区校的老建筑已经改建成幼儿园，在学校的碑文中我依稀看到，"中建大礼堂五楹，教务室与图书室附属。大礼堂之东，建屋三楹，为东教室，西亦建屋三楹，为西教室……"由此，高察的遗风因而得到承传。

石梁学校与我曾经读书的北山中学遥遥相对，北山中学也就是后来的石梁中学，就在察岭之下。我每个星期带着咸菜和米、番薯之类，从外湖村来回走三十五里来上学，从察岭经过。

那时候北山中学没有围墙，放学之后，课余之间，我们拿着书本到了汉高察隐居处的石头上朗读，其东面就是匍鸡岩。我们看鸟雀飞跃，虫儿和鸣，清风吹拂，花朵飘香，当时，这摩崖前面还有一块岩石，把道路夹持在中间，成为一个隘口，但现在路外的岩石已经已经被打掉了，很是可惜。

高察读书堂的遗址，就在北山中学的地方。北山中学是20世纪50年代建造的，原来是初中，后来发展成高中，最多的时候学生达到一千多名。后来高中停办，又变成初中，北山中学改名为石梁中学。我的朋友赖根千和周先岳、袁良华等在这里工作。20世纪80年代中期，我也在这里刻过一年的蜡纸，并管理图书，阅读了李泽厚的《美的历程》。

最后因为生源出现问题，2013年8月，石梁中小学合并为九年一贯制学校，定名为石梁学校，确定教师专业分别由浙江省教育厅教研室、杭州外国语学校负责培养。中小学合并之后，石梁中学的校舍就一直闲置着，非常冷寂，每次经过，心里难免有些失落苍凉。

最近从在报上得知，天台县已被列入浙江省中小学生研学旅行工作试点县，率先在全省整体推进"唐诗之路·霞客古道"研学基地（营地）建设，在石梁镇建设"云端小镇研学旅行营地"，各项工作正在紧

锣密鼓推进,有关部门看中这闲置多年的石梁中学,进行改造,打造成为功能完善、环境优雅的国家级研学营地,建成后可同时容纳一千多名学生食宿和研学。

看到察岭之下的教育胜地又将焕发了生机,我的心里深感欣慰。

莲 花 小 镇

我的居所之前二百米的地方,就是莲台唐诗小镇主题公园,它把龙皇堂天街和云端农旅中心等连在一起,站在这里视线开阔,田园村落,草木芬芳,庄稼浓绿,白云缭绕,足以激发人们的向往。

龙皇堂坐落在北纬三十度地球上最神秘的风光线上,这里山高气爽,属于清凉世界,城市里炎炎烈日,这里始终是摄氏二十度,诱惑来此避暑休闲的人络绎不绝,周围的农家乐民宿爆满。据说,夏季之时,不及时预订就住不上呢。

龙皇堂村、集云村与莲台尽在咫尺。莲台是唐诗小镇健康公园的中心,一朵莲花一样的观光平台。每当早晨,当太阳升起的时候,阳光照亮农家的屋顶、清风山顶和周边的树林,晨雾从莲台下的田野上升袅而起,这里就聚集了一大批人,

龙皇堂远眺

在音乐中打太极拳练易筋经，他们的脸上被照得一片通红，充满青春生命的神采。朋友卢益民在村里行走了一周，到了这里，拿出随身携带的洞箫，在这里吹奏一首赵松庭的《鹧鸪飞》。

上午一群群孩子在老师的带领下，朗诵唐诗，他们是参加研学的，那稚嫩、清脆的声音被微风传出老远老远。夕阳含山，彩云逐日，一些远方大城市来的游客，也在这里看夕照晚霞，在通红的光影里，每个人举起手机拍摄稍纵即逝的晚光。我发现他们都在做出朝拜的姿势，当星月升起、街灯点亮的时候，晚会开始，他们在这里唱歌，节奏铿锵、舞影蹁跹。有些年轻人在这里露营，搭起帐篷，热恋中的人在月光下卿卿我我，相依相偎。

莲台之下，草木扶疏。沿路立着许多唐诗碑，镌刻着诗人的形象与优美的诗句，转过凉亭，我看见仙宗十友的雕塑，还有一些健康知识的标牌。听人说，这里原先是一片荒坡，有许多杂乱的违章建筑，镇政府将它们清理了，建成了健康公园，可以不同的方式进行健身和娱乐活动。

莲台是经过防腐处理的木板铺成的，走在上面，碇碇地响，就好像走在天上。

站在莲台上放眼环顾，周围的大小山峦就像八个莲花瓣。大兴坑冈、长湾、西竹冈、清风山、寒风阙左边大段冈，还有察岭等等，围绕在一起，形成像洞天村一样的风水宝地。所以，龙皇堂的地界有了莲花小镇的美名。莲台所在东面有一块岩石，就是莲花心之一，另一块花心则在石梁学校幼儿园的天井上，曾经破坏了一角，现在也加了栏杆保护起来。这是风水凝结的地方。

范文岙村的周忠仙老先生，八十八岁，依然走路风快，经常到我的书房闲坐，他说，民间有本叫《黄牛断》的书，为五代谢金庭所书，作者相传为衢州人，又云临海人，他骑着一条独角黄牛，游走四方，故号曰：谢黄牛。他把吴越一带风水绝佳的地方，画图记录成书。《黄牛断》中写到龙皇堂的风水结穴，一个在寒风阙的白沙溪之上的山口，一个在高桥狮子山那边，还有一个是在莲台下面的山谷平地里，大家总是找不到实在的地方，稀里糊涂。

对于风水，我不回避，这是属于生态环境人文地理学的范畴，宁可信其有，不可否其无的。它影响到城市和村落的选址和布局。

银装素裹（俞江正 摄）

龙皇堂天街

　　莲台和云端文旅中心的中间，有农贸市场，对面是石梁宾馆，龙皇堂天街的北端山上书院东边有一片翠绿的竹林。每天早晚阳光把它们照得通红，书院经常举行文学读书创作交流与汉字传习公益活动，乃是真正的云端雅集。

　　现在龙皇堂周边的美丽乡村和美丽庭院建设如火如荼，极大地提升了山地农居的文化艺术品位与档次。使石梁镇获得了各种殊荣，龙皇堂和大竹园村成为浙江省3A景观村落。龙皇堂周边地势平坦，田畴连绵，村民以周姓为多，周姓是从仙居迁徙过来的，还有许、姜、王、金等姓居住。龙皇堂主街道所在的地方，原住民几十户，在石梁镇一带是个小村落。现在见到的房屋，有一部分是国家单位。比如，银行、邮局、供销社、卫生所、财税所、镇政府、学校、宾馆、派出所，等等。附近有乡贤馆，则是为当地乡贤联谊聚居服务的地方，维系乡情乡愁的纽带。许多乡贤集中在这里，为当地的经济文化发展出谋划策，献智献力。乡贤们就天台山云端·唐诗小镇、四季冰雪主题乐园、绿城莲花度假村等重点项目的各项建设提出建议，围绕美丽乡村、环境革命、人才回村、产业旺村等中心进行重点对话，努力推动高山蔬菜、茶叶产业等小镇农业主导产业，促进农民增收同时，做好小镇的传统乡土文化传承，如"一庙一故事"、非物质文化遗产的挖掘抢救、主导乡风文明建设，同时在进行乡村治理等各方面做了大量的工作。天朗气清，惠风和畅，乡贤会聚，少长咸集，吟诗作画，唱歌跳舞，此乃山中真正雅事。乡贤馆对面，我一眼看见正在装修的石梁大隐·云·禅院民宿，它以"素行天下，善行当下"为企业愿景，以"让大隐人过上自己想要的生活，健康、快乐、财富自由"为企业梦想；"读经典、学圣贤、吃素食、穿布衣、喝禅茶、住禅舍、悟禅道、行善事，简单很幸福，幸福很简单"，开业之后的民宿，又是一

个休闲养生的好地方。

　　龙皇堂街自南而北就几百米，很短，走十几分钟就出头了。石梁镇镇政府是个古朴的院子，民国时曾建造过高察公园，古木参天，环境清幽，乃真正的山居雅舍。龙皇堂街的建筑，体现浓郁的清古神韵。焕发着青春活力与激情的红男绿女，如云一般飘到知音草堂，用当地生长的板蓝根制作的靛青来印染花布，然后去太白酒楼品尝山间美味，宴席之上，行飞花酒令为乐。太白酒楼的主人金成东爱好花卉盆景、根雕以及奇石，广泛搜罗点缀，增添无限生活艺术情趣，经他与爱人张冬芳精心打理，太白酒楼声名在外，因为植入特有的天台山唐诗元素，太白酒楼立显风貌精神，客人纷至沓来，名气在外，上过《人民日报》。

　　龙皇堂街附近有高察农家乐、山馨居农家乐等，也提供游客的食宿方便。在石梁旋转屋顶标志的路口，则有山水人家农家乐。主人家曾经学过医，专做药膳，每天提供两桌，除此无多，但生意很好，慕名者络绎不绝。山水人家对面的山冈上，则有何元芬开办的暖湾山庄民宿，此民宿是独立的别墅，居高临下，视线毫无遮挡，看山林彩霞、村落炊烟，云海升沉，境界开阔。

　　我们跟随清纯少年，如云一般飘过唐诗营地，到莲台之上，朗诵来自大唐最精彩的诗句。

　　记得我在读高中的时候，这龙皇堂街是石条铺成的，斜插的大篅花纹，非常好看，但是拖拉机汽车开过去，一路狂蹦乱跳，加上在冬天的时候，一下雨一起雾容易结冰，要去除它们很难。于是龙皇堂村民就改建成柏油路了。北端还有一段石条路，现在当作健身道，在石梁宾馆的西面，是天台通大同的旧公路，保持着原汁原味，让人怀念。

我的朋友黑陶写过《大海拍打近旁的世俗生活》一文，把天台山写成天上的神安放的一张台子。他说，天台山就是巨大的石头台子，用近旁的大海擦洗过一遍的石头台子。他在一个散文化的清晨，乘着农用车从国清来到龙皇堂，他与小说家阿福一起看天台山地图的时候，证实这龙皇堂和华顶山就像一个巨大的台子。在路边小吃店早餐的时候，看到当年龙皇堂的街景，如电影一样蒙太奇。

我们到得很早，挂着牌子的镇政府边上，两个肉墩头上的猪肉没有卖出多少。一个山民，支起两头弯起的竹扁担，正往铺在地面上的塑料纸倾倒茄子。蛇皮袋上塞满沾着露水的紫郁茄子。剃头店刚开门，一脸盆的脏水泼出来，令一条正在门前徘徊觅食的老黑狗（前腿断了一截）惊慌蹦跳。地面凹凸不平，装满石料的拖拉机冒着黑烟左摆右扭，跟着人家挂着竹篮的载重自行车后吃力蜗行。两家酒铺的炉子已经生好，端碗喝粥头发未梳的妇女向下山的熟人高声地说着笑话。太阳升起来，一摊一摊潮湿的，有公鸡散步的灰尘地上蒸腾微微的水汽，在拐腿女人的小吃店吃早饭时，我看见光着上身的黑男孩啃着棒冰，拿着一包香烟正在坡上的那个石头房子商店里走下来，天台山动人的晨光，在那一刻，将他微小的轮廓描上灿烂的金色。

黑陶的文笔如镜头一样推拉摇移，晃动着20世纪90年代的图像，细腻传神，绘声绘色。

龙皇堂文化礼堂在十字街东南侧，底层是和合书吧，在书架上，我看到我的《天台行旅》《天台茶》和《徒步寒山》。人们可以在自动机器上借阅图书，礼堂上层可以举行各种集会和文娱活动。它与集云村文化礼堂是按照五A级的标准建造的，都有和合书吧、舞台、音响、大屏幕，可以阅读，也可以演出讲学。石梁镇许多村都建成了文化礼堂，成为文化娱乐的中心。在龙皇堂文化礼堂边上，有卢文顺的茶叶展览厅、俞益挺的中药材展示馆，三位一体，在街北面，路口，

莲花小镇雪景（车邦国

我看见一家粮油店前晾晒的垂面，如门帘一般。原来是王水球手工制作的。王水球是该村的妇联主席，龙皇堂文化礼堂的管理员，今年四十七岁，做垂面已经十年，她选择每年的秋冬两季制作，大概因为龙皇堂山高，紫外线强，垂面带着浓浓的麦香和阳光的味道，本地人和杭州、上海等地的游客都喜欢到她这里购买，许多成了回头客。产量不多，名声在外，供不应求。

龙皇堂一带环境宜人，适合于养生，成为远近闻名的六养胜地。所谓的六养，即养心、养脑、养肺、养神、养胃、养眼是也。我的朋友许周讷撰文道：龙皇堂，让人遐想，让人向往。这里世代居此土著人，脸色红润，肌肤白净，健康美丽；这里春来山花盛开，空气清新；夏天郁郁葱葱，一片清凉，晚上需盖棉被；秋来万山红遍，天高云淡，远近山峦如洗，让人精神倍增；冬至漫山皆白，村庄黛色，炊烟袅袅，宁静而美丽。这里没有任何污染，永远是蓝天白云，永远是仙境之美。他呼吁，当今都市人在快节奏的圈子里紧张生活，非常有必要到这里感受自然生态环境，释放身心疲劳，减轻生活压力。石梁镇入选浙江省文化和旅游厅颁布的第二批二十八家浙江省旅游风情小镇名录，是天台县唯一入选的小镇，当之无愧。

许周讷说，这里高山之上，气候凉爽，蓝天白云，晓雾升沉，仙境一样的风光，在温煦的阳光下，在竹林里穿过去，在山冈上行走，迎面而来的是凉爽的山风。我的山上书院对面，就是新建的石梁云端小镇农旅服务集散中心，坐落在绿城莲花度假村和石梁宾馆唐诗营地之间，这组石头建筑的精美群落与周围的景色结合得非常协调，六个部分各自独立，组成一个和谐的整体：

> 东边的观光高台是"文化入道"，即闻清音楼，展示石梁的主体文化，让人们高瞻远瞩，俯瞰山野田居风景，走进去就是"高山品牌"，即灵山市馆，销售茶叶、药材、竹笋和当地的高山农副产品，形成石梁品牌标识；边上的是"自然演艺"，即丝竹韵吧，可以组织古典现代风格的演奏演唱，结合餐饮功能，可以举行较大规模的晚会。再过去就是"食以言志"，即仙客聚堂，提供高山餐饮服务，可以品尝高山特色的佳肴，观光同时欣赏音乐。北侧"把酒当歌"，即松风雅苑，边上为松树，可供休闲酒吧或餐饮。而"行者无疆"，则为农旅广场，可以当集散广场和临时车场。文、商、艺、食、酒、驻六大功能集于一体。

设计这农旅集散中心的是齐康教授，出生于1931年，祖籍天台，1949年考入中央大学工学院建筑系（东南大学建筑系前身），曾主持参与过北京王府井百货大楼、人民英雄纪念碑、毛主席纪念堂、北京图书馆、南京大屠杀纪念馆、梅园新村周恩来纪念馆等建筑的设计，而石梁镇农旅集散中心，"将天台传统文化主题与现代商业和生活结合，将原生态自然环境及地方建筑文化与现代设计手法结合，旨在创造一个具有鲜明地域文化特色的现代建筑及景观场所。"

在这里，我们欣赏了"石梁镇避暑节暨26°C诱惑台州市作家唐诗之路采风活动"的晚会，在唐诗营地见证浙江省青年诗人的培训，也体验到石梁镇文联和诗社成立的欣喜。2019年11月，石梁又获得浙江省"诗词之乡"的美誉，文化与建设并重，品质上有更多提升。

龙皇堂高山避暑胜地，也吸引了许多有识之士前来投资建设。比如浙江银轮机械股份有限公司把原来的粮站建筑进行改造、整修、美化，建成银轮集团的商学院——"银之园"，名声鹊起，进入世界500强的美国卡特彼勒公司，也派出精英到这里开班培训。国家级研学基地的建设，更是一个千载难逢的契机。

就在银轮商学院的南边、寒风阙的北边，天台山四季冰雪基地在紧张地建设之中，这是绿城集团开发的，据有关资料介绍，这里将提供一年四季零下三度的恒温室内空间，有优质滑雪道、亲子冰雪游乐设施。仙境寻踪，给人以冰雪的惬意、智慧与清凉。它与莲花小镇居住项目一样，成为石梁小镇的璀璨双星。

在莲台上，我的目光所及之处，是绿城集团投资建设的莲花小镇，这里视野开阔，站在阳台上，举目四顾，连绵群山和云彩，令人心旷神怡。这楼群充满江南园林的设计元素，小桥流水，雅室起居，明窗净几，令人安适。尽管坐落在山顶之上，现在楼盘销售价格甚至超过一些大城市。我拿来了绿城设计的宣传册，图文并茂，印制精美，非常雅致，设计构思体现出文化的含金量。我看到一段富有情感和文学意味的表述，估计也是绿城公司的有识之士演绎的。

云端莲花之舞

天台山石梁唐诗小镇避暑节开幕式

绿城莲花小镇，以"心安是归处"为主旨，营造"家乡"氛围，建成以后，将成为每一个小镇的精神故乡，使人真正地心有所安。

绿城莲花小镇，也是一个国际化的充满生机与活力的养生度假小镇。它将与其所在地石梁镇区相互融合，老地方与新建筑、老风俗与新生活、老韵味与新魅力，构成一个前所未有的复合小镇。小镇中式院墅区、五星级养生度假酒店、文化商业街区、养心书院、高山农业基地等丰富的养生养心业态，依托移动互联网和高速交通网，吸取儒道佛国学营养，营造出一个老人、小孩、中青年享受都市、融于山水、和谐共处、情趣盎然、其乐融融、生机勃勃的

龙皇堂冬日的雾凇

人间仙境。绿城莲花小镇，也是一个不断生长的有机小镇，居住人群涵盖幼儿、青少年、中老年等各个年龄段；生活方式将从赏景、社交、静修、运动、读书，向农作、手工艺、国学、艺术等全方位的养生养心生活方式扩展。

由此可见，绿城是一家信奉人文主义的企业，以"真诚、善意、精致、完美"为核心价值观，重视利他、育人。绿城倾心营造的莲花小镇，犹如一颗莲心，这颗心，也是儒家的仁爱之心。

我忽然想起，佛和菩萨脚下的莲台，除了莲花应有的"出淤泥而不染，濯清涟而不妖"之品质外，更有一颗崇高博爱之心，想起了《妙法莲花经》中的种种譬喻。在莲花小镇看华顶莲峰，自有一种博大的情怀，施爱与众生，泽被万物，自然是心灵归处。

云身自在山山去，何处灵山不是归，莲花生处，是我们的精神寄托，也是我们的心灵原乡。

第七章　山林风雅

云　雾　奉　茶

我来石梁茶山的时候，正是清明时节，嫩绿的茶芽剔透玲珑，村女们都在山上，开始细心地采摘，悠扬的茶歌也就响起来了。那声声不绝的茶歌随着云雾升起，如一朵翠绿的云。唱歌的是茶山上清纯的采茶女，空谷中回荡着她们的歌声。

二月采茶茶爆芽，高山大岭是难爬。

郎采多来姐采少，半斤八两好山茶。

三月采茶茶叶青，茶树脚下抛手巾。

接来手巾似花朵，蜜蜂仙女采山茶。

石梁山上的茶歌，如白云漂漾，原汁原味，犹如天籁。

正月采茶是新春，小娘儿弗讲别人讲自身。

男儿十七十八当良役，女人十七十八掌门庭。

二月采茶暖洋洋，做官爸不如讨饭娘。

娘见女儿长年月阔长长忖，做爸弗晓女儿长年月阔要嫁人。

这首茶歌，少女借采茶之名，行爱情之实，唱的是爬山调，情感非常炽热强烈，寄托了对美好爱情和幸福生活的一种渴望和向往。

石梁华顶峰一带许多民间的山歌小调，渐渐演化成乱弹和越剧的唱腔，山上的农民都会随时随地唱上几句。它们在我参与民间文学采风的时候，由那些山歌手在路廊里喝着茶唱出来，我出身当地农民，与他们之间没有任何隔阂，我得到了他们的尊重，他们很乐意为我歌唱，并热情为我端上清茶，茶如歌，歌如茶，透着纯朴的情味，我遇到了知音。

在采茶歌中品味石梁茶，有着一种非同一般的云雾一样升腾的情调。

我走在山间古道，经过许多石头砌的路廊，看见许多老人在里面施茶，他们用大桶盛着已经泡好的茶水，用大竹筒勺子把茶水舀到大茶碗里，让人解渴清凉，消除疲劳，恢复体力，这路廊里的施茶，据说是佛道修行的门道。一种叫作智入，就是明心性，顿悟入禅；另一种是行入，也就是修行积德，多行善事。路廊施茶，当属后者。

路廊里的喝茶与茅篷里的品茶是别有一番情调的，只有在天台山行走的人才能领受茶水的滋味。石头路廊中，有山风，有林阴，树木浓密的枝条，被筛得细碎的阳光，有着仙山洞府一样美好的韵致。尤其是在烈日正午登山之时，见到这样一个阴凉的路廊，就如干渴的人找到一个泉眼，有着抵达天堂一样的感觉。

钱文选游览天台山，说过一段话：

华顶茶园

冬日的华顶茶园（徐中威 摄）

由华顶寺至国清寺，有四十五里之遥，所见之凉亭，不过数处，且亭内阒无一人，亦无售茶者。刻下（时下）交通便利，游人日多，应于五里设立一小亭，十里设立一大亭，亭取一名，可以代表就地之名胜，或风景。大亭内必备有茶点出售，以便行人休憩时解渴充饥，尤便于轿夫。万一天雨，有亭亦可暂避。否则山太高，直上不易。看亭之人，可令就近居民为之。或云多设亭，看亭者生计无出，此可于亭之左右，由公家指定山地若干亩，由其垦种，或培养森林，一举两得。此亦开发名山，鼓舞游客之意。

现在做唐诗之路旅游，路廊施茶，也是一个很好的细节。在路廊里，我一直

葛玄茶圃

寻找施茶之人。

华顶山一带出产的云雾茶，当属上品。云雾缭绕的华顶峰，葛玄茶圃至今依然郁郁葱葱，嫩嫩绿绿，鲜鲜美美，焕发着生命的活力。归云洞的八棵茶树，据说就是葛玄种植的。葛玄，字孝先，丹阳句容人。生卒年约为公元164～244年，是中国道教灵宝派的开山祖师。他在华顶山种植茶叶，写诗描述华顶与石梁的景色：

高高山上山，山中白云闲。

瀑布低头看，青天举手攀。

石梁横海外，风笛落人间。

不见红尘客，时时鹤往还。

他植茶的时间，在三国赤乌元年（238），距今已有一千七百多年的历史。

1999年，应中国国际茶文化研究会会长王家扬约请，中国茶叶研究所古茶树专家虞富莲和姚国坤两位学者登上了华顶万八峰头，进行了实地考察和调查，并对归云洞前的三十三丛"茶祖"进行了全面鉴定，认为这些"茶祖"属于进化型的古茶树，完全合乎史料的记载。因此，王家扬欣然命笔，为"葛玄茶圃"撰写了碑文，并由县政府立碑为纪之。

明代茶人屠隆曾居华顶，著有《茶笺》，他有诗句道，"天台山，雾悠悠，大伏天暑如寒秋，四季云雾泛浪头"。华顶顶对三辰，蕴涵道家的旨趣之外，更有一个独特的自然环境地处高寒，云雾缭绕，土质肥沃，非常适合茶叶生长，并造就此间茶叶的优异品质；周边地区，峰峦叠翠，林谷幽深，云雾缭绕，有着优质茶树最适合的生长环境。

道家认为山中的云雨，本身就是一种"香龙脂"，只有它们，才能孕育高山茶叶特有的色、香、味，正因为云雾和细雨，滋润着云雾茶的品质，使之变得更柔软。高大茂密的树木，组成云雾茶圃独特屏障，抵御阳光直射，由此使云雾茶具有"佛天雨露、帝苑仙浆"的独特品性。华顶山的高寒环境，同样造就了云雾茶特有的芳香特性，以及天台茶独特的外形。

天台华顶出产的云雾茶，是云雾山林所造就的天籁之物。明代张大复在《梅花草堂笔记》中说，"从天台来，以云雾茶见投"，就是因为云雾茶具有滋味浓烈、回甘爽口、香气浓郁持久的品性，饮用之后口颊留香，而且耐于冲泡，有良好的口感和滋味，云雾茶由此声名大振。陈襄写诗云，"雾芽吸尽香龙脂"，所谓的"香龙脂"，实际上就是升沉此间的云雾。俗话说，风从虎，云从龙，龙自然与云有关。华顶茶与云雾孪生，云雾也自然滋养了山间的仙茶。龙皇堂是龙王的燕享之地，此带出产的茶叶，也是"香龙脂"造就的名品。

翻开作家王旭烽长篇小说茶人三部曲的《不夜之侯》，我看到有关华顶云雾茶的描述。

20 世纪 60 年代初，天台主峰华顶来了一群杭州知青，建起了林场和茶场。动乱以来，秩序不再，这里有许多人下山了，留着几个守林人和一些空房子，小说中，主人公得茶秘密安排得放潜入华顶山上，获得片刻宁静。在山上，他遇到了一个小释，估计是华顶管理茶园的小和尚，小释为他诵了两句诗："雾浮华顶托彩霞，归云洞口茗奇佳"。

华顶山头，旧有茶园二百多亩。又因为山头坡度大，茶园多建筑石坎，成梯形茶园，有的还在那梯级上种粮食，只在坎边种茶树，称为坎边茶。别小看这坎边茶，每年每蓬大的可采五斤，小的也可采一二斤。茶园的周围，都种植着高大茂密的柳树、金钱松、短叶松和天目杜鹃、婆罗树，还有野生的箭竹和笋竹等，它们形成了一道挡风避风的天然屏障，是茶树生长的阳崖阴林的又一个极好例证。小释告诉得茶，从前这里是有许多个精巧的茅蓬的，每个茅蓬里都住着一二个寺僧，专门管理着附近的一二片茶园。现在，这些茅蓬都没有了。坎边茶倔强地生在石岩山土之中，在暮色中就像修行打坐的老和尚。

小释让得茶品尝华顶茶，是谷雨后立夏前采摘细嫩芽叶制成的。现在看到大粗碗底躺着的这种山中野茶，条索细紧弯曲，芽毫壮实显露，色泽绿翠有神，一

山中品茶

踏春（罗华鹏 摄）

股热水冲下去，香气就泛了上来，尝一口，还真是滋味鲜醇。做茶的工序也就是"鲜叶摊放，下锅杀青，再摊凉，用扇子扇水汽，再揉，再烘，再摊凉，再扇，再锅炒，再摊凉，再炒，再干，再摊凉，再藏"。

有人笑说："这茶可真是够热的，只管摊凉。"小释却一本正经地说："这就叫水里火里去得，热里冷里经得嘛。没有这番功夫，哪里来的好茶。做人也是一样的，也是要摊凉的，你们这会儿不是正在摊凉吗？"

这也是华顶山上云雾与绿茶给人一个最好的禅意了。

唐代高道徐灵府在《天台山记》中说，华顶和桐柏等地出产的"石茗香泉，堪充暮饮"，与"松花仙药，可供朝食"一样美好。饮用云雾茶之后，能轻身换骨，长饮可羽化成仙。这使我想起卢仝七碗茶诗中的境界，"五碗肌骨清，六碗通仙灵。七碗吃不得也，唯觉两腋习习清风生。蓬莱山，在何处。玉川子，乘此清风欲归去。山上群仙司下土，地位清高隔风雨。"此情此景，与华顶饮茶相同。

华顶北坡的茶叶，亦可称为剡溪茶，见之于唐代诗僧皎然诗句：越人遗我剡溪茗，采得金芽爨金鼎。素瓷雪色漂沫香，何似群仙琼蕊浆。一饮涤昏寐，清思朗爽满天地；再饮清我神，忽如飞雨洒轻尘；三饮便得道，何须苦心破烦恼。这与华顶仙茶成了一个美好的对应。剡溪源头就在石梁镇，其上游就是石梁飞瀑。此诗最后说，"孰知茶道全尔真，唯有丹丘得如此"，丹丘是仙人居住之所，也是天台山的别称。皎然倾叹丹丘茗茶：丹丘仙人轻玉食，采茶饮之生羽翼。《天台记》云，丹丘出大茗，服之生羽翼。在石梁一带，这是众所周知的故事。

佛家饮茶习惯来源智者大师，他说："当觉悟无常调伏睡眠，令神气清白念心明净。如是乃可栖心圣境三昧现前"。利用饮茶，驱除困倦，便利于僧人保持神志清醒，有助于坐禅。因智者大师提倡寺院僧人们品茶学佛之后，因此，茶和佛教寺庙僧众生活结下了不解之缘。

日僧最澄大师，跟随佛陇真觉寺行满法师、修禅寺道邃法师、禅林寺翛然法师修习天台宗教义，回国前正是石梁新茶采摘的季节。最澄将天台华顶的茶种带到日本。天台茶籽被种植于日本比叡山山麓的日吉茶园，在那里，树立着镌刻有"此为日本最早茶园"文字的石碑。

石梁茶事最闻名遐迩的典故，就是石梁方广寺的罗汉供茶。

石梁罗汉供茶的形式，在南宋时，属于茶百戏。五代时陶谷的《荈茗录》是最早记录茶百戏的著述，"近世有下汤运匕，别施妙诀，使汤纹水脉成物像者，禽兽虫鱼花草之属，纤巧如画，但须臾就散灭。"所谓的"匕"就是茶匙。僧人在进行"茶百戏"时用茶匙搅拌茶汤，使得茶汤表面出现泡沫和水纹，现出许多物象，尤当奇妙。石梁方广寺中罗汉供茶时，在茶盏中出现的妙花，以及"大士应供"等字样，实际上就是这种泡沫和水纹的奇特呈现。

在《百丈清规证义记》中记载，罗汉供茶的过程中，众唱《香赞》云："炉香才爇，云腾宝鼎，旃檀沉乳真堪供，香云缭绕莲花动，十方诸佛下天宫，天台山罗汉，来受人间供"，表明罗汉来自天台山石梁方广寺。《嘉定赤城志》又载，方广寺每次供罗汉茶，"必有乳花效应"，宋代林表民在《天台续集》

林庭珪五百罗汉吃茶准备图收藏于日本京都大德寺

中说，当时的台州知府葛闳也带着许多官员来此煎茶供奉罗汉，并欣然赏此美景，俄顷见"有茶花数百瓯，或六出，或五出，而金丝徘徊覆面，三尊尽干，皆有饮痕"。

石梁古方广寺罗汉供茶的灵迹，被广泛传播了出去，朝野上下，一片轰动，据说贾似道造昙花亭的时候，寺僧用茶供养罗汉，茶杯上出现八叶莲花纹，并有"大士应供"的字样，所谓大士应供，也就是说罗汉已经接受僧人的茶供养了。

在贾似道督修昙华亭之前的二百七十多年前，方广寺的罗汉供茶仪式就被传播到东瀛去了。

宋代熙宁五年（1072），有位名叫成寻的日本僧人，曾与诸多僧人在华顶一起品茶，还瞻仰了智者肉身塔，他在《参天台山五台山记》中记载，"（1072）五月十九日辰时参石桥，以茶供罗汉五百十六杯，以铃杵真言供养。知事僧来报：茶八叶莲花纹，五百余杯有花纹。知事僧合掌礼拜，小僧（成寻）实知罗汉出现受大师供，现灵瑞也。"石梁罗汉供茶仪式被如实地记录了下来。成寻到天台山，年龄已经六十二岁了。他终老于汴梁城，圆寂后葬在天台山国清寺。

成寻之后，则有日本僧人荣西，曾经在他的自传中这样写道，"登天台山见青龙于石梁，拜罗汉于饼峰（即石梁西端的崖石），供茶汤而感现异花于盏中"，他回国时将万年寺的茶种带回日本去了。

史书记载，宋室皇帝甚至专遣内使张履信持《供施石梁桥五百应真敕》，到了天台山石梁方广寺，敕中这样写道："闻天台山石桥应真之灵迹俨存，慨想名山载形梦寐，今遣内使赏沉香山子一座，龙茶五百斛，银五百两，御衣一袭，表朕崇重之意。"

天台石梁的罗汉供茶情境，也被林庭珪等绘之于笔墨丹青，其中有《"石桥"罗汉供茶》一图，藏之于日本京都大德寺。画面上，中间有二位白衣侍者手捧二个茶盘，上各放六个茶盏，进入五百罗汉堂，一僧人焚香祈祷，图上方五位罗汉立云端，接受百姓以茶供养。人们说这幅画是天台山石桥佛家"罗汉供茶"最早的"写真"，独一无二，弥足珍贵。

天台石梁罗汉供茶，茶叶与佛禅、山水和艺术自然水乳交融，展示其中的无限之美。

在石梁中方广寺品茶，与别的地方不一样，山色漾翠，水也漾绿，多么切合自然。

北宋熙宁四年（1071），苏轼游览天台山，拜谒了国清寺，得到了主持僧处谦的热情招待，处谦特意在苏轼前面展示了佛寺中的"茶百戏"，无限神韵，令苏轼叹为观止。从苏轼的诗中得知，宋代石梁中方广寺僧人为罗汉供奉的是天台乳花茶。苏轼咏叹道：

天台乳花世不见，玉川风腋今安有。

先生有意续茶经，会使老谦名不朽。

高僧辩才，不仅与苏轼共饮品茶，而且还将香林茶带到了龙井。谢灵运把从天台华顶带去的茶种，种植于灵隐寺旁的香云洞旁，因此，这一带的茶树也就在杭州扎下了根。谢灵运从天台山带去种子的史事，据说是苏东坡考证出来的，谢灵运带去的天台茶，逐渐发展成龙井茶，经乾隆皇家宣传，龙井茶声名鹊起。

杭州龙井茶文化研究会会长阮浩耕先生走访了杭州二十多处的龙井茶文化遗迹，其中包括灵隐山上的梦谢亭，发现谢灵运携天台茶种到灵隐，就发生他在此译经的期间。阮先生根据史书古籍上的记载考证出，在唐代之前，梦谢亭是建造在山顶上，到了元代之后，梦谢亭才移建到山下，亭址就在现在的飞来峰理公岩到青（香）林洞一带。

唐宋时期，长江中下游尤其是江浙一带的茶叶品质得以大幅度提升，在此期间，天台的华顶云雾茶与湖州长兴的顾渚紫笋、越州会稽的日铸雪芽以及舟山普陀的佛茶，还有杭州径山茶等等，均为域中名茶，名扬中外。

民国 33 年（1944）齐中钦写的《峭茜试茶录》，对天台茶"辨其品质，第其高下"，"冠以产地，赐以嘉名"，天台茶的许多品类，大都出产于石梁华顶一带。他对此分门别类，进行阐述，他将华顶峰出产的云雾茶分为十二个级别，它们有着"芳味如兰，超越群众"的品性，经过他"辨其品质，第其高下"，一一冠名：

华顶云腴。产于华顶绝顶，仅二三本（棵）。因为草木茂盛，人迹罕至。春末发芽，寺僧采以供佛，多不盈掬。清香独特，不同凡品。

万善报春。万善是华顶西茅篷之一，所产茶叶为华顶茶叶中的上品。

妙峰滴翠。妙峰庵为华顶西茅篷之一。四面皆茶，庵前更佳。色绿味厚，水可三五开，与"万善报春"相媲美。

彩云片羽。生于彩云庵旁，叶片肥腻，状犹翠羽，故名。味甚甘芳，煎如客观，与"万善报春""妙

双溪村茶文化节

葛玄茶圃与归云洞前茶祖（范旭初摄）

峰滴翠"号为"西茅篷三极品"。

弥陀珠赐。产于华顶弥陀庵。佳者出于石级两旁，色味与彩云片羽相伯仲。形略同，亦是西茅篷中茶叶的佼佼者。与前"三极品"称为"华顶四大金刚"。

觉岸清尘。觉岸为华顶东茅篷之一，产茶数本，称为"清尘"。茶质与西茅篷并驾齐驱，不分上下。产自华顶东西茅篷，以西茅篷边出产的茶叶最优，东则淡之。

天柱茸香。为茶之上品，称为紫茸。天柱峰庵位于华顶山西南，所产之茶为炒品。

双溪鳏甲。产于华顶峰下双溪村一带，茶色深绿，茶味浓厚，上追茅篷之茶，但是乡人因茅篷之茶很难易得，便以高价收购此处茶叶。

齐中钦把石梁出产的云雾茶叶分为三等：

昙华献瑞。产于石桥山高处（俗名笔架山），绿色湛然，与"平田麦颗"相颉颃。南宋丞相贾似道命僧人妙弘建昙华亭，亭中供五百罗汉，杯中应现"大士应供"字样，此茶皆放异彩，名列第十。

柏坪凤爪。香柏坪为石梁飞瀑之源头，状类鸟爪，色味稍逊双溪以及邻近的铜壶等地之茶。列为第十一。

青顶云旗，此茶主产于龙皇堂青顶峰一带，茶味稍有差减。唯青顶之茶，与香柏坪（即香宝瓶）、断桥茶品质相近。

齐中钦认为，天台茶前七品均出华顶，为全山之冠，其中，品质优异的罗汉茶叶，产于石梁飞瀑源头平地、香柏坪（即香宝瓶）以及华顶山下的双溪等处。

双溪村是石梁镇出产茶叶最多的村落，是云雾茶的产业中心。周边的上潘、大棚、猪头岩一带，旁边平地、香宝瓶、龙皇堂至万年山一带，石梁飞瀑附近的乌溪天打岩一带，又是久负盛名的茶叶产区，茶山连绵，清明前后，茶歌四起，妇女们出没在茶园之间，情趣盎然。

在双溪村行走，所看到景象，诚如友人闲云所说，"漫步于村间，时时有一股茶香从窗口飘出，沿溪而行，连溪水中都带有一抹茶色"。双溪是石梁山区上最朴素整洁的村庄，"厨房间比城里都要干净，柴火是一样的长短，码在檐下，楼上的木地板照样擦得一尘不染"，踩在楼板和楼梯上，橐橐作响，别有一番情味。石梁山村饮茶，能够使人的品性变得更加高雅明洁起来。

2019 年 4 月我参加了石梁镇"仙缘茶乡·双溪鳞甲"开茶节，感受到"春雨催新芽，茶香飘四野"的美妙时光，在这里，茶人汇聚在一起，满怀希望，这一天茶叶上市、祈福茶叶丰收，在四月茶歌里，"仙缘茶乡·双溪鳞甲"的主题异常醒目，妙龄少女在优雅的乐曲中，为大家表演茶艺，热情献茶。我认为双溪村海拔八百五十米以上，长年云雾缭绕，空气清新，湿度较高，气温十分适宜茶叶生长。成千上万年落叶腐烂形成的"香灰土"，给茶叶生长提供了优质土壤，使之肉质肥厚，干茶放在手心时，会感觉比较有分量。双溪茶农采摘一芽一叶或者是一芽两叶初展的鲜叶，经过摊放、杀青、堆晾、轻揉、初烘、入锅炒制、整形、提毫理条、低温挥干和摊凉入罐等十多道工序制成。泡出的天台云雾茶，色泽翠绿、香味持久、回味微甘，冲泡三次味而不减。蓦一抬头，目光所及，屋前屋后，地垄山坡，皆是连绵的茶园。

现在双溪村已经成为人们趋之若鹜的避暑休闲胜地，为让客人感知最亲近乡土自然的最真实朴素的生活与情感，体验真正的原生态风景，双溪村专门成立了一家茶艺社，让茶农学习茶艺礼仪等知识，演示绿茶、红茶的泡制技巧和方法。双溪村有固定的茶艺活动和展演场地，大大提升村庄的茶叶文化。

在很长一段时间，双溪村虽然茶叶的知名度大，但是仅仅靠手作还是发展缓慢，村里将老旧茶厂拆除，改建了新的共九间两层的茶叶加工厂，第一层为是茶叶加工区和交易区，第二层是品茶区与茶叶展览区，浙江省教育厅与双溪村对接，大力打造茶产业，派出挂职干部指导茶农生产，优化茶园，打造新的茶叶观光基地，以茶叶为契机，实现双溪村观茶、品茶、买茶、就餐等一条龙旅游休闲的服务。跟着他们的脚步，我感到山间翠绿蓬勃的生机。

我与诸多客人在双溪村的茶园里行走，胜似闲庭信步，笑容可掬的采茶女子，身后是袅袅升起的茶烟，随着阳光映照微笑的脸上，洋溢着满腔激情和殷切希望。茶叶是石梁周边地区真正有潜力和品牌影响的农产品。江南茶祖、日韩茶源、佛天雨露、帝苑仙浆、罗汉供茶、唐宋诗词的演绎，让这里的茶事名闻遐迩。随着云端休闲和唐诗小镇的建设，石梁的茶叶会植入更多的文学艺术元素，充满宗教从古老的天台山经越国州（宁波）形成一条茶叶海传播的茶种不仅成就了世界龙井"，更成为日本、韩国文化的源头。

龙皇堂"天石芽创意汇"云雾茶展厅内景

文化精神的含金量，更赢得举世瞩目。

茶叶是石梁的支柱产业，把这个文章做大做足，发挥其内在的潜能，双溪开茶节不久，石梁镇领导马不停蹄，奔赴杭州参加第三届中国国际茶叶博览会，翌日又风急火速赶到余姚，参加第二届浙江省大学生乡村振兴创业创意大赛，借此机会向外地客商大力推荐产自石梁的天台山云雾茶。通过四处"吆喝"，石梁茶叶销路慢慢打开，从原来的面向台州市内，拓展到长三角地区，以及全国十多个省市；茶园面积达一万三千五百余亩；拥有省级标准化名茶厂三家，数量居全市首位；成功入列浙江省茶叶特色农业强镇创建名单；农民收入至少增加百分之十。石梁出产的茶品名声在外，天台山云雾茶、济公佛茶、天台山红茶三款茶叶产品荣获2018浙江绿茶（银川）博览会金奖，石梁镇正明茶业有限公司选送的"龙皇堂"天台山红茶和"集云"天台山云雾茶，也在上海国际茶文化旅游节上，被组委会评为2014年"中国名茶"金奖。"龙皇堂"天台山红茶以其外形条索紧细秀长、锋苗秀丽、色泽乌润、汤色红艳明亮、香气芬芳，馥郁持久，再加上天台山特有的气候特点，"集云"天台山云雾茶，也以外形细紧圆直，白毫显露，色泽翠绿，香高持久，品质优异，获得专家们的肯定。

现在，石梁镇境内有九家茶企，省级标准化茶厂三家，数量居全县首位。在双溪岙头，我看到许旭日的"济公茶苑"茶场；在高桥的路口，就看见浙江天一茶业有限公司，据报道公司拥有一座占地一千五百平方米的标准化、清洁化茶叶加工厂，并拥有海拔八百米以上茶叶生产基地五千亩，连锁门市部六家，联系茶农三百零五户，并兼有天台土特产销售，产品配送网络遍及台州各县市区及上海、杭州、宁波等地，是目前天台县最大的天台山云雾茶生产、加工、销售企业。在

这里我见证了邀请浙江农林大学教授的技术培训，与会者热情高涨，专心学习，力求把石梁的茶业做好做强。

漫步在龙皇堂街的十字路口上，我遇到了来自溪岩村的青年企业家卢文顺，他将自己注册的"天石芽创意汇"安家在这里，成立天台山唯一的茶文化专题博物馆。所谓的天石芽，我以为体现天台石梁茶芽的意思，按照卢文顺的解释，这个天石芽品牌缘起道家，"天"，体现"天人合一"健康的真谛和最高境界；"石"代表大地，坚实而有诚信，诠释产品及项目的根基可持续发展。"芽"既代表茶人、又代表高山茶叶一茶一叶特性，既代表山里人原生态的劳动果实，又代表人心的纯静与美好！他投资成立的天台茶文化博物馆已经建成，一个天台茶产业文化的高地，顺应国家倡导健康生活方式，宣传石梁茶业得天独厚的自然和人文优势，促进实施天台云端小镇康养的项目，大力提升起人文品格精神。

漫步在云雾茶展厅中，茶园景色、制作过程、品牌优势、诗词歌赋，一应俱全，无限风光，目不暇接，典雅大方的板块装饰和设计，满室洋溢着茶的温情。石梁茶业也是一种大健康产业，理应得到大力发展。石梁茶业也是天台山富有特色的自然生态风景线。深厚的历史文化和情怀内涵，儒释道圆融，蕴育了清纯原生无污染的高山名品，除了卢文顺，有更多外地创业的当地人，在母亲的呼唤下，回到云上的家乡，感恩乡亲，回报故土，奉献芬芳。

石梁茶叶发展的思路，就是通过创建省级茶叶特色农业强镇为抓手，走"政府为主导、市场为主体、品牌为主线"的产业发展之路，以"一村四园"为茶产业发展重点，大力扶持双溪村打造茶叶特色村庄，推进一批茶叶精品基地和标准化名茶厂建设；同时开展茶产业三大行动（茶企回家行动、茶园扩面行动、茶产提质行动），并通过建设精品茶园、茶叶制作工艺培训等多种方式，推动石梁镇茶产业转型升级和茶叶制作工艺提升；邀请浙江农林大学的专家教授，进行茶叶的制作和形色品赏方面的培训，茶农种茶制茶的热情高涨，茶业发展势头良好。浙江农林大学的专家表示，石梁镇拥有深厚茶文化底蕴和优质的旅游资源，要做好茶旅融合这篇文章，努力打造集茶叶生产、文化体验、观光旅游于一体的新模式，进一步提升石梁茶产业的影响力，促进乡村振兴，带动老百姓增收致富。

迹溪竹沥水茶楼

绿色而美好如茶一般的希望，指日可待，翠绿广阔的前景，令人心旌摇动，悠然陶醉。

在迹溪村竹沥水茶楼里品茶，竹声连绵，竹雨淅沥，别有生趣。

在这里，我听到苏东坡用天台竹沥水斗败蔡襄二泉水的典故。

据宋代江休复的《嘉祐杂志》记载，苏才翁（东坡）尝与蔡君谟（蔡襄）斗茶。蔡茶水用惠山泉，苏茶小劣。改用天台山竹沥水，遂能取胜。清朝陆廷灿《续茶经》记载："天台竹沥水乃竹露，非竹沥也。若今医家用火逼竹取沥，断不宜茶矣。"《惠山名胜志》中，也有"天台竹沥水在惠泉之上"的说法。

据当地人说，天台竹沥水，为山里农民夜间将毛竹切口，用容器接承竹汁，用来泡茶，称为上品。在云端生处，在石梁源头，品云雾茶，说起茶人茶事，总是意犹未尽。

藤 纸 竹 笋

在迹溪村和大同深山村行走，我听到，在过去竹子是做纸张最好的原料，迹溪村纸张的品质特好，民国期间，宁波各大纸行以迹溪的纸到货后再定价。这里出产的是一种火纸，本是拜神念经用的。据说宁波渔船一出海，大家就对着大海烧纸，祈祷风平浪静，捕获多多，用量很大，还有一种就是毛边纸，可以写字印书的，也就是著名的玉版纸。我收藏的玉版纸张印刷的书，它的手感较绵薄、柔韧，白色略带微黄，触墨不渗。最好的玉版纸则用于书画，是专门定制的，天台只有迹溪才能做出来。

玉版纸在唐代时就已经开始制作了。因为它莹润如玉，故名玉版纸，也称为"玉美人"。浙江石梁溪边的造纸技术，在唐代长庆、宝历年间就开始得到运用了。在大竹园、乌溪和中央董等村，我见到了造竹纸的遗址，在迹溪村找到了复原的工坊。民国时迹溪有造纸厂二十四座，民谣云，"纸桶一响，吃鱼吃鲞"，"迹溪本是京城里，白米干柴岩骨水"，造纸业直到"大跃进"后才停顿了下来。现在似乎成为一个观光项目体验点了。

竹纸的制作记述见之于明代宋应星的《天工开物》，综合当地纸工的表述，工序约略如下：

砍伐刚抽枝的嫩竹为材料，将其截断，劈成一米半左右长的竹条，放在事先挖好的四周糊上泥土的池里，以石灰粉和盐卤腌渍，到规定时间后，将竹条清洗干净，与构树皮一起放在土灶里，高温蒸煮，令其绵软，放水碓里捣烂，搓成纸浆，置于木桶内，反复搅拌均匀，以竹帘和木槽式抄纸，需把握力度，使之厚薄相同，把抄起的纸张放在木榨上挤压，过滤水分，再把榨去水分的纸张逐一揭开，贴在中间有火炉的墙壁上烘干，将干燥纸张取下，叠放整齐，然后包装运输出售。

迹溪竹林深处，有玉版纸展览体验中心，此处本是造纸厂的遗址，几个师傅在那里做纸。工坊里温度很高，不一刻就大汗淋漓。他们让我体验了抄纸，我抄了五六次，手臂酸软，一张也没有抄起来，惭愧不已。

石梁飞瀑下游溪谷出产的藤纸，在唐代就已经出名了。

《中国造纸史》记载：在晋代开始，石梁溪流上下出产的剡藤纸比竹纸更有名。当地村民以溪流两岸树石上的藤本植物作原料，手工制造藤纸，称为剡纸和剡藤纸。竹纸称为玉美人，而剡藤纸则名为玉叶纸。

沿着石梁溪边行走，人家告诉我，青藤、葛藤和紫藤都可以用来制造上好纸

迹溪村制纸工艺

张的。据说王羲之的《兰亭集序》和孙绰的《游天台山赋》就是写在剡藤纸上的。石梁下游溪水清澈，是造藤纸最好的配料，冬天溪水更好，所制作的纸叫敲冰纸。剡藤纸在唐代非常名贵，被当作高级公文纸，进贡给朝廷的，可谓是一纸难求。因为过度生产，剡溪藤几乎绝种。

应成一的《中国书法探源》写道，唐代时剡溪藤已经采挖殆尽，人们到天台石梁剡溪上游一带采集，唐代的剡藤纸实际是石梁藤纸。唐代舒元舆的《悲剡溪古藤文》云：

> 噫！藤虽植物者，温而荣，寒而枯，养而生，残而死，亦将似有命于天地间。今为纸工斩伐，不得发生，是天地气力，为人中伤，致一物疵疬之若此。

> 异日过数十百郡，洎东雒西雍，历见言书文者，皆以剡纸相夸。乃寤囊见剡藤之死，职正由此，此过固不在纸工。

舒元舆说，"且今九牧士人，自专言能见文章户牖者，其数与麻竹相多。""比肩握管，动盈数千百人，数千百人下笔动数千万言，不知其为谬误，日日以纵，自然残藤命易甚桑叶，波浪颓逦，未见其止。如此则绮文妄言辈，谁非书剡纸者耶！""予谓今之错为文者，皆天阙剡溪藤之流也。"这剡溪的古藤灭绝，纸工和商人并不重要，罪魁祸首是无数胡乱写文章的人，浪费纸张罢了！

石梁是唐诗之路的黄金地段，我想唐代诗人用的也是取天台山石梁剡溪出产古藤制作的纸张。流传千年的唐诗，不也是写在这剡藤纸上的吗？顾况诗句云："剡溪剡纸生剡藤，喷水捣后为蕉叶。欲写金人金口经，寄与山阴山里僧。手把山中紫罗笔，思量点画龙蛇出。"顾况在《从剡溪至赤城》诗中说，"灵溪宿处接灵山，窈映高楼向月闲。夜半鹤声残梦里，犹疑琴曲洞房间。"把这剡溪沿着石梁溯流而上的情景写得非常生动。灵山就是智顗的佛陇，我想智顗的著作，是否也书写在这剡藤纸之上呢？

　　陆羽的《茶经》中说，剡藤纸除了写诗外，还可以用来包茶。这种剡藤纸可以缝在包装袋的夹层里，烘烤茶品不会跑味。石梁飞瀑之下剡溪两岸皆是天台山的北坡，出产的茶叶与藤纸一样，都是名品。我想当时石梁下游的溪流边上，建有许多水碓，流水推动木轮，牵扯着碓声此起彼落，峡谷里传来悠长的回声，与诗人的吟唱击节而和。现在沿溪正在打造唐诗之路旅游区，如果在石梁溪岸上复原几个水碓，重现当年剡藤纸的制作工艺，让人家体验一下，这也是唐诗之路的一大亮点。现在石梁一带，做藤纸和竹纸的越来越少，绿藤和绿竹结伴，在溪石山坡上生机勃勃，长势茂盛。

　　从双溪岢头下去，至大同五村银板坑培山村，北转到迹溪一带的峡谷，都是连绵的竹林。竹海连绵，风摇竹影，与白云相偕，乃是和合景象；竹林村庄，幽静非常，清泉激越，别有生趣，这里是浙东最大的毛竹生产基地，茶和竹，是石梁一带山林的绿色双璧，是山地最具有特色的表征。

　　石梁山区一带所出产的竹笋，肉质肥厚，口感鲜嫩，品质最佳，壮实、洁白，是不可多得的绿色山野食品，没有任何污染，深得天然至味。天台人问，哪里的竹笋最好，说是北山最好，北山哪里的最好，说是外湖东峰一带的最佳，因为外湖东峰的竹山离华顶最近，地势高寒，品质与众不同，可不，外湖村的竹笋干笋茄加工工艺，列入台州市非物质文化遗产。

　　走在峡谷竹林之中，我感受到南方山地的幽凉，听到阵阵锄头掘土的声音。

　　在大峡谷边的山冈上，我遇到一位笋农，他告诉我，挖笋季节虽然仅仅两三个月，非常劳累辛苦。竹林的繁殖能力很强，如果把所有的春笋都留种成竹，任其无节制生长，最终会毁掉整片竹林。过量留笋成竹，既导致土壤养分丧失，也影响到竹材的质量。

　　挖笋是一个人工选择过程，要留下强壮秀直的竹笋，剔除瘦弱病残歪扭的竹笋。准备留下成竹的笋种，必须符合正直粗壮挺拔的标准，笋农们在笋种旁边插上一根小柴棍子，作为记号。竹山有大小年之别，大小年的竹笋产量不同。大年毛竹枝叶翠绿，而小年毛竹有些黄。谈起挖笋有什么诀窍，笋农告诉我，"挖笋无法，全靠会刮"。所谓的"刮"，就是找准竹根（"竹鞭"），顺着走势挖下去，小的芽头留着，大的挖去。一片竹山，竹根组成网络结构。其实挖笋也是一种松土，能促进毛竹的生长，增加竹笋的产量。

　　当地流传一句谚语："清明之前笋宝贝，清明之后笋当菜"。竹笋的价格因季节的关系，从贵到贱。冬笋，是不合时宜的早萌笋，笋壳金黄。尽管不成材，但是味道鲜美，这种冬笋个头仅仅是拳头手臂那么粗，圆溜溜，圆滚滚，又称"团笋"，冰雪灾时能卖到十六七元一斤，而且供不应求。许多笋贩催着他们上山。

俗话说：势如破竹雨后春笋，但是清明之后，竹笋生长速度惊人，一两天就蹿上几米高，没几天蔚然成林了。挖笋必须及时。泥土下的竹笋，笋壳金黄，叫作黄须笋，卖相好，滋味也鲜甜；出土之后，笋尖变黑，成为"乌头压"，如果不采挖下来，滋味就变苦，卖不出好价钱。

在上深坑村，我遇到一对赶着骡子的小夫妻，女的告诉我，一天可以挖三百到六百斤的竹笋。他们的竹林在山脚下，将挖好的竹笋根部和外形修整一下，然后装袋，放在骡子背上。一头骡子一趟能驮六百斤，爬陡坡宛如走平川，又快又稳。驮运竹笋到公路边收购点，距离一两里、三四里不等。以前得肩挑手扛，现在有了骡子，也就省力多了。

产笋季节，笋农们每天都要上山挖笋。不管刮风下雨，都要穿着蓑衣，戴着竹笠，扛着锄头、竹篮上山。挖笋就是与时间赛跑，赶上竹笋的生长速度。竹笋一上竹价值就大打折扣，即使加工竹产品，所花的时间和精力也更多。能卖出鲜笋的尽量卖出去，那才省事呢。

笋厂也就是简易的窝棚，皆以竹帘为壁，外覆竹箬，顶盖茅草，一般选在交通便利、水源丰富的地方；周边搭起架子，架子上放上竹帘，可以晒制笋干等；构筑地灶，口径特大的铁锅与木桶连在一起制成"淘蒸"，用于煮笋。一般来说到了笋季后期，竹笋的收购价格较低，笋农就不再出售鲜笋了，而把笋剥壳加盐，整齐堆放在"淘蒸"里，煮笋干，选用长度一尺左右的笋最为适宜，而小个的半尺以下的则制成笋茄，因颜色红紫，形状如茄子一般而得名。先用大火烧开，再用文火煮六至七个小时，然后放在架上烘焙晒干，一般需要七至十天，才能烘制

竹海之晨

为成品。成品放在塑料袋里储存，经年不坏。如选用鲜嫩的笋脑制成的笋干，价格不菲。而一些个头很大的竹笋，如半米以上的，则煮熟之后放在大石头下压扁，榨出水分晒干，如同海边的鳗鲞与山中的木柴一般，称为笋毡，易于保存。食用时浸胀，用小刨子刨成薄片。或者将竹笋撕成薄片，或者切成细丝，加盐蒸煮之后，烘焙晒干出售，品相好的上门收购，可以卖到十几块钱一斤，成为深受人们喜爱富有营养价值的山野绿色食材。

溪边晒着的笋干

徐中威深入大峡谷之中，拍摄了笋农的故事，麻珠潭村的俞老汉成了纪录片的主人公。俞老汉当年六十三岁，老伴六十岁，不但打理了自家竹林，还承包了在大峡谷里的几百亩竹林。他雇了三名笋工，每天做的都是极限体力活，由于挖笋体力消耗大，每天下午三点左右还要加一餐点心。他们大口大口吃，一碗面条很快下肚。俞老汉每天起码供应四五个菜，有酒有肉有饮料。三个笋工一天能挖下山的鲜笋将近千来斤，必须赶着在当天晚上下锅烧制完成，绝对不能留到第二天，一来以免笋肉变质影响笋干质量，二来由于数量太多会影响第二天的鲜笋烧制进程。纪录片拍摄成片后不久，俞老汉就去世了，这是他留在世上的唯一影像。

大同峡谷出产的笋干制品，因为蒸煮时间长，使得竹笋中的纤维素得到了全面转化，并且被人体所吸收。山居竹笋烧肉口感脆软，保持香、鲜、嫩、脆，富有山居的风味，能大大增进食欲。煮笋所留下的浓汁，滋味更为鲜美，成为山间特有的调味品，比时下的酱油鸡精之类的好得多，袁枚的《随园食单》专门记载天台山僧制作的笋油，实际上是竹笋留下的浓汁。其法：笋十斤，蒸一日一夜，穿通其节，铺板上，如作豆腐法，上加一板压而榨之，使汁水流出，加炒盐一两，便是笋油。其笋晒干仍可作脯。天台僧制以送人。

这个记载，大峡谷的人是不知道的。

石梁山中的笋食，无论是鲜笋，还是笋干，配上山间腊肉，与竹桌竹椅竹床竹屋互为和谐，味道清纯，真香悠久。在笋农家吃饭，印象最为深刻的就是这里

笋 农（徐中威 摄）

的腌菜笋，以及竹笋炖肉。腌菜笋就是将腌制的大白菜切碎，加上笋片，加盐同煮，晒干。食用的时候，加油或炒或炖，令人大开胃口。这种腌菜笋不亚于绍兴的霉干菜。用笋脑笋干加腊肉或鲜肉同炖，肉味笋味相互补充融合。大峡谷中的禽畜，都是山间的野草粮食饲养，没有任何污染，肉味更加鲜美。苏东坡云，"宁可食无肉，不可居无竹，"在浙东大峡谷山村里吃竹笋炖肉，两者兼而有之。

　　记得有一则济公《解僧馋贵人施笋》故事中说，他把竹笋送给长老吃，长老作诗道：竹笋初生牛犊角，蕨芽初长小儿箬；旋挑野菜炊香饭，便是江南二月天。济公道："一寸二寸，官员有分；一尺二尺，百姓得吃。和尚要吃，直待织壁"，意思说，笋出一寸二寸是初芽嫩笋，给官员吃的；一尺二尺笋是老百姓吃的。我们出家人吃笋，等它老了笋丝可以织成篱壁时，方可以食用。俗话说，咬得菜根，万事可做，而僧人啃老竹笋，方能成道，吃老竹笋，受点苦也是应该的！

山 上 拈 花

　　每当春天五月黄金周的前后，满山遍野的杜鹃开了，花朵灿烂犹如云锦，成片的茶树也开始采摘了，这是华顶春意盎然的时节。自天封寺行走华顶山，抬头仰望，繁花盛开的巅峰，浮荡在云雨弥合的空中。这里地处高寒，花朵开放比山下延迟。人间四月芳菲尽，华顶四月花盛开，成片云锦杜鹃和映山红，以及诸多的野花，靓丽在我们的眼帘，围绕在人们的身旁。

遥想当年，在天封村就读的学校里，当老师讲着单调乏味的代数几何时，我总是歪着头对着窗外的那丛红杜鹃久久地出神。清明前后，红杜鹃就满坡绽放了，铺出一片殷红。风云飘过，雨水紧随，花朵更加鲜活、明洁、灵动。

我总是把红杜鹃并论于国清寺内的那棵隋梅，在如膏的春雨里开了红红的一片；我总把红杜鹃等同于刘晨、阮肇遇仙的满谷桃花，在细雨缠绵中演绎着千古情话；我也把红杜鹃类比与山下的驿路梨花，在无声的雨水里，与我打一个温馨的招呼。

华顶山上的杜鹃花，有好几种，一种是红杜鹃，我们叫作柴爿花，学名叫作映山红。它的得名是因为高寒之上，生命力强盛，即使当柴火砍了，它照样抽出新枝，开得特别灿烂，非常鲜艳耀眼。清初的张联元写诗咏赞道：

> 翠岫从容出，名花次第逢。
> 最怜红踯躅，高映碧芙蓉。

徐霞客游记说从宁海至天封一路，"雨后新霁，泉声山色，往复创变，翠丛中山鹃映发，令人攀历忘苦"，他所见的鹃花，应该是红杜鹃。但徐霞客在华顶冰雪中看到一路山花：荒草靡靡，山高风冽，草上结霜高寸许，而四山回映，琪花玉树，玲珑弥望。岭角山花盛开，顶上反不吐色，盖为高寒所勒（限制、逼迫）耳。"他似乎说的是另一种杜鹃，也叫千花杜鹃，云锦杜鹃，是华顶独有的。

映山红像一个妙龄的女子，让人看到的是浪漫爱情；而杜鹃花，就像一个得道修真的高邈隐者，让我感觉超然物外的妙境。

华顶山归云洞附近有一大片野生的杜鹃林，有些经过冰雪覆压，枝干扭曲，在冰雪中，就像毛笔在宣纸上拖出的墨痕，那断裂处露出点点飞白。能真正用华顶命名的花朵，无疑就是这千花杜鹃，它的花朵大得如碗口一般，细细观看，一朵花由六到十二朵小花团簇而成，一株树上有上千朵，当杜鹃林全部开花的时候，红的、白的、蓝的、紫的，各种颜色都有，整座山也成了花的海洋。

我知道，天台华顶的杜鹃林是成片野生的，全国仅此一处。华顶国家森林公园举行了二十几届的杜鹃节，无数游客在这里驻足流连。这杜鹃花也成了和合之花、吉祥之花。它灿如云锦，与茶、竹三位一体，成为最美的和谐组合。云锦杜鹃树高四五米，有着浑圆的树冠，主干虬曲，形如琵琶一样的叶片，对着太阳的一面，油亮而光滑，而背向阳光的一面，则长满茸毛。花叶扶疏，摇曳清风之中，翩然若舞，曼妙多姿。石梁人把它称为娑罗树，这是很佛化的名字，来自梵语。齐周华说，华顶"山高气寒，四时之花信常迟，唯娑罗种性最宜，故四月花开如木笔，如芍药，香满禅林。然唯此与石梁有之，迥异种也。"

　　这娑罗花，是富有禅意的花，也叫桫椤花，又叫婆罗花，高道徐灵府则写成苏玙，还有一个名称叫鹤铃花。花喜寒阴，华顶云雾多，地势高，最得天独厚，民国名士沈祖绵在龙皇堂也见到娑罗开花的，但比华顶的逊色，石梁也有开花的，但不能移植。国清寺也有娑罗树，但不开花。《名山记》云，鹤铃出华顶峰，以多经风雪，树不高大，树数百枝，枝数百头，头六七叶，经冬不凋，花如芍药，香如茉莉。民国傅增湘则云："天台山花木当推娑罗树花为冠绝"，"唯华顶、方广两地，终岁为云雾所含孕，遂胎此奇葩，花大如盘，色若淡胭脂，与芍药相似。间有白色者，香艳独绝，余乙亥游华顶，行近绝顶时，夹道如林，烟消雾縠之中，忽觌红裳仙子，仪态万方，几疑身到瑶宫玉阙矣"，"宋徐大受有诗云：纠葩一萼鹤翎红，开落黄梅烟雨中。千叶青莲无路入，不知身在石桥东。正咏此花也。"

　　寄情于一花一木一草一石之间，也是文学的一种智慧。我们曾经成立一个诗社，编辑诗刊，名叫《杜鹃花》。因为诗歌，我结识了天台老诗翁曹天风先生，得到他的教诲，他的《水平集》《牧狼庵偶语》等也成了我经常品读的好书，我记得他的《酬周恩来氏》的诗句，"相逢不作惊人语，我亦江南一哑鹃"，猛然想起那杜宇啼血化杜鹃的故事，心中不禁凛然。又读到他的"抵尽异装书一车，几时归餐赤城霞。野人生性狂如许，欲荐杜鹃作国花。"他说理由有四，一是红，二是在野，三日夜狂呼，四是流血不止。这杜鹃花也是一个有骨气的人。我知道，曹天风说的不是千花杜鹃，而是那种被人称为红踯躅、柴爿花的映山红，红杜鹃。

杜鹃云海（陈易新　摄）

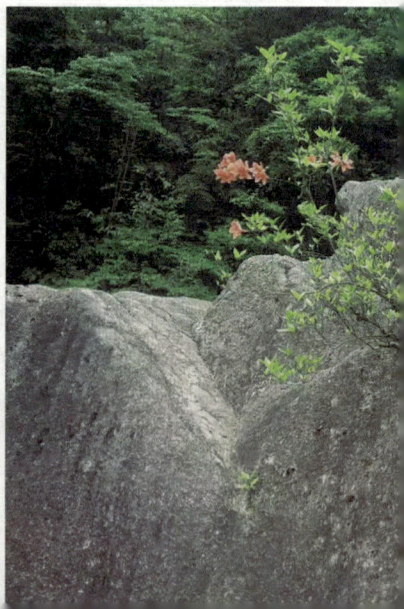

　　与华顶杜鹃偕美的是天台牡丹，国清寺有许多，牡丹有草本的，也有木本的，张岱的《陶庵梦忆》中所记载的天台牡丹，是木本的。这天台牡丹，有两手拱抱那么大，是常见的，有个村里种着鹅黄色的牡丹，大同小斗一样，种在五圣祠的前面，枝叶茂盛纷披，高低错落，伸展到瓦檐门窗之上，把三间房屋都遮蔽了，开花时有几十朵，鹅子色的、黄鹂色的、松花色的、蒸栗色的都有，重瓣花朵争相吐蕊，团团锦簇，尽情开放，乡村的人在外面打起戏台，演出四五出戏，婆娑起舞，放声歌唱，娱乐花神，如果有人触动花朵，致使其飘落的，立刻招来祸祟，所以当地人就以此为戒，不能触犯花朵，花得到了庇护，有很长的花期。

　　汤智秋在大兴坑岭头栽种的成片牡丹，面积三百余亩，约二十万株，要观赏牡丹的时候，得在谷雨天。富贵之花，国色天香，大朵大朵的各色鲜花，映衬白云流霞。花香随风飘荡，别有一番风情。这里有油用牡丹，也有观赏牡丹，有些甚至直接用以泡茶。汤智秋开农家乐的同时，还把冈顶上的一大片土地承包下来，做了牡丹花园，不但可以观赏，也可以加工泡茶。牡丹花泡的茶，清甜而有味。

　　石梁山中多有马兰，多有百合，皆生长在杂柴树下，花开寂寞，却清芬四溢。网络介绍，有中华荷鼎名兰者，出自石梁，1998 春，由石梁镇塔头坑村民采自铁船湖附近山上，被爱花人士购得，开花后又被转让。2008 年 3 月，花主携此参加第十八届中国（温州）兰花博览会，观赏的人不可胜数，2009 年 2 月，又参加浙江省（桐庐）春季兰花博览会展览，获银奖，由此扬名。而百合花，则有两种，一种为正百合，花朵如喇叭，而另一种，花瓣反卷，如张开之爪，同样清香蕴涵。梁宣帝非常欣赏百合花："接叶有多种，开花无异色。含露或低垂，从风时偃抑。甘菊愧仙方，蘘兰谢芳馥"，超凡脱俗，矜持含蓄，陆游非常喜欢，"芳兰移取遍中林，余地何妨种玉簪。更乞两丛香百合，老翁七十尚童心"。百

崖上杜鹃

仙 姿（张洁 摄）

天台奇艳（佚名 绘）

天台桂子 （吴昌硕 绘）

合花乃真正的和合之花，象征爱情美满，家庭和睦。迹溪村曾在梯田种植成片百合花，并成功举行百合花节，不仅可以赏景，与竹林共趣，也可增加农民收入，一举两得。

真觉寺内有几棵樱花树，是日本日莲宗信徒带过来的种子，由可明大和尚与日本天台宗山田惠谛长老亲手种植，现在已经花朵盛开。真觉寺有两棵桂树，一棵是金桂，还有一棵是银桂，秋月之夜，桂香四溢。中秋之夜，桂子洒落空庭，梵音阵阵，自然是令人心净清凉。石梁山中的天竺桂，也是俗名中的桂子，天台桂子，名声赫然，在皎洁的月光里，我在山上书院内的桂花树下打坐，感知风吹桂花飘落的情调，一朵一朵，落在我的脸上、头上、颈脖上、手上，一片清凉而痒痒的感觉。石梁我没有寻到桂子，但听到有月中桂子落地的微音。记得苏东坡诗云，天台桂子为谁香，倦听空阶夜点凉，才知道这桂子出自天台。宋之问在灵隐韬光寺作诗道："鹫岭郁岧峣，龙宫锁寂寥"就卡壳了，后来有个老僧续了两句，"楼观沧海日，门对浙江潮。"于是他就想到了天台山，然后诗句哗啦啦如桂子一样往下掉，"桂子月中落，天香云外飘。待入天台路，看余度石桥。"最后还是把目光锁定在天台的石梁桥上。

石梁名兰中华荷鼎 　　　　　　　百　合

七
子
花

檵械花

临　水

天台山的月桂，见之于宋舒岳祥《闻风集》有《月中桂子记》：

> 余童卯时，先祖拙翁夜课余读书。会中秋，月色浩，天台山中，呼童子就西厢天井烛之，得二升许，其大如豫章子，无皮，色如白玉，有纹如雀卵。其中有仁，嚼之作脂麻气味。余囊之，杂菊作枕。其收拾不尽，散落砖罅缝者，旬日后辄出树。子叶柔长如荔支（枝），其底粉青色，经冬犹在，便可尺余。儿童不甚爱惜，徙植盆斛，往往失其所在矣。是后未之见也。每遇中秋月明，辄忆此时事。今年五十九岁，对月怅然。

我不知道当年他是否住在石梁方广寺中。天台桂子，白居易则诗名为"台岭桂树"：

> 天台岭上凌霜桂，司马厅前委地丛。
> 一种不生明月里，山中犹校胜尘中！

另有唐代方干《因话天台胜异仍送罗道士》一诗佐证。

> 积翠千层一径开，遥盘山腹到琼台。
> 藕花飘落前岩去，桂子流从别洞来。
> 石上丛林碍星斗，窗边瀑布走风雷。
> 纵云孤鹤无留滞，定恐烟萝不放回。

唐代诗人陆龟蒙的《和袭美天竺寺八月十五夜桂子七绝》也有咏叹：

> 霜实常闻秋半夜，天台天竺堕云岑。
> 如何两地无人种，却是湘漓是桂林。

在天台察岭去华顶的路边，我经常看到山礬。礬即矾也。山礬是山中常见的一种柿科植物，也叫玉蕊花。《天台山全志》引黄山谷（庭坚）云："（山礬花）木高数尺，春开极香，人谓之郑花。王荆公（安石）尝欲作而陋其名，予请名曰山礬，诗经中的《郑风》《卫风》，乃是靡靡之音也，因为它不染而黄，则称之山礬，《天台山全志》又引《高斋诗话》："唐人王建题唐昌观玉蕊花诗：'一树玲珑玉刻成，飘廊点点色轻轻。女冠应觅香来处，惟见阶前碎月明。'"

山礬也叫七里香，台湾席慕蓉有同名诗集，它又叫芸香，即所谓的书香门第的书香，指就是此。黄庭坚《戏咏高节亭边山礬花二首》云：

> 含香体素欲倾城，山礬是弟梅是兄。
> 坐对真成被花恼，出门一笑大江横。

这种花，生活在生长在海拔二百至一千五百米的山林间，华顶一带正合适。

至于成片生长的七子花，在我经过拜经台北坡的狮子岩坑上见到，有百余亩之多，当八九月之际，七子花的花朵斗艳竞芳。如云似雾，与杜鹃花相媲美，但是狮子岩坑行走的人不多，见到这种奇观的人很少了。

倚 杖 奏 桐

与百合兰花一样，给人美好祝福的，还是华顶藤杖。郁达夫说，他在金地岭上攀登至华顶，靠和尚给的两枝万年藤杖助力。像郁达夫一样的文人游天台山，策华顶万年藤杖，是最合适不过的了。清人王廷鼎的《杖扇新录》中说："红藤杖，产浙之天台山，奇峰绝壁，寿藤蟠结，多千百年物。有藤苍健而文理坚韧，土人择其奇挺者制为杖，剥去其皮，色如枣红或黄如蜡脂。"南宋周密在《癸辛杂识》续集上说："天台藤，可斫为杖，然有数种。有含春藤、石南藤、清风藤、婆藤、天寿根藤"。明代文震亨的《长物志》则言，这万年藤可以用来制作禅椅。"以天台藤为之，或得古树根，如虬龙诘曲臃肿，槎牙四出，可挂瓢笠及数珠、瓶钵等器，更须莹华如玉，不露斧巾者为佳。"坐在万年藤做的禅椅上，有什么样的感觉呢？文震亨没有深入写下去。

万年藤是华顶山一种藤本之物，石梁人土名叫作"倒挂逮刺"，长在山崖杂树之间，质地柔软，有些用来捆柴，有些用来做畚箕的提手，从一根筷子一样大生长到用来做拐杖的老藤，需要多久的年月啊。万年藤名副其实！将其截取，去皮，打磨，施以红漆，人称为天台红藤杖。有些即使不施加红漆，本色，用久了，外面也会有包浆，变成红色的，拄着行走，富有弹性。因为万年藤多生于"奇峰绝壁"处，十分难得，所以"一杖需数十金"。如此宝物，寻常人自然无缘。

万年藤杖也叫华顶杖，在唐朝就已经相当出名了，最为名贵。唐代诗人登临华顶，这万年藤杖给了他们更多助力，也催产他们无数诗作。杜荀鹤《送项山人归天台》诗云：

> 因话天台归思生，布囊藤杖笑离城。
>
> 不教日月拘身事，自与烟萝结野情。
>
> 龙镇古潭云色黑，露淋秋桧鹤声清。
>
> 此中是处堪终隐，何要世人知姓名？

皮日休的《五赜诗·华顶杖》为证：

> 金庭仙树枝，道客自携持。
>
> 探洞求丹粟，挑云觅白芝。
>
> 量泉将濯足，阚鹤把支颐。
>
> 以此将为赠，惟君尽得知。

陆龟蒙也有《奉和袭美赠魏处士五赜诗·华顶杖》道：

溪桥策杖图（明代谢时臣 绘）

万古阴崖雪，灵根不为枯。

瘦于霜鹤胫，奇似黑龙须。

拄访谭玄客，持看泼墨图。

湖云如有路，兼可到仙都。

贶音况，就是赠送的意思，可见华顶万年藤杖是最好的礼物。《五杂俎》就有记载："皮日休有天台杖，色黯而力道，谓之华顶杖。"

拄着华顶杖上拜经台的诗人本来就是仙人，尽得自由自在。唐诗僧齐己有诗："禅家何物赠分襟，只有天台杖一寻。"与齐己相类似的就是陆游了，"老病龙钟不自持，饱知藤杖可扶衰。明朝欲入天台去，试就高人乞一支。"估计这首诗是他晚年时候写的。

有些天然虬曲的万年藤杖，不用刻意加工，就是标准的龙头拐杖，用于仙寿吉诞送礼，最合适不过了。我在一张俞曲园的照片上，看到他拄着的就是一根万年藤杖，就是出自天台山的。俞曲园（俞樾）是晚清的著名经学家，在六十大寿时，门生纷纷上门祝寿，王廷鼎送给老师俞樾的寿礼，就是一支红藤杖，是天台山北乡石梁山地特产的，"长七尺余，形微扁，色红而腴，旁一细藤作姜黄色，自头至末盘结藤身，若合而若离，质轻体直。"俞樾得此，视若珍宝，随身携带。袁枚到了天台山三次，曾有诗歌咏天台藤杖，"重携灵寿杖，直渡大江春。"这藤杖也是友人送给他的寿礼。据说《儒林外史》作者吴敬梓，很喜欢天台红藤杖，姚文洁有一支，他羡慕不已，写了一首《天台红藤杖歌为姚文洁作》：

云是天台红藤杖，天台老僧昔我贶。

二十五年常函藏，斑深色古寿者相。

摩挲今日拂尘埃，笑语闲庭步紫苔。

桃枝灵寿差堪拟，枯蔓苍藤何有哉。

杖端非饰不喧鸟，铭以篆书独天蟜。

蓟门陈君雕镂工，公输刻凤出意表。

吾闻千岁蘦为蔓莫藤，援以楎木同钩绳。

且复相随游锦市，应免他时投葛陵。

即使是方外僧人，也是一样爱华顶藤杖，清代有个与宏

僧人，号卟香，浙江山阴人。江南吴中小云栖寺僧。他
自己躬耕采樵，诗名卓著，著作《懒云楼诗钞》，收录
一首《天台万年藤杖歌》，记述国清寺方丈赠送华顶万
年藤杖的情事：

> 昔年曾作天台游，一瓢一笠挂杖头。
> 玉霄峰耸万螺髻，石梁瀑卷双龙湫。
> 翠微几折入古寺，禅堂钟磬清且幽。
> 苍藤夭矫挂石壁，疏花红缀空岩秋。
> 老僧知我惯行脚，呼童截取千岁虬。
> 携归早夜每拂拭，肌理细腻骨节遒。
> 瘿圆瘤古色苍润，桃枝筇竹非其俦。
> 平生梦寐在丘壑，要蹑五岳凌九州。
> 随身自有瓶钵在，住山任尔猿鹤愁。
> 杖兮杖兮肯相助，出门从此吾无忧。

与此同工之妙的，则是清代金士松所作的《天台
山万年藤杖歌为宗伯沈归愚师作》。金士松，江苏吴江人。
清乾隆二十五年（1760）进士，官至兵部尚书。有楷书
《跋黄公望富春山居图卷》纸本，藏在台北故宫博物院。

俞樾手里拄着的就是天台华顶杖

其咏华顶万年藤杖诗云：
"先生昔日游天台，搜剔岩穴烟云开。山僧持献万年古藤杖，云自仙灵窟宅之中
来。赤城峰高人迹绝，涧道阴崖积冰雪。苍龙抉爪出重渊，化作灵根裹山骨。杖
兮杖兮，尔仍腾掷变化为蛟龙。三山五岳汗漫相追从，更历年岁无终穷。"

民国时的杨葆光称游华顶，寺中老僧给他藤杖，大者附枝虬攫，小者瘦劲直
立，亦山中之奇。而傅增湘来游华顶，寺僧所赠万年藤杖是最著名的，唯佳者难
遇，且制作也不工雅。国清寺僧给他一根，也是一般的品种，但是华顶万年藤杖
是吉祥之物，可以寿龄遐年。

国清寺僧人常采集华顶石梁万年藤，制杖赠礼，蔚然成风。1982年世界宗
教和平会议名誉会长庭野日敬先生拜见天台宗祖庭，国清寺方丈唯觉就送给他一
根华顶万年藤杖，说"这是《法华经》之杖，愿会长先生长执此杖，遍履全球，
致力于世界和平事业"。1990年1月，庭野日敬听闻唯觉方丈圆寂，悼念追思，
"思想当年赠送万年藤杖的几句话，仿佛昨日之事。"华顶万年藤杖也寄寓着世
界和平的美好愿望。1993年6月，国清寺方丈可明法师升座时，手持万年藤杖。
升座后，把藤杖供奉在智者大师像的右侧下方。华顶万年藤杖也成了天台传承的
法物了。

现在石梁瀑布边上，有当地农民制作万年藤杖出售，价格卖得比较便宜，如果制作精良，稍许雕刻，镌上唐诗佳句祝辞则更好，既是精致工艺品，又是别致礼物。但华顶万年藤生长不易，采集更加困难，可谓物力维艰。

山上佳人拈花笑，云端仙家理丝桐。丝桐即是七弦琴、古瑶琴，皆用山中桐树所作。司马承祯居住在华顶之下的灵墟，除了铸造镜剑之外，还取此间桐木作琴，司马承祯将其琴名取为"见素"，以表其德，专写《素琴传》记之。他与宋之问是好友，制琴曲相赠，词云：

时既暮兮节欲春，山林寂兮怀幽人。

登奇峰兮望白云，怅缅邈兮象欲纷。

白云悠悠去不返，寒风飕飕吹日晚。

不见其人谁与言，归坐弹琴思逾远。

司马承祯与贺知章一起创作道曲，用古琴演奏，他所斫的古琴，皆来自灵墟山中的桐木，他开宗明义说，这清素之桐琴，得自临海桐柏山灵墟之木也。临海即台州也，桐柏山也是天台山。灵墟即是华顶之旁，"其先自开辟之初，禀角星之精，含少阳之气，昭生厚土，挺出崇岳。得水石之灵，育清高之性，擢干端秀，抽枝扶疏。盘根幽阜，藏标散木，经亿万岁，人莫之识，唯凤从之游，以栖荫焉。神茂灵嗣，子孙弥远"，又说"琴者，禁也。以禁邪僻之情，而存雅正之志，修身理性，返其天真"。司马承祯接着说：

予以癸卯岁居灵墟，至丙午载，有桐生于阶前。迨壬子祀，得七岁，而材成端伟，枝叶秀茂。松竹为林，坚贞益其雅性；飙涧为友，清泠叶其虚

心。意欲留之栖凤，而凤鸟未集；不若采以为琴，而琴德可久。……七月丙戌朔七日壬辰造毕。于是施轸珥（装上琴轴和琴弦），调宫商，叩其音韵，果然清远。故知彼群山之常材，此台岳之秀气，用白贲之全质，施绿绮之华彩。遁世无闷，有托心之所；寂虑怡神，得导和之致。与其游灵溪，登华峰，坐皓月，凌清飙，先奏《幽兰》、《白雪》，中弹《蓬莱操》、《白雪引》，此二弄自造者。其木声也，则琅琅锵锵，若球琳之并振焉。诸弦合附，则采采粲粲，若云雪之轻飞焉。众音谐也，则嗟嗟雍雍，若鸾凤之清歌焉。

司马承祯文章的最后点明题旨：

清素者，以山名桐柏，而桐树生焉。地号灵墟，而灵气出焉。故有将遽长佳材，则成雅器，调高方外，弄送邱中。同心之言，得意于幽兰矣！岁寒之操，全贞于风松矣！相与为冥寂之友者，淡交于琴乎？

在这篇文章中，司马承祯特别点明，灵墟之桐，与桐柏之桐，是灵气所处，淡雅清逸，犹如幽兰。而风入松，如挚友之交也，皆出于自然和内心共鸣之音！

在天台华顶石梁之处，出桐木，制作美琴，不是孤例。吴越王钱俶喜欢弹奏古琴，令人在各地寻找用来斫琴的桐木，宋代赵希鹄《洞天清录》中转载《择材往监》云：

昔吴越忠懿王能琴，遣使以廉访为名，而实物色良琴。使者至天台宿山寺，夜闻瀑布声，正在檐外，晨起视之，瀑下淙石处正对一屋柱，而柱且向日，私念曰："若是桐木，即良琴处在是矣。"以刀削之，果桐也，即赂寺僧易之。取阳面一琴材，驰驿之开乞，俟一年，斫成，献忠懿，一曰洗凡，二曰清绝，逐为旷代之宝。后钱氏纳土太宗朝，二琴归御府。南渡初，流转至霅州叶梦得上之。

这使者居住在天台山方广寺，所听到的就是石梁飞瀑的声音了。清幽空寂的天台石梁峡谷之中的桐木，则经历了雨水浸透风吹太阳晒，自然独特，水木精华，天地精髓，蕴涵其中，化为音乐，妙韵无限。

清绝之琴，下落何方，杳如黄鹤，而"洗凡"琴几经辗转，被带到了美国。2009年有一张《洗凡琴：皇帝古琴》的唱片，收录琴主人黄旭升所演奏的曲目。

华顶万年藤杖，是行走的伴侣，而灵墟石梁桐木，则坐而焚香弹奏，乃是至静境界。

山 间 食 材

正是夏日，龙皇堂周边的村庄，绿色田园，高山蔬菜长势良好，天刚蒙蒙亮，

龙皇堂高山蔬菜基地

周边的农户就把采摘下来的蔬菜运送龙皇堂的高山蔬菜市场，清晨是这里最热闹的时分，山上的农户大都驾驶各种车辆，载着鲜嫩的茄子、西红柿、豆子、黄瓜等……满满当当，水水灵灵，它们是在长夜里由农户在地垄上采摘过来的，带着昨夜的凝露。它们被七手八脚地搬下来，一一过秤，然后在箱子里叠放整齐，装上冷藏车，运到远方，成为城市人餐桌上的美味佳肴。

那些菜农，我都熟悉，他们在我的门前喊一声，让我随意取用，如果我不在，他们就直接从铁门上面一个一个抛进来，这高山蔬菜也是当地农家餐桌之上品。它们随时从菜园里摘下来，随时烹调，保证新鲜，保证口感，充分体味清纯温润之味。

石梁镇农科站建在蔬菜市场的边上，并肩而立，相偎相依。站长王忠兴是60后，在山上从事了二十多年农业辅导工作，他真心喜欢这里的风情，他说，北山的菜农需要我干活儿。他经常走在地头田间，与菜农聊天，进行技术指导。他话语平和，笑容可掬。

王忠兴同时指导高山蔬菜市场运转，了解市场行情，发布市场信息、天气预报和病虫情报；大力推广新品种，他也自己种蔬菜，进行各种试验，在集云村每年做十多次茄子、黄瓜等不同品种的肥料试验，有时遭受台风袭击，他指导菜农改种萝卜、青菜、莴苣等速生蔬菜，提前采摘，夜间采摘，充分把握好时机。不但把损失减少到最低限度，而且也获得进益收成。

王忠兴说，"石梁高山蔬菜会越来越受欢迎，主要是它有三大特点，非常符

龙皇堂村民采摘高山蔬菜（卢益民 摄）

合现代人要求，尤其符合都市时尚人群的需要，一是口感好，二是营养好，三是安全性高。高山蔬菜之所以营养贮存更多，主要是因为它的生长环境昼夜温差大，夜间养分消耗少，和新疆水果好吃的道理差不多。"

王忠兴喜欢文学，喜欢书画，很欣赏汉乐府诗，边走边背诵：迢迢牵牛星，皎皎河汉女。行行重行行，青青河边草。喜欢喝酒品茶烹调，邀请大家大饱口福。大家都说，石梁的茄子、青椒、西红柿和刀豆、四季豆等，很鲜嫩，没有皮子，口感柔润，豆子也很纯正，萝卜也很鲜甜，甜椒也很爽口，因为在高山顶上，云雾缭绕，雨雾滋润，品质与山下的大不相同。

高山蔬菜种植需要遵循两个标准，即在施肥和打药达到严格控制，市场每天都要抽样检测，如果不符合标准的，就清除出来，打入黑名单。每天蔬菜市场里配备三四个工作人员，对进场交易的蔬菜进行严格检测，并免费开放农产品质量安全检测室暨农药残留快速检测室。种植户主动把自己的农产品拿到这里检测。农产品送检到出结果只需半小时。王忠兴说，石梁高山蔬菜种植农户有一种自觉自律精神。高山蔬菜的安全性一步提高，得到杭州、上海等大城市客户的大力信任。石梁高山蔬菜供不应求。

说到这个高山蔬菜市场，王修顶给我看了许多老照片，让我也了解到它的前世今生。

石梁镇是浙江省最早种植高山蔬菜的地区，也是浙江省首批无公害农产品生产基地之一。高山蔬菜种植，可以上溯到 1982 年实行的家庭联产承包责任制。

1983 年 2 月，龙皇堂村和长湾村率先建成高山蔬菜基地，种植蕃茄、黄瓜、甜椒，获得成功。1987 年，王修顶担任石梁镇工商所的支书时，奔走村落之间进行产业调查，八丘村村民向他反映，尽管青椒很好，丰收在望，就是卖不出去，可能倒在田里当肥料了。龙皇堂应当搞个农贸市场。他说，小时候，村里人到城里抓小猪，到半路，小猪就死了；村里也养小狗牛，没赶到城里，小狗牛也乏力躺倒，山民心急火燎，毫无办法。

在当时政府的支持下，王修顶他们先搞搭简易棚，然后到各村各户发动农户，进场交易，再构造了固定的建筑。1987 年 12 月 28 日，天台山上第一个高山农贸综合市场开业了。石梁镇的高山农贸市场创办之后，来自新昌、嵊州、奉化、宁波等地的客商都来了。高山蔬菜产品打开了销路，农民的积极性提高了。在高山蔬菜上市前一个月，王修顶就编写有关资料，通过县工商局向全国蔬菜市场寄发，同时给各客户颁发统一的经营证书，让客户挂在胸前。

听说有个山东贩菜大户在杭州、上海、海南等地设有蔬菜经营办事处，王修顶主动与他们联系，自掏腰包，负责他的食宿，陪他游览天台山，后来这个贩菜大户组织贩运"石梁甜椒"六十多万公斤。除了销售蔬菜外，王修顶他们也让村民养殖家禽家畜，对每个农户的禽畜进行登记，还在市场里建造猪栏，把卖剩的小猪暂养在市场里，派专人照料。他还请人设计"石梁牌"高山蔬菜商标，1996 年向国家工商局申请注册，后被认定为浙江省和台州市著名商标。

1996 年，龙皇堂高山农贸市场更名为石梁镇高山蔬菜农贸市场。石梁牌高山蔬菜被认定为首批浙江绿色农产品、浙江名牌产品，年年获省农博会金奖。此后，"石梁"高山蔬菜连续多年在省农博会上获得金奖，美誉连连。

在龙皇堂高山蔬菜产业的发展中，人们也经常说到许绪烟先生，他退休之后当上石梁镇的顾问，他不是农科员出身，但自学高山蔬菜种植技术的书籍，请教专家，认真听课，进行试种。他对高山蔬菜的品种习性和管理都十分精通，向扶贫单位集资，并自掏腰包，为百姓买蔬菜种子，发放种菜技术书籍、图表，给两千多家庭困难的农户每户送上一本高山蔬菜种植技术书，每村送一套价值八十八元的高山蔬菜种植彩色挂图，用于病虫害防治对照，亲自到田头地间手把手为农户做技术辅导。他与王修顶一起竭力为建立农贸市场奔走呼吁。在他们的努力和政府的支持下，石梁农贸市场办起来了，他们又在地处偏远又相对集中的金顺、四姑坪等建起农产品产地收购点，他甚至自己掏钱，先把蔬菜买下来，雇佣拖拉机把蔬菜运到县城城逐家饭店销售出去，农贸市场建成之后，许绪烟每天清晨两点钟起床，监督交易，了解行情，逐条记录在日记本上，每到蔬菜旺销季节，他还同王修顶一起，向蔬菜贩销大户发贺卡和联系信，即使反馈信息，这样产销两旺，石梁高山蔬菜产业迅速发展，他还自学竹林、茶园套种高山蔬菜技术，并投身到村村通公路的工程之中，各村公路修通之后，蔬菜运输就方便多了。说起许绪烟的往事，石梁人在内心里深表感激。

现在，在石梁镇行走，在田间地头、在农贸市场、在菜农院里，高山蔬菜无所不在，甜椒、黄瓜、茄子、蕃茄、芹菜、萝卜、四季豆、笋茄等，不但丰富了人们的餐桌，也让人感知到生活的味道。"高低错落四季豆，刀豆芥豆伴着她，高山蔬菜出石梁，欢迎大家来品尝"，在中国农民丰收节，石梁镇农民唱出了心头的那首歌。

石梁镇不但出产高山蔬菜，还有诸多的山野食材，有两句民谣说：

石梁山中几样宝，乌糯当糯稻，柴株当棉袄，蜡烛放横倒，荬菜吃到老。

我在写粉堆村说到的乌糯，则是挖大叶狼萁（大蕨）的根，洗净后放在大石头上用木榔头捶碎，榨出白色浆汁，把捣糊的蕨根加水置入豆腐袋中，下接木桶滤汁沉淀而成。乌糯粉沉淀完毕，倒去滤水后切块起出，晒干后，细腻洁白，用以制饼，糯软可口，若敷以油葱蒜鸡蛋汁之类，则更有味。乌糯粉虽如番薯粉，但更比番薯粉味出天然。老家溪边有岩石，专门是捶打乌糯粉用的。

柴株当棉袄，是火塘烧柴烤火，蜡烛放横倒，就是把竹条放水里沤白晒干，横插着点燃照亮，篾骨灯是也，好像点燃充满松油的松树条松明灯一样。荬菜是一种野菜，和笋一起做菜，山家寺院里常用。"乌糯当糯稻"和"荬菜吃到老"这两句，也是山地野食的浓郁滋味。

石梁山区又有民歌道："大同九里坑，荬菜和笋捹（捹为方言，搅拌的意思），会捹捹两碗，弗会捹歇侬娘（歇侬娘，算了、拉倒、作罢的意思）"在山地田间行走，我看到路边许多荬菜，一种是长藤蔓的，叶色绿中偏黄，食时仅取菜脑而已，根茎不可食，留于地上，十天半月又抽出新叶，可再度采摘；另一种是矮棵的，叶如芥菜，食时先放开水里氽上十来分钟，捞出置在饭篱中，沥干苦汁，即可下锅，放些油盐葱蒜炒拌片刻，就可食用了。它既可作馅制麦饼，又可专用于佐饭。它清淡而不失

龙皇堂高山蔬菜市场

晒　肉（屠奋　摄）

野味，为早期山民代用之主要菜肴。

荬菜也叫孟菜，古文中叫苣菜，智顗在佛陇华顶，也是采摘它作食材的。现在要品尝荬菜相当容易，只要在地垄坎头随便采摘一些就行。在开水里汆一下去除苦涩味即可。以前我在老家的时候，母亲制作蔓菜麦饼，让我喜欢不已。

石梁山上，与荬菜有关的有芝麻菜，在双溪岢头到龙皇堂的察岭一带的路边，都有生长，清香扑鼻，它可以直接炒菜，口感鲜嫩，客人都很喜欢。芝麻菜也叫飘飘菜，是夏天采摘的。

而山民把糍草叫作青，是清明前后采摘的。采摘汆熟加糯米同蒸捣成青麻糍，有些可以做成青饺青蚬，内包笋丁肉丁萝卜丁咸鱼丁，形状如蚌壳，有些用青饼印（木摸子）敲出各种图案形状的青饼，就着松花粉而食，很熬饥的，也用于清明寒食节祭祀。青谐音清、亲，均可糍草为青，一作"菣"，可确考。石梁山上有大叶青，有猫耳朵，有鼠曲草。大叶青其叶形如蒲扇，正面为绿色，背面为白色，有绒毛，成年叶子很大，农家多有种植。

石梁山上春天可采绿葱。绿葱嫩绿，先汆一下，可以直接炒菜，或加油盐制成干菜。绿葱也叫鹿葱，叫作萱草、无忧草。生于溪边或山坡泥土丰厚水源潮湿之处，绿葱岢满山遍野都是绿葱，农历三四月份开花，花的颜色和形状与金针（黄花菜）相差无几，极尽美丽。采其花蒸熟晒干作食，味与黄花菜不相上下。

清明前后也可去野外挖荠，增添乡间美食之一趣。取荠菜洗净放在开水中浸泡片刻，加上油葱酱蒜即可生食，炒年糕味道也很可口。类似荠菜的还有马兰头。

石梁村民夏日里采摘一种名叫鸡眼睛的柴叶，直接捣烂取汁，以炉灰当凝固剂，使之成为块状，叫作柴叶豆腐，据说观音菩萨点化百姓制作度过荒年，佛书中，说智顗在佛陇修禅，拾橡子为食。橡子，石梁人称之为椑子。深秋，橡子成熟了，大如花生米，壳呈圆尖形，其蒂状如毡帽酒碗。深秋即可采摘，晒干，浸泡，去尽苦味，然后放在石磨上加水磨浆，即可制成橡子豆腐。成块的橡子豆腐呈玉白色，但可清心明目，增进食欲。橡子豆腐，与青草腐、石莲子的种子做的石莲腐一样，均为山地清凉食品。

深秋时节，石梁山上橡子与毛栗是同时成熟的。毛栗是一种细小的树木，高亦人等，其刺球犹如刺猬一般，成熟后刺球会自动裂开，栗实落地。采摘回来，或踩去毛刺，剥出栗实，或放在阳光下曝晒开来。栗实大如拇指，栗壳红赤者为上品，栗肉淡黄，生食鲜脆微甜，干栗加水煮熟更稀糯鲜甜。茅栗与大板栗不同，大板栗树高两至四米，栗实比茅栗大三倍以上，但味道不及茅栗纯正。毛栗煮熟，与板栗一样鲜糯、将生番薯削皮切成细丁，加三分之一糯米、三分之一茅栗，箬叶包裹，煮熟即成，食之更感清甜无比，乡野风味更为浓郁。

据说智顗在佛陇讲经的时候，走过去，路边的蕈就长出来，任他采摘食用，蕈不是植物，是一种真菌，形同伞盖，称为伞菌，菇是别名，用其煲汤味道鲜美。石梁山野中，蕈、芝（灵芝）、菌同类，人称"灵华三秀"，是一种祥瑞之物。传说，唐代时隐居在离天台不远的磐安山中的高道羊愔，曾在山中迷路，获食野蕈，成为长生不老的"菇神"。宋代仙居人陈仁玉专门写了一本《菌谱》，说天台山尤其是石梁华顶一带出产的野菌野蕈，品质最好。他记载了十一种山中野菌：香蕈、合蕈、稠膏蕈、栗壳蕈、松蕈、竹蕈、麦蕈、玉蕈、黄蕈、紫蕈、四季蕈、

石梁山区种植单季水稻，北山米品质很好

鹅膏蕈等。但是有些野蕈有毒，不能胡乱采食。

石梁山民多做腌菜和酱菜。比如，冬瓜酱、蒲瓜酱、黄瓜酱、萝卜酱，先将冬瓜、黄瓜、蒲瓜、萝卜等洗净切块或切条晒瘪，在缸内铺好，加盐或葱姜蒜、黄豆酱等，再铺一层，再加盐和调料，然后密封，十天半月，就可以食用，村里有许多腌菜缸，专门腌制大白菜、萧菜等，其法将白菜洗净、晒瘪，先从缸底铺上一层，再加盐，再铺上一层，逐层铺，逐层加，再加盐，踩实。最后在上面压上洗干净的溪石。十天半月后也可以随取随用。至于菜干，绍兴人称之为梅干菜（霉干菜），以萝卜英子、白菜加盐在锅里煮熟，挂在竹架上晾干、收藏，经年不坏，用来炖肥肉，味道甚佳。四季豆、芥豆等也可以做成干菜。

酱菜、腌菜、干菜，是石梁山中佛寺常见的素斋食材。青菜、咸笋、笋干、笋片、鲜笋、豆腐、豆荚、萝卜酱、冬瓜酱、饱酱，是高明寺塔头寺华顶寺和方广寺的素斋食谱，我发现一种苋菜梗的咸菜，本是凤仙花的茎杆，去硬皮后或煮或腌，入口颇觉清香，倒还开胃。

高明寺在山脚，华顶寺在山上，交通不便，买东西得肩挑手扛走十来里山岭，而石梁方广寺没有田地，僧人农禅并举，靠自给自足，虽米饭粗糙，菜也简疏，但尽出天然没有人为之加工痕迹。吃过数餐素斋，食欲大增。尽管人说石梁山寺的素斋可算是真正的粗茶淡饭，虽不丰盛但照样使人吃得乐趣无穷、感慨良多。

石梁山村林木茂盛，农家饲养的牛羊也成了很好的食材。山民多养高山寒羊，

黄精

山林里常见许多野放的山羊，它们长年自由自在地游荡于高寒的纯自然环境中，饮山林朝露，食药草芬芳，其肉尤为鲜美，用以营养食疗，滋补功效甚高。我在北京与高汉先生席间倾谈，他说起，天台石梁一带出产的羊，人称北山羊，所谓羊三口，就是说羊见到什么都要吃三口，羊身就成了"药罐子"，山里人将羊肉与海参并提，视为名贵山珍。

石梁村民多用羊肉做成甜羹，首先是把羊肉焯过，倒掉汤，再换成清水，将羊骨头熬汤，待羊骨炖得发白，将骨头拿掉，用此汤，加

陈皮、枸杞、料酒等，炖羊肉，炖到稀烂为止，此菜品非他乡所有，其温肾壮阳、益精养颜功效特好，众所周知。

石梁小狗牛，是生长在高寒地带的那种小黄牛。身体很小，像小狗一样，当然，比狗大，比牛小，清康熙五十六年（1717）《天台县志》中有关于小狗牛记载，"体小俗称犬牛。"它最大体重也就一百斤左右，不犁田，主要用来肉食。它们一般由农民散养，自由漫步，自由进食，到冬天的时候，它会自动返回各家的牛栏。

因为小狗牛生活环境特殊，纯绿色纯天然无污染。肉质鲜嫩，味道鲜美，独特香味非一般牛肉所比，据说在清朝时，被列为皇家贡品。20世纪70年代，美国总统尼克松访华的时候，它被放在国宾礼宴的餐桌之上。

与竹笋烧肉一样，黄精烧小狗牛肉为石梁又一名菜。其法，取小狗牛肉去筋改刀成小块，黄精泡软切片，炒锅烧热后加牛肉块黄精片，添加葱姜炒出香味，再加食盐味精，白糖、柱侯酱、酱油、鸡粉、桂皮、八角等，舀进清水，没过牛肉，旺火烧沸后，小火煨四十五分钟，牛肉熟烂后，就可上桌。此乃石梁山林精华绝配，可谓是珠联璧合。

中国人说，药食同源。天台山尤其是石梁一带诸多的美食，本身就是药材。

享受自然田园情趣，品尝健康绿色食品，接受清新的空气和明净的山光水色，是真正意义的养生，无论是在民宿，还是在农家乐中，那袅袅的炊烟带来的香味，勾起永远的乡土情怀。

草 木 神 韵

在石梁一带生活，每天都在餐霞服雾，药食同源，虽不能成仙，但能延年益寿。我不想成仙，却渴望长命。保持健康就是一切，精神智慧会如泉源不绝，而满足我需求的，就是美味的山珍和名贵的药材。

行走在龙皇堂十字街口、文化礼堂之北，我见到石梁镇一个中药材展厅，那是俞益挺创办的，我细细观赏了里面陈列的诸多石梁山地的药材标本，尤其是种在树段空洞的黄精，更有风姿。俞益挺年轻有为，2011年开始前后耗资百万元，研究道地中药材人工培育，在绿葱岙进行了一次规模化种植黄精等中药材试验，取得成功。他投资三百余万元建立了育苗、驯化基地，向周边老百姓提供种植技术及产品初加工服务，建立三百亩黄精、两百亩覆盆子、一百亩白芨、重楼及五十亩斗米虫的种植示范基地，供种植户观摩学习。在他的带动下，石梁山地发展林下经济种植面积三千余亩，年产值达三千万元以上，这契合了大健康产业的目标，与对面的"天石芽创意汇"云雾茶展示馆

天台采药图（沈宗骞 绘）

沈宗骞（1736～1820），清代乾嘉时人。字熙远，号芥舟，又号研湾老圃，浙江湖州人。工画山水人物，精妙细巧。

图中款识：蓝桥何处看茫茫，满洞春光好护藏。一被桃花随落涧，却教流去赚仙郎。仙郎有伴好寻源，度得山梁合遇仙。云幔霞帘春昼永，山中一日世千年。

形成了一个美丽的对应。

潘耒的《华峰顶》说尽天台山草木之丰富和奇妙：

何如天台灵异在人境，劫火不到无三灾。

神泉自流，琪树不栽。弥山药草，满谷丹材。

应真显隐混樵牧，飞仙游戏同婴孩。

石梁山区，多林木，多良材，多药师，多高僧，多仙道，他们得益于山中的采药，诚如宋代何梦桂的《赠天台遇仙翁》云：

天台华顶飞丹霞，飞梁绝壁仙人家。

刘郎归去不复返，千年药径生蟆蛙。

老翁家住山谷口，入山往往逢青华。

授之长生不死药，山头采采札与砂。

炼养火鼎成黄芽，日薤蔓菁饭胡麻。

方瞳丹颊生鼎花，犹为人世忧龙蛇。

下游汗漫周八遐，手持药管青牛车。

在迹溪村，听金从恩说，村里有个老赤脚医生，名叫金井树，他对山上的采药十分精通，他熟识当地三百多种中草药，擅长治疗山区群众的蛇伤、中暑、骨伤等常见病症。村里的卫生室就是他在打理的，他经常采药，免费给大家看病，周边的人有什么头疼脑热的，就到他们这里拿草药，他自己也经常炮制药材，晒制存贮。藿香、金银花、薄荷、华顶细辛、鱼腥草等，都是他家里的常备药材。

以前我和母亲经常在山中采挖药材，换取日常家用的油盐和我读书的费用，我们挎着一个小箩筐，背着一柄锄头，在山林间寻觅，我知道有一种叫作山捣臼的，是品质最好的老黄精。黄精之根如手指，生于地下，一年一节。母亲告诉我黄精有"鹿竹""仙人余粮""救荒草""戊己芝""救穷""黄芝""龙衔""太阳草""垂珠""土灵芝"等别名，记载于诸多重要经典，《五符经》中说，"黄精获天地之淳精，故名为戊己芝"，《神仙芝草经》云："黄精宽中益气，使五脏调良，肌肉充盛，骨髓坚强，其力倍增，多年不老，颜色鲜明，发白更黑，齿落更生。"《本草纲目》谓之"受戊己之淳气，故为补黄宫之胜品"。《炮炙论》序云："驻色延年，精蒸神绵。"传说道家修炼的时候，不吃五谷杂粮，一天食用一根黄精制作的九蒸干，身体无虞。

　　黄精是石梁名贵的山珍，在石梁华顶和龙皇堂的景区土特产商店里，都有当地山民制作的九蒸干销售。山中传说，华顶黄经洞也是黄精洞，据说是王母派专人种植黄精，有神仙守护的。天台人将黄精挖出九晒九蒸，制作成九蒸干名品。隐逸诗人拾得诗云：

　　　　一入双溪不计春，炼暴黄精几许斤。

　　　　炉灶石锅频煮沸，土甑久蒸气味珍。

　　　　谁来幽谷餐仙食，独向云泉更勿人。

　　　　延龄寿尽招手石，此栖终不出山门。

重楼

乌药

这是天台石梁九蒸干的诗意描述。

我和母亲挖黄精的时候，也可以挖出党参，它也叫作山海萝，在药书里叫作地黄和白河车。在阴湿的乱石山沟里，看见了它成片纠缠的藤，就将那纺锤形的根挖了出来，有着细密的环绕纹，土黄色，散发着特异的香气，我们将它晒干，就可以出售了，它可以镇静、镇痛、抗惊厥，能改善血液循环，能够增强人的造血功能，还具有降血压、扩张血管的功效。挖破了的党参，我们也可以用它烹制党参鸡肉汤，味道也很鲜美。

我与母亲也挖掘麦冬，将其煮熟剥皮，晒干，采摘夏枯草，也采摘金银花。另外还有一种鹿衔草，据说这种草是猎人发现的，一条受伤的鹿躺在地上，周边的鹿衔来这种草，让它吃下去，一会儿这鹿就飞快地奔跑了。人们在鹿站立的地方就找到了这种草，知道它能强身健体，捣烂后敷在伤口上，发现了其良好的痊愈止血功效。

忽然想到，汉代刘晨、阮肇入天台山采药而误入桃源遇仙的，我在一幅天台采药的图画中就看到刘晨、阮肇在石梁飞瀑走过，人们称他们采的是谷皮，也有人说他们采的是乌药，石梁华顶周边都有许多乌药生长，在浙江产量最大，品质较好，天台所产者品质最佳，故称"台乌"，具有行气疏肝、散寒止痛之功效。

我小时候虽在华顶山麓生活，却不知乌药是什么，总以为它就像党参、黄精、何首乌一样。读了一些书，才知道它在天台山上是最常见的，台乌、台乌药、天台乌、台片，是它的别名。我当时常砍掉它的植株当柴烧了，想想实在可惜。但回过神来，觉得入药的是它的块根。只要根在，什么都在。

翻开李时珍的《本草纲目》，得知：天台乌药木如茶槚，高五七尺，叶微圆而尖，作三桠，面青背白，有纹。五月开细花，黄白色。六月结实。如山芍药而有极粗大者，又似钓樟根，然根有二种，岭南者黑褐色而坚硬，天台者白而虚软，并以八月采。根如车毂形，形如连珠状者佳。或云，天台出者，香白可爱，而不及海南者力大"，天台乌药有许多别名。"旁其"，是根据方音给的；"鳑鲏""矮樟"，是根据叶形状似鳑鲏鲫鱼、其气似樟而起的；在石梁山上还有许多土得掉渣的名字：香叶子树、白叶柴、吹风散、青竹香、钱蜞柴、钱柴头、盐鱼子柴。既是柴，又是药，像山上的百姓，相当拙朴可爱的！

以华顶山周边出产的乌药是仙药，秦朝方士徐福东渡，带了三千金童玉女和技艺百工，登临了传说中的仙岛瀛洲，那里就是日本和歌山县的新宫市。日本当地流传有《徐福之歌》："夢こそは，夢こそは——只是梦想啊，只是梦想；若さ支える，天台烏薬——那永葆青春的天台乌药"。在日本，徐福已经被奉为神明，据说就是神武天皇。新宫市有徐福公园和徐福墓地，附近遍植天台乌药。

石　斛（苏丹丹　摄）

　　日本史书记载，鉴真和尚第四次东渡的时候，经过天台山，拿去乌药种子，四处散播，治好了光明皇太后的顽疾，因此，鉴真和尚同样被日本人尊为神明。1979 年 2 月 6 日，新宫市市长将悉心栽培的三盆天台乌药苗送到中国驻日大使馆，请邓小平带回中国，这多少寄托着真挚的感恩情怀。在日本，徐福不但成了一尊神，更成了一种商机，成了一个响亮的商标或品牌。日本人捷足先登，把"徐福"注册成商标了，并开发了"徐福茶"系列，特别畅销。

　　乌药对我的诱惑更加浓郁。乌药藏身于静寂的山野中，就像一个贫寒之士，它的根叶依然馥郁芳香，但人少所知，皆"以为薪"，却惘然不晓，难免长叹。周先岳任职的天台乌药公司已经开发系列乌药产品，注册商标投放生产，打入市场，实施了原产地域产品保护，老家山上泉边，天台乌药到处开花生根了，让我品味天台乡土的无限妙处。

　　与乌药成为对应的，是山中的白术。石梁山区说一些人资格老，摆臭架子，就说他"老人白术"一样。在很久一段时间，白术是名贵的药材。白术系菊科多年生植物，有理气除湿，有"止汗""消食""健脾"等功效，"久服轻身延年"，有些或用蜂蜜浸渍咀嚼，或直接泡茶，或与党参、茯苓、炙甘草配制四君子汤，或白术与党参、干姜、炙甘草配伍作理中汤。

　　白术是天台县的道地药材，浙江著名药材，栽培历史悠久，明代的邵宝《以蜜术问南沙》诗中说：医家白术重天台，郡守曾将蜜浸来。嚼罢不知香满室，桃花流水梦瑶台。浙江白术是全国最好的，天台白术是浙江最好的，而石梁白术是天台最好的，根茎产量高，挥发油含量高和优形品率高，许多地方都到石梁山区采购白术苗，石梁人或带着白术苗到外地栽种。

　　在山上行走，我遇到了迹溪村药农汪祖祥，他年过半百，他说在石梁山区，金顺华峰一带出产的白术最好，同时这里的小狗牛品质也最优，因此他在八寮冈头厂地方承包了两千多亩山地，在小乌坑地方承包一千二百七十亩山地，专门人工种植白术，年收入达四十万斤。他告诉我，以前石梁山区一带的农民，以种白术创收，用来娶妻建房，在 80 年代干白术能卖到四五十元一斤。但白术要求种在生地上，熟地是不行的，新开辟的山地最好，如土质不对就很难保证收成。他种了十几年白术，也曾经亏本过，但坚持地道种植，白术的销路打开了，知名度也提高了，广东、北京的日本的药材公司都主动采购，价格不成问题。他们首先要求的是地道种植，在中药材里，白术用量很大，其制作方法是，挖烘干浸润切片再炒制，因为地方量产很少，所以相当名贵，汪祖祥说他鼓励农户种植，先垫资，种出来再收购。他坚信白术种植有广阔的发展前途。

在天台石梁，也有成批的石斛生长，为什么叫石斛，因为它极有药用价值，相当珍贵。石斛也叫铁皮枫斗、吊兰。长在悬崖绝壁之上，山民采摘的时候，往往用绳子把自己缒下去，这是很危险的活儿，所以，石斛实在难得。天台人现在有公司人工种植，制作精良保健产品，价格不菲。在天台，石斛也是一种仙草，有着滋阴清热、养胃生津、增强体质的功效作用。

石梁山地多古树名木。龙皇堂北端两边的大金松树，有上百年的历史了，颇为难得。察岭脚和西竹村、铁船湖村，还有石桥、华峰、大同、太平诸多村落，也是古树名木集中的地方，或在村口，或在屋后，历经千百年，或虬枝伸展，或修直高大，满目沧桑，古树守护着一方风水，每个村民对风水树非常敬畏，悉心呵护。

不过在民国之时，石梁山区尤其是桐柏集云华顶一带山上树木稀疏，除了山高不利生长之故，也有砍伐过度的原因。在山吃山，山民上山砍伐背到山下售卖，聊以生计。民国人士钱文选在文章中说：

> 余四望天台山虽高，并非石山，多数处所，不似雁荡之峭壁，岩石嶙岣，遍山皆有土质，可以种植。以生产论，是天台胜于雁荡，田畴遍山谷，远望黄云一片，非如雁荡入山后，少见田畴。惜天台山今日仍多童山，既不培养森林，又不加以垦植，货弃于地，殊为可惜。如有人组织公司，遍植桐子树，则获利必厚，良以刻下桐油价值大涨，需要孔殷，正宜及时种植；其次种茶种竹，亦可获大利，皆是生产之事业。况天台山高多云雾，如种茶，受云雾之滋养，味质必佳，为他处所不及，将来多种，推销欧美，既可以救济农村，亦可以增加国税，于民生国计，两有裨益也。

华顶山出产茶叶毛竹，周边有成片箬竹生长。箬叶油绿，成为盖茅篷、做箬帽的最好材料，除此则用来包粽子。据说这箬竹叶，为天台人救了一难。乾隆皇帝下江南，问天台雁荡山有何可供游览，齐召南说，两座山"山势崎岖，溪流深险，臣有老母在，孝子不登高，不临深，所以没去游览"。当时乾隆同皇太后一起下江南，为了太后的健康着想，也就打消了去天台山的念头。民间传说乾隆想到天台山看石梁华顶，齐召南拿了这竹箬吓唬乾隆，说天台山是荒野之地，山中

拜经台老松

乌溪菩提树（陈世墟 摄）

华顶寺前古柳杉

毛竹的叶子有这么大，豺狼虎豹更加大得不得了，乾隆以为天台山是凶险之地，也就敬而远之了。皇帝出巡，肯定是劳民伤财的。二十世纪五六十年代的三年困难时期，华顶山上箬竹结米，可以食用，天台文士陈甲林在元代陶宗仪《说郛》中看到有关记载，告诉村民，于是村民纷纷上山采摘，得以果腹，保存性命。

华顶寺前后有成片的柳杉，四季浓阴蔽日。华顶寺之西，有成片的水杉生长，秋日之中，水雾氤氲，树叶金黄，养目养心。华顶山上的鹅耳枥，据说是浙江特有品种，仅存十九株，就占到全世界野生母树的三分之二，处于极危状态。它是第三纪上始新世古老残留种，种群数量极其稀少。华顶山周边的濒危植物，有鹅掌楸、香果树、七子花、天竺桂、凹叶厚朴，还有野大豆、紫茎、金刚大等。

鹅掌楸的叶子像清代皇帝赏赐的马褂一样，故俗名马褂木，为著名的第三纪残遗植物。台州师专的学生在华顶摘下两篇鹅掌楸的叶子，夹在《台州百景图赞》

的书中，这本书是我在台州文联的时候参与编辑的。

香果树是我国特有的单种属古老孑遗植物，华顶山南坡温润的土壤和凉爽的气候，是它喜欢的环境，但它的繁殖很困难，据说三十年以上的树才能开花结实。它的种子在风中飞翔，飘落到难以预料的地方，极低的萌发力，也难以让它们找到立足之地，很少能见到大树和老树，华顶山上的香果树，是国家二级保护植物。

华顶山上多罗汉松，尤其是拜经台的周边，罗汉松非常矮小，有的不及人高，但年份很老，饱受冰霜雨雪和寒风的侵袭，枝头里长满许多大大小小瘤儿，那是遭受摧折创伤的一种自愈，犹如坚强铁汉。金地岭和石梁四周，也有许多绝美的松树，高大、伟岸，与华顶的又不一样，站在石梁飞瀑下游的仙筏桥上，我看到许多松树，是不是罗汉的化身呢？

野生的乌饭树亦即琪树

景云（742～756）是唐代天宝年间的江南诗僧，他在石梁行走，于题画诗中说，画松一似真松树，且待寻思记得无？曾在天台山上见，石桥南畔第三株。现在华顶正东柏树岩尖和通玄寺后面的山谷，为中国黄山松的繁殖基地。沿着山脊山坡连绵的黄山松林，成了山上绿色风景线。

石梁桥边的松树或秀直坚挺，或旁枝逸出，各有特色，也如行走此间的唐代诗人一样，有些不合时宜，有些曾渴望入世，但还是无所大用，最后还是出世了，在自然的怀抱中得到皈依，恰能乐享天年。我想李白也好，孟浩然也好，寒山子也好，他们都曾有过施展大才雄略的愿望，但最终拗不过残酷的现实。寒山子云："天生百尺树，剪作长条木。可惜栋梁材，抛之在幽谷。年多心尚劲，日久皮渐秃。识者取将来，犹堪柱马屋。"这些唐代远道而来的诗人为什么要到这偏僻的天台山？他们是不是想起在长安漂泊居住不易，整日提心吊胆，如履薄冰，高处不胜寒，但到这溪谷中，对着空山丛林佛寺，自然放松了身心，得到更多自由？这个，孟浩然知道，李白知道，贺知章知道，司马承祯也知道。

民国有位名叫林甄宇的人，游览天台山时说，山谷之中，所见者，草是上寿药品，亦山居养生之一助。昔日刘阮采药于此，则台山产药尚矣。木有菩提、琪树、罗汉，且多山松、豫桧、花药、婆罗、杜鹃、山礬、蕙兰、玉兰、海棠，诸如此类。

天台菩提，即是菩提树，所结的菩提子皆是名品，据说它是印度僧人带过来的。这种树在没有结菩提子的时候，有一叶片先抽出，菩提子在叶子底下生长出来，在白天的时候，树叶把菩提子遮挡着，到了夜里，叶片翻转，菩提子朝上，承接莹露，人们称之为神物。如豆一样的菩提子，有一个天台豆的别名，因为有坚硬的质地，中间有一个天生的圆孔，直接用来串成佛珠，不用打磨，把玩年久，则有包浆，非常精美，便于收藏。天台菩提珠，质地比印度尼泊尔出产的要好。五线菩提，即菩提子有五根线的，代表五行，长相又圆又大的是极品，同样可以不用打磨直接串制。石梁山上塔头寺有两棵，乌溪村后有一棵。佛陇、真觉寺、华顶寺、石梁方广寺、通玄寺等都是佛教圣地，若能将菩提树成批种植，肯定大有市场前景。

天台山是名闻遐迩的仙山，自然有许多仙药的故事，最有名的是山中的琪树。在石梁华顶一带修道学佛的人，急需解决的是食物问题，而琪树的果实可以填饱肚子。琪树也叫乌饭树，属于杜鹃科，当地人叫青精，学名叫作南烛，又名草木之王、染菽、青精草、牛筋草，可以补肝肾，强筋骨，因此佛道人士将乌饭当成上品。清明端午时节，南方人则制作青精饭，先把米蒸熟之后，晒干，然后再拌以乌饭树树叶汁液反复晒九次，经过"九蒸九曝"之后，可当干粮随身携带，即泡即食。这种黑色的"青精饭"，食用之后，百虫不侵。

孙绰《天台山赋》中，"建木灭景于千寻，琪树璀璨而垂珠"，指的就是这种乌饭树。秋天的时候，结子，可食。唐代诗人一看到琪树，就像服了丹药一样兴奋，自然将它与石梁桥连在一起。寒山子在诗中直截了当地说，"我闻天台山，山中有琪树。永言欲攀之，莫晓石桥路。"李绅云："石桥峰上栖玄鹤，

石梁桥畔鹅耳枥

石梁桥畔青枫

碧阙岩边荫羽人。冰叶万条垂碧实,玉珠千日保青春。月中泣露应同泯,涧底侵云尚有尘。徒使茯苓成琥珀,不为松老化龙鳞。"可见,这琪树也是一种天生的仙药,颇能益寿延年,乃是吉祥之树。

在唐代诗人的眼里,琪树与天台山石桥是分不开的,互相共生。蔡隐丘的《石桥琪树》:"山上天将近,人间路渐遥。谁当云里见,知欲渡仙桥。"皎然《送邢台州济》中说:"海上仙山属使君,石桥琪树古来闻。他时画出白团扇,乞取天台一片云。"琪树和云彩瀑布一样,环绕着石梁,构建了超然物外的情境。

山上的草木都是有灵性的,它们是自然造化给百姓的无上福祉。这终是名贵的山珍啊。

空 谷 生 灵

林甄宇说石梁华顶山上,禽有金雀、天鸡、画眉、黄莺、杜宇、百舌及念佛、飞生、捣药诸鸟,兽有仙鹿、仙鼠、青羊、歧尾、麋鹿、金丝猿,虽虎豹豺狼等多驯服。

石梁山林溪边,虫鱼鸟兽出没其间,自在逍遥。每天早上,就有鸟儿在枝头上吟唱,唤醒一天的第一道阳光。夏天的傍晚,就有蝉在深林上高唱,当年在山村的时候,我就听着这蝉鸟的声音一声声地送走岁月牵动情愫。其实,鸟鸣蝉唱是应该等同与人语的。在朋友演奏《鹧鸪飞》的时候,我听见鹧鸪的叫声,行不得也哥哥,它是石梁山区常见的一种鸟,雌雄对鸣,夫唱妇随,是一对相爱有情之鸟,也叫石鸡、红腿小竹鸡,古书上也叫它越雉,在海拔一千六百米以下的山林里栖息,它是一种群居的鸟,喜欢温暖,也避寒暑,华顶山一带山林是最好的住处。

在李白读书堂,看鹧鸪飞,忽然记起李白有一首写鹧鸪的诗:

苦竹岭头秋月辉,苦竹南枝鹧鸪飞。
嫁得燕山胡雁婿,欲衔我向雁门归。
山鸡瞿雉来相劝,南禽多被北禽欺。
紫塞严霜如剑戟,苍梧欲巢难背违。
我今誓死不能去,哀鸣惊叫泪沾衣。

和 鸣(蔡新民 摄)

在华顶山上行走，我们看到那些鹧鸪，像我们的村民一样，群居在一起，胆小易受惊。一遇到风吹草动，就会惶惶不安，立即跳跃蹿飞，但它们的飞翔能力很强，速度也快，但是不会持续地飞。命里注定它是一种候鸟，择地而居。

除了鹧鸪之外，华顶山上下飞翔的还有一种鹁鸪。

我曾经把它与布谷鸟相提并论，其实不是，布谷鸟是杜鹃科的，鹁鸪是鸽子科的，鹁鸪的羽毛黑褐色，天要下雨或刚晴的时候，常在树上咕咕地叫。鹁姑是它的别名。苏东坡在《望江南·暮春》中写到过：

独立虚空（陈舟宝　摄）

　　　　春已老，春服几时成。曲水浪低蕉叶稳，舞雩风软纻罗轻。酣咏乐升平。
　　　　微雨过，何处不催耕。百舌无言桃李尽，柘林深处鹁鸪鸣。春色属芜菁。

梅尧臣诗云，"江田插秧鹁姑雨，丝网得鱼云母鳞"，"竹鸡群号似知雨，鹁鸪相唤还疑晴。"陆游既然在天封居住，对田野里的群鸟也是非常熟悉的。这竹鸡和鹁鸪就像兄弟一样相亲。竹鸡多栖息于竹林之中，也在田野中出没，因为与人类接近，所以也不惧怕人，即使距人三五米的地方，若无其事地追逐打斗。它们也相聚在一起，人们经常听到它们的鸣叫，据说雄性的竹鸡鸣叫起来，会不停歇，直到身疲力竭为止。它也是一种钟情真爱之鸟。

春季播种的时候，田野常有鸟偷偷用嘴巴衔起秧苗疾飞，村民们称它为拔秧鸟。它与麻雀一样，遭人厌烦，在五十年代，麻雀被列为四害之一，不过，在华顶山一带，麻雀还是自由自在地跳跃，没有性命之忧。麻雀的叫声噪耳，不像石梁山上的画眉和百舌。画眉百舌是善鸣的鸟，画眉性格很烈的，被抓住了，就奋不顾身地乱跳乱叫乱撞，非把自己撞死不可。画眉鸟是养不过夜的。石梁的山歌手总是把自己当作画眉鸟，歌唱动听，但是性格刚烈，还是让人敬仰的。我最佩服的就是它们的清纯。

至于百舌鸟，学名叫作乌鸫，它在林间飞过，浑身黑色，只有蜡黄色的喙更加明显，与之相配的是眼周有一金色圈，非常可爱，它看起来就像八哥一样，我

们在村庄草地上行走，它们一点也不紧张，习以为常，反而与我更显亲近，刘禹锡这样吟咏："望篸百瞬音韵多，舌端万变乘春晖。黄鹏吞声燕无语，索莫无言高下飞。"宋代的魏野又咏叹道：长截邻鸡叫五更，数般名字百般声。饶伊饶舌争先晓，也待青天明即鸣。可见它也是一种善于啼鸣的鸟。文人雅士也喜欢不已的。

华顶山上的鸟，多少与佛道精神相关的。华顶山上有捣药禽，别称叫作叮当鸟，每当春夏之交，这鸟就在华顶的幽林中自在地鸣叫，声音犹如仙翁捣药，克叮当、克叮当，清脆透亮，令人爱怜，再看它金雀一样的毛羽，自然是到了仙山的感觉。据说这捣药禽与葛玄仙翁有关，说他在山中捣药，这鸟儿飞过来，啄食遗留下来的仙药，长生不死了，它就跟着仙翁学捣药，"至今夜静月白风清之时，其禽犹作丁当杵臼之声"，陆游也有诗说："幽禽似欲嘲衰病，故学禅房杵药声"，估计是他在老年时候写的，他叹息自己年老体衰，假如做一只健康自在的捣药禽该多好，可惜的是，他并没有在华顶终老！

林甄宇说到山中的念佛鸟，其实是一种稀世之鸟。它是杜鹃科，一般的杜鹃鸟能发三个音，它能发四个音，叫声如同"阿弥陀佛"。它也叫作迦叶鸟，见之于《清宫鸟谱》第五册："黑睛黄眶，黑嘴，吻根微黄。头项背脖俱黑，每根毛有暗白边。翅尾皆黑里白尖，赤黄点逐节相比，尾毛中白点与两边赤黄点相对。额下黑白杂色，臆至腹白质浅黑横纹，有似鹰。胸短，黄白足，其趾前后各两。鸣声似曰推吞，又似诵弥陀声"。

据说这念佛鸟是伴随佛陀在灵山讲经的，大如鹦鹉羽披灰色的鸟，是否是佛

梦境（陈建伟 摄）

经中所说的迦陵频伽——妙音鸟呢？不得而知。《妙法莲华经》卷六说佛讲经时："山川岩谷中，迦陵频伽声，命命等诸鸟，悉闻其音声。"命命鸟是一身两头的共命鸟，《阿弥陀经》里有，华顶山上没有的。倘若早晨天气晴朗，有善缘的人都能听到念佛鸟的声音，一起诵念阿弥陀佛，也是一种幸福的事情。

书中记载，华顶森林之中还有一种鸟，叫作三宝鸟，属于佛法僧鸟的一个类别。它们是不会到地面上活动觅食，一般都停留在林边开阔地的枯枝上，犹如老僧入定，但在飞时，或急上急下，或胡乱回旋，猛然翻飞或猛然俯冲升空，很难捉摸，极其诡异。它们为什么叫作佛法僧呢，查书得知这种类似于乌鸦的与蜂鸟接近的鸟，叫声好像日语中"佛法僧"的发音，其实那种叫声是角鸮发出来的，人们将错就错，姑妄言之了。

至于麻雀、燕子、乌鸦，别的地方都有，不足为奇。在石梁沿溪见到许多长尾巴鸟，飞得特别美，犹如空中舞蹈。那长尾巴一扬一扬的，就像行动的情书。石梁歌谣说，长尾巴鸟飞进坑，小妹许你一双箱。石梁溪边见得最多的是青佳。华顶山最多的有一种雉鸡，毛色灿烂很漂亮，但飞不高，跑不快，尤其是拖着长长节节花的尾巴，就像鹿角一样，妨碍了它们的行动，它们不灵活，不像喜鹊，一味雉鸡犁，勇往直前，不会转弯，它们美丽的尾巴，在夏天的时候尤其光鲜。听说尾巴对它来说很珍贵，就像梅花鹿树枝一样的角，是引以为傲的形象工程，有时竟要了它们的命。它林木草丛幽深的地方绝对是不轻易钻进去的，它担心尾巴被荆棘撕坏，即使在下雨时候也在岩石下避雨，恐怕尾巴被雨淋湿，甚至下雨十数天，它们都不会出来寻食吃，结果饿死了很多，它们爱美丽胜过爱生命，但它们乐意，万死不辞。

雉鸡是群鸟中的明星，因为美丽的尾巴，养成它们争强好胜的性格。周代师旷《禽经》中说，它善搏斗也，《尔雅》中说，雉绝有力奋。有五彩的雉，名曰翚，《周礼》中说，后六服，一曰翚衣。取其性介而守，以比后德也，难怪乎，汉代刘邦夫人的吕后名为吕雉，清代的官服以雉为上，戏剧里的武将头上插雉的尾羽，也是战斗胜利的象征。

在拜经台日出之际，对面学堂冈的山林里，雉鸡和山鸡就"哥哥哥哥"地开始啼鸣了，《禽经》中说，林鸟朝嘲，意思说，林中的鸟早晨就要歌唱，因为这个时候它们要开始飞翔了。《禽经》中又说，山鸟岩栖，说山上的鸟，都不会做巢。尤其是夜莺、游隼、猫头鹰之类。即使做巢也很粗疏的，现在山中没有猎人，它们担心的是自然界中的天敌。

在石梁山林，喜鹊是吉利的鸟，但叫声不好听，身体黑溜溜的，与雉鸡比差远了。被人当作不吉利的鸟，乌鸦是一种。我们叫作老鸦。还有一种就是竹坟头，就是猫头鹰，山民说他是苦鸟，苦鸟十三腔，一双滴溜滚圆的大眼，尖锐的爪子，犹如神灵一般，它是国家二级保护动物。除了这些鸟类之外，山中还有白鹇、猴面鹰、领角鸮、赤腹鹰、松雀鹰、红隼、小鸦鹃等多种，但是一般的山里人视而不见。

我初以为华顶山上的飞生，以为是一种鸟，其实是鼺鼠的别名。《尔雅·释鸟》："鼺鼠、夷由"，晋郭璞注："状如小狐，似蝙蝠，肉翅……亦谓之飞生。"江休復《江邻几杂志》云："司马君实侍先君知凤翔府，竹园中得一物如蝙蝠，巨如大鸥，莫有识者。有自南山来者云：'此鼺鼠也，一名飞生。'"此飞生的生，正确的写法，我以为是鼪。

鼺鼠与松鼠不同，松鼠从树上跳下，尾巴起到平衡作用，而飞生的四肢间有蹼，从树上跳下，四肢张开，蹼也张开，如翅膀一般，滑翔而下，华顶寺周边有松鼠跳跃蹿动，见到生人也不害怕，自在安然，悠然自得。

读韩愈《山石》诗："山石荦确行径微，黄昏到寺蝙蝠飞。升堂坐阶新雨足，芭蕉叶大栀子肥。僧言古壁佛画好，以火来照所见稀。铺床拂席置羹饭，疏粝亦足饱我饥。夜深静卧百虫绝，清月出岭光入扉。天明独去无道路，出入高下穷烟霏。""荦确"为山石峥嵘貌。黄昏的时候，蝙蝠乱飞，绕着华顶寺院的屋脊，我在石梁山村经常看见五只蝙蝠的图案，五福临门，天台佛学作家陈海量写过以此为题的一部书，它是边缘化了的动物，我不会把它当成鸟类，也不会把它当成虫类，尽管它写出来字是虫字旁。

石梁华顶之虫，我最喜欢的是那种蝉，蝉在竹林里，也在树林里，夏天的时候，奏出许多腔调，而真正被人称为知了的蝉，在华顶，有些栖息在杉树上面，音近"只我知——只我知——"的，趾高气扬目空一切，它们见没有了听众，则变成"似我死——似我死死死死死——低落了下去，另一种喜欢栖息在毛竹之上，音量洪大，"嗡——昂昂昂嗡——昂昂昂嗡——"似嫌沙哑，却如山民号子，一波三折，颇有韵味，另一种叫作"沙捉金"（土名）的，文人听起来如"啥？捉金捉金——"好像一个财迷，农民听起来像作报告，"这个这个——这个这个——这这这"，我说它好像母亲在尖着嗓子在唠叨："这死刚——这死刚——这这这"，我在外湖村和龙皇堂经常听到，不知不觉地，我把自己也扯到蝉声之中去了。

据说华顶之蝉，在地底下爬上来，要花七年时间，它们挣扎到地面上，再挂在枝条上，背上裂开一条缝隙，挣扎着从壳里出来，它们脱壳基本是在夜里进行，如果你看见它辛苦，帮助它把裂缝开大一些，这反倒害了它，因为它的翅膀不硬，无法飞动，最后还是要死掉。这与我们的孩童教育一样，是不能揠苗助长的。

在石梁华峰大同，我看到许多孩子在寻找蝉蜕、沙捉金壳，红红的亮亮的，也看到许多蝉花，这种蝉花的性质就像冬虫夏草一样，是霉菌侵入了蝉的躯体，开出花朵一样的孢子花来，看起来很特别。隋唐时期甄权的《药性论》记载："其蜕壳，头上有一角，如冠状，谓之蝉花，最佳。味甘寒，无毒。主小儿天吊（惊风后头目仰视，翻白眼）、惊痫瘛（抽风、抽搐）、夜啼心悸。"蝉花可以做老鸭汤土鸡汤吃，能滋阴清热，补肾益精。实际上，蝉花是过早夭折了的蝉。

我的头顶身旁，蝉在竹树上自在地饮用朝露树汁。开始歌唱，蝉声只能叫一个夏天，声音洪亮，秋凉了，它就枯干了，但叫声继续，毕竟这个世界它来过。我们在山上行走，左边一队蝉"这个这个"地唱了几句，停下来了，那边的蝉"这个这个"地又唱开了，此起彼落相互呼应，最后是一个大合唱，我对学音乐的孩子说，你可以到华顶山林里听听蝉，它是率性，是自由，是自在，是觉悟。我说：在城里听蝉则有市廛尘嚣，在石梁山村听蝉则有田园情味，在山寺听蝉则有禅家风范。听蝉和聆鸟如论自己也，其意隽永至极。

秋天的时候，华顶山上的蟋蟀也在曜曜曜地振动翅膀发声，它也只能叫几个月，时间比蝉还短，它在乱石断砖之下栖息，白天是找不到它影子的。蟋蟀石梁人叫作油奏，据说与济公有关，济公斗蟋蟀，那蟋蟀是不是在天台华顶拿去的，我不知道，但贾似道是天台人，他喜欢斗蟋蟀，人家说是斗蟋宰相。他与济公两个天台人，一反一正，都在临安斗蟋出名，估计天台山尤其是石梁华顶出的蟋蟀比临安的更要好。贾似道写了《促织经》，是中国第一本蟋蟀的专著，而济公则把蟋蟀火化了，写了火化文，也是独一无二的文学作品。民间传说，秦桧的灵魂在华顶山下的地狱受苦，估计也成了蟋蟀吧。

石梁华顶的野外，同样自由自在的，除了蜻蜓，还有纺织娘。秋天的时候，我的书房里总是飞进许多纺织娘，躲在书架顶上的绿萝叶里，唧铃铃铃唧铃铃铃地叫，我喜欢听，觉得那与蝉鸟的声音一样，是天籁。

我喜欢看的，还是石梁山间的萤火虫。轻罗小扇扑流萤，卧看牵牛织女星，是很雅致的，但我喜欢行走路上，与流萤为伍。明代的陈仁锡写到石梁飞瀑的流萤：盖竹洞虚悬千尺，持灯火到莲花桥，攀树枝直下，喷空四至。亭廊见苔藓似锦，稍前见流萤飞于水面，石梁三瀑中一段、上方广寺和树枝都消隐在夜幕中，唯有萤火点点飞舞，多少给我悠然宁静的诗意。

石梁的萤火虫也许应该是个聆听者，静静地，听风和水的声音，听寺僧念经和钟鼓木鱼敲打的声音，在一个夏天的午夜里，我和几个朋友去了佛陇看萤火虫，在冈顶山路上席地而坐，上面是真觉寺，僧人早已经睡着了，我们躺在路上仰望月亮，看点点飞过的萤火虫。萤火很多，但被月光所掩。眼前如梦境一般，而我的身心，就像萤火虫一样，在空中乱飞。

　　山寺僧人在沉睡的时候，也就是萤火虫修行的良辰。我在一篇散文中这样说。

　　萤火虫对生存的环境要求很高，在华顶和佛陇石梁看萤火虫，是一种天趣。

　　华顶山上溪水中多游鱼，它们奋鳍在激流中，赤洒、白壳，最多的是石斑鱼，这种溪鱼一指或两指阔，自然状态下生长，是最清净不过的，石斑鱼对水质的要求很高，石桥溪、大同溪和天封溪都放养了许多，禁止捕捉，得到全面保护，石桥溪中，有人专门养殖石斑鱼，用于农家乐餐桌，让游客们大快朵颐。

　　陈仁锡说，华顶蛙声皆按板，华顶山的蛙声，是有节奏的。这是真实的。我在龙皇堂和外湖村听到的蛙声，真的像寺僧笃木鱼似的：kua—，kua kua，kua kua kua，kua——，kua kua，kua kua kua——，有时候，听水田里的蛙，叫声若孩童念诗：鹅，鹅鹅，鹅鹅鹅鹅，它也知道骆宾王和华顶王羲之写鹅字的故事？

　　华顶山坑之中多石蛙，与青蛙、田鸡不同，它的体型很大，如手掌，动作灵敏，背绿色，蹦跳能力很强，山民叫作泽撞，弹跳撞击有力。用手搔它的腹部，它前腿紧抱，力量很大，据说蛇是蛙的天敌，但是许多石蛙团结起来，蛇也会丧命它的紧抱之中。有人见过蕲蛇在追逐一只石蛙，想把它当食物，石蛙跳到水面突兀的岩石上，就箕踞在那里，昂头正对着它，蛇很高兴，以为这石蛙笃定是盘中餐也。那石蛙又叫了两声，身边有许多石蛙跳了过来，当蕲蛇接近岩顶那只石蛙的时候，那只石蛙叫了一声，猛地跳起，一把抱住了蕲蛇的"七寸"。这是蛇最要命的"死穴"。不管蕲蛇怎么摇晃脑袋，石蛙就是紧抱不放，旁边那群石蛙一起上阵，将蛇压倒一起滚到水里，结果蛇被活活憋死了。

　　石蛙多的地方，蕲蛇也多，人们得处处当心。说到山溪之蛇，蕲蛇是一种毒蛇，叫作五步蛇，其他的有竹叶青、焦尾巴青、火铁链、眼镜王蛇、油菜花蛇、乌梢蛇等，谈蛇色变。只要你慈善之心，不动伤害之念，走路小心些，先拿根棍子一路上下敲过去，通知它们回避，还能保证安全。

　　不管怎样恶毒的蛇，对乌龟是构不成威胁的。左青龙右白虎，前朱雀后玄武，是四灵兽。玄武是龟和蛇的强强组合，蛇可出击，龟可坚守，但龟蛇敌对起来，也很麻烦。不明事理的蛇，以为龟好欺负，把它当鸡蛋一样囫囵吞，小的可以整个咽下去，大的就会卡住喉咙。蛇的绝招就是缠绕。龟一见蛇来，干脆首尾四腿缩了进去，蛇绳子一样死缠，越缠越紧，不料龟猛地一张壳，一下就把蛇撑断了。蛇咬不破乌龟壳，龟用壳紧紧一夹，能把蛇夹没命了。当地人叫作克蛇龟，也叫夹蛇龟，那是蛇的克星。

　　石梁山溪中有种癞头鼋，也叫鹰嘴龟，大秃头，大弯喙嘴，是平胸龟，头和四肢不能缩进壳里去。它与溪坑中的石斑鱼一样，对水质的要求很高，那些碎石和水流，都是它喜欢的生活环境，它的嘴巴如鹰，咬合能力强大，它咬那些螺蛳蜗牛贝壳如我们嗑瓜子一样容易。横行的螃蟹、直溜的鱼、蹦跳的蛙不在话下。它进食凶猛，像个饿煞痨，咬住了就不放口。它威风凛凛，遇到人和其他动物，都会发起猛烈攻击，撑起身子嘶声作势，有些动物会被吓唬住，急忙退却。它能爬上树木岩石，水陆两栖，但它与一般的乌龟一样，躲在密林水下，很难找到。

但现在，石梁山林植被得到了恢复保护，茂密起来，它们又有了新的生存发展空间。

徐霞客游记中记载，当时华顶一带有老虎出没的，老虎叫作蒸菟，天台人叫大虫，"又三十余里，抵弥陀庵。上下高岭，深山荒寂，恐藏虎，故草木俱焚去。"五代时，天台出了个专门画虎的名家厉归真，他大概爬到华顶山的树上，在树上搭个草棚，整天观看老虎，用心描摹。他画老虎和牛、猛禽都是一流的。想昙猷尊者在念经的时候，山上的老虎和大蛇都过来倾听，丰干和尚也骑着老虎在国清寺自由出入，我也明白林甄宇所说"虽虎豹豺狼等多驯服"的理由。

南宋曹勋有一首诗，写的也是石梁周边的猛虎：

台山穴三兽，樵者不得薪。
忽是食人虎，便有射虎人。
善恶必对待，祸福常相邻。
菜月寝三皮，居山聊一欣。

阳光下

麂(卢震 摄)

在网上浏览到一篇文章,作者说少年时曾在华顶山深处生活过,九岁那一年(1977)十一月,山上来了一只老虎,吃掉了一只野猪,父亲捡到老虎吃剩的半条野猪腿和野猪肉,还捡到了半只穿山甲。老虎能咬破穿山甲,估计有几百斤重。他找了氰化甲(钾)回家,做成五颗蜡丸,放在两只野兔的肚子里,去了一个人迹罕至的深山沟,把两只死野兔挂在一棵树上。老虎在吃了藏毒药的野兔后,打滚滑到这个水潭喝了溪水,解了部分毒性,没死在这里,顺着山溪沟跑了。几天后宁海县打死一只奄奄一息的老虎。现在老虎是没影了。

以前华顶山周边是有一些猛兽的,除了老虎,还有狼,石梁山村的人把它叫作狗头熊。他们把豺叫作豺狗。20世纪80年代,外湖村民发现竹林中有一头百来斤的野猪被什么动物开膛剖肚,吃了一半,表明还有大型食肉动物出现,估计是云豹。

我在田冈岭吃晚饭的时候,看见对面上有两头野猪,明目张胆悠然自得地觅食,与骡马和睦相处,我们大声喊叫,它们不动声色。对于山地百姓来说,野猪确实是一大祸害,春天竹笋出来的时候,夏天番薯、洋芋出产的时候,还有秋天稻谷丰收的时候,它们来了,用它们的莲蓬嘴拱得个底朝天,它高兴的时候,就遍地乱打滚,山民的庄稼全被糟蹋了。小时候,我们在番薯地里扎稻草人,在瀑布底下做类似于敧器的水捣碓,做摇起来啪啪响的竹拍,住在两个稻桶侧立对合的窝棚里喊叫几声,确能唬住野猪。野猪见有人在,也就不敢越雷池半步。

野猪是拱土的,獾猪是打洞的。石梁山上有两种獾,一种叫作狗獾,一种叫作猪獾。因为它们胖乎乎的,脂肪足,狗獾的鼻子尖,有一条白纹路,从头顶直伸到鼻尖,猪獾鼻子如猪鼻,它们都喜欢打洞,掘土的本领特强。獾们胖乎乎的,脂肪足,石梁人叫作荤猪,其实它不算猪类,属于鼬类。鼬类代表性动物就是黄鼠狼(黄鼬)。它们总是在半夜里溜到人家的鸡窝抓鸡吃。它们会骑在鸡的背上,嘴巴轻轻咬住鸡的脖子,前爪拨打鸡头掌握着方向,尾巴敲打着鸡的屁股,驱赶着到了合适的地方，再把鸡咬死。黄鼠狼是狡猾的，能猎到它的机会很少，它急了，就放出绝招，一阵子臭屁。把追它的猎狗熏得晕头转向，它就轻而易举地一溜烟跑了。

山上掘土最好的小兽是穿山甲。它满身甲胄，流线型的身体，尖锐的爪子，在泥土里挖掘迅速，就像封神榜中的土行孙。它遇到敌害的时候，就蜷缩成一个圆球，让猎狗无从下口，最后猎狗将它当足球踢着玩。它滚到猎狗够不着的地带，伸出头尾四条腿，一溜烟跑了。

石梁山区华顶周边一带，国家森林公园栖息许多国家级保护珍稀动物，品类繁多，专家统计有云豹、毛冠鹿、苏门羚、中华穿山甲，赤腹松鼠、白腹巨鼠、黄鼬、狐狸、猪獾、野猪、小鹿、山东小麝鼩、灰麝鼩、华南兔等动物。为了保护国家级风景名胜区和国家级森林公园生态环境，禁止渔猎，渔猎器具如猎枪兽夹都收缴了，鸟兽虫鱼就更加安全了，在不久的将来，这里又是生灵的乐园。农耕村落与山水风光、草木生灵成为和谐的境界。

行走石梁山中，看着纯自然的世界，我们多少也有李太白的那种情怀。且放白鹿青崖间，须行即骑访名山。这里没有白鹿，但有山麂，乃是最早的鹿科动物，腿脚细长，善于跳跃，皮毛光滑，山上所见的，是红色的麂，赤麂。它无法让我骑，也不会让我把它当着狗一样地牵，但我喜欢，追逐着它，自由地、逍遥地走进山林深处。

有山麂陪伴也是好的。山麂蹦跳而去，我也走进白云之中。

并肩

后　记

　　在石梁的村落寺宇和山水草木的光影中，在虫鱼鸟兽的翔游和追逐里，我的乡土文字应该结束了。我一直深爱着老家的风景和老家的乡亲，当然还有老家自由的生灵，而今，我回到它们的怀抱中，自在坐卧行止，衣食起居，我觉得这就是本真的生活、特色的精神。我可以无忧无虑地度过生命中美丽的时光。

　　在这乡土营构的妙境中，我延续着文字中的歌唱，焕发着艺术中的生命。

　　在铺满阳光和歌唱的乡土上，我就像一只倦飞的燕子，飞越云上的故乡。云端上的燕子们总是寻旧垒，我山顶屋檐下的那个空巢，依然能完好如初。我想它不会倾覆，依然在风雨中飘摇。那是我的家园，值得我反复赞美的胜地。

　　我花了一年半时间行走，用了三十几年的生活情感积蓄，完成这图文并茂的小书，在诸位诗友和有关单位的支持下得以出版发行。首先我感激家乡石梁镇党委、政府、人大和乡贤会的支持帮助，促成我在石梁龙皇堂，那彩云翔集的莲花小镇云端之上，拥有一个可以写作读书的地方，让我安心创作属于家乡、属于自己的性灵文字。感谢陪我在家乡行走的老师朋友，所有我熟悉和熟悉我的人，他们为我提供路上行走食宿的方便，并一路讲述精彩的乡土故事，让我的文字活色生香。我明白这是我全面写老家风物的一本书，虽然有许多烂熟于心的细节，但是要写得传神到位，写得有个性，写得真切而有情怀，的确很难。我诚惶诚恐，心怀敬畏。我时时刻刻与心中的大师相会，我无法道出他们的全部，只能以管窥豹，记述他们最生动的旧日光影。我深知学养心智的不足、生活眼界的局限，不能淋漓尽致地呈现老家美好的风貌，但我会尽力让它们在您的眼前闪亮起来。我坚信秀蔚的山水、温馨的风土、挚情的人物、雅致的意境，能契合我的心灵，激发您心中玄妙的灵机。

　　就像赫尔曼·黑塞一样，我把石梁小镇当作心目中的堤契诺，我为它写文、绘画、摄影，尽享耕种园圃之乐，这是真正属于我的小镇，是浙东天台山水文化最精彩的部分，我要赋予山水草木无尚的精神，尽量显现这部作品的文史文学文献文化价值、在自然表述中融合我的呼吸吐纳和血脉流动。

　　我把这本书定名为《石梁纪》，是多重含义的。纪录、纪年、纪事、纪行、纪实、纪识、纪情、纪游等，除了客观景物和世事纪录之外，更有缕缕的思绪幽情，有时间的延伸感，更具有特别的纪念性。我写作的时候，周身一片清凉，心地一片明净，而情感是热烈的，是奔涌澎湃的。因为本书是全方位多角度地呈现，是多线程地并进，所以书中难免有些重叠表述，也多少存在一些错讹地方，请各位读者予以批评指正。

　　最后，我更要感谢周泽兰、周琦、许式荣、陈舟宝、蒋冰之、郑鸣谦、闲云、左溪先生为本书写作出版所做出的种种推动，感谢九十四岁高龄的高汉先生，充满激情真挚地用颤抖笔画书写了序言，他对后辈的鼓励与奖掖让我永志不忘。感谢陈益民先生为本书题签，感谢王忠兴、夏玉宝、陈世墟等对我日常生活细节中的种种关照，感谢我爱人沱沱和女儿胡坡对我的种种理解助力，以及关心我的各界人士对我的鼓励支持。为增加本书的视觉效果，本书除采用本人旅途行摄作品外，还选用了部分石梁镇政府提供的浙江省首届石梁摄影大赛参赛作品，它们均已得到石梁镇政府的统一授权，将由石梁镇政府人士与见书作者联系。另有若干朋友拍摄的照片，现均在书中逐一署名。书中引述他人资料也一一注明出处，在此也予以一一致谢。

　　书稿写成，时近己亥年末。无意中发现龚自珍的《己亥杂诗》，有两句诗正合我意：

　　　　偏踏中华窥两戒，无双毕竟是家山。

　　偏者，遍也。两戒者，即中国南北两界也。尽管南北两界我还没走到，但我总是不断地在南北往返，如鸟迁徙。最美的就是天台山，最美的是在石梁。那是我永远停驻的地方。

　　情到深处终无言。期待下次相聚。

二〇一九年七月十日初稿于浙江天台山石梁镇龙皇堂

二〇一九年十二月十一日定稿于北京通州大运河畔

石梁镇交通旅游休闲攻略

石梁镇旅游办 供稿

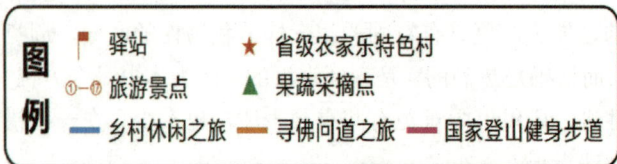

图例
- 🚩 驿站
- ①—⑦ 旅游景点
- 乡村休闲之旅
- ★ 省级农家乐特色村
- ▲ 果蔬采摘点
- 寻佛问道之旅
- 国家登山健身步道

大竹园
大竹园留象休闲大高尖观光基地
小鸟坑　上官田
天打岩
六溪　慈圣　永福桥　泄上
乌溪　横岗山
东园　铜壶景区　⑩百合花基地
迹溪　高峰　手工玉坊纸
★太监府　石梁景区
眠犬　石梁飞瀑（AAAAA）
方　小窝雪家杨梅采摘点
鸿禧源猕猴桃采摘点　华顶景区
罗汉岭头★　⑨华顶国家森林公园
铁船湖　大兴坑　青菜山
⑥通玄寺　⑤牡丹园基地　岭后
岩头墩　通玄梨采摘点
双溪帝头农家村辟站
奶蒲塘　高桥　双溪
云顶合作社　⑦蓝比基酒吧　长坽　石梁镇　上潘　华峰乡村乐园
岩头肚　东云村　镇　华峰
西竹　八丘　狮子口观光平台④
贤师园　大坪冈　里安　斧头山　毛竹蓬
后英　含农专业合作社　黄坦
高山沙漠　石梁镇章风农业开发有限公司　大棚
涌天　通笋采摘点　兴龙湾　牛
冷水坑
大磨坑
青思岙
⑧塔头寺
②高明寺
　头

国家级生态镇
国家卫生乡镇
全国一村一品示范乡镇
浙江省旅游强镇（乡、街道）
休闲农业与乡村旅游示范乡镇
浙江省小城镇闻名行动样板镇
浙江省小城镇环境综合整治样板镇
浙江省旅游风情小镇
浙江省一百个气候避暑圣地
浙江省AAAAA级景区镇

① 塔头寺

② 高明寺

③ 高山沙漠

④ 狮子口观光平台

⑤ 马蹄比趣酒吧

⑧ 石梁飞瀑（AAAAA）

⑨ 华顶国家森林公园

⑩ 手工玉坊纸

⑪ 百合花基地

⑫ 大竹园留象休闲观光基地

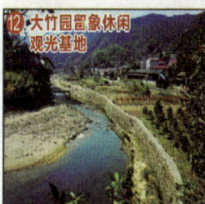
⑬ 后方医院遗址

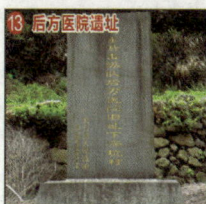
⑭ 麻珠潭

⑮ 浙东大峡谷

⑯ 最干净村庄

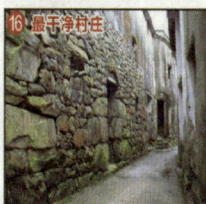
⑰ 大月山樱花基地

精品旅游线路

乡村休闲之旅：
（1）方广（石梁村）→慈圣村→大竹园村 方广（石梁村）→浤溪村
（2）双溪村→外湖村→大同岭脚村→下洋村→培山村→大月岭樱花基地

寻佛问道之旅：
（新天北线）滒天村→集云村→大兴坑→方广（石梁村）
（老天北线）国清寺→太平村→冷水坑→兴龙湾→龙皇堂→大兴坑→方广（石梁村）

国家登山健身步道：
国清寺→塔头寺→太平村→冷水坑→兴龙湾→龙皇堂→察岭脚→双溪岢头→华顶→天封村→毛竹蓬→八辽→苍华

石梁镇旅游导览图

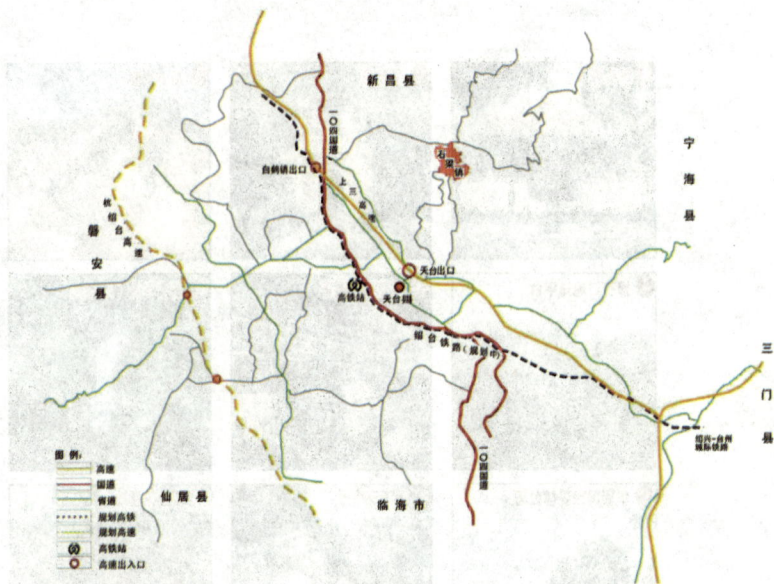

□ 六县市交界，自驾便捷

毗邻新昌、临海、仙居等六县市，与周边城市距离均在自驾游、周末假日游范围之内。

□ 航、铁、公多维通达

航空交通：距台州路桥机场 100 公里，约 1.5 小时；距宁波栎社国际机场 140 公里，约 2 小时；距杭州萧山机场约 170 公里，约 2.5 小时。

铁路交通：距离最近的铁路站点有三门站、临海站、台州站。2016 年初杭绍台高铁现行段在天台开工，天台将迈入高铁时代，届时天台将融入杭州 1 小时交通圈、长三角 2 小时交通圈。

公路交融：距天台互通高速出入口约 10 公里，有天大线和天培线可直达小镇，公路交通便捷。

休闲导引

观云海

狮子口驿站
华顶景区

红色旅游

华顶革命历史纪念馆
（华顶景区）
浙东游击纵队后方医院
（石梁镇大同下深坑村）

自然景观

石梁飞瀑
华顶国家森林公园

云端唐诗小镇

莲台唐诗公园
天台山云雾茶非遗陈列馆
十字天街
智慧研学营地
（石梁宾馆）

亲子、研学等活动

知音草堂
寒风野舍
石梁宾馆

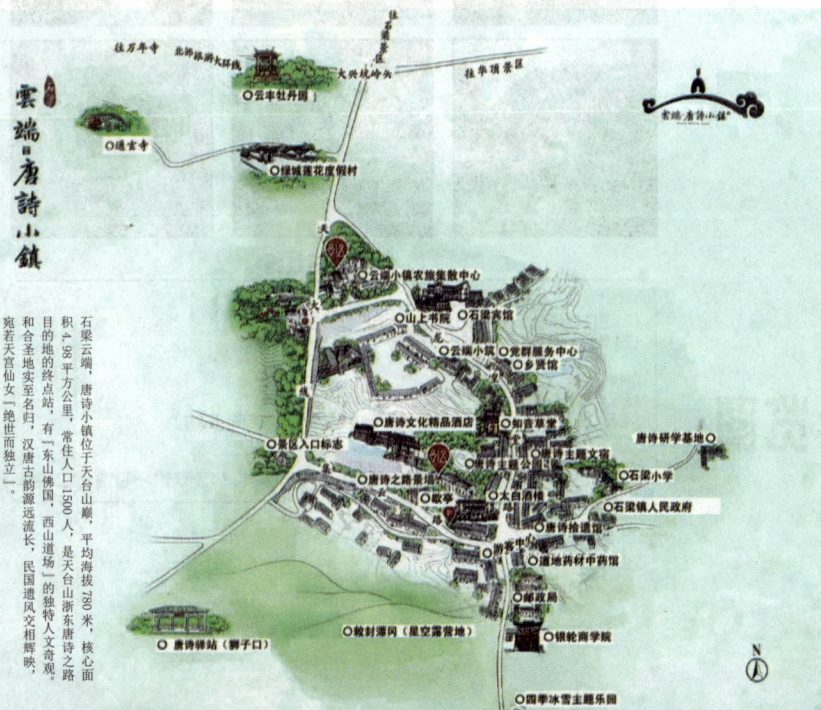

石梁云端·唐诗小镇位于天台山巅，平均海拔 780 米，核心面积 4.98 平方公里，常住人口 1500 人，有「东山佛国，西山道场」的独特人文奇观，是天台山浙东唐诗之路目的地的终点站。有「东山佛国，西山道场」的独特人文奇观，汉唐古源源远流长，民国遗风交相辉映，宛若天宫仙女「绝世而独立」。

观光采摘

时　间	地　点	果　种	联系人	电　话
4-5月	天封村	樱桃	潘善楼	13586238105
3-5月	天台县石双茶叶专业合作社（双溪村）	春茶	吴志强	18857697018
7-8月	岩头墩村	通玄梨	曹德生	13586235012
中旬-7月	天台县善楼果蔬专业合作社	水蜜桃	潘善楼	13586238105
	天台县大竹园水蜜桃专业合作社		陈式军	13967608463
8月	云顶合作社	葡萄	梁国汀	15157652667
月-10月	天台鸿祥猕猴桃专业合作社	红心猕猴桃	洪昌坦	13968573511
	天台小铜壶猕猴桃专业合作社		汪传才	593055　15757563055
	天台县石梁镇寒风农业开发有限公司		许红军	13968572660
10月	慈圣村	红朱柿	蔡昌兵／陈新	13958502587/13968406608

民宿·农家乐·特产店

号	名　称	地　址	联系电话	星　级
1	天台浪水溪山居民宿	石梁镇岩头墩村	0576-82372188	主题民宿
2	天台县乡里乡亲农家乐	石梁镇集云村	13968577037	四星
3	太白酒楼	石梁镇龙皇堂村	13736630956	主题农家乐
4	天台县永新饭店	石梁镇龙皇堂村	13606768641	二星
5	天台县云雾山庄农家乐	石梁镇集云村	13656552550	三星
6	天台县山水人家农家乐	石梁镇集云村	13858610865	三星
7	天台石梁宾馆有限公司	石梁镇龙皇堂村	15157654698	三星级宾馆
8	天台县左邻右舍农家乐	石梁镇集云村	13566494168	三星
9	天台县风景农家乐	石梁镇集云村大兴坑岭头	13586245943	三星
10	天台县茶香农家乐	石梁镇集云村大兴坑岭头	13968592926	三星
11	天台县村里村外农家乐	石梁镇集云村大兴坑岭头	18257631200	三星
12	天台县农家风味馆	石梁镇集云村大兴坑岭头	18758686399	三星
13	天台县远喧居农家乐	石梁镇集云村大兴坑岭头	13586238289	三星
14	天台县仙竹农家	石梁镇集云村大兴坑岭头	13575835854	二星
15	天台县正田农家乐	石梁镇集云村大兴坑岭头	18758686399	三星
16	映山红民宿	石梁镇集云村大兴坑村	13586210821	二星
17	天台县神龙农家乐	石梁镇石梁村（方广村）	13586213083	三星
18	天台县笔架农家乐	石梁镇石梁村（方广村）	13586238068	三星
19	天台县仙人桥农家乐	石梁镇石梁村（方广村）	13575831692	三星
20	天台县石桥农家乐	石梁镇石梁村（方广村）	13819651098	三星
21	天台县瞻风农家乐	石梁镇石梁村（方广村）	13586238125	三星
22	天台县在山一湾农家乐	石梁镇石梁村（方广村）	13511465859	三星
23	天台县农民汉农家乐	石梁镇石梁村（方广村）	13586213062	三星
24	天台县奇观农家乐	石梁镇石梁村（方广村）	13575831695	三星
25	天台县归云农家乐	石梁镇石梁村（方广村）	13586237938	三星
26	天台县观瀑农家乐	石梁镇石梁村（方广村）	13586238015	三星
27	天台县银溪农家乐	石梁镇石梁村（方广村）	13586235318	三星
28	天台县步云居山庄	石梁镇石梁村（方广村）	13586213085	三星
29	天台县朋居民宿	石梁镇石梁村（眠犬村）	13967608945	二星
30	天台县悠然民宿	石梁镇石梁村（眠犬村）	13586238156	二星
31	天台县北溪农家乐	石梁镇双溪村	13967612016	三星
32	天台云端雅舍农家乐	石梁镇岭后村	15957603076	二星
33	天台县集云农家特产	石梁镇云峰村大兴坑岭头	13586231154	特产店
34	天石芽创意汇	石梁镇龙皇堂村	15355087880	特产店
35	遥见民宿	石梁镇集云村大兴坑岭头	18958635529	主题民宿

峡谷炊烟